AF291029

SAWYER BENNETT

CANNON

PITTSBURGH TITANS

Ins Deutsche übertragen
von Sandra Martin

Sawyer Bennett
Pittsburgh Titans Teil 6: Cannon

Aus dem Amerikanischen ins Deutsche übertragen von Sandra Martin

© 2023 by Sawyer Bennett unter dem Originaltitel „Cannon: A Pittsburgh Titans Novel"
© 2023 der deutschsprachigen Ausgabe und Übersetzung by Plaisir d'Amour Verlag, D-64678 Lindenfels
www.plaisirdamour.de
info@plaisirdamourbooks.com
© Covergestaltung: Sabrina Dahlenburg
(www.art-for-your-book.de)
ISBN Print: 978-3-86495-642-3
ISBN eBook: 978-3-86495-643-0

Kapitel 1

Cannon

Spieler.
Trainer in der Minor League.
Trainer der Pittsburgh Titans.

Ich habe einen höllischen Ritt hinter mir, doch endlich bin ich an dem Punkt angelangt, an dem ich sein soll. Dabei ist es völlig egal, was mich dorthin gebracht hat.

Es ist das dritte Spiel der Saison. Das erste Game in Boston haben wir gewonnen, aber gegen Minnesota mussten wir vorgestern zu Hause eine Niederlage einstecken.

So wollte ich meine neue Karriere als Trainer bei den Titans zwar nicht beginnen, aber ich lasse mich davon nicht beirren. Als Führungspersönlichkeit habe ich eine Vorbildfunktion und will durch Motivation und Inspiration andere zu Höchstleistungen beflügeln. Viele Trainer der alten Schule neigen dazu, von den Spielern unmögliche Leistungsstandards zu erwarten und sich dann über ihre Fehler lustig zu machen. Meines Wissens war Matt Keller, der ehemalige Coach dieses Teams, ein Arschloch.

Ich bin das Gegenteil.

Ich vertrete eher die Ansicht, dass man scheitern muss, um sich zu verbessern und um wachsen zu können. Indem ich den Spielern auch Fehler erlaube, können sie daraus lernen, statt sich selbst zu tadeln, weil sie sich ständig an unerreichbaren Standards messen.

Manchen mag dieser Ansatz vielleicht als zu sanftmütig erscheinen, doch niemand kann meine bisherige Bilanz bestreiten. Aus diesem Grund haben Brienne Norcross, die Eigentümerin der Titans, und Callum Derringer, der Geschäftsführer, mich eingestellt.

Die Niederlage gegen Minnesota war zwar schmerzhaft, aber wir haben uns davon nicht unterkriegen lassen. Meine Assistenztrainer haben hart daran gearbeitet, die Leistungen der Spieler zu verbessern, indem sie sie Fünf-gegen-Fünf gegeneinander antreten ließen. Zudem sind sie in Einzelgesprächen auf individuelle Bedürfnisse eingegangen, wobei sie die Videoclips analysierten, die ihnen von den Videocoaches zur Verfügung gestellt wurden.

Wie viele gute Cheftrainer delegiere ich die Arbeit; ich bin im Gegensatz zu manch anderem in der Lage, auch hin und wieder die Kontrolle aus der Hand zu geben. Als ich meine Spielerlaufbahn aufgegeben habe und in den Trainerstab gewechselt bin, habe ich schnell gelernt, dass die Position des Cheftrainers wenig damit zu tun hat, auf Einzelbedürfnisse einzugehen, sondern eher damit, alle Rädchen des monströsen Laufwerks in Bewegung zu halten.

Aus diesem Grund bin ich heute Morgen seit halb sieben im Stadion, um mich auf unser Spiel gegen die Edmonton Grizzlies vorzubereiten. Zuerst habe ich mich mit meinen Assistenztrainern zusammengesetzt, die danach Besprechungen mit dem Zeugwart und dem medizinischen Personal abhielten. Anschließend traf ich mich mit den Mitarbeitern der Medienabteilung, um wichtige Informationen hinsichtlich des heutigen Spiels zu besprechen. Als Nächstes hatte ich eine weitere Sitzung mit den Assistenztrainern, die mich über die verletzten Spieler auf dem Laufenden hielten. Und danach stand ein weiteres Treffen auf der Tagesordnung, um die Strategie für das heutige Spiel zu besprechen, bevor ich noch einige Videoclips und die Zielvorgaben der Special Teams analysierte.

Ich sah zu, als die Assistenztrainer am Vormittag mit den Spielern aufs Eis gingen. Sie konzentrierten sich vor allem auf leichte Geschicklichkeitsübungen und das Training der Special Teams, insbesondere hinsichtlich des Powerplays.

Danach hatten die anderen Trainer ein paar Stunden frei, aber ich blieb im Stadion, sah mir die Fünf-gegen-Fünf-Videos an und überflog erneut die strategischen Berichte für das heutige Spiel, um zu sehen, ob mir dazu noch etwas einfallen würde. Ich notierte Vorschläge für die Assistenztrainer, die diese Informationen wiederum an die verschiedenen Lines, die Special Teams und die einzelnen Spieler weitergaben.

Zwei Stunden vor Spielbeginn hielten wir unsere letzte Besprechung ab, bei der wir uns vor allem auf Powerplays und Penalty Kills konzentrierten. Die Assistenztrainer brachten dem Team die Spielstrategie näher, wobei sie besonderen Wert auf unsere Identität als Gruppe und das Zusammenspiel der Mannschaft legten. Ich hörte zwar zu, doch dies ist eine der wichtigsten Aufgaben, die ich nicht selbst übernehme. Jeder soll wissen, dass ich nicht allein für das Team zuständig bin, sondern dass der gesamte Trainerstab als geschlossene Einheit fungiert.

In wenigen Minuten wird das Spiel beginnen. Die Spieler haben sich aufgewärmt, und nun ist es meine Aufgabe, ihnen noch etwas Inspiration und Begeisterung einzuflößen.

„Das heutige Spiel verspricht eine ausgeglichene Partie zu werden.“ Wir befinden uns in der Umkleidekabine, wobei meine Assistenztrainer Maurice Dupont, Sam Thatcher und Gage Heyward hinter mir stehen und die Männer sich um uns herum versammelt haben. „Vergleicht man unsere Lines, unsere Special Teams und unsere spielerischen Fähigkeiten mit denen des Gegners, würde jedes Wettbüro behaupten, dass wir einander ebenbürtig sind. Doch das bedeutet nicht, dass wir dieser Einschätzung zustimmen.“

Die meisten Männer starren mich aufmerksam an. Einige von ihnen nicken.

„Wir werden es nicht einfach hinnehmen, dass uns jemand sagt, was wir können und was nicht, welches Spiel wir gewinnen und welches wir verlieren.“

„Verdammt richtig“, meldet sich jemand aus der hinteren Reihe.

„Wir werden niemals eine Niederlage akzeptieren, bis die Schlusssirene ertönt. Wenn ihr auf dem Eis steht, dürft ihr nie vergessen, dass ihr etwas habt, was der anderen Mannschaft fehlt.“

„Sie haben nicht dich als Trainer“, ruft jemand, woraufhin alle lachen.

Ich gluckse und schüttle den Kopf. „Nun, vielleicht, aber ich spreche von dem nagenden Hunger, den jeder von euch tief im Inneren verspürt. Ich weiß, dass ihr von dem unstillbaren Verlangen angetrieben werdet, der Welt zu beweisen, dass dieses Team nicht zu unterschätzen ist. Niemand sollte uns wegen unserer Umstände bemitleiden, denn diese Mannschaft ist alles andere als bedauernswert. In dieser Saison habe ich sogar ein wenig Mitleid mit unseren Gegnern, denn ihnen wird es immer an etwas mangeln, was wir haben. Sie können sich nicht einmal ansatzweise das Feuer vorstellen, das in uns brennt, weil wir unsere Größe unter Beweis stellen wollen. Wenn ihr also heute aufs Eis geht, dann seid euch der Tatsache bewusst, dass wir nach außen hin vielleicht gleichauf sind, doch dass der Gegner den Titans in Wahrheit nicht gewachsen ist."

Die Spieler klatschen in die Hände und jubeln zustimmend. Ich drehe mich um und verlasse mit den anderen Trainern die Umkleidekabine, um mit ihnen unseren Platz auf der Bank einzunehmen. Jetzt ist es an den Spielern, unsere Ratschläge und Informationen anzunehmen und umzusetzen.

Es liegt an ihnen, den Sieg zu holen.

***

Nachdem wir das Spiel gewonnen haben, herrscht in der Umkleidekabine eine ausgelassene Stimmung. Ich warte, bis sich alle beruhigt haben und die Spieler duschen und sich umziehen, um feiern zu gehen. Erst dann betrete ich den Medienraum, um die Pressekonferenz abzuhalten und die Fragen der Reporter zu beantworten, von denen die meisten berechtigt sind. Allerdings fällt einer der Journalisten mit einer dämlichen Frage auf.

„Coach … wenn man bedenkt, dass dieses Team nach dem Absturz vor acht Monaten komplett neu zusammengestellt wurde, glauben Sie, dass der heutige Sieg nur ein Zufall war?"

Die Frage ärgert mich, doch ich behalte ein freundliches Lächeln bei. „Ich weiß es nicht, Tim.

War unsere Niederlage gegen Minnesota ein Zufall?“

Ich höre ein paar Sekunden zu, wie er etwas stammelt, bevor ich einen anderen Reporter aufrufe.

Nachdem die Spieler das Stadion verlassen haben – wobei einige von ihnen zur Feier des Tages auf einen Drink zu Mario’s gegangen sind –, setze ich mich an meinen Schreibtisch, um meine Einschätzung zum Spiel aufzuzeichnen.

Während eines Spiels stelle ich Beobachtungen an und mache mir Notizen, doch ich gebe den Spielern nicht viele individuelle Anweisungen. Diese Aufgabe fällt den Assistenztrainern zu, und sie erledigen sie bestens, denn sie kennen die Spielmechanismen und zuvor besprochenen Strategien genauso gut wie ich. Hin und wieder schlage ich eine Änderung in der Aufstellung vor, aber die anderen Trainer setzen sie durch. Und falls sie das Gefühl haben, dass eine andere Vorgehensweise besser ist, dann wenden sie diese an. Ich würde sie dafür nie zur Rede stellen, denn sie sollen wissen, dass ich ihrem Urteil genauso vertraue wie dem der Spieler. Manchmal ist es besser, sich zurückzuhalten, um Vertrauen aufzubauen.

Ich lasse meine Finger über die Tastatur meines Laptops fliegen. In einigen entscheidenden Momenten war die Verteidigung vor dem Tor zu schwach, doch glücklicherweise war unser Torwart Drake McGinn heute Abend in Bestform.

Mein größtes Problem ist unser zweiter Defenseman, Camden Poe. Ich habe mir die Videos von der letzten Saison angesehen und festgestellt, dass er schon damals nicht ganz bei der Sache war. Er scheint nie hundertprozentig dabei zu sein, und ist immer einen halben Schritt zu spät bei einem Breakaway oder eine Sekunde zu spät am Puck. Das Problem ist nur schwer zu bestimmen, doch wenn man ihn Spiel für Spiel beobachtet, kann man sehen, dass er in der Second Line nichts zu suchen hat.

Camden ist einer der drei Spieler, die nicht im Flugzeug der Titans saßen, als es im Februar letzten Jahres verunglückte. Obwohl er das Trauma und die Schuldgefühle gut zu verarbeiten scheint, könnten sie ihn mehr belasten, als wir glauben. Ich werde mit ihm darüber sprechen müssen.

Ein Klopfen an der Tür reißt mich aus meinen Gedanken. Ich sehe auf und erblicke Gage Heyward. Er ist unser neuer Assistenztrainer und für Bill Perry eingesprungen, der gegen Ende der letzten Saison die Organisation verlassen hat. Gage ist vom Center der First Line zum Trainer gewechselt, nachdem er das neu zusammengestellte Team gefestigt hatte. Es war jedoch nie seine Absicht, lange weiterzuspielen, und als der Trainerposten frei wurde, war es naheliegend, ihn anzuheuern.

„Was gibt's?", frage ich und winke ihn herein.

Er tritt jedoch nicht ein, sondern lehnt sich nur gegen den Türrahmen. Während des Spiels trug er einen Anzug, doch jetzt hat er die formelle Kleidung gegen eine Jeans und ein Sweatshirt eingetauscht. „Maurice, Sam und ich wollen noch ein Bier trinken gehen. Kommst du mit?"

Ich weiß, dass ich mich ihnen anschließen sollte. Die Titans sind eine Familie, und dazu gehört auch, den Zusammenhalt abseits des Eises zu stärken. Aber ich bin verdammt erschöpft, denn ich bin seit über sechzehn Stunden auf den Beinen, und brauche eher Schlaf als ein Bier.

„Ein andermal gern, Mann. Ich bin hundemüde.“

Gage grinst. „Ich würde dich einen alten Mann nennen, aber wir sind im Grunde genommen gleich alt und ich bin genauso erschlagen.“

„Vielleicht brauchen wir mental mehr Energie als die Spieler auf dem Eis, und es ist einfach anstrengender.“

„Der Gedanke gefällt mir“, erwidert Gage und stößt sich vom Türrahmen ab. „Deshalb werde ich mir auch nur einen Drink gönnen, bevor ich nach Hause gehe.“

„Nun, ein Bier könnte wohl nicht schaden“, sage ich, klappe meinen Laptop zu und stehe auf.

„Dann lass uns zu Mario's gehen. Wir werden unsere Solidarität unter Beweis stellen, indem wir uns auf einen Drink beschränken.“

Ich schnaube, während ich nach meiner Jacke greife, da die Temperaturen in der Nacht mittlerweile auf vier Grad abfallen. Ich wünschte, ich hätte ebenfalls daran gedacht, legere Kleidung mitzubringen, doch ich werde mich damit zufriedengeben müssen, den Knoten meiner Krawatte zu lockern.

Das Mario's ist brechend voll. Soweit ich weiß, war es aufgrund seiner Nähe zum Stadion schon immer ein beliebter Treffpunkt, doch seit dem Wiederaufbau des Teams unterstützen die Fans die neuen Spieler nach besten Kräften. Das gilt auch für die Feierlichkeiten nach einem Spiel.

Glücklicherweise gestatten die Barbesitzer den Spielern, Tische zu reservieren, sodass ihnen immer ein Sitzplatz garantiert ist.

Auf die Trainer trifft das jedoch nicht zu.

Wahrscheinlich könnten wir dasselbe Recht einfordern, doch wir verbringen unsere Freizeit eigentlich nicht mit den Spielern. Dadurch bleibt eine gewisse Professionalität zwischen uns gewahrt und die Grenzen unserer Autorität werden nicht verwischt.

Außerdem glaube ich, dass die Spieler sich zwischendurch einfach gern austoben und uns dabei nicht als Aufpasser in der Nähe haben wollen.

Maurice drängt sich durch die Menge und wir folgen ihm bis zum Ende der Bar. Es gelingt ihm, sich bis zum Tresen vorzuarbeiten und uns eine Runde zu bestellen, dann suchen wir uns einen Platz an der Wand, wo wir uns unterhalten können.

Ich würde gern behaupten, dass wir ungezwungen miteinander geplaudert haben, doch am Ende reden wir natürlich über das Spiel. Wir analysieren die Spielzüge, die uns zum Sieg verholfen haben, und die Dinge, bei denen noch Verbesserungsbedarf besteht. Schließlich sprechen wir über die beiden bevorstehenden Auswärtsspiele, zu denen wir morgen aufbrechen.

Nachdem ich den letzten Schluck meines Bieres getrunken und Maurice' Angebot einer weiteren Runde abgelehnt habe, frage ich: „Wie schätzt ihr Camdens Leistung heute Abend ein?"

„Er ist die Schwachstelle in der Second Line", meldet sich Sam zu Wort, woraufhin die anderen nicken.

„Es scheint, als würde sein Timing nicht ganz passen", sage ich. „Liegt es an seiner Knieverletzung?"

„Die Berichte des medizinischen Personals geben keinen Hinweis darauf." Gage ist schon seit einer Weile die wichtigste Verbindung zwischen dem medizinischen Personal und den Spielern. „Nach allem, was man hört, ist es letzte Saison vollständig ausgeheilt und er hatte keinerlei Beschwerden. Er kühlt es mit Eispackungen, aber er benutzt nicht einmal eine Stützbandage."

Wegen seines Knies saß Camden nicht im Flugzeug, als es verunglückt ist. Er hatte einen Meniskusanriss, aber es war keine schwere Verletzung. Durch Schonung und die entsprechende Therapie wäre er von selbst geheilt, doch Camden hatte sich für eine schnellere und stabilere Lösung und damit für eine Operation entschieden.

„Soll ich mit ihm reden?", fragt Gage. „Vielleicht kann er mir erklären, wo das Problem liegt?"

„Das übernehme ich. Möglicherweise hat er nur Schwierigkeiten mit der Line und wir können ihn in einer anderen aufstellen."

Gage nickt zustimmend.

„Und jetzt werde ich mich auf den Heimweg machen, sonst schlafe ich noch im Stehen ein."

Die Jungs lachen, aber Gage folgt mir nach draußen, während Maurice und Sam auf einen weiteren Drink bleiben. Wir gehen zurück zum Trainerparkplatz vor dem Stadion und verabschieden uns. Morgen werden wir uns wiedersehen, wenn wir nach Texas fliegen, um den Dallas Mustangs und den Houston Jam gegenüberzutreten.

Ich überquere den Fluss und fahre zu meiner Eigentumswohnung in der Innenstadt. Als ich nach Pittsburgh gezogen bin, entschied ich mich, wie auch in Schweden und Greenville, gegen ein Haus. Ich habe nicht viele Besitztümer und will mich nicht um einen Garten kümmern oder mit den Nachbarn in Kontakt treten müssen. Natürlich bin ich nicht unsozial – ganz im Gegenteil –, aber mein Beruf als Trainer fordert mir mehr ab als meine Karriere als Spieler, und neben der Arbeit bleibt nicht viel Zeit für andere Dinge. Ich brauche definitiv nicht viel Platz, und eine kleine Eigentumswohnung mit zwei Schlafzimmern ist genau das Richtige für mich.

Zugegebenermaßen befindet sie sich in einem verdammt protzigen Gebäude mit Privatparkplatz und Sicherheitsdienst. Dank der Gehaltserhöhung, die ich nach meinem Wechsel von der Minor Leage in die erste Liga erhalten habe, habe ich mir neue Möbel gekauft. Ansonsten lebe ich jedoch bescheiden.

Als ich nach Hause komme, springe ich kurz unter die Dusche. Obwohl ich körperlich erschöpft bin, bin ich noch nicht müde genug, um ins Bett zu gehen, daher mache ich es mir auf der Couch gemütlich. Ich schalte den Fernseher ein und blättere mit der Fernbedienung durch die Filme auf Netflix. Als ich auf Armageddon stoße, verspüre ich einen Stich im Herzen. Ich denke nicht einmal darüber nach, ihn anzusehen, da er unerwünschte Gefühle in mir wachruft.

Melissa und ich haben uns den Film oft gemeinsam angeschaut. Ich liebte die actiongeladene Spannung und Melissa die Romantik. Es hat mich durchaus gerührt, als Harry am Ende starb, doch Melissa schluchzte an meiner Schulter.

Mein Blick fällt auf die vielen Bilderrahmen in einem der Bücherregale. Ich stehe meiner Familie sehr nahe und habe viele Fotos von uns. Da sind auch noch ein paar von mir und Melissa. Sie ist zwar schon fast neun Jahre tot, aber ich will sie nie vergessen. Manchmal tut es weh, ihr strahlendes Lächeln zu sehen, doch sie war meine Frau und wir waren seit der Highschool ein Paar.

Ich hielt sie im Arm, als sie gestorben ist.

Also ja, es ist ganz natürlich, dass ihr Verlust noch schmerzt, doch ich bin deshalb nicht mehr wie gelähmt. Die meiste Zeit über habe ich sogar ein Lächeln im Gesicht, wenn ich eines dieser Fotos betrachte. Darauf kann man ihre jugendliche Ausstrahlung und Vitalität sehen, bevor sie an Krebs erkrankt ist. Diese Erinnerungen spenden mir Trost.

Der Schmerz wird nie ganz vergehen, doch er hat im Laufe der Jahre deutlich nachgelassen. Ich habe gelernt, mit ihm zu leben.

Und ich habe gelernt, in die Zukunft zu blicken.

Kapitel 2

Cannon

Ich mag das Stadtleben. Ich besuche zwar nur selten die schicken Restaurants und angesagten Kneipen, die alle nur ein paar Häuserblocks von meiner Wohnung entfernt liegen, aber mir gefällt die Tatsache, dass ich sie bequem zu Fuß erreichen kann.

Als ich vor eineinhalb Monaten hierherzog, habe ich schon nach kurzer Zeit ein Café gleich um die Ecke gefunden. Ich bin kaffeesüchtig und in dieser Hinsicht etwas wählerisch, und so wurde The Grind die Anlaufstelle für meinen ersten Koffeinschub des Tages.

Wenn ich in der Stadt bin, gehe ich jeden Morgen dort vorbei, denn der Laden öffnet bereits um sechs Uhr.

Als ich an diesem Morgen um sechs Uhr dreißig das Café betrete, fällt mein Blick sofort auf Ava. Sie sitzt an ihrem üblichen Ecktisch vor einem iPad, das über Bluetooth mit einer Tastatur verbunden ist, und hat einen Stapel Papiere neben sich liegen. Wie immer, wenn sie konzentriert arbeitet, kaut sie auf ihrem Stift herum und tippt etwas, nachdem sie eines der Papiere durchgelesen hat.

Vor mir wartet nur ein Mann, der bei der Barista gerade seinen Cappuccino bezahlt und dann beiseitetritt, um auf sein Getränk zu warten.

Das Mädchen schenkt mir ein strahlendes Lächeln. „Hi, Cannon. Das Übliche?"

Ich bin tatsächlich oft hier. „Ja, bitte. Und dazu noch einen kleinen Espresso."

„Lange Nacht?“, mutmaßt sie mit einem mitfühlenden Blick.

„Nichts, was euer Kaffee nicht beheben könnte.“

Sie stößt ein Lachen aus, und ich stimme mit ein, als ich meine Kreditkarte an das Lesegerät presse.

Dann gehe ich weiter zum Abholschalter. Der Kunde vor mir hat den Kopf über sein Handy gebeugt. Als ich mich neben ihn stelle, sieht er kurz auf und senkt wieder den Blick, nur um erneut den Kopf zu heben und mich mit einem fragenden Ausdruck anzustarren. Offenbar komme ich ihm bekannt vor, doch zugleich ist er sich nicht ganz sicher, wer ich bin.

Als ich als neuer Cheftrainer zu den Titans gestoßen bin, wurde viel über mich berichtet, doch die Gesichter des Trainerstabs sind weniger bekannt als die der Spieler, es sei denn, man ist ein eingefleischter Eishockeyfan. Aber wie immer an einem normalen Arbeitstag, an dem wir kein Spiel haben, trage ich eine Cargohose und ein Poloshirt mit dem Teamlogo. Und wenn es, wie heute, etwas kühler ist, ziehe ich mir zudem eine Jacke oder einen Mantel an, auf dem ebenfalls das Logo der Titans prangt.

Es ist unglaublich, wie viel Mannschaftskleidung ich von den Titans bekomme, doch sie weist mich nicht unbedingt als Mitglied des Teams aus. Mindestens jede fünfte Person, der ich auf der Straße begegne, trägt die Fanbekleidung eines Sportteams aus Pittsburgh, sei es nun ein Baseball-, Football- oder Eishockeyteam. Die ganze Stadt ist sportverrückt.

Ich schenke ihm ein Lächeln, doch bevor er etwas sagen kann, wird sein Name aufgerufen. Er schnappt sich seinen Kaffee und macht sich auf den Weg zum Ausgang, wobei er mir im Vorbeigehen zunickt. Ich wette, später wird er jemandem erzählen: „Alter … ich glaube, ich stand heute neben Cannon West, aber ich bin mir nicht sicher. Er hatte eine Mütze auf, doch er trug eine Jacke der Titans. Möglich, dass er es war.“

Ehrlich gesagt, ziehe ich die Anonymität eines Trainers dem Ruhm eines Spielers vor. Dadurch sind so banale Dinge wie das Bestellen einer Tasse Kaffee wesentlich einfacher.

Ein junger Mann schiebt mir den Kaffee über den Tresen. „Hier bitte, Cannon.“

Ich habe keine Ahnung, ob die Angestellten wissen, wer ich bin. In all den Wochen, in denen ich jetzt schon hier meinen Kaffee hole, haben sie mich nicht einmal danach gefragt. Sie kennen meinen Vornamen nur, weil sie ihn mit schwarzem Filzstift auf meinen Becher schreiben. Sie tuscheln weder miteinander, noch werfen sie einander verschwörerische Blicke zu, wenn sie glauben, dass ich nicht hinsehe, und sie haben mich noch nie um ein Autogramm gebeten. Auch deshalb mag ich diesen Laden, hier kann ich einfach ich selbst sein.

Wie üblich setze ich mich an den Tisch neben Ava und betrachte sie, während sie sich auf ihre Arbeit konzentriert. Sie hat ihr dunkles Haar zu einem hohen Pferdeschwanz zusammengebunden und trägt die gleiche marineblaue Schirmmütze, auf deren Vorderseite das Firmenlogo prangt, wie die anderen Baristas. Zu ihrer Uniform gehören zudem ein marineblaues Polohemd mit dem Logo über der linken Brust, eine Cargohose und Turnschuhe. Auf der anderen Seite der Brust ist ein Schild mit ihrem Namen angebracht, unter dem in kleinerer Schrift „Assistenzmanager“ steht.

„Sie helfen meinem Ego nicht, wenn Sie mich ignorieren“, sage ich, als ich mich auf meinem Stuhl niederlasse.

Sie hebt zwar nicht den Kopf, um meinem Blick zu begegnen, doch ich kann sehen, wie sie die Lippen zu einem Lächeln verzieht. „Sie haben kein Ego.“

„Das ist wahr, aber Sie könnten mich mit einem ‚Hallo, Cannon, wie geht es Ihnen heute Morgen?‘ begrüßen.“

Ava blickt zu mir auf, und genau wie an jenem Tag, an dem wir uns zum ersten Mal hier begegnet sind, bin ich für einen Augenblick sprachlos. Sie ist wunderschön, wobei vor allem ihre hellgrünen Augen hervorstechen. Ich habe diese Farbe noch nie bei einem anderen Menschen gesehen. Meine haselnussbraunen Augen haben zwar einen grünen Schimmer, doch sie sind matter und funkeln nicht wie ihre Iriden.

Sie verzieht die Lippen zu einem Lächeln und entblößt ihre geraden weißen Zähne, bevor sie mir die Worte aus dem Mund nimmt: „Hallo, Cannon, wie geht es Ihnen heute Morgen?“

„Gleich viel besser, da Sie mich jetzt beachten und mein Ego streicheln“, scherze ich.

Ava verdreht die Augen und widmet sich wieder ihrer Arbeit. Aber sie ignoriert mich nicht, sondern erwidert: „Wie bereits gesagt, Sie haben kein Ego und wissen verdammt gut, wie charmant Sie sind.“

„Das hört sich schon besser an“, entgegne ich scherzhaft, wobei ich einen Ellbogen auf dem Tisch abstütze und das Kinn in die Handfläche lege, um sie anzustarren „Was sonst noch?“

Ava beginnt zu tippen und hat den Blick auf den Bildschirm geheftet, doch dann lacht sie leise. „Mal sehen … Sie haben Humor – selbst wenn Sie mir damit manchmal auf die Nerven gehen –, Sie sind sympathisch, und hin und wieder machen Sie sogar einen ziemlich intelligenten Eindruck."

Ich lehne mich mit einem Schnauben zurück, nippe an meinem Kaffee und beobachte sie. Denn ich weiß, dass ich damit auch an ihren Nerven zerre.

Ava und ich haben uns an jenem Tag kennengelernt, an dem ich um halb sieben an einem Dienstagmorgen zum ersten Mal dieses Café betrat. Sie saß an genau demselben Tisch, an dem sie jetzt sitzt, doch ich habe sie anfangs gar nicht wahrgenommen. Ich war gerade mitten in ein Telefongespräch mit Callum Derringer vertieft, als ich mich an den Tisch neben ihr setzte und meinen Becher umkippte. Fluchend sprang ich auf, ehe der Kaffee auf meine Hose rinnen konnte, und im nächsten Moment stand Ava vor mir und wischte den Tisch ab.

Noch bevor ich mein Gespräch mit Callum beendet hatte, hat sie mir einen frischen Kaffee gebracht.

„Geht aufs Haus", sagte sie und setzte sich mit ihrem iPad zurück an ihren Ecktisch.

Mir war klar, dass sie eine Angestellte war, was man nicht nur an ihrer Uniform erkennen konnte, sondern auch daran, dass sie mir einen Kaffee ausgab. Aber sie war mehr als nur eine Barista, denn sie erledigte Papierkram.

Ich stellte mich vor, wobei wir lediglich unsere Vornamen austauschten, doch das war alles, was wir an jenem Tag gesagt haben.

Irgendwann während der vergangenen Wochen haben wir begonnen, miteinander zu flirten. Hin und wieder lästert sie spielerisch über mich und verzieht dann die Lippen zu einem verschmitzten Grinsen. Unsere Gespräche gehen nie in die Tiefe, doch wir frotzeln jeden Tag miteinander, wenn ich den Laden betrete und sie vor ihrer Arbeit sitzt. Ich muss zugeben, dass ich nicht gerade ein Meister im Flirten bin. Tatsächlich sind meine Fähigkeiten so eingerostet, dass sie schon quietschende Laute von sich geben. Dennoch erwidert Ava mein Geschäker, indem sie mich auf erheiternde Weise aufzieht.

Wir tauschen immer nur ein paar Worte aus, bis ich meinen Kaffee getrunken habe. Ich weiß ihren scharfen Verstand zu schätzen, doch sie ist auch verdammt sexy. Ich frage mich, warum sie hier arbeitet, denn ich habe mich oft genug mit ihr unterhalten, um zu wissen, dass sie zu klug ist, um in einem Café zu arbeiten.

Ava blickt auf und verzieht die Lippen zu einem Grinsen, während ich sie weiterhin anstarre. „Ich habe heute Ihr Ego gestreichelt. Wie wäre es, wenn Sie zur Abwechslung auch meines streicheln?"

„Das wären eine ganze Menge Streicheleinheiten, und ich bin mir nicht sicher, ob ich Sie gut genug kenne", entgegne ich.

Sie wirft den Kopf in den Nacken und stößt ein rauchiges Lachen aus, das obendrein verdammt sinnlich ist. Dann verdreht sie die Augen. „Ich habe Ihnen vor etwa sechs Wochen einen Kaffee spendiert. Sie kennen mich gut genug."

„Also schön." Mit einer ausladenden Handbewegung zeige ich auf den Tisch, an dem sie arbeitet. „Sie tippen sehr hübsch."

Ava verzieht den Mund und schüttelt amüsiert den Kopf, während sie sich wieder ihrem iPad zuwendet. „Sie sind nicht gerade ein Flirtexperte.“

„Einen Moment mal … flirten wir etwa miteinander?“, frage ich mit gespielter Überraschung.

„Sie ganz sicher nicht. Kein Mädchen will von einem Mann hören, dass es hübsch tippt.“

Ich grinse und trinke noch einen Schluck Kaffee. „Wie wäre es, wenn ich Sie irgendwann auf einen Drink einlade? Ich werde versuchen, bis dahin an meinen Fähigkeiten zu arbeiten.“

Ava wendet sich mir ruckartig zu und sieht mich mit einem entgeisterten Funkeln in den Augen an. „Wie bitte?“

Ich bin selbst ein wenig überrascht, denn ich bin nicht mit der Absicht hierhergekommen, mich mit ihr zu verabreden. Es ist zwar nicht das erste Mal, dass ich eine Frau bitte, mit mir auszugehen, aber ich habe kaum Zeit für Rendezvous. Meine Arbeit hält mich viel zu sehr auf Trab und scheint immer wichtiger zu sein als alles andere.

Aber Ava hat definitiv meine Aufmerksamkeit erregt. „Sie haben mich schon verstanden. Ich würde Sie gern auf einen Drink einladen.“

„Äh.“ Mit einem Stirnrunzeln wendet sie sich wieder dem Bildschirm zu, doch einen Moment später sieht sie mich wieder an und fragt verwirrt: „Sie wollen mit mir ausgehen?“

Nun runzle ich die Stirn. „Ist das denn so schwer zu glauben?“

„Nun … Sie sind …“ Sie zeigt mit einer ausladenden Geste auf mich, während sie mühsam nach Worten ringt. „Sie sind … Sie wissen schon …“

Ich schüttle langsam den Kopf. „Ich weiß wirklich nicht, was Sie meinen."

„Sie sind …", setzt sie erneut an und wirft einen Blick zum Tresen, an dem gerade drei Leute auf ihren Kaffee warten. Dann wendet sie sich wieder mir zu und senkt die Stimme. „Sie sind der Trainer der Titans. Ich arbeite in einem Café."

Langsam verziehe ich die Lippen zu einem Lächeln. „Ich habe mich schon gefragt, ob Sie mich erkannt haben. Sie haben nie den Eindruck erweckt, als wüssten Sie, wer ich bin."

Ihre Wangen laufen hochrot an. „Ich wusste es nicht. Eine der Baristas hat sie erkannt und es mir erzählt, kurz nachdem Sie das erste Mal hier waren. Ich wollte keine große Sache daraus machen."

„Darüber bin ich froh", versichere ich ihr.

„Aber Sie sind eine große Nummer", wirft sie ein und wendet sich dann wieder ihrer Arbeit zu, als wäre damit das Gespräch für sie beendet.

Ich kann mir ein Schmunzeln nicht verkneifen. „Und Sie haben Vorurteile gegen Leute, die eine große Nummer sind?"

Sie hebt den Kopf und starrt mich mit finsterem Blick an. „Natürlich habe ich keine Vorurteile."

„Dann können Sie auch mit mir etwas trinken gehen. Es ist ganz einfach." Im nächsten Moment kommt mir jedoch ein Gedanken. „Es sei denn, Sie haben einen Freund."

Ava schnaubt. „Ich habe keinen Freund. Aber ich bin sicher, dass Sie sich noch mehr ins Zeug legen können."

„Woher wollen Sie wissen, wozu ich fähig bin?"

Sie ignoriert mich und tippt weiter, doch ich lasse mich nicht beirren. „Wie lautet Ihr Nachname?"

Sie horcht auf und wirft mir einen Blick aus dem Augenwinkel zu, bevor sie antwortet: „Cavanaugh."

Ich ziehe mein Handy aus der Tasche, rufe die Kontakte auf und lege einen neuen an. „Ava Cavanaugh. Und Ihre Telefonnummer?"

Sie begegnet meinem Blick und legt den Kopf schief. „Wirklich?"

„Ja, wirklich. Wir werden zusammen etwas trinken gehen."

Sie starrt mich nur an.

Ich starre zurück und weigere mich, zu blinzeln. „Ihre Telefonnummer, bitte."

Sie stößt einen frustrierten Seufzer aus und reißt mir das Telefon aus der Hand. „Also schön."

Ich beobachte, wie sie ein paar Zahlen eintippt, bevor sie mir das Gerät zurückgibt, doch ich werfe misstrauisch einen Blick darauf. „Sie haben mir nicht gerade eine falsche Nummer gegeben, oder? Ich weiß nämlich, wo Sie arbeiten, daher können Sie mir nur schlecht aus dem Weg gehen."

Mit einem Lachen schüttelt sie den Kopf und macht dann eine Geste, als wollte sie mich verscheuchen. „Gehen Sie. Sie stören mich bei der Arbeit."

Es gefällt mir, dass sie sich von meinem Bekanntheitsgrad nicht einschüchtern lässt und mir sagt, ich solle verschwinden. „Ich rufe Sie später an, um mit Ihnen ein Datum zu vereinbaren."

Sie reagiert nicht, doch ich weiß, dass sie mich nur ärgern will. Allerdings werde ich ihr nicht das letzte Wort gönnen.

Ich baue mich vor ihrem Tisch auf und lehne mich vor, sodass sie den Kopf in den Nacken legen muss, um mich anzusehen. „Ich wollte nur noch einmal in diese wunderschönen Augen blicken, bevor ich gehe.“

Sie reißt besagte Augen auf, und ihre Wangen laufen hochrot an.

Ich zwinkere ihr zu und beuge mich noch ein Stück weiter vor. „So flirtet man richtig. Bis später.“

Dann drehe ich mich um und verlasse das Café, wobei ich mich verdammt gut fühle.

Kapitel 3

Was zum Teufel tust du nur, Ava?

Diese Frage stelle ich mir immer wieder, seit Cannon mich vorgestern auf einen Drink eingeladen hat.

Der Cheftrainer der Pittsburgh Titans.

Ich starre in den Spiegel in der Damentoilette und betrachte mein Gesicht, das gerötet ist nach einem Dirty Martini zu viel. Ich stelle mir die Frage ein weiteres Mal, doch ich habe immer noch keine Antwort.

Es hat mich verwirrt, dass Cannon mit mir ausgehen wollte. In meinen Augen war unser Geplänkel während der vergangenen Wochen nichts weiter als die Unterhaltungen eines kontaktfreudigen, geselligen Mannes und einer Frau, die ihre Aufgabe als Repräsentantin ihrer Firma ernst nimmt.

Nun, das entspricht nicht ganz der Wahrheit. Ehrlich gesagt, hat mich der Mann in seinen Bann gezogen, und das nicht nur, weil er berühmt, umwerfend und reich ist. Mit seinen albernen Flirtversuchen hat er mir wirklich geschmeichelt.

Doch abgesehen von der unverblümten Bemerkung, dass er Gefallen an meinen Augen gefunden hat, hatte ich nicht ein einziges Mal das Gefühl, dass er an mir interessiert ist. Unser Geschäker war nichts weiter als eine vergnügliche Ablenkung von unseren hektischen Morgen.

Aber jetzt bin ich hier, habe seine Einladung angenommen, und bin mehr als angeheitert, wenn nicht sogar leicht angetrunken. Darüber hinaus hatte ich lange nicht mehr so viel Spaß.

Wir wollten uns nur auf einen Drink treffen, denn wir müssen beide morgen schon früh zur Arbeit, also habe ich diese Bar vorgeschlagen. Als stellvertretende Managerin des Grind bin ich diejenige, die den Laden öffnet, und die Titans haben morgen ein Heimspiel, weshalb Cannon in aller Frühe im Stadion sein muss. Ich weiß, dass er in der Nähe des Cafés wohnt, während mein Apartment weiter entfernt und nicht gerade in der schönsten Gegend der Stadt liegt, also wollte ich ihm entgegenkommen.

Zudem wollte ich vermeiden, dass er meine schäbige Wohnung zu Gesicht bekommt.

Ich habe eine Kneipe direkt um die Ecke des Cafés vorgeschlagen. Für mich war das zwar mit einiger Anstrengung verbunden, da ich um fünfzehn Uhr Feierabend hatte und zuerst fünfundvierzig Minuten nach Hause fahren musste. Dann legte ich denselben Weg noch einmal zurück, um mich um neunzehn Uhr mit ihm zu treffen. Aber das machte mir nichts aus.

Eigentlich hatten wir uns nur einen Drink genehmigen wollen, doch aus einem wurden zwei, und weil wir uns so gut amüsierten, aßen wir noch ein paar Appetithäppchen.

Aus zwei Drinks wurden drei, denn wir lachten viel, und je mehr wir tranken, desto ungezwungener flirteten wir miteinander. Aber es waren vor allem unsere tiefgründigen Gespräche, die mich faszinierten.

Erst vor ein paar Minuten hat Cannon einen Blick auf seine Armbanduhr geworfen und eine Grimasse gezogen. „Es ist fast zweiundzwanzig Uhr. Für die meisten Leute ist es noch früh am Abend, aber nicht für uns Frühaufsteher.“

„Das gilt vielleicht für Sie“, erwiderte ich mit einem Lachen. „Ich habe mein Studium erst vor vier Jahren abgeschlossen, also bin ich noch in einem Alter, in dem ich mir die Nacht um die Ohren schlagen kann und am nächsten Tag trotzdem ausgeschlafen bin.“

Damit verpasste ihm einen Seitenhieb und erinnerte ihn daran, dass er – wie ich heute Abend erfahren habe – sechsunddreißig ist. Es hat mir Spaß gemacht, ihn wegen des Altersunterschieds zu necken, der im Grunde … gar nicht so groß ist. Neun Jahre sind nicht viel. Mein Ex-Freund war sogar ein paar Jahre älter als Cannon.

In seinen Augen blitzte ein herausfordernder Ausdruck auf. „Ich würde noch einen Drink nehmen, falls Sie auch noch einen wollen.“

Und jetzt stehe ich hier.

Mir schwirrt der Kopf, aber auf eine angenehme Art. Ich habe ein albernes Lächeln im Gesicht, weil ich mit einem umwerfenden Mann ausgehe und mir nicht erklären kann, wie es dazu gekommen ist.

Ich überprüfe mein Make-up und trage einen Lippenbalsam auf, statt meinen Lippenstift nachzuziehen. Er würde ohnehin nur auf dem Martiniglas landen.

„Noch einen Drink, und dann nimmst du ein Taxi nach Hause“, erkläre ich meinem Spiegelbild.

Die Ava, die mir grinsend entgegenblickt, sagt mir, dass ich keine Kontrolle darüber habe, wie der Abend enden wird. Mr. Martini hat bereits das Sagen.

Als ich die Damentoilette verlasse und zu unserem Tisch zurückkehre, sehe ich dort ein junges Paar stehen, das sich mit Cannon unterhält. Er unterschreibt auf einer Getränkeserviette und reicht sie dem Mann mit einem Lächeln.

Mein Gott, er hat ein umwerfendes Lächeln, das mir gefährlich werden könnte. Mit seinem Bartschatten, einem Grübchen nur auf der linken Seite und den vollen Lippen sieht er zum Dahinschmelzen aus. Dazu kommen noch sein dunkles Haar, seine haselnussbraunen Augen und seine markanten Gesichtszüge. Wenn er als Trainer keinen Erfolg hätte, könnte er sich ohne Weiteres als Supermodel verdingen. Bei dem Gedanken muss ich innerlich lächeln.

Das Pärchen verabschiedet sich gerade, als ich mich unserem Tisch nähere, und Cannon steht auf, um mir meinen Stuhl hervorzuziehen. Den ganzen Abend über war er ein perfekter Gentleman, hat mir Türen aufgehalten und Stühle herangezogen und ist jedes Mal aufgestanden, wenn ich den Tisch verließ oder zurückkehrte.

„Jemand hat Sie erkannt“, bemerke ich mit einem Grinsen, als ich mich setze und er ebenfalls Platz nimmt. Wir haben uns gerade vorhin darüber unterhalten, dass er als Spieler in der Öffentlichkeit anders wahrgenommen wurde als jetzt als Trainer. Heutzutage wird er offenbar nicht mehr so oft angesprochen.

„Das kommt vor“, sagt er und wirft einen Blick auf meinen Martini.

Ich erhebe mein Glas, als er seinen Bourbon zur Hand nimmt, dann stoßen wir miteinander an. „Prost.“

„Prost“, erwidert er und lächelt mich an, bevor er einen Schluck trinkt.

Er lächelt auch noch, als wir unsere Gläser wieder absetzen, dann schüttelt er den Kopf.

„Was ist?“, frage ich.

„Ich verstehe das einfach nicht.“

„Was denn?“

„Warum Sie Single sind. Ich meine … Sie sind umwerfend und sexy. Allein deshalb liegen Ihnen die Männer sicher zu Füßen. Aber zudem haben Sie verdammt viel Humor und sind nett und äußerst intelligent. Sie sind die Art von Frau, für die die Männer durchs Feuer gehen würden. Was verheimlichen Sie mir?“

Das Kompliment lässt mich erröten, doch ich verspüre auch einen leichten Stich im Herzen, weil ich weiß, dass nicht alle Männer für mich durchs Feuer gehen würden.

„Sie verheimlichen mir tatsächlich etwas“, stellt Cannon fest, während er mich aufmerksam mustert und wahrscheinlich meine Emotionen in meinem Gesicht ablesen kann.

„Ich verheimliche gar nichts“, versichere ich ihm und zwirble den Zahnstocher mit den drei aufgespießten Oliven zwischen Daumen und Zeigefinger. „Nur eine frühere Beziehung, die Ihre Theorie widerlegen würde.“

Ich zucke zusammen, denn ich habe nicht derart bemitleidenswert klingen wollen, also überspiele ich meine Worte mit einem Lachen. „Das bedeutet, mein letzter Freund war ein Arschloch und wusste nicht, was gut für ihn ist.“

„Haben Sie sich erst kürzlich getrennt?“, will Cannon wissen.

„Nein. Vor über sechs Monaten.“

„Und Sie haben sich seitdem mit niemandem verabredet?“

„Es hat sich nie die Gelegenheit ergeben. Die meiste Zeit über arbeite oder schlafe ich. Dazwischen komme ich kaum zu etwas.“

Cannon lacht leise. „Das Problem kenne ich.“

„Nun, auf uns und darauf, dass wir es geschafft haben, aus unserem Alltag auszubrechen.“ Ich erhebe erneut mein Glas und er stößt mit mir an. „Das war wirklich ein schöner Abend, obwohl ich morgen sicher übermüdet und leicht verkatert sein werde.“

„Darauf trinke ich.“ Cannon stützt die Unterarme auf dem Tisch ab und beugt sich zu mir vor, wobei er mich mit einem Blick durchbohrt. „Also, warum ist Ihr Ex ein Arschloch?“

Mir steigt die Hitze in den Nacken. Das liegt jedoch nicht daran, dass ich seine Frage als aufdringlich empfinde. Ich habe viel zu viel getrunken, um ein Buch mit sieben Siegeln zu sein. Doch der Grund unserer Trennung ist mir peinlich.

Cannon muss mir mein Unbehagen angesehen haben, denn er ergreift meine Hand und drückt sie. „Sie müssen es mir nicht erzählen. Vergessen Sie einfach, dass ich gefragt habe.“

Aber der Alkohol hat meine Zunge gelockert und ich habe keinen Grund, ihn anzulügen. „Nun, zum einen hat er mir vorgeworfen, schlecht im Bett zu sein.“

Cannon reißt die Augen auf. „Das hat er gesagt?“

Ich stoße ein schnaubendes Lachen aus, weil ich nicht fassen kann, dass ich die Worte tatsächlich laut ausgesprochen habe. Damals habe ich Derek geglaubt, und es war wahrscheinlich das Demütigendste, was mir je widerfahren ist. „O mein Gott … ignorieren Sie mich einfach. Das ist definitiv der Alkohol, der aus mir spricht.“

„Was für ein Arschloch würde jemandem so etwas an den Kopf werfen?“, murmelt Cannon.

Ich ziehe die Nase kraus und zucke mit den Schultern. „Ein Kerl, der beim Fremdgehen erwischt wird?“

Cannons Augen blitzen wütend auf, was vielleicht ebenfalls dem Alkohol zuzuschreiben ist. „Er hat Sie betrogen und Ihnen dann die Schuld dafür gegeben?“

Ich mache eine abwinkende Geste und lüge an diesem Abend das erste und einzige Mal. „Ich habe es mir nicht zu Herzen genommen. Er wollte nur seinen Arsch retten. Viel schlimmer war es, als er dafür gesorgt hat, dass ich gefeuert wurde.“

„Wie bitte?“, ruft Cannon aus. Zu meiner Überraschung steht er auf, zückt seine Brieftasche und wirft zwei Hundert-Dollar-Scheine auf den Tisch. Mit der Summe deckt er sowohl die Getränke als auch die Vorspeisen und obendrein ein saftiges Trinkgeld ab. Dann streckt er mir die Hand mit der Handfläche nach oben entgegen. Ich ergreife sie und er zieht mich auf die Füße. „Lassen Sie uns einen Spaziergang machen.“

Die Nacht ist kühl, als wir die Kneipe verlassen. Mein Mantel ist aus dicker Wolle, doch mir ist aus einem anderen Grund warm ums Herz. Sobald wir uns in Bewegung gesetzt haben, ergreift Cannon meinen Arm, um ihn bei sich einzuhaken. Dafür bin ich dankbar, denn ich habe Schwierigkeiten, aufrecht geradeaus zu gehen.

Ich torkle zwar nicht betrunken durch die Gegend, aber ich bin ziemlich beschwipst, aber es ist schön, mich bei ihm anlehnen zu können.

„Also schön … erzählen Sie mir die ganze Geschichte“, ermutigt er mich.

Ich blicke zu ihm auf, und er wendet sich mir zu, um auf mich herabzublicken, denn er überragt mich um einige Zentimeter. „Diese Unterhaltung ist plötzlich sehr ernst geworden“, stelle ich fest.

Cannon zuckt mit den Schultern. „Ich bin ein vielseitiger Typ.“

Mit den Worten bringt er mich zum Lachen und nimmt mir zugleich die Befangenheit, wobei Letzteres auch den Martinis geschuldet ist. „In meiner Heimatstadt Raleigh in North Carolina war ich Personalleiterin bei einer großen Lebensversicherungsgesellschaft.“

„O Gott“, ruft Cannon mit einem dramatischen Stöhnen aus. „Bitte sagen Sie mir nicht, dass Sie ein Fan der Cold Fury sind.“

Mit meiner freien Hand drücke ich lachend seinen Arm. „Meine Familie liebt die Cold Fury zwar, aber um ehrlich zu sein, bin ich nicht unbedingt ein Eishockeyfan.“

Cannon schlägt die Hand aufs Herz. „Sie machen mich fertig.“

„Aber“, füge ich lachend hinzu, „von jetzt an werde ich die Spiele auf jeden Fall verfolgen.“

„Das macht mich glücklich. Sie sind also Personalleiterin gewesen. Was genau war Ihr Job?“

„Meine Aufgabe bestand hauptsächlich in der Verwaltung von Gehältern, Sozialleistungen und der Bewilligung von Urlaubstagen. Zudem habe ich darauf geachtet, dass die Richtlinien und Geschäftspraktiken eingehalten wurden.“

„Verstehe.“

„Und mein Ex-Freund Derek war Vizepräsident in der Marketingabteilung.“

„War eine Beziehung zwischen zwei Angestellten innerhalb Ihrer Firma erlaubt? Oder hatten Sie eine geheime Affäre?“

Ich schnaube bei dem Gedanken. „Leider muss ich Ihren Sensationshunger zügeln, denn unsere Beziehung war nicht verboten. Ich war ihm nicht direkt unterstellt.“

„Und trotzdem hat er Sie feuern lassen“, bemerkt Cannon.

„Ja, wahrscheinlich war die Klausel im Kleingedruckten vermerkt“, scherze ich und stoße ein humorloses Lachen aus. „Wie dem auch sei, wir waren noch nicht lange ein Paar, als Derek in die Firmenzentrale hier in Pittsburgh versetzt wurde. Er hat dafür gesorgt, dass ich ebenfalls versetzt wurde, und ich bin bei ihm eingezogen.“

„Wie lange ist das her?“

„Ungefähr neun Monate. Meine Eltern waren dagegen. Sie waren der Meinung, dass ich mich zu sehr von Derek abhängig mache und vorschnell handle. Sie können mit ihrer Fürsorge ziemlich erdrückend sein, aber ich weiß, dass sie es nur aus Liebe tun. Der Rest der Geschichte ist nicht besonders aufregend. Ich habe herausgefunden, dass er mich ganz klischeehaft mit seiner Sekretärin betrog. Ich habe ihn damit konfrontiert, er hat mir einige unschöne Dinge an den Kopf geworfen und es war aus zwischen uns.“

„Und dann hat er dafür gesorgt, dass Sie gefeuert wurden", bemerkt Cannon mit Abscheu in der Stimme.

„Und", füge ich mit einem dramatischen Unterton hinzu, „er hat mich aus seinem Haus geworfen. Innerhalb von vierundzwanzig Stunden fand ich heraus, dass mein Freund mich betrügt, weil er denkt, ich sei schlecht im Bett, wurde dank ihm gefeuert und zudem obdachlos."

„Verdammte Scheiße", knurrt Cannon.

Im nächsten Moment wird mir schwindlig, doch nicht wegen des Alkohols, sondern weil er mitten auf dem Bürgersteig innehält, um mich zu küssen. Mit seinen kühlen Händen umfasst er mein Gesicht, aber die Spannung, die zwischen uns knistert, wärmt mich von innen. Er küsst mich nicht aus Mitleid oder weil er mich trösten will, sondern um mich auf andere Gedanken zu bringen.

Er küsst mich leidenschaftlich und lässt seine Zunge begierig mit der meinen tanzen, wobei er keinen Zweifel daran lässt, dass er mich will. Im nächsten Moment zieht Cannon jedoch den Kopf zurück und durchbohrt mich mit seinem Blick. „Muss ich mich dafür entschuldigen?"

Ich bringe zwar keinen Ton heraus, aber ich schüttle den Kopf, den er immer noch mit beiden Händen umfasst.

Mehr als die Geste scheint er zur Bestätigung nicht zu brauchen, denn im nächsten Moment presst er seine Lippen wieder auf meine. Er dominiert mich mit seiner Zunge, während er seine Hände in mein Haar gleiten lässt. Ich stöhne auf und kralle mich in seinen Pullover unter seinem geöffneten Mantel. Ich werde von einem lustvollen Schauer durchströmt, denn er weiß genau, was er tut, und beherrscht mich gekonnt mit seiner Zunge.

Der Alkohol beflügelt mich, und so erwidere ich den Kuss, wobei ich eine Hand an seine Hose wandern lasse. Ich packe den Bund seiner Jeans und ziehe ihn an mich.

Als unsere Körper aufeinanderprallen, stößt Cannon einen Fluch aus, wirbelt mich herum und presst mich mit dem Rücken gegen die Häuserwand einer Apotheke. Er drückt sich an mich, sodass ich seine harten – und ich meine stahlharten – Muskeln spüren kann.

Im nächsten Moment zieht er ruckartig den Kopf zurück und starrt auf mich herab, während er stoßweise atmet. „Ich weiß nicht, ob ich dich derart stürmisch küssen würde, wenn wir nichts getrunken hätten. Normalerweise bin ich beim ersten Date viel zurückhaltender."

„Wahrscheinlich hätte ich mich nicht so von dir küssen lassen, wenn wir nichts getrunken hätten", gestehe ich und wölbe mich ihm entgegen. „Aber ich weiß, dass ich nicht so betrunken bin, dass ich es morgen bereuen werde."

Cannon stöhnt auf, als ich mein Becken an seinen Lenden reibe. „Ich will ehrlich sein … die Tatsache, dass dein Ex behauptet hat, du seist schlecht im Bett, hat in mir den Wunsch geweckt, ihn Lügen zu strafen. Schon allein dieser Kuss beweist mir, dass er falschliegt. Also werde ich dich warnen und dir eine faire Chance geben."

Mir läuft ein elektrisierender Schauer über den Rücken, während mir dank des Gins und der in mir aufwallenden Begierde ganz schwindelig wird. „Eine faire Chance, um was zu tun?"

Cannon umfasst wieder mit beiden Händen mein Gesicht, dann beugt er sich vor, um mit seinen Lippen zärtlich über die meinen zu streichen. „Um mir zu sagen, dass ich aufhören soll, weil wir zu viel getrunken haben. Ansonsten werde ich jetzt mit dir in meine Wohnung gehen.“

Er hebt den Kopf und starrt mich an. Ich sollte mich von seinem intensiven Blick erdrückt fühlen, doch auf gewisse Weise bestärkt er mich nur.

Nun, vielleicht ist auch der Alkohol daran schuld.

Dennoch ertappe ich mich dabei, wie ich flüstere: „Dann sollten wir ihn Lügen strafen.“

Kapitel 4

*D*ann sollten wir ihn Lügen strafen.

Die Wirkung, die diese Aussage auf mich hatte, war nicht von der Hand zu weisen. Vor allem wurde mein Schwanz härter. Ich war bereits während des Kusses erregt, doch ihre Worte erinnerten mich daran, warum ich Ava überhaupt geküsst habe.

Ich hatte schon immer ein weiches Herz. Ava hat zwar versucht, die Beleidigung ihres Ex-Freunds herunterzuspielen, doch ich konnte spüren, wie sehr er damit ihr Selbstvertrauen erschüttert hat. Mit dem Kuss habe ich ihr zeigen wollen, wie sexy und begehrenswert sie ist.

Und die Art und Weise, wie sie den Kuss erwidert hat, bestätigte mir, dass der Trottel falschlag. Ihr Mund schmiegte sich perfekt an meinen, wobei sie mir forsch mit ihrer Zunge entgegenkam. Und als sie den Bund meiner Jeans gepackt hat, um sich an mich zu schmiegen, wusste ich, dass sie eine selbstsichere Liebhaberin sein würde. Wahrscheinlich spielte auch der Alkohol eine Rolle, doch es war klar, dass die Frau weiß, was sie tut.

Ich hatte nicht im Sinn, heute Abend mit ihr zu schlafen, als ich sie eingeladen habe. Eigentlich wollte ich nur etwas mit einer Frau trinken, die mich fasziniert. Doch jetzt, da sie mir grünes Licht gegeben hat, will ich mit ihr schlafen.

Spielt der Alkohol eine Rolle? Auf jeden Fall, denn er verstärkt die Anziehungskraft zwischen uns und lässt unsere Hemmungen schwinden.

Für gewöhnlich endet so etwas in einmaligen Abenteuern, doch das scheint mir in diesem Moment völlig egal zu sein. Ich bin viel zu erregt und kann an nichts anderes mehr denken, als Ava zu ficken. Über die Konsequenzen kann ich mir auch morgen noch den Kopf zerbrechen.

Ich beruhige mein Gewissen damit, dass Ava nicht sturzbetrunken ist. Sie ist durchaus in der Lage, zusammenhängende Sätze zu formulieren, und spricht nicht undeutlich, also glaube ich kaum, dass ich die Situation ausnutze.

Ich ergreife Avas Hand und setze mich in Bewegung. Dabei gehe ich so schnell, dass sie in einen Dauerlauf verfällt, um mit mir Schritt zu halten. Ich entschuldige mich und bemühe mich, mein Tempo zu verlangsamen.

Sie lacht und scherzt: „Beeilen wir uns, bevor wir nüchtern werden und uns einreden, überstürzt zu handeln."

Die Sterne müssen günstig stehen, denn in der Eingangshalle meines Wohnhauses wartet ein Aufzug, der uns zu meiner Wohnung im achtzehnten Stock bringt.

Ich denke nicht daran, Ava eine Führung zu geben oder ihr einen Drink anzubieten. Davon hatten wir bereits genug. Stattdessen werfe ich meine Schlüssel auf den Tisch im Eingangsbereich, verfehle ihn aber um etwa zehn Zentimeter. Ich ziehe meine Jacke aus und lasse sie an Ort und Stelle auf den Boden fallen. Ungeduldig schiebe ich auch Ava ihren Mantel von den Schultern, während ich sie erneut küsse. Dann lege ich meine Hände an ihren Hintern und hebe sie hoch. Sie schlingt sofort ihre Schenkel um meine Taille, woraufhin ich murmle: „Braves Mädchen."

Eine Lampe auf dem Nachttisch sorgt für eine romantische Beleuchtung in meinem Schlafzimmer. Doch die Art, wie wir uns gegenseitig die Kleider vom Leib reißen, ist alles andere als romantisch. Und es ist auch nichts Verträumtes an dem Fluch, den ich ausstoße, als ich versuche, Avas BH zu öffnen, oder an ihren Liebkosungen, als sie meinen Schwanz durch den Stoff meiner Jeans streichelt.

„Mach den Reißverschluss auf", fordere ich an ihren Lippen, denn bisher haben wir unseren Kuss nicht unterbrochen.

Ava stößt ein heiseres Lachen aus. „Tut mir leid. Ich war abgelenkt."

Ich grinse und küsse sie noch leidenschaftlicher, bevor ich das Vorhaben, ihren BH zu öffnen, aufgebe und stattdessen die Körbchen hinunterziehe, um ihre Brüste zu entblößen. Gerade als ich meine Lippen an ihrem Hals hinuntergleiten lasse, um eine ihrer Brustwarzen mit meinem Mund zu umschließen, schiebt sie eine Hand in meine Hose und massiert meinen Schaft.

„Verdammt", brumme ich und ziehe den Kopf zurück. „Wie kommt es, dass wir immer noch nicht nackt sind?"

Sie ist wunderschön. Nachdem ich mit meinen Händen durch ihre Strähnen gefahren bin, sind ihre Haare zerzaust. Ihre Lippen sind geschwollen, ihre Brustwarzen steif und ihr Gesicht ist gerötet, was sowohl dem Alkohol als auch ihrem erregten Zustand zu verdanken ist. Sie atmet schwer, während sie mich mit funkelnden Augen anstarrt.

„Zieh dich aus!", befehle ich ihr, wobei ich mir das Hemd über den Kopf ziehe. „Und zwar sofort."

Wir entledigen uns beide unserer Kleidung, und ich stelle fest, dass der Verschluss ihres BHs sich vorn befindet. Ich merke mir dieses Detail für die Zukunft. Ich bin schneller als sie, also krame ich in meiner Nachttischschublade nach einem Kondom.

Sobald ich eines gefunden habe, wirble ich herum und sehe, dass sie splitternackt vor mir steht. Sie scheint nicht einmal einen Anflug von Scham zu empfinden. Obwohl ich mich am liebsten auf sie stürzen würde, nehme ich mir einen Moment Zeit, um sie zu betrachten. Ich lasse meinen Blick langsam über ihren Körper schweifen, bemerke ihre prallen Brüste, ihre kurvigen Hüften und ihre enthaarte Scham. Bei dem Anblick wird mein Schwanz noch härter, als er ohnehin schon ist.

Außerdem läuft mir das Wasser im Mund zusammen.

Mit einem ausladenden Schritt gehe ich auf sie zu, hebe sie hoch und werfe sie auf das Bett, um mich sogleich auf sie zu legen.

Sie spreizt die Beine, und ich stütze mich mit den Händen auf der Matratze ab, um auf sie herabzublicken. „Ich sollte mich wie ein Gentleman verhalten und dich fragen, ob du dir wirklich sicher bist."

„Ich will nicht, dass du dich wie ein Gentleman verhältst", erwidert sie und schüttelt energisch den Kopf. „Mir wäre es lieber, wenn du dich ganz und gar nicht wie ein Gentleman verhältst."

Mein Gott, ich liebe ihren Charme und ihren Humor. Und ich liebe den erwartungsvollen Ausdruck in ihren Augen, mit dem sie im Moment zu mir aufstarrt.

Ich lasse meinen Blick an ihrem Körper bis zu ihrer Scham hinabschweifen. Ich presse meine Hand auf ihren Bauch und streiche dann mit den Fingern über ihre seidige Haut ihres Venushügels. „Verdammt sexy", murmle ich, während ich zu ihr aufblicke.

Ava starrt konzentriert auf meine Hand und beißt sich auf die Unterlippe. Fasziniert beobachte ich ihre Reaktion, als ich einen Finger durch ihre Spalte gleiten lasse und mit der Spitze in sie eindringe.

Sie stöhnt, kneift die Augen zusammen und spannt die Hüften an. Dann stößt sie den Atem aus und öffnet langsam wieder die Augen, in denen ein Feuer lodert.

„Willst du mehr?", frage ich.

„Ja." Ihre Stimme ist kaum mehr als ein Flüstern, doch in ihren Iriden liegt ein flehender Blick. „Mehr."

Verdammt ja, ich werde ihr mehr geben. Aber zuerst muss ich sie noch einmal küssen.

Ich presse meine Lippen auf die ihren und dringe mit einem Finger tief in sie ein. Ava stößt einen Schrei aus, den ich mit meinem Mund schlucke, und krallt sich in mein Haar. Dann lässt sie ihre Zunge kurz über die meine gleiten, bevor sie mir in die Unterlippe beißt.

Ich genieße den stechenden Schmerz, während ich sie mit zwei Fingern dehne. Sie ist klatschnass und treibt mich mit ihrer seidig-glatten Haut fast in den Wahnsinn, als ich sie mit dem Daumen massiere.

„Cannon", keucht Ava, während ich immer wieder mit meinen Fingern in sie hineinstoße.

„Was willst du? Sag es mir."

Sie schüttelt den Kopf und wendet den Blick ab. Es ist das erste Mal, dass ich einen Anflug von Scham in ihren Gesichtszügen erkenne, doch ich will, dass sie keinerlei Hemmungen empfindet.

„Sag es mir, Ava. Sag mir, wie sehr du meinen Schwanz in dir spüren willst.“

„O Gott“, stöhnt sie, während sie ihre Hüften kreisen lässt, um sich an meiner Hand zu reiben.

„Ich will es hören, Süße. Sag mir, wie sehr du willst, dass ich dich ficke.“

Ich umkreise mit einem Finger ihre Klitoris, bevor ich ihn wieder in sie stoße.

„Redest du immer so schmutzig daher oder ist der Alkohol daran schuld?“, fragt sie mit heiserer Stimme.

„Es liegt bestimmt nicht am Alkohol“, versichere ich ihr. „Und jetzt sag mir, was du willst.“

Ava leckt sich über die Lippen, während ich immer wieder langsam mit den Fingern in sie eindringe. „Ich will … ich will, dass du mich fickst, Cannon.“

Ein leises Knurren entfährt meiner Kehle, als ich mir das Kondom schnappe und es ihr reiche. „Streif es mir über“, befehle ich ihr unwirsch und stütze mich auf einem Arm ab, um ihr Platz zu machen.

Ava versucht, die Folie aufzureißen, und braucht einige Anläufe, doch schließlich zieht sie das Kondom heraus und rollt es über meinen Schaft. Bei der Berührung ihrer Finger verliere ich fast den Verstand. Ich atme tief durch und ringe um Selbstbeherrschung.

Dann lege ich mich auf sie und dringe langsam in sie ein, wobei ich sanft die Hüften kreisen lasse. Sie ist feucht und eng und raubt mir mit ihren wimmernden Lauten fast den Verstand.

„Cannon", flüstert sie, als ich ein wenig tiefer in sie hineinstoße. Sie hebt ihre Schenkel an, presst ihre Knie an meinen Brustkorb und bäumt die Hüften auf. „Gib mir alles."

„Scheiße." Ich dringe bis zum Anschlag in sie ein und halte inne, als unsere Becken aneinanderprallen. „Verdammt, das fühlt sich so gut an."

Gefährlich gut.

Ava schlingt ihre Arme um meinen Hals, um mich an sich zu ziehen. Ich schmiege meinen Oberkörper an ihre Brüste und starre auf sie herab. „Jetzt gibt es kein Zurück mehr."

Sie lacht und bäumt sich erneut auf. „Dann solltest du dich nicht zurückhalten."

Ich muss unwillkürlich lachen, doch im nächsten Moment presse ich meine Lippen erneut auf ihre. Mit unseren Zungen vollführen wir einen sinnlichen Tanz, während ich immer und immer wieder in sie stoße. Ich hätte schwören können, dass sie unter mir dahinschmilzt.

Es wäre auch möglich, dass ich dahinschmelze.

Ich bin mir nicht sicher, aber jeder ihrer stöhnenden Laute hallt in meiner Brust wider, wobei die Hitze ihrer Weiblichkeit ein Feuer in meinen Adern entzündet.

Ich dringe tief in sie ein und schiebe eine Hand zwischen unsere Körper, um ihre Klitoris zu massieren. Ava stöhnt und lässt ihre Hüfte kreisen, während sie mit gedämpfter Stimme nach mehr verlangt. Also stoße ich mit Wucht in sie hinein und bearbeite mit meinen feuchten Fingern ihre Lustperle, bis Ava beginnt, heftig zu keuchen.

Ich presse meine Stirn an ihre und murmle: „So gut, wie du dich anfühlst, werde ich nicht lange durchhalten können."

Kaum habe ich die Worte ausgesprochen, bäumt Ava sich auf. Sie stößt einen erstickten Schrei aus, als ihre Muskeln sich um meinen Schwanz herum zusammenziehen. Mein Gott, das war schnell. Ich muss mich beeilen, um mit ihr in den Abgrund der Ekstase zu fallen.

Ich stoße in sie hinein, während Ava meinen Hals umklammert und mir ins Ohr flüstert: „Ich glaube, ich komme immer noch."

Ich habe keinen Zweifel daran, denn sie fühlt sich unglaublich eng an. Es erregt mich umso mehr, dass sie so schnell gekommen ist. Ich stemme mich hoch, packe die Rückseite ihrer Oberschenkel und dringe immer wieder in sie ein.

Im nächsten Moment komme ich mit Wucht zum Höhepunkt, und ein tiefes Stöhnen entfährt meiner Kehle, wobei ich meine Hüfte an ihrem Becken kreisen lasse. Mein ganzer Körper wird von einem ekstatischen Schauer durchströmt, der mir den Atem raubt.

Ich lasse meinen Oberkörper auf ihren fallen und stoße immer weiter in sie, bis auch die letzte Woge lustvoller Erregung verebbt ist. Erst dann atme ich erleichtert auf.

Ich ziehe sie an mich, schlinge einen Arm um ihren Nacken und lege den anderen um ihren Rücken. Ich spüre, wie Ava ihre Lippen auf meinen Hals presst.

„Danke", murmelt sie.

Für einen Moment lodert Wut in mir auf, die einen Teil der Glückseligkeit verdrängt. Sie sollte mir nicht danken müssen, denn sie hat mir mindestens so viel gegeben wie ich ihr.

Es war unglaublich.

Ava Cavanaugh ist mit Sicherheit nicht schlecht im Bett, was bedeutet, dass ihr Ex-Freund ihr die Worte an den Kopf geworfen hat, um sie herabzusetzen und zu demütigen. Wahrscheinlich ist er selbst ein lausiger Liebhaber.

Wir schweigen einen Moment, dann sagt Ava: „So etwas habe ich noch nie zuvor getan."

Ich hebe meinen Kopf und sehe sie fragend an.

„Ich meine … Normalerweise steige ich nicht mit jemandem gleich bei der ersten Verabredung ins Bett."

Lachend drücke ich ihr einen sanften Kuss auf den Mund. „Ich gebe dem Alkohol die Schuld. Ohne die Drinks wäre ich selbst nicht derart forsch gewesen. Aber wir sind beide erwachsen und haben nichts Falsches getan."

„Das sehe ich genauso", erwidert sie schläfrig.

Ich werfe einen Blick auf meine Uhr und stelle fest, dass es kurz nach dreiundzwanzig Uhr ist. Sie kann unmöglich nach Hause fahren, und ich bin nicht nüchtern genug, um sie zu bringen. Wir sollten ein paar Stunden schlafen und uns später überlegen, wie wir beide am besten zur Arbeit kommen.

„Ich bin gleich wieder da", sage ich und stehe auf, wobei ich sofort die Wärme ihres Körpers vermisse.

Ich entsorge das Kondom im Badezimmer und bin nüchtern genug, um mir die Zähne zu putzen. Dann hole ich eine Ersatzzahnbürste für Ava aus dem Hängeschrank und platziere sie neben dem Waschbecken.

Zurück in meinem Schlafzimmer lösche ich das Licht und lege mich neben sie ins Bett. Als ich mich dicht an ihren Körper schmiege, sage ich: „Ich habe eine Zahnbürste für dich herausgelegt, falls du dir die Zähne putzen willst."

Sie erwidert nichts.

„Ava?", murmle ich gedämpfter Stimme. In der Dunkelheit kann ich ihr Gesicht nicht sehen, doch ich kann ihre tiefen, gleichmäßigen Atemzüge hören. Sie gibt ein leises Schnarchen von sich, und der Laut macht sie nur noch liebenswerter.

Lächelnd beschließe ich, sie schlafen zu lassen. Ich stelle den Wecker auf meinem Handy und breite die Decke über uns beiden aus. Im nächsten Moment befinde auch ich mich im Reich der Träume.

Kapitel 5

Ich öffne die Augen und weiß sofort, dass ich in Schwierigkeiten stecke. Es dämmert bereits, und meine innere Uhr sagt mir, dass ich zu spät zur Arbeit kommen werde.

Der stechende Schmerz in meinem Kopf lässt mich zusammenzucken. Dieser verdammte Gin. Mit einem Fluchen setze ich mich im Bett auf und werfe einen Blick auf die Uhr, die sechs Uhr achtzehn anzeigt.

„Verdammt", murmle ich, rolle mich von der Matratze, knipse die Lampe an und suche auf dem Boden nach meinen Klamotten.

„Was ist los?", fragt Cannon, als er sich mit zerzausten Haaren und verschlafenen Augen aufsetzt. Mit seiner muskulösen Brust und dem Laken, das locker um seine Hüften liegt, sieht er unglaublich sexy aus, doch ich tue mein Bestes, um den Anblick zu ignorieren.

„Ich sollte das Grind öffnen." Ich werfe einen Blick auf die Uhr, die mittlerweile sechs Uhr neunzehn anzeigt, und ziehe mein Höschen an. „Und zwar vor neunzehn Minuten. Ich stecke wirklich in der Klemme."

Cannon runzelt die Stirn und greift nach seinem Handy. „Ich habe den Wecker auf fünf gestellt, weil ich dachte, damit hättest du genügend Zeit."

Ich ziehe meinen BH an und dann meine Jeans, während Cannon sein Handy entsperrt.

„Scheiße“, flucht er und ich sehe ihn an. „Ich habe ihn auf fünf Uhr abends statt morgens gestellt. Es tut mir so leid, Ava.“

Ich bemühe mich um ein Lächeln. „Es ist nicht deine Schuld. Vergiss nicht, dass ich ebenso betrunken war.“

Er fährt sich mit der Hand durchs Haar. „Wie kann ich dir helfen?“

„Gar nicht“, versichere ich ihm, während ich mir den Pullover über den Kopf streife. „Ich werde mich beeilen und hoffen, dass vor dem Laden keine allzu lange Schlange verärgerter Kunden wartet.“

Ich setze mich auf die Bettkante und ziehe meine Socken und Stiefel an, wobei ich höre, wie Cannon aufsteht. Als er in mein Blickfeld tritt, trägt er seine Boxershorts.

Ich habe dem Kleidungsstück gestern Abend nicht viel Aufmerksamkeit geschenkt, doch nun sehe ich, dass es strahlend weiß ist. Es schmiegt sich ein wenig zu gut an seine Männlichkeit und verleiht seiner gebräunten Haut einen goldenen Schimmer.

Ich blinzle und schließe den Reißverschluss eines Stiefels. Sobald ich auch den anderen angezogen habe, zieht Cannon mich auf die Füße.

Er legt die Hände an meine Wangen – genauso wie er es gestern Abend getan hat, bevor er mich zum ersten Mal geküsst hat. Ich liebe es, wenn er mich auf diese Weise festhält.

„Es tut mir so leid“, wiederholt er. „Ich hätte dich gestern Abend nach Hause bringen sollen.“

Ich ergreife sein Handgelenk, um ihn zu beruhigen. „Du bist nicht dafür verantwortlich, ob ich heute pünktlich zur Arbeit komme, Cannon.“

Er durchbohrt mich mit einem Blick, als wollte er herausfinden, ob ich meine Worte ernst meine. Schließlich nickt er und zieht mich an sich, um mir einen Kuss auf die Stirn zu drücken.

„Auf dem Waschbecken liegt eine Zahnbürste für dich. Soll ich dir einen Kaffee machen?"

Ich schüttle den Kopf. „Nein, ich habe wirklich keine Zeit. Aber ich werde dein Badezimmer und die Zahnbürste benutzen."

Cannon nickt und verlässt das Schlafzimmer, während ich ins Badezimmer gehe. Ich erleichtere meine Blase und wasche mir Hände und Gesicht. Dann putze ich mir die Zähne und suche im Hängeschrank nach einem Mittel gegen Kopfschmerzen. Ich spüle eine Tylenol mit einem Schluck Wasser hinunter.

In einer der Schubladen finde ich eine Bürste und versuche, meine Haare zu entwirren. Sie sehen aus, als hätten wir die ganze Nacht lang miteinander gerungen, doch ich schaffe es schließlich, mich halbwegs vorzeigbar zu frisieren.

Es lässt sich nicht ändern, dass ich meine Uniform nicht bei mir habe, aber es wird mir auch nichts nützen, wenn ich noch mehr Zeit auf meine äußere Erscheinung verschwende.

Als ich aus seinem Schlafzimmer komme, wartet Cannon bereits mit meinem Mantel an der Tür auf mich. Ich lasse mir von ihm hineinhelfen und nehme meine Handtasche entgegen, die er mir ebenfalls reicht.

Ich wünschte, ich hätte etwas Zeit, um mit ihm darüber zu reden, was die letzte Nacht für uns bedeutet hat. Zugegebenermaßen bin ich völlig verwirrt, denn ich habe noch nie zuvor mit jemandem bei der ersten Verabredung geschlafen.

Und ich hatte noch nie derart ungestümen Sex.

Mir steigt die Hitze in den Nacken, als ich mich daran erinnere, wie sehr wir uns nacheinander verzehrt haben. Alles ging so schnell. Wir haben einander förmlich angesprungen und dann eine etwas härtere Gangart angeschlagen, doch ich habe jede Sekunde genossen.

Cannon lässt eine Hand an meinen Nacken gleiten. „Ich komme auf einen Kaffee vorbei, sobald ich geduscht habe, in Ordnung?“

„Sicher“, erwidere ich mit einem Lächeln, das sich selbst für mein Empfinden unecht anfühlt. Ich bin viel zu gestresst, da ich den Laden nicht pünktlich öffnen kann. Außerdem empfinde ich einen Anflug von Neid, weil er einem Job nachgeht, bei dem er sich über solche Dinge keine Sorgen machen muss.

Ich stelle mich auf die Zehenspitzen und drücke Cannon einen flüchtigen Kuss auf die Wange. Ein inniger Kuss würde sich falsch anfühlen und mich nur noch mehr verwirren, darüber hinaus muss ich mich wirklich beeilen.

„Wir sehen uns später“, sagt er, als ich zur Tür hinausgehe.

Ich habe keine Ahnung, ob er seine Worte ernst meint. Die letzte Nacht könnte durchaus nur ein One-Night-Stand gewesen sein. Es würde mich nicht wundern, wenn Cannon das Café von nun an meidet. Wahrscheinlich hält er mich für eine Schlampe, weil ich einfach mit ihm ins Bett gesprungen bin.

Doch darüber kann ich mir ein andermal den Kopf zerbrechen. Ich stürme aus dem Wohngebäude und eile den Block hinunter, wobei ich mein Handy aus der Tasche ziehe. Mein Magen krampft sich zusammen, als ich sehe, dass ich mehrere Anrufe von Joyce verpasst habe. Sie ist eine der Baristas, die während der Frühschicht arbeiten.

Als das Grind in Sichtweite kommt, bin ich verblüfft, denn es warten keine Kunden auf dem Bürgersteig. Beim Näherkommen sehe ich, dass drinnen Licht brennt und Leute an den Tischen sitzen.

Ich öffne die Tür und erblicke die Baristas bei ihrer Arbeit.

Mir rutscht das Herz in die Hose, denn das kann nur eines bedeuten.

„Ava." Als ich Stan Dubetskys Stimme höre, zucke ich innerlich zusammen. Ich wende mich dem Flur zu, der zu den Toiletten, dem gegenüberliegenden Pausenraum und einer Abstellkammer führt. „Ich muss mit dir reden."

Mist. Einer der Angestellten muss den Geschäftsführer angerufen haben, der daraufhin gekommen ist, um den Laden zu öffnen. Ich kann an seinem Gesichtsausdruck erkennen, dass er nicht sonderlich erfreut darüber ist.

Mit hängenden Schultern gehe ich am Tresen vorbei und wage es nicht, meinen Mitarbeitern in die Augen zu sehen. Es ist mir peinlich, dass ich nicht hier war, um den Laden für sie zu öffnen, und dass ich sie zudem in eine Lage versetzt habe, in der sie den Chef hinzuziehen mussten.

In dem Laden gibt es kein Büro, deshalb erledige ich meinen morgendlichen Papierkram an einem der Tische. Ich folge Stan in den Pausenraum, der im Grunde nur eine kleine Küche mit einem runden

Tisch für vier Personen, einer Anrichte mit Spülbecken und einer Mikrowelle ist.

Ich ziehe die Tür hinter mir zu und schrecke zurück, als er mich ohne Umschweife anschreit: „Was soll der Scheiß, Ava? Du bist nicht aufgetaucht, um den Laden zu öffnen? Deine Mitarbeiter haben mich geweckt, und dann bin ich hierhergefahren, um deinen Job zu erledigen." Er kommt auf mich zu und mustert mich. „Ach du meine Güte … hast du die letzte Nacht etwa durchgemacht? Du siehst scheiße aus und riechst nach Alkohol."

Ich finde keine Worte, um mich zu verteidigen. Zwar habe ich die letzte Nacht nicht gerade durchzecht, aber ich habe mehr getrunken als gewöhnlich. Ich weiß, dass meine Augen blutunterlaufen sind und ich wahrscheinlich den Gin von gestern Abend ausschwitze, während er mich wütend anstarrt.

„Ich möchte, dass du mir den Schlüssel für den Laden gibst", sagt er und streckt mir die Hand mit der Handfläche nach oben entgegen.

„Wie bitte? Warum?", stammle ich, doch im nächsten Moment sprudeln die Worte voller Panik aus mir heraus. „Es tut mir so leid, dass ich zu spät gekommen bin. Ich schwöre, es wird nicht wieder vorkommen."

„Stimmt genau. Es wird nicht wieder vorkommen, denn du bist gefeuert."

„Stan! Nein. Bitte wirf mich nicht raus. Von mir aus kannst du mir den Posten als Assistenzmanagerin entziehen, aber ich brauche diesen Job."

Ich brauche diesen Job so sehr, dass ich ohne ihn meine Miete nicht bezahlen kann. Letzte Woche musste ich mir gezwungenermaßen einen neuen

Autoreifen besorgen, und damit habe ich den Großteil meiner dürftigen Ersparnisse aufgebraucht.

„Daran hättest du denken sollen, als du verschlafen hast“, blafft er mich an. „Jetzt gib mir den
Schlüssel und verschwinde. Ich werde dir deinen
letzten Gehaltsscheck schicken.“

Beinahe wäre ich in Tränen ausgebrochen, denn
der Monat hat erst vor Kurzem begonnen und ich
habe gerade mal drei Tage gearbeitet.

„Bitte tu das nicht“, flehe ich ihn an, während
meine Augen zu brennen beginnen. Nachdem
Derek mich aus seiner Wohnung geworfen hatte,
habe ich versucht, in Pittsburgh zu überleben. Ich
musste sowohl meinen Eltern als auch mir selbst
beweisen, dass ich kein kompletter Versager bin.
„Ich werde Überstunden zum Normaltarif oder
Extraschichten arbeiten, wenn du willst.“

„Dein Schlüssel.“ Stan schnippt mit den Fingern
und starrt auf seine Handfläche.

Ich blinzle, um die Tränen zurückzuhalten, und
nicke, während ich meine Handtasche öffne. Ich
ziehe meinen Schlüsselbund heraus, um den Schlüssel für das Grind abzumachen, und drücke ihn ihm
in die Hand. Dann erhebe ich mich und gehe zur
Tür.

Stan rührt sich nicht von der Stelle und sagt kein
weiteres Wort.

Als ich auf den Bürgersteig hinaustrete, dreht sich
mir der Magen um. Für einen Moment weiß ich
nicht, was ich tun soll, und scheine sogar vergessen
zu haben, wo ich meinen Wagen geparkt habe.
Doch dann fällt mir ein, ich ihn in einem Parkhaus
zwei Häuserblocks von hier abgestellt habe, dort,

wo ich Cannon gestern Abend auf einen Drink getroffen habe.

Unwillkürlich muss ich daran denken, wie er gerade unter der heißen Dusche steht und danach wahrscheinlich frühstückt. Ich hätte gedacht, dass der Gedanke Verbitterung in mir wecken würde, doch das tut er nicht.

Ich hatte eine Menge Spaß gestern Abend, und obwohl ich angetrunken war, weiß ich, dass das der beste Sex meines Lebens war. Vielleicht war der Alkohol daran schuld – oder es lag einfach nur an Cannon. Da ich jedoch meinen Job verloren habe und ihn nicht mehr wie üblich sehen werde, wenn er sich seinen Morgenkaffee holt, nehme ich an, dass er der Vergangenheit angehört.

Traurig stapfe ich zum Parkhaus. Ich habe meinen vier Jahre alten Nissan Maxima in der dritten Etage geparkt, und als ich mich ihm nähere, zwinkert mir der glänzende neue Reifen förmlich zu. Ich bin über einen Nagel gefahren, der sich in der Nähe der Felge in einem derart ungünstigen Winkel in das Gummi gebohrt hat, dass er nicht geflickt werden konnte. Im Handumdrehen war ich zweihundertfünfunddreißig Dollar ärmer. Ich beschließe, für den Rest des Monats nur noch Instant-Nudeln zu essen. Immerhin könnte ich meine Kreditkarte belasten, falls ich einen Vorschuss für die Miete brauche, doch dann bin ich pleite.

Also muss ich dringend einen neuen Job finden.

Sobald ich in meinem Auto sitze und durch den Südwesten der Stadt fahre, ringe ich mich dazu durch, meinen Bruder anzurufen.

Über die Bluetooth-Verbindung wird seine Stimme von einem leisen Knistern untermalt. „Was gibt's, Schwesterherz?"

„Ich wurde gefeuert."

Am anderen Ende der Leitung herrscht Schweigen, bevor Rob sagt: „Ich kann übermorgen einen Flug nach Pittsburgh nehmen. Ich werde dir beim Packen helfen und dich nach Hause fahren."

Ich seufze und reibe mir die Schläfe. Das wollte ich eigentlich nicht hören. „Ich will nicht zurück nach Hause ziehen, Rob."

„Ich verspreche dir, dass dir niemand einen Vorwurf machen wird", versichert er mir. Als ich nach Pittsburgh gezogen bin, um bei Derek zu sein, hat er sich genauso lautstark wie meine Eltern dagegen ausgesprochen. Er mochte ihn noch weniger als meine Eltern und war der Meinung, dass ich einen riesigen Fehler beging.

Damals hat es mich wütend gemacht, weil keiner von ihnen mir zutraute, meine eigenen Entscheidungen zu treffen. Sie wollten nicht glauben, dass ich durchaus dazu in der Lage war, selbst zu entscheiden, und mir obendrein eingestehen konnte, wenn ich falschlag. Stattdessen haben sie nur darauf beharrt, recht zu haben.

„Kannst du mir etwas Geld leihen?", frage ich. „Nur so viel, dass ich meine Miete bezahlen kann. Ich bin sicher, dass ich schnell einen neuen Job finde."

„Du hast versucht, einen anständigen Job zu finden, seit dieses Arschloch mit dir Schluss gemacht hat."

„Ich habe mit ihm Schluss gemacht", korrigiere ich meinen Bruder.

„Wie auch immer. Warum schlägst du dich überhaupt mit Jobs in einem Café durch? Du kannst doch nach Hause zurückkehren und ins Familiengeschäft einsteigen.“

„Ich will aber nicht als Immobilienmaklerin arbeiten“, entgegne ich wütend, denn wir haben diese Unterhaltung schon so oft geführt. Meinen Eltern gehört eine der größten Immobilienfirmen des Landes, und Rob arbeitet für sie als Makler. Alle haben erwartet, dass ich ebenfalls in diese Fußstapfen trete, doch ich hatte keine Lust, Häuser zu verkaufen.

„Also schön“, blafft er gereizt. „Dann arbeitest du eben nicht als Immobilienmaklerin. Immerhin hast du wenigstens ein Dach über dem Kopf und musst dir keine Sorgen wegen des nächsten Gehaltsschecks machen, wenn du nach Hause kommst.“

„Ich will nicht bei Mom und Dad wohnen.“

„Du kannst bei mir wohnen …“

„Aber ich will von keinem von euch abhängig sein“, murmle ich.

„Dann solltest du mich auch nicht darum bitten, dir Geld zu leihen“, entgegnet er. Dabei klingt er nicht unfreundlich. Dennoch gibt er mir zu verstehen, dass ich mich auf eigene Faust durchschlagen muss, wenn ich auf meiner Unabhängigkeit beharren will. „Hör zu, wenn du willst, hole ich dich ab. Du musst es nur sagen.“

Ich werfe einen Blick über meine rechte Schulter, um mich zu vergewissern, dass sich niemand im toten Winkel befindet, dann fahre ich auf die rechte Spur in Richtung Ausfahrt.

„Ich werde darüber nachdenken“, verspreche ich ihm. „Und bitte … erzähle Mom und Dad nicht, dass ich meinen Job verloren habe. Ich würde es nicht ertragen, wenn sie mich jetzt anriefen, um mir zu sagen, dass sie von Anfang an recht hatten."

„Verstanden", stimmt er in sanftem Tonfall zu. „Willst du dir wirklich Geld leihen?"

„Nein", murmle ich. „Du hast mir gerade klargemacht, dass ich es aus eigener Kraft schaffen muss."

Rob lacht leise. „Obwohl es mir lieber wäre, wenn du nach Hause zurückkämst, muss ich deine Entscheidung respektieren."

Wir unterhalten uns noch ein wenig. Er will wissen, warum ich gefeuert wurde, doch ich erzähle ihm nur, dass ich verschlafen habe und der Chef kein Erbarmen hatte.

Als ich endlich vor meinem Wohngebäude parke, geht es mir schon etwas besser. Zumindest weiß ich, dass ich einen Ausweg habe, falls ich nicht bald einen Job finde. Rob wird kommen und mich retten, und ich kann mit eingezogenem Schwanz nach Hause kriechen.

Kapitel 6

Ich trete auf den Bürgersteig vor meinem Wohngebäude und schließe den Reißverschluss meiner Fleecejacke. Es ist ein bisschen kühler, als ich gedacht habe, aber das Grind ist nur ein paar Gehminuten entfernt, daher ist es nicht nötig, mir eine dickere Jacke zu holen. Außerdem habe ich nur wenig Zeit.

Ava ist nicht die Einzige, die heute Morgen verschlafen hat. Ich hatte mir vorgenommen, um halb sieben im Stadion zu sein, um eine Runde zu trainieren, denn der heutige Tag wird anstrengend werden. Zusätzlich zum regulären Training werden die Special Teams noch weitere Übungen absolvieren. Zudem hat mich Callum um ein Gespräch gebeten, also werde ich ihn gegen Mittag dazwischenschieben. Den Nachmittag und Abend werde ich mit Videobesprechungen und Meetings zur Vorbereitung auf unser morgiges Auswärtsspiel in Montreal verbringen.

Doch heute Morgen werde ich auf mein Work-out verzichten, um im Grind eine Tasse Kaffee zu trinken. Ich bin gespannt, ob Ava erröten wird, wenn ich mich neben sie an den Tisch setze, oder ob sie wie immer versuchen wird, mich zu ignorieren.

Nach allem, was gestern zwischen uns geschehen ist, werde ich sie zweifellos in einem anderen Licht sehen.

Ich hatte noch nie eine Vorliebe für One-Night-Stands und war nie willentlich auf der Suche danach. Doch ich habe nichts dagegen einzuwenden. Wenn sich zur richtigen Zeit eine günstige Gelegenheit ergibt, ergreife ich sie.

Und das Stelldichein mit Ava ist zweifellos in diese Kategorie der günstigen Gelegenheiten gefallen, immerhin waren wir betrunken und haben zusammen geschlafen. Doch ich freue mich schon darauf, sie wiederzusehen, also ist sie sicher mehr als nur ein Abenteuer.

Ich will sie sogar unbedingt wiedersehen.

Und ich will auf jeden Fall wieder mit ihr schlafen.

Ich bin wahnsinnig beschäftigt und nicht auf der Suche nach einer festen Beziehung, aber ich mag sie. Wäre ich trotz meiner Karriere in der Lage, in meinem Leben etwas Platz für Ava zu schaffen? Vielleicht würden wir uns nur morgens bei einem Kaffee sehen und hin und wieder miteinander ausgehen, wenn ich Zeit dafür fände. Wäre sie damit einverstanden?

Ich habe vor, es herauszufinden. Es fällt mir schwer, meinen rasenden Puls zu ignorieren, als ich mich dem Laden nähere. Wird sie mir heute ein verschwörerisches Lächeln schenken, das von dem Wissen um unsere gemeinsame Nacht zeugt? Wird sie mich ansehen und denken: *Du hast mich letzte Nacht so heftig kommen lassen, wie ich noch nie gekommen bin.*

Mir für meinen Teil schießen derartige Gedanken durch den Kopf, doch ich freue mich auch auf unseren verbalen Schlagabtausch. Ich muss unwillkürlich lächeln, als ich das Grind betrete. Mein Blick fällt sofort auf den Tisch in der Ecke, an dem Ava für gewöhnlich sitzt und arbeitet, aber sie ist nicht da.

Das beunruhigt mich jedoch nicht, denn an manchen Tagen steht sie hinter dem Tresen.

Dort kann ich sie allerdings auch nicht entdecken.

Da niemand vor dem Tresen wartet, gehe ich mit einem Stirnrunzeln auf die Barista zu. Sie ist noch neu, hat jedoch schon häufiger einen Becher Kaffee für mich zubereitet und kennt meinen Namen.

„Guten Morgen, Cannon. Das Übliche?"

„Hey, Meredith", sage ich und sehe mich in dem Café um, in dem nur eine Handvoll Menschen sitzen. Ich zücke meine Brieftasche, um meine Kreditkarte herauszuziehen, und frage: „Wo ist Ava?"

Das Mädchen wirft einen Blick über ihre Schulter auf einen jungen Mann, der gerade an der Kaffeemaschine steht. Er heißt Ken und hat mich schon des Öfteren bedient. Er sieht mich an. „Sie wurde gefeuert, weil sie zu spät gekommen ist und den Laden nicht pünktlich geöffnet hat."

„Wie bitte?", rufe ich überrascht aus.

Ken tritt an den Tresen, beugt sich vor und senkt die Stimme, damit die anderen Kunden ihn nicht hören. „Der Geschäftsführer musste kommen und den Laden aufschließen und war deshalb stinksauer. Als Ava hier ankam, rief er sie in den Pausenraum. Ich weiß nicht, was genau er gesagt hat, aber Ava kam etwa fünf Minuten später wieder heraus. Kurz darauf teilte Stan uns mit, dass er sie gefeuert hat. Das war alles."

„Scheiße", murmle ich und fahre mir verärgert mit der Hand durch das Haar. Derweil wendet Ken sich der Maschine zu, um meinen Kaffee zuzubereiten. Das ist alles meine Schuld. „Wo ist Ava jetzt? Hat sie gesagt, wohin sie wollte?"

Meredith schüttelt den Kopf.

„Ist der Geschäftsführer noch da?“

Ken nickt in Richtung des Flurs. „Er ist im Pausenraum.“

Ich mache mich auf den Weg dorthin und bin fest entschlossen, diesen Fehler zu beheben, der ganz allein auf mein Konto geht.

Obwohl ich von dem Geschäftsführer bisher nur weiß, dass er Ava gefeuert hat, ist er genau so, wie ich ihn mir vorgestellt habe. Er sitzt in einem verschwitzten Hemd und mit einem finsteren Blick am Tisch und arbeitet, so wie Ava für gewöhnlich, die Quittungen durch. Er wendet mir den Kopf zu, als er mich durch die geöffnete Tür treten sieht.

Er setzt augenblicklich ein Lächeln auf, denn er denkt wahrscheinlich, dass ich ein Kunde bin, der sich verlaufen hat. „Kann ich Ihnen helfen?“

Ich schließe die Tür hinter mir, und sein Lächeln erstirbt. „Ja, Sie können mir tatsächlich helfen, indem Sie mir erzählen, warum Sie Ava Cavanaugh gefeuert haben.“

„Ich glaube nicht, dass Sie das etwas angeht“, entgegnet er, steht auf und hebt das Kinn. Dabei muss er allerdings immer noch den Kopf in den Nacken legen, um mich anzusehen.

„Doch, es geht mich etwas an. Ich bin Kunde in diesem Laden und komme vor allem hierher, weil Ava einen so hervorragenden Kundenservice bietet.“

Nun, ich übertreibe vielleicht ein wenig, aber Ava arbeitet hart und gibt sich alle Mühe, um meine Flirtversuche abzuwehren.

„Es tut mir wirklich leid, dass sie Ihnen fehlen wird, aber sie kam zu spät zur Arbeit und hat es versäumt, den Laden pünktlich zu öffnen. Ich muss auch die Bedürfnisse der anderen Kunden in Erwägung ziehen, denen sie Unannehmlichkeiten bereitet hat. Außerdem ist da noch das Personal, das heute Morgen auf sie warten musste.“

Ich stoße ein Schnauben aus. „Sowohl das Personal als auch die Kunden lieben Ava. Ich kann mich des Eindrucks nicht erwehren, dass Sie sie nur gefeuert haben, weil sie Ihnen Unannehmlichkeiten bereitet hat.“

Stan läuft vor Wut rot an. „Ich glaube nicht, dass mir Ihre Andeutung gefällt.“

„Es ist keine Andeutung. Ich behaupte geradeheraus, dass Sie sie gefeuert haben, weil Sie dadurch Unannehmlichkeiten hatten.“

Er schnaubt und erwidert stammelnd: „Ich habe keinerlei Verständnis für Unpünktlichkeit, wenn die Hauptaufgabe eines Angestellten darin besteht, den Laden am Morgen zu öffnen.“

„Sie haben keinerlei Verständnis?“

„Ganz genau.“

„Dann würde es auch keinen Unterschied machen, wenn ich ihnen erkläre, dass Ava gestern spät am Abend erfahren hat, dass ihre Eltern bei einem Einbruch getötet wurden? Und dass sie die ganze Nacht wach war und sich die Augen ausgeweint hat, woraufhin sie den Wecker verschlafen hat?“

„Ist das wahr?“, fragt er verlegen.

„Nein, aber Sie sagten gerade, dass sie keinerlei Verständnis haben, und ich habe mich gefragt, ob Sie auch eine Ausnahme machen würden.“

„Sie hat nach Alkohol gerochen“, erwidert Stan und geht wieder in die Offensive. „Und sie hat ihre Uniform nicht getragen und nicht einmal einen ihrer

Mitarbeiter angerufen, um mitzuteilen, dass sie sich verspäten wird.“

Ich seufze frustriert. „Es war meine Schuld, dass sie zu spät kam. Wir waren gestern Abend aus und ich habe die Uhrzeit auf meinem Wecker nicht richtig eingestellt.“

Stan bleibt standhaft und verschränkt die Arme vor der Brust. „Es ist nicht Ihre Aufgabe, dafür zu sorgen, dass sie pünktlich zur Arbeit kommt.“

Ich sehe schon, dass ich bei diesem Kerl nichts erreichen werde. „Geben Sie mir den Namen und die Nummer des Besitzers des Cafés.“

„Das wäre reine Zeitverschwendung“, erwidert Stan und presst die Lippen zu einer dünnen Linie zusammen. „Er wird mich in meiner Entscheidung bestärken.“

„Möglicherweise“, räume ich ein, denn ich weiß, dass ich nicht alles kontrollieren kann. Dennoch kann es nicht schaden, es wenigstens zu versuchen. „Aber vielleicht auch nicht. Es gibt nur einen Weg, das herauszufinden, und zwar, indem ich ihn anrufe.“

Stan schnaubt, zieht seine Brieftasche hervor und reicht mir eine Visitenkarte mit dem Logo des Grind. Auf der linken Seite steht Stan Dubetsky, Geschäftsführer, während rechts der Name des Eigentümers prangt, Jerry Parsons, gefolgt von einer Telefonnummer und E-Mail-Adresse.

„Er ist im Urlaub“, erklärt Stan mit einem triumphierenden Lächeln. „Sie werden ihn in nächster Zeit nicht zu Gesicht bekommen, aber seine Sekretärin nimmt gern eine Nachricht für ihn entgegen. Bis er wieder zurück ist, werde ich einen Ersatz für Ava gefunden haben.“

Es ist rührend, dass er glaubt, das Sagen zu haben. „Glauben Sie mir, ich habe die Möglichkeit, ihn heute noch zu erreichen.“

Stan runzelt die Stirn. „Wie das?“

Ich stecke die Visitenkarte in meine Tasche und gehe langsam zur Tür. „Sie sind kein Fan der Titans, nicht wahr?“

„Ich kenne mich mit Sport nicht aus“, murmelt er.

„Dann müssen Sie es selbst herausfinden“, erwidere ich, kehre ihm den Rücken zu und verlasse den Raum.

Ich betrete wieder das Café und wähle Avas Nummer. Ken eilt hinter dem Tresen hervor und reicht mir meinen Kaffeebecher. „Der geht aufs Haus“, flüstert er.

Damit gibt er mir zu verstehen, dass er sich Stan widersetzt und sich mit mir solidarisiert.

Sobald es klingelt, verziehe ich die Lippen zu einem Lächeln, das jedoch gleich wieder erstirbt, als Avas Mailbox sich einschaltet.

„Ava … ruf mich an. Ich habe gerade erfahren, dass du gefeuert wurdest … Also, ruf mich an, okay?“

Ich trenne die Verbindung, verlasse das Café und gehe zurück zu meinem Wohngebäude, um meinen Wagen zu holen.

***

Um die Mittagszeit habe ich immer noch nichts von Ava gehört, obwohl ich ihr eine weitere Voicemail und zudem eine Textnachricht hinterlassen habe. Ich nehme an, sie ist wütend auf mich und gibt mir zu Recht die Schuld.

Aber darüber kann ich mir momentan nicht den Kopf zerbrechen, denn ich habe eine Besprechung mit Callum Derringer.

Obwohl ich ein Büro in der Chefetage habe, halte ich mich bevorzugt in den Büroräumen auf, die sich auf derselben Ebene wie die Eisfläche befinden, denn somit bin ich in der Nähe der anderen Trainer und der Spieler. Da Callum jedoch mein Vorgesetzter ist, begebe ich mich nach oben in sein Territorium.

Seine Bürotür ist geöffnet, und ich sehe, wie er seiner Sekretärin einen Stapel Aktenordner reicht. Als er mich bemerkt, winkt er mich herein und deutet auf einen kleinen Konferenztisch, an dem sechs Personen Platz finden. Darauf liegen mehrere Ordner und Mappen verstreut, und daneben steht ein aufgeklappter Laptop, auf dessen Bildschirm eine Tabellenkalkulation zu sehen ist.

Ich setze mich, während er seiner Sekretärin noch ein paar letzte Anweisungen gibt. Auf dem Weg nach draußen fragt sie mich: „Was möchten Sie trinken, Coach?"

„Nichts, danke." Ich schenke ihr ein Lächeln und halte die Wasserflasche in die Höhe, die ich immer dabeihabe.

Callum kommt zu mir an den Tisch. Wie üblich trägt er einen Anzug, wobei er jedoch sein Jackett abgelegt hat. Im Gegensatz dazu bin ich mit einer Cargohose und einem langärmligen Polohemd bekleidet. Das ist mein übliches Outfit, wenn wir kein Spiel haben. An Spieltagen trage ich wie alle anderen einen Anzug.

„Wie geht es dem bestaussehenden Mitglied des Teams heute?", fragt Callum mit einem breiten

Grinsen, als er am Kopfende des Tisches neben mir Platz nimmt.

Wäre Callum ein enger Freund von mir, würde ich ihm auf scherzhafte Weise sagen, dass er sich verpissen soll. Aber er ist mein Vorgesetzter und ich bin erst seit etwa einem Monat Cheftrainer. Also grinse ich stattdessen. „Hey, du musst nicht neidisch sein, nur weil das GQ-Magazin nicht auch an deine Tür geklopft hat."

Callum lacht schallend und ich stimme ein. Im Grunde ist es wirklich lächerlich. Als jüngster Cheftrainer der Liga bin ich eine große Nummer in der Sportwelt. Dabei bin ich nicht sonderlich erfahren, zumal ich den Großteil meiner Trainerkarriere als Coach in der Minor League und im Ausland tätig war. Alle großen Sportmagazine haben Artikel über mich geschrieben, und ich wurde für Fernsehsendungen interviewt, die landesweit ausgestrahlt werden.

Aber alle machen sich über mich lustig, weil ich in diesem Monat auf dem Cover des GQ-Magazins gelandet bin. Natürlich hat es mir geschmeichelt, als sie mich angerufen haben. Außerdem steckt viel mehr dahinter als nur ein Foto von mir in einem viertausend Dollar teuren Armani-Anzug auf dem Titelblatt. Das dreiseitige Interview ist eine großartige Werbung für das Team. Dabei hat der Journalist hervorragende Arbeit geleistet, indem er sich darauf konzentriert hat, welche Vision ich für dieses Team habe und wie zuversichtlich ich bin, eines Tages mit ihm die Meisterschaft zu gewinnen.

„Man hat mir einen Tausch vorgeschlagen", sagt Callum und wird sofort wieder ernst. „Bain Hillridge für ein Erstrunden-Draft-Pick."

Ich ziehe eine Augenbraue in die Höhe. „Sie wollten keinen einfachen Spielertausch?"

Callum schüttelt den Kopf. „Sie haben einige Spieler, die in die Jahre gekommen sind, und suchen nach Nachwuchs. Ich will deine Meinung dazu hören. Denkst du, dass wir es uns leisten können, ein Erstrunden-Draft-Pick abzugeben?"

Ich reibe mir über das Kinn und denke nach. „Ein Erstrunden-Pick ist ein hoher Preis. Aber Bain Hillridge ist einer der besten Defensemen der Liga."

Callum nickt. „Und Camdens Leistungen lassen zu wünschen übrig. Wir könnten Camden in der dritten Line aufstellen, Nolan in der zweiten und …"

„Ich bin nicht bereit, Camden woanders aufzustellen", falle ich ihm ins Wort.

Callum nimmt keinen Anstoß daran, denn aus diesem Grund bin ich hier. Er will mir seine Überlegungen darlegen und von mir hören, wie ich als Trainer darüber denke, da ich die Jungs besser kenne. Also wartet er.

„Ich will mit Camden arbeiten. Er muss sein Selbstvertrauen aufbauen, und wenn wir ihn eine Line tiefer aufstellen, wird ihn das noch weiter zurückwerfen. Doch ich glaube, der Junge hat Potenzial."

„Was denkst du, ist sein Problem?", will Callum wissen.

„Ich habe keine Ahnung, aber ich will es herauszufinden, um ihm eine Chance zu geben."

Callum trommelt mit den Fingern auf den Tisch und senkt kurz den Blick, bevor er wieder zu mir aufsieht. „Du weißt, dass es meine Aufgabe ist, das bestmögliche Team zusammenzustellen. Es wäre kein schlechter Schachzug, Camden in der dritten

Line aufzustellen. Ich könnte sogar dafür plädieren, ihn gegen einen anderen Spieler zu tauschen oder in die Minor League zu schicken.“

Ich nicke, weil er recht hat.

Aber ich liege genauso wenig falsch.

„Wenn du Camden in der Second Line lässt, was willst du dann mit Nolan anstellen?“, fragt Callum.

Nolan ist einer unserer First-Line-Defensemen, und er ist gut. Allerdings nicht so gut wie Bain, der unsere Verteidigung zweifellos verstärken würde.

„Wie wäre es, wenn wir ihnen Nolan und ein Zweitrunden- statt ein Erstrunden-Draft-Pick anbieten?“

Callum runzelt die Stirn und denkt über meinen Vorschlag nach. Dann begegnet er wieder meinem Blick. „Glaubst du, Camdens Potenzial reicht aus, um den Verlust von Nolan und einem Draft Pick zu rechtfertigen?“

„Aber wir bekommen dafür Bain“, erinnere ich ihn. „Und ja, Camdens Potenzial ist wichtiger.“

Camden war einer der „Glücklichen Drei“, die nicht im Flugzeug der Titans saßen, als es verunglückte. Während Coen Highsmith sich danach in einer Abwärtsspirale befunden hatte, waren Camden Poe und Hendrix Bateman scheinbar ohne große Probleme wieder aufs Eis zurückgekehrt. Ich weiß, dass beide eine Trauerberatung in Anspruch genommen haben, für die die Organisation aufgekommen ist, und beide scheinen sich mit den Spielern, die das neue Team bilden, gut zu verstehen.

„Du weißt, dass dieser Tausch eine emotionale Entscheidung ist, denn damit behältst du einen Mann, der nicht auf der Höhe ist“, gibt Callum zu bedenken.

„Du hast mich eingestellt, weil ich Veränderungen bewirke, indem ich die Spieler stärke und sie inspiriere. Dies ist ein perfektes Beispiel dafür."

Callum lacht leise und schüttelt den Kopf. Dann klopft er mit den Fingerknöcheln auf den Tisch und erhebt sich von seinem Stuhl. „Also schön. Du hast ein überzeugendes Argument vorgebracht. Ich werde den Ball ins Rollen bringen und dich auf dem Laufenden halten."

„Klingt nach einem Plan", sage ich und stehe ebenfalls auf. „Viel Glück."

Er wird es brauchen. Ein Spielertausch ist nicht so einfach, wie er auf den ersten Blick wirkt. Callum hat noch einige Verhandlungen vor sich, bei denen das Salary Cap und eventuelle No-Trade-Klauseln beachtet werden müssen. Auch die Agenten der Spieler machen hin und wieder Schwierigkeiten. Ich habe keine Ahnung von den Details, aber das ist auch nicht meine Aufgabe, sondern Callums.

Wir unterhalten uns noch eine Weile über das morgige Spiel in Montreal, bevor wir einander zum Abschied die Hände schütteln.

Sobald ich sein Büro verlassen habe, ziehe ich mein Handy aus der Tasche und schalte den Flugmodus aus. Mit klopfendem Herzen stelle ich fest, dass Ava zurückgerufen hat. Es freut mich, dass sie mir nicht einfach eine Nachricht geschrieben, sondern sich die Zeit genommen hat, mich anzurufen.

Ich höre ihre Voicemail ab, während ich durch das Labyrinth von Gängen in der Chefetage navigiere. *Hey, Cannon. Tut mir leid, dass ich deine Anrufe verpasst habe. Ich habe geschlafen … gestern ist es spät geworden. Ruf mich an, sobald du Zeit hast.*

Es ist in der Tat spät geworden. Aber obwohl sie sicher nur scherzen wollte, hat ihre Stimme traurig geklungen. Ich sehe auf die Uhr und stelle fest, dass ich in fünfzehn Minuten eine weitere Besprechung habe.

Als ich an einem leeren Konferenzraum vorbeikomme, trete ich ein und schließe die Tür. Ich gehe ans Fenster, von dem aus ich einen Blick auf den Fluss und die Skyline von Pittsburgh habe, und wähle Avas Nummer.

Kapitel 7

Ava

Ich föhne mir gerade die Haare und kann nicht hören, dass mein Handy auf dem Waschtisch klingelt. Doch ich sehe, wie das Display aufleuchtet und Cannons Name angezeigt wird.

Ich schalte den Föhn aus und nehme das Gespräch an. „Hallo."

„Hallo zurück", sagt er. „Ich bin froh, dass du angerufen hast. Ich hatte schon Angst, du bist wütend auf mich und willst nichts mehr mit mir zu tun haben."

„Ich bin nicht im Geringsten wütend auf dich", versichere ich ihm, drehe mich um und lehne mich mit dem Rücken an den Waschtisch. „Ich war einfach nur erschöpft, also habe ich ein Nickerchen gemacht."

„Es tut mir wirklich leid, dass du deinen Job verloren hast. Ich habe mit deinem Vorgesetzten gesprochen, aber der Kerl ist ein Arschloch. Er hatte überhaupt kein Einsehen."

„Du hast mit ihm gesprochen?", rufe ich aus.

„Äh, ja." Ich höre den verwirrten Unterton in seiner Stimme. „Warum nicht?"

„Weil es dich nichts angeht und du nicht dafür verantwortlich bist." Obwohl ich die Worte mit sanfter Stimme ausgesprochen habe, zucke ich zusammen, denn ich habe ihn gerade unverblümt zurechtgewiesen. Ich stoße einen frustrierten Atemzug aus. „Es tut mir leid. Ich habe es nicht so gemeint und bin dankbar, dass du es versucht hast. Aber … in letzter Zeit wird mir immer wieder vorgeworfen, dass ich nicht die richtigen Entscheidungen treffe, doch für mich ist es wichtig, dass ich mein Leben selbst in die Hand nehme. Alle sind der Meinung, dass ich nicht in der Lage bin, unabhängig zu sein oder etwas aus eigener Kraft zu schaffen. Alle warten nur darauf, dass ich versage."

Am anderen Ende der Leitung herrscht Schweigen, und einen Moment glaube ich, Cannon hätte aufgelegt, doch dann sagt er: „Du weißt, dass man hin und wieder auch versagen darf, nicht wahr, Ava?"

Ich bin fast sprachlos, denn … das weiß ich nicht. „Ist das eine Trainerweisheit?"

Cannon lacht. „Ich habe durchaus Ahnung von diesem Thema. Man muss in der Lage sein, zu scheitern, um zu gewinnen."

„Vielleicht solltest du das meiner Familie erzählen", murmle ich.

„Klingt nach einer großen Last, die du da mit dir herumträgst." Ich kann das einfühlsame Lächeln in seiner Stimme förmlich hören. „Lass uns heute Abend zusammen essen, dann kannst du dich aussprechen."

„Warum willst du dich mit einer arbeitslosen Versagerin wie mir abgeben?", scherze ich. Nachdem Cannon mir gesagt hat, dass es keine Schande ist, zu versagen, fühle ich mich schon besser.

„Nun, das ist ganz einfach", antwortet er gedehnt. „Weil du entgegen der Meinung deines Ex-Freunds großartig im Bett bist."

Ich fange an, schallend zu lachen, denn Cannon und ich haben überhaupt nur miteinander geschlafen, weil Derek behauptet hat, ich sei schlecht im Bett.

Es ist wirklich seltsam, wie das Schicksal so spielt.

Dennoch zögere ich. „Ich weiß nicht recht, Cannon.“

„Komm schon, lass uns zusammen zu Abend essen. Ich muss morgen früh nach Montreal fliegen. Wir könnten etwas kochen, entweder bei dir oder bei mir. Und du kannst mir alles über die Leute erzählen, die dir das Gefühl geben, perfekt sein zu müssen.“

Ich muss erneut lachen, denn plötzlich kommt es mir lächerlich vor, dass ich bei dem Gedanken, meine Familie zu enttäuschen, derart aus der Fassung gerate.

Schnell berechne ich die Benzinkosten für die Fahrt in die Stadt und zurück und wäge sie gegen die Demütigung ab, die ich empfinden würde, wenn er die Bruchbude sieht, in der ich wohne. Ich beschließe, Zuversicht walten zu lassen. Sicher werde ich bald einen Job finden und kann ein bisschen Benzin für ein Abendessen verfahren.

„Wir können uns gern bei dir treffen. Um wie viel Uhr soll ich da sein?“, frage ich.

„Wäre dir neunzehn Uhr recht?“

„Sicher, schließlich muss ich mir wegen eines Jobs keine Sorgen machen“, sage ich lachend, doch Cannon stimmt nicht mit ein. Ich huste, um meine Verlegenheit zu überspielen, und frage: „Soll ich unterwegs etwas einkaufen?“

„Nein, ich kümmere mich um alles. Ich schicke dir den Code, mit dem sich die Tür des Parkhauses öffnen lässt. Die Gästeparkplätze befinden sich in der Nähe der Aufzüge. Du erinnerst dich doch, dass ich im achtzehnten Stock, in Apartment vierzehn wohne, nicht wahr?“

„Natürlich erinnere ich mich nicht daran. Ich war zu beschäftigt, um auf so etwas zu achten.“

Cannon lacht leise. Ich kann hören, wie erleichtert er ist, dass ich die letzte Nacht nicht bereue. „Also, dann … sehen wir uns um neunzehn Uhr.“

„Bis später“, trällere ich.

„Und Ava?“

„Ja?“

„Packe eine Übernachtungstasche.“

Mir steigt die Hitze in den Nacken, denn darauf war ich nicht vorbereitet. Ich nehme andere immer beim Wort. Wenn man mir sagt, dass wir zu Abend essen, dann erwarte ich ein Abendessen.

Plötzlich sehe ich lebhaft vor mir, wie wir gestern Abend übereinander hergefallen sind.

Und ich erinnere mich daran, welche Gefühle er in mir hervorgerufen hat.

„In Ordnung“, sage ich nur.

„Ich kann es kaum erwarten“, erwidert er mit verheißungsvoller Stimme.

Aber ich weiß nicht, ob er damit das Essen oder den Sex meint. Ich bin für beides zu haben.

Nachdem wir das Gespräch beendet haben, stehe ich einen Moment wie angewurzelt da und habe keine Ahnung, was ich tun soll. Ich muss einen neuen Job finden. Außerdem fühle ich mich unsicher und frage mich, warum Cannon mich wiedersehen will. Mein Leben scheint nicht richtig in die Gänge zu kommen, während er auf dem Höhepunkt seiner Karriere angelangt ist.

Schließlich mache ich mir eine Tasse Tee und klappe meinen Laptop auf. Allerdings durchforste ich nicht die Stellenangebote, sondern google Cannon. Bei meiner Suche stoße ich auf unzählige

Artikel. Als ich mir die Fotos ansehe und feststelle, dass er auf dem Titelblatt der GQ abgebildet war, schnappe ich nach Luft. Ich klicke auf die Miniaturansicht und vergrößere das Foto, um es dann völlig verzückt anzustarren.

Cannon steht in der Mitte der Eisfläche im Stadion der Titans. Er nimmt den größten Teil des Bildes ein, während der Hintergrund unscharf und abgedunkelt ist, doch das Bild wurde unverkennbar im Stadion aufgenommen. Ich war einmal mit Derek dort auf einem Konzert, kurz nachdem wir nach Pittsburgh gezogen sind.

Cannon trägt einen dunkelgrauen, schimmernden Anzug, der wie angegossen sitzt. Er hält einen Arm leicht angewinkelt vor sich, während er mit der anderen Hand am Manschettenknopf herumzupft. Dabei hat er den Blick nach links gerichtet, sodass sein Profil zu sehen ist.

Er hat einen nachdenklichen Ausdruck im Gesicht und sein Kiefer ist angespannt. Dennoch sind seine Lippen kaum merklich zu einem Lächeln verzogen, als hätte er sich auf ein Ziel konzentriert und wüsste, dass er es erreichen wird.

Ich lehne mich in meinem Stuhl zurück, starre das Foto an und frage mich abermals, warum er an mir interessiert ist. Dabei bin ich nicht unzufrieden mit meinem Aussehen. Ich bin selbstbewusst genug, um zu wissen, dass ich attraktiv bin, doch ich fühle mich nicht aufgrund von Äußerlichkeiten unwürdig.

Sondern weil Cannon in jeder Hinsicht perfekt ist. Er sieht gut aus und ist reich, aber diese Eigenschaften hatte ich schon bei einem Partner. Und das sind für mich auch keine maßgeblichen Gründe, um mich zu einem Mann hingezogen zu fühlen.

Nein, Cannon hat so viel mehr vorzuweisen. Er ist aufrichtig, bodenständig, freundlich und einfühlsam. Mittlerweile weiß ich, dass Derek keine dieser Eigenschaften besessen hat. Was sagt das wohl über mich aus? Wie kommt es, dass ich geglaubt habe, er wäre gut genug für mich?

Es ist zwar nicht ausschlaggebend, doch ich kann nicht leugnen, dass Cannon ein unglaublich guter Liebhaber ist. Die letzte Nacht war umwerfend. Mir ist klar, dass der Alkohol dafür verantwortlich gewesen sein könnte, dass wir im Bett gelandet sind, und vielleicht hat er auch meine Wahrnehmung etwas verzerrt. Aber ich habe keinen Zweifel daran, dass ich mit ihm den besten Sex meines Lebens hatte.

Natürlich ist unglaublicher Sex kein Grund, um eine Beziehung mit jemandem einzugehen.

Ich schließe den Artikel und scrolle nach unten, bis ich einen Wikipedia-Eintrag über ihn finde. Ich öffne ihn und beginne zu lesen.

Cannon West (geboren am 17. November 1986) ist ein amerikanischer Profi-Eishockeytrainer und ehemaliger Spieler. Zurzeit ist er Cheftrainer der Pittsburgh Titans; er löste den früheren Coach Matt Keller ab, dessen Vertrag annulliert wurde. West spielte sieben Jahre lang bei den Toronto Blazers, bevor er in Schweden und bei den Greenville Mudcats in der Minor League als Trainer arbeitete.

Ich werfe einen Blick auf die Spalte auf der rechten Seite, in der seine biografischen Eckdaten aufgeführt sind. Darüber ist ein Foto von ihm in seiner Eishockeyausrüstung abgebildet, auf dem er leicht vorgebeugt auf dem Eis steht und gerade um den Puck kämpft. Es überrascht mich, zu sehen, dass er sein Haar früher länger trug, denn unter seinem Helm kräuseln die schweißnassen Strähnen. Die Bildunterschrift lautet: Cannon West, Toronto Blazers.

Darunter sind folgende Informationen angegeben:

Geboren: 17. November 1986 (36 Jahre), Denver, Colorado
Größe: 188 cm
Gewicht: 97 kg
Hochschule: Universität von Minnesota
Position: Center
Derzeit: Cheftrainer, Pittsburgh Titans
Ehefrau: Melissa West (2007–2013)

Ich erstarre, als ich die letzte Zeile lese.

Cannon war verheiratet? Ich habe keine Ahnung, warum ich deshalb so schockiert bin, doch ich kann nichts dagegen tun.

Ich überspringe alle Informationen zu seiner Spieler- und Trainerlaufbahn und scrolle zu dem Abschnitt mit der Überschrift *Privatleben*.

Cannon West heiratete seine Jugendliebe Melissa Waite im Jahr 2007, im selben Jahr, in dem er auch bei den Toronto Blazers zu spielen begann. Sie verstarb am 4. November 2013 an Brustkrebs.

Ich schlage mir die Hand vor den Mund, um nicht aufzuschreien, und lese den Abschnitt erneut. Als ich zuvor gesehen habe, dass er verheiratet war, habe ich angenommen, dass er mittlerweile geschieden ist. Doch die Tatsache, dass sie gestorben ist, schockiert mich. Es ist furchtbar, dass Cannon einen derart schmerzlichen Verlust durchleben musste.

Ich schiebe den Laptop von mir und starre durch meine winzige Küche hindurch in mein noch kleineres Wohnzimmer. Cannon war erst siebenundzwanzig, als sie gestorben ist. Da sie bereits während der Highschool ein Paar waren, nehme ich an, dass sie etwa im selben Alter war wie er.

Was bewirkt es in einem Menschen, einen Ehepartner zu verlieren?

Vor allem, da er damals so jung war.

Ich denke an meine Begegnungen mit Cannon zurück und überlege, ob er Anzeichen dafür gezeigt hat, dass er immer noch trauert.

Das tut er sicherlich.

Immerhin war sie seine Jugendliebe.

Ich muss aufhören, mir darüber den Kopf zu zerbrechen.

Also klappe ich meinen Laptop zu und gehe ins Bad, um mir die Haare fertig zu föhnen, während ich überlege, auf welche Art von Jobs ich mich bewerben könnte. Das Naheliegendste wäre eine Stelle im Personalwesen, denn in diesem Bereich habe ich nach meinem Collegeabschluss gearbeitet. Allerdings habe ich Kommunikationswissenschaften studiert, daher könnte ich es auch im Marketing oder PR-Bereich versuchen. Dabei stellt sich nur das Problem, dass ich darin keinerlei Erfahrung vorweisen kann.

Ich schalte den Haartrockner ein und föhne die Strähnen über eine Rundbürste, während ich weiter über meine Möglichkeiten nachdenke.

Auf jeden Fall sollte ich meinen Lebenslauf aktualisieren und meine dreimonatige Erfahrung als Assistenzmanagerin im Grind hinzufügen. Ich werde nach Stellenangeboten im Personalwesen Ausschau halten und die Suche sogar auf Raleigh ausweiten. Wenn ich schon zurück nach Hause ziehen muss, will ich zumindest einen Job haben. Zum einen muss ich meiner Familie beweisen, dass ich auf eigenen Beinen stehen kann, und zum anderen will ich vermeiden, in der Immobilienbranche arbeiten zu müssen.

Ich frage mich, ob Cannon seine Spielerkarriere an den Nagel gehängt und als Trainer angeheuert hat, weil seine Frau gestorben ist. Möglicherweise hat er es nicht ertragen, eine Laufbahn fortzusetzen, bei der sie ihn von Anfang an begleitet hatte.

Das würde bedeuteten, dass er jede Beziehung mit der vergleichen würde, die er mit seiner verstorbenen Frau gehabt hat.

Jede zukünftige Partnerin würde sich daran messen lassen müssen, wie …

„Herrje", stöhne ich und fahre mir hastig mit der Bürste durch das Haar, um mich dann im Spiegel anzustarren. „Hör auf, dir darüber den Kopf zu zerbrechen, Ava."

Wenn ich so weitermache, werde ich mich noch selbst davon abhalten, heute bei Cannon zu Abend zu essen. Es fällt mir ohnehin schwer, zu begreifen, wie ich überhaupt sein Interesse wecken konnte, doch der Gedanke, gegen eine verstorbene Jugendliebe antreten zu müssen, ist fast beängstigend.

Ich betrachte mein Spiegelbild mit zusammengekniffenen Augen. „Reiß dich zusammen und hör auf, dir über Dinge Sorgen zu machen, auf die du keinen Einfluss hast."

Kapitel 8

Cannon

Mir läuft ein erwartungsvoller Schauer über den Rücken, als es an der Tür klingelt, denn ich weiß, dass Ava auf der anderen Seite wartet. Seit ich vor nicht einmal zwanzig Minuten nach Hause gekommen bin, werde ich von diesem elektrisierenden Kribbeln durchströmt. Ich habe etwas zu Essen in einem Feinkostladen bestellt, das bereits geliefert worden ist. Es ist nur eine Auswahl an Wurst und Käse, knuspriges Brot, Weintrauben und Nudelsalat und zudem ein wenig eingelegtes Gemüse, das sie der Lieferung als Gratiskostprobe hinzugefügt haben. Ich würde nicht von mir behaupten, ein Profi im Anrichten zu sein, aber ich habe die Speisen auf Platten und in Schüsseln verteilt, Besteck und Teller auf der Anrichte bereitgestellt und eine Flasche Rotwein entkorkt. Das war alles.

Obwohl ich Ava noch nicht sonderlich gut kenne, nehme ich an, dass es in ihren Augen perfekt ist. Sie ist unglaublich bodenständig und würde niemals ein Essen wie in einem Sternerestaurant erwarten, nur weil ich berühmt oder angesehen bin. Seit Melissas Tod hatte ich zwar nicht viele Dates, allerdings erkenne ich mittlerweile sofort, wenn eine Frau es nur auf mein Geld abgesehen hat.

Ava ist das genaue Gegenteil.

Zu Anfang wollte sie sich nicht einmal auf eine Verabredung mit mir einlassen, weil sie mich für eine „große Nummer" hält.

Mit einem Lächeln öffne ich die Tür. Ava erwidert mein Lächeln, wirkt dabei jedoch leicht beklommen. Das überrascht mich nicht, denn mir ist bewusst, dass sie Zweifel hegt.

Ich bewundere ihren Anblick. Ihr langes Haar ist zu einem Zopf geflochten, der ihr über eine Schulter hängt, wobei einige lose Strähnen ihr Gesicht umrahmen. Sie hat nur wenig Make-up aufgetragen, das ihre grünen Augen und ihre vollen Lippen zur Geltung bringt.

Ihre dunkle Jeans sitzt ihr tief auf der Hüfte, während ihr cremefarbener Rollkragenpullover sich an ihren Körper schmiegt und von einem breiten, sandfarbenen Gürtel abgerundet wird. Dazu trägt sie gleichfarbige Stiefel und einen modischen Schal in Braun, Rot und Orange, der über die Schultern ihres geöffneten, cremefarbenen Puffmantels wallt.

Vor allem fällt mein Blick auf die Tasche, die sie bei sich hat. Ich nehme an, dass sie meiner Bitte nachgekommen ist und ein paar Sachen eingepackt hat, um bei mir zu übernachten.

„Ich beiße nicht", sage ich und strecke eine Hand aus, um sie zum Eintreten zu bewegen.

Aber sie bleibt wie angewurzelt stehen. Bisher hatten wir noch keine Gelegenheit, darüber zu sprechen, was gestern Abend zwischen uns geschehen ist. Für gewöhnlich folgt auf Sex im alkoholisierten Zustand das verhaltene Gespräch am Morgen danach. Ava war jedoch spät dran und ist zur Tür hinausgeeilt, bevor sie sich über ihre Gefühle klar werden konnte.

Die Frage steht ihr förmlich ins Gesicht geschrieben. Haben wir letzte Nacht einen Fehler begangen?

Das glaube ich ganz sicher nicht. „Ich bereue keine Sekunde“, sage ich und packe ihren Schal, um sie langsam über die Schwelle zu ziehen, bis sie mir nahe genug ist, damit ich sie küssen kann.

Ich kann spüren, dass sie den Kuss nur zögerlich erwidert. Vielleicht vertraut sie mir immer noch nicht ganz oder sie traut sich selbst nicht über den Weg. Doch dann gibt sie sich mir hin und stößt einen Seufzer aus, als ich den Kuss vertiefe.

Es überrascht mich nicht, als mein Körper sofort auf sie reagiert. Den ganzen Tag über habe ich immer wieder daran denken müssen, was letzte Nacht zwischen uns geschehen ist. Heute Nachmittag konnte ich mich kaum auf die Videos von der gegnerischen Mannschaft konzentrieren und musste ständig zurückspulen, um sie mir noch einmal anzusehen.

Doch ich will nicht, dass sie glaubt, ich hätte sie nur eingeladen, um gleich wieder mit ihr ins Bett zu springen. Also ziehe ich den Kopf zurück und freue mich ein wenig zu sehr über den Anblick ihrer geröteten Wangen und glasigen Augen.

Ich helfe ihr dabei, Mantel und Schal abzulegen, und schließe die Tür. Dann mache ich mich auf den Weg in die Küche und passiere das Wohnzimmer, wo ich ihre Sachen auf der Couch ablege. Ava folgt mir und stellt ihre Tasche auf dem Couchtisch ab.

„Ein Glas Wein?“, frage ich und gehe hinter die Kücheninsel.

„Gern.“ Ava sieht sich interessiert um. „Deine Wohnung ist wirklich schön. Ich hatte weder gestern Abend noch heute Morgen Gelegenheit, sie mir anzusehen.“

Ich lasse meinen Blick über die Küche und den Wohnbereich schweifen, um alles mit ihren Augen zu betrachten. Das Apartment umfasst fast einhundertsiebzig Quadratmeter und ist mit einer protzigen Einrichtung ausgestattet. Ich habe es für etwas mehr als eine Million Dollar gekauft, vor allem wegen seiner günstigen Lage in der Innenstadt. Die Innenwände aus recyceltem roten Backstein bestehen aus vier Meter hohen Decken und Einbauschränken. Zudem ist die Wohnung mit den besten europäischen Haushaltsgeräten ausgestattet, die ich kaum zu benutzen weiß, während auf den Böden importierte italienische Fliesen und südamerikanisches Hartholz verlegt sind.

Ich kann alldem nur bedingt etwas abgewinnen. Das liegt nicht daran, dass ich schöne Dinge nicht zu schätzen weiß, sondern daran, dass ich einfach kein Händchen dafür habe, ein Heim einzurichten. Als ich noch verheiratet war, hat Melissa sich immer um solche Dinge gekümmert, und nach ihrem Tod habe ich mich von Maklern beraten lassen. Außerdem habe ich auf den Rat meiner Mutter gehört, die mich in- und auswendig kennt.

„Meine Mutter hat mir bei der Auswahl geholfen“, erkläre ich, während ich zwei Gläser Wein einschenke.

Ava wendet sich mir zu und lächelt. „Wo wohnt sie?“

„In Denver.“ Ich ziehe einen Barhocker an der Kücheninsel hervor und nehme dann neben ihr Platz. „Sie besitzt dort ein Lampengeschäft, während mein Vater als Geschichtslehrer und Footballtrainer an einer Highschool arbeitet.“

„Ich habe gehört, Denver ist wunderschön“, bemerkt Ava.

„Sehr sogar.“ Ich reiche ihr ein Glas Wein und erhebe mein eigenes. Wir stoßen miteinander an und trinken einen Schluck. Dann nicke ich in Richtung der Anrichte, auf der das Essen steht. „Es ist nichts Besonderes.“

„Es ist perfekt“, erwidert Ava, stellt ihr Glas ab und schnappt sich einen Teller. „Willst du von allem ein bisschen?“

„Gern.“ Ich sehe zu, wie sie von jeder Speise fein säuberlich etwas auf dem Teller für mich anrichtet. Dann nimmt sie eine Gabel und eine Serviette und reicht mir alles, bevor sie sich selbst einen Teller auflädt.

„Hast du Geschwister?“, fragt sie, greift nach einem Stück weißen Cheddar und knabbert daran.

„Einen jüngeren Bruder und eine Schwester. Connor ist Rancharbeiter in Wyoming, und Belle ist Rechtsanwaltsgehilfin in Denver. Sie ist verheiratet und hat zwei Töchter.“

„Stehst du ihnen nahe?“

„Sehr. Ich bin ständig mit meiner Familie in Kontakt, selbst wenn wir uns an manchen Tagen nur eine kurze Nachricht schreiben. Und Belles Kinder sind natürlich jedermanns Liebling. Was ist mit deiner Familie?“

„Meine Eltern besitzen eine Immobilienfirma in Raleigh, und mein Bruder Rob ist dort Makler.“

Ich belege einen Cracker mit Prosciutto und Ziegenkäse. „Sind es deine Eltern, dein Bruder oder alle drei, die dich glauben lassen, dass du eine Versagerin bist?“

Ava verzieht die Lippen zu einem schiefen Lächeln. „Du nimmst wirklich kein Blatt vor den Mund.“

„Das liegt an meinem Job als Trainer. Aber falls ich zu neugierig bin, musst du es mir sagen“, erwidere ich, schiebe mir den Cracker in den Mund und warte.

Ich habe keine Ahnung, ob sie nur durstig ist oder Mut schöpfen will, doch Ava trinkt einen kräftigen Schluck Wein. „Nein, du bist nicht zu neugierig.“ Sie mustert mich über den Rand ihres Glases hinweg, bevor sie es neben ihrem Teller auf die Anrichte stellt und nach ihrer Gabel greift, um sie in den Nudelsalat zu stechen. „Meine Eltern und mein Bruder waren entschieden dagegen, als ich mit Derek nach Pittsburgh zog.“

„Was waren ihre Gründe? Oder wussten sie bereits, dass er sich als Arschloch entpuppen würde?“

Ava lacht und schüttelt den Kopf. „Das glaube nicht, aber sie hatten damals schon das Gefühl, dass ich ihn nicht im richtigen Licht sah. Er war erfolgreich, verdiente gutes Geld und wollte sesshaft werden.“

„Wünschen sich das nicht alle Eltern für ihre Tochter?“, frage ich, denn diese Eigenschaften allein hätten für Derek gesprochen.

„Wahrscheinlich schon. Aber ich glaube, sie waren der Meinung, dass ich zu sehr von ihm geblendet war, um wirklich zu wissen, ob er zu einer längerfristigen Beziehung fähig ist. Sie waren davon überzeugt, dass ich überstürzt handelte. Wir waren erst seit ein paar Monaten zusammen, als er hierher versetzt wurde. Es gefiel ihnen nicht, dass ich sowohl beruflich als auch in Bezug auf meine Wohnsituation von ihm abhängig war."

„Und du warst anderer Meinung?", mutmaße ich.

„Ich habe eigenständig gedacht", korrigiert sie mich.

„Braves Mädchen." Ich schenke ihr ein Lächeln und belege einen weiteren Cracker.

„Letztendlich hat es sich jedoch als Fehler herausgestellt", fügt sie hinzu und spießt niedergeschlagen ein wenig Pasta mit der Gabel auf. „Meine Eltern hatten es vorhergesagt, und am Ende war ich nicht nur arbeits- und obdachlos, sondern hatte auch meine Würde eingebüßt."

„Gehst du nicht etwas zu hart mit dir ins Gericht?" Um meinen Worten Nachdruck zu verleihen, stoße ich mein Knie gegen ihres.

„Möglicherweise."

„Als ich dir erzählte, dass ich mit deinem Manager gesprochen habe, klangst du ein wenig verärgert."

Sie begegnet meinem Blick und lächelt verlegen. „Es tut mir leid, dass ich so empfindlich reagiere, wenn jemand versucht, mir aus der Patsche zu helfen. Nachdem Derek mich rausgeworfen hatte, haben meine Eltern darauf bestanden, dass ich nach Hause komme. Ich musste mir mehr als einmal ‚Wir haben es dir ja gesagt' anhören. Aber ich wollte ihnen beweisen, dass ich für mich selbst sorgen kann."

„Also hast du einen Job in einem Café angenommen."

„Es war die erste Stelle, die mir angeboten wurde, und ich hatte Angst, sie abzulehnen. Der Lohn hat ausgereicht, um mir eine kleine Wohnung leisten zu können und die Rechnungen zu bezahlen."

„Möglicherweise könnte ich dafür sorgen, dass du deinen Job zurückbekommst." Ich wende mich ihr zu und lege eine Hand auf ihr Knie, um es zu drücken. „Ich weiß, dass du meine Hilfe wahrscheinlich nicht willst, aber ich habe heute herausgefunden, dass Brienne Norcross, die Besitzerin der Titans, gut mit Jerry Parsons befreundet ist. Er ist der Eigentümer der Dachgesellschaft, zu der das Grind gehört."

Ava legt eine Hand auf meine und drückt sie. Ich weiß, dass sie mit dieser Geste ihre Dankbarkeit zum Ausdruck bringen will, doch gleichzeitig jagt sie mir damit einen erregenden Schauer über den Rücken.

„Danke für das Angebot", sagt sie, bevor sie ihre Hand zurückzieht. „Aber ich muss das auf eigene Faust regeln. Wenn ich mir erst einmal im Klaren darüber bin, was ich mit meinem Leben anfangen will, werde ich wissen, was als Nächstes zu tun ist."

„Und du willst weiter im Personalwesen arbeiten?", frage ich.

„Nicht wirklich. Mein früherer Job hat mir zwar Spaß gemacht, aber ich würde lieber etwas im Bereich Marketing machen."

Es liegt mir auf der Zunge, ihr meine Hilfe anzubieten. Wahrscheinlich könnte ich ihr ein Vorstellungsgespräch bei den Titans verschaffen, doch sie würde mein Angebot vermutlich ablehnen. Und sie hätte recht damit, denn wenn ich ihr helfen würde, einen Job zu finden, wäre ich in dieser Beziehung auch nicht besser als ihr Ex-Freund. Also sollte ich ihr einfach beim Brainstorming helfen und ihr Mut machen.

Ich bewundere sie dafür, dass sie ihr Leben ohne fremde Hilfe meistern will.

„In Ordnung", sage ich, nachdem ich eine eingelegte Karotte probiert und festgestellt habe, dass sie mir nicht schmeckt. „Dann werde ich dir helfen, indem ich dich coache. Schließ die Augen und stell dir deinen perfekten Job vor."

Ava legt ihre Gabel ab und tut wie geheißen. „Mein perfekter Job wäre es … hm … an einem tropischen Strand zu liegen und Sonnenöl für eine Hautpflegefirma zu testen."

Mein Gott … ich sollte das Bild von Ava in einem Bikini an einem weißen Sandstrand besser aus meinen Gedanken vertreiben, sonst bin ich versucht, sie über meine Schulter zu werfen und ins Schlafzimmer zu tragen.

Ava öffnet die Augen und grinst mich an. „Zu weit hergeholt?"

„Wenn du in Pittsburgh bleiben willst, dann schon", erwidere ich mit einem Lachen.

„Ich würde hierbleiben, aber ich wäre auch nicht abgeneigt, umzuziehen."

Ich ignoriere das stechende Gefühl, das ihre Worte in mir auslösen. Im Grunde ist es lächerlich. Die heutige Verabredung ist erst unsere zweite, und ich weiß nicht einmal, ob wir uns Ende der Woche noch sehen werden.

„Du sagtest, du hast einen Abschluss in Kommunikationswissenschaften. Warum hast du dich dafür entschieden? Ich nehme an, du hattest eine bestimmte Karriere im Auge?"

Ava nickt und betrachtet mich mit einem Funkeln in den Iriden. „Ja … Ich wollte schon immer etwas im Bereich Marketing machen. Dabei wollte ich

nicht nur Ideen brainstormen, sondern auch markt-
fähige Inhalte erstellen.“

„In Ordnung“, erwidere ich mit einem begeisterten
Lächeln, während ich etwas Salami auf ein Stück
Cheddar staple. „Jetzt kommen wir der Sache schon
näher. Erzähl mir mehr.“

Kapitel 9

Ava

Cannon spült die Schüssel ab, aus der wir gerade Vanilleeis gegessen haben, und ich sitze auf dem Barhocker und beobachte ihn. Das Abendessen war köstlich. Unser Essen hat sich über eine Stunde hingezogen, da wir uns die meiste Zeit über unterhalten haben.

Dabei haben wir nur das eine Glas Wein getrunken, während wir hier und da einen Happen mit den Fingern aßen oder mit der Gabel im Nudelsalat herumstocherten. Cannon sorgte für den Nachtisch, indem er einfach von seinem Stuhl aufstand und eine Schüssel mit Eiscreme füllte. Dann kam er mit nur einem Löffel zurück, den wir zwischen uns hin und her reichten. Wir aßen abwechselnd etwas von dem Eis, während wir uns hauptsächlich über meine beruflichen Möglichkeiten unterhielten und er mir auf subtile Weise Tipps gab und mich ermutigte.

Es war ganz ungezwungen.

Ich hätte gedacht, dass wir etwas verhaltener wären, da wir uns noch nicht so gut kennen, aber auf der anderen Seite sind wir im betrunkenen Zustand bereits wie wilde Tiere übereinander hergefallen. Und ich weiß, dass wir heute Abend wieder miteinander schlafen werden. Anfangs war ich nervös, vor allem, weil Dereks Zurückweisung und die Beleidigung meiner sexuellen Fähigkeiten mein Selbstvertrauen erschüttert haben, doch Cannon hat es geschafft, mir ein gutes Gefühl zu vermitteln. Abgesehen von dem Kuss bei meiner Ankunft hatte ich kein einziges Mal an diesem Abend das Gefühl, dass es ihm nur um Sex geht.

Natürlich wäre es möglich, dass er daran gedacht hat. Mir ging es schließlich nicht anders. Dennoch schien er glücklich zu sein, einfach mit mir zu Abend zu essen und sich mit mir zu unterhalten.

Nachdem er die Schüssel abgespült hat, räumt er sie zusammen mit dem restlichen Geschirr in die Spülmaschine. Ich hatte versucht, ihm nach dem Essen zu helfen, doch er bestand darauf, es selbst zu erledigen, während ich sitzen bleibe und meinen Wein austrinke. Obwohl ich Cannon nicht mit Derek oder irgendeinem anderen Mann vergleichen will, ist mir bewusst, dass Derek nie die Küche aufgeräumt hätte. Da er von uns beiden der Besserverdienende war, hat er von mir erwartet, mich um den Haushalt zu kümmern, obwohl ich selbst einen anspruchsvollen Vollzeitjob hatte. Dieses Warnsignal habe ich eindeutig übersehen, aber ich habe meine Lektion gelernt und werde in Zukunft darauf achten, wenn ich wieder eine ernste Beziehung mit jemandem eingehe.

Zwar betrachte ich Cannon nicht als zukünftigen Partner, doch bisher hat noch nie ein Mann für mich die Küchenarbeit übernommen, was bedeutet, dass meine Ansprüche ziemlich niedrig waren.

Nachdem er sich die Hände abgetrocknet hat, wendet sich Cannon mir zu und lehnt sich mit dem Rücken gegen die Anrichte. Er stützt sich mit den Händen an der Granitplatte ab und kreuzt die Beine an den Knöcheln. Ich habe keine Ahnung, was diese Sache zwischen uns ist oder wie lange sie andauern wird, aber ich werde nie vergessen, wie umwerfend er in diesem Moment aussieht. Dabei ist nicht nur seine nahezu perfekte äußere Erscheinung ausschlaggebend, sondern auch das unbeschwerte Gefühl, das er mir vermittelt.

Eigentlich sollte ich von all dem überwältigt sein, denn er ist unglaublich gut aussehend, reich, berühmt und über alle Maßen sexy. Gerade erst gestern war ich noch völlig durcheinander, was Cannon betraf.

Aber seit ich heute Abend durch die Tür seines Apartments getreten bin, hat er mich geerdet, indem er mich zum Lachen gebracht und sich unbeschwert mit mir unterhalten hat. Er hatte einige gute Ratschläge und ist offenkundig aufrichtig besorgt um mich. Es hat den Anschein, als wäre Cannon West der Mann meiner Träume, obwohl ich immer noch die Stimmen meiner Eltern im Hinterkopf höre, die mir zuflüstern, ich solle mich vorsehen.

Doch ich schiebe diese Gedanken beiseite. Cannon ist nicht Derek. Sie unterscheiden sich nicht nur charakterlich voneinander, ich habe mich auch selbst verändert und werde mich nicht mehr einfach blindlings verlieben.

„Ich kann an deinem Gesichtsausdruck erkennen, dass dir etwas Tiefgründiges durch deinen hübschen Kopf geht", neckt Cannon mich.

Mir steigt unwillkürlich die Hitze in den Nacken. „Ich führe gerade im Geiste ein Selbstgespräch über dich."

„Und was sagst du?" Er stößt sich von der Spüle ab und lehnt sich mir gegenüber an die Kücheninsel. Wir sind etwa einen Meter voneinander entfernt, doch er durchbohrt mich mit einem glühenden Blick, der die Distanz zwischen uns zu verringern scheint.

„Ich habe nur gerade gedacht, wie einfach es ist, mit dir zusammen zu sein. Es überrascht mich ein wenig", gestehe ich.

Cannon zieht die Augenbrauen in die Höhe und betrachtet mich mit einem Ausdruck gespielten Entsetzens.

Ich muss unwillkürlich lachen. „Ich will damit nur sagen, dass du der Cheftrainer eines professionellen Eishockeyteams bist und durch die Weltgeschichte reist. Du verkehrst in gehobenen Kreisen. Und dennoch bin ich heute Abend so entspannt wie schon lange nicht mehr. Du bist vielleicht einer der bescheidensten Menschen, denen ich je begegnet bin."

Er verzieht die Lippen zu einem verruchten Lächeln, das mir einen erregenden Schauer über den Rücken jagt. „Wenn du wüsstest, was ich gerade denke, wärst du sicher nicht so entspannt."

Das ist wahr ... plötzlich bin ich alles andere als ruhig. Um genau zu sein, bin ich vor Vorfreude ganz aufgeregt, als er um die Insel herumgeht und auf mich zukommt. Er pirscht sich richtiggehend an mich heran, wie ein Raubtier. Bei dem Anblick glaube ich, mein Herz könnte jeden Moment explodieren.

Als er die Insel umrundet, wende ich mich ihm zu und mir stockt der Atem. Mit einer Hand umfasst er meinen Hinterkopf und beugt sich vor, doch er küsst mich nicht auf den Mund, sondern lässt seine Lippen über meinen Hals bis hinauf zu meinem Ohr gleiten. „Bist du bereit, gefickt zu werden?"

Ich habe das Gefühl, als würde mir die Luft aus der Lunge gepresst werden, während ich mich in sein Hemd kralle, um nicht vom Stuhl zu kippen. „Hast du das wirklich gerade gesagt?“

Cannon lacht leise und presst seine Lippen auf die meinen. „Ja, das habe ich.“ Er küsst mich zärtlich und streift mit den Zähnen über meine Unterlippe. Als er den Kopf wieder zurückzieht, begegnet er meinem Blick, wobei in seinen Augen ein sowohl herausfordernder als auch belustigter Ausdruck liegt. „Ich finde Dirty Talk erregend. Ist das ein Problem?“

Ich schüttle den Kopf. „Ich höre dir gern zu“, versichere ich ihm, während ich mich noch fester in sein Hemd kralle. „Wahrscheinlich könnte ich versuchen, selbst ein paar schmutzige Worte zum Besten zu geben, aber ich bin mir nicht sicher, ob ich wirklich dazu fähig bin.“

Cannon lacht und drückt mir einen Kuss auf die Nasenspitze. Die Geste ist so liebreizend, dass mir unwillkürlich ein Seufzen entfährt. Doch im nächsten Moment hebt er mich vom Hocker und wirft mich über seine Schulter.

Ich schreie überrascht auf. „Lass mich runter.“

„Das werde ich. Auf dem Bett.“

Ich lache, als er eine Hand auf meinen Hintern legt, um mich festzuhalten, während er mit mir durch das Wohnzimmer ins große Schlafzimmer geht. Ich stütze mich an seinem unteren Rücken ab und hebe den Oberkörper an, um nicht kopfüber herabzubaumeln. Als wir an einer Reihe von Bücherregalen vorbeikommen, kann ich einen kurzen Blick auf mehrere Fotos erhaschen, auf denen verschiedene Personengruppen abgebildet sind. Ich nehme an, dass es sich dabei um seine Familie handelt, aber ich kann keine Details ausmachen. Im nächsten Moment erblicke ich am Rand ein Foto von zwei Menschen, die Arm in Arm in die Kamera lächeln.

Ich sehe das Bild nur für einen Augenblick, doch ich glaube, Cannon darauf zu erkennen. Und wer ist die Frau? Möglicherweise seine Schwester, aber tief im Inneren vermute ich, dass es seine verstorbene Ehefrau ist.

Natürlich kann ich mir nicht sicher sein, doch als Cannon mich endlich im Schlafzimmer auf dem Boden absetzt, habe ich erhebliche Zweifel.

Allerdings lässt er mir keine Zeit, um mir weiter den Kopf darüber zu zerbrechen oder etwas zu sagen, denn er umfasst mit beiden Händen mein Gesicht und küsst mich leidenschaftlich.

Ich schiebe jegliche Gedanken an das Foto beiseite. Die Frau darauf könnte ohne Weiteres seine Schwester sein. Und selbst wenn es seine Frau ist — nur weil sie tot ist, heißt das nicht, dass er seine Erinnerungen wegschließen muss. Im Grunde finde ich es sogar ...

„O Gott", stöhne ich, als Cannon seine Hände an meinen Hintern gleiten lässt und mich dicht an sich drückt. Ich kann den Beweis seiner Begierde an meinem Bauch spüren und werde schwach.

Cannon packt meinen Zopf und zieht meinen Kopf zurück, um mit seinen Lippen über meinen Hals zu streichen. „Mir kommen alle möglichen Ideen in den Sinn, was ich damit anstellen kann", murmelt er, während er meine Haare um seine Hand wickelt.

Mit seiner sinnlichen Drohung lässt er mich am ganzen Körper erbeben.

„Wir haben noch viel zu viele Klamotten an“, sagte Cannon und lässt mein Haar los.

Nachdem ich an ihm fast dahingeschmolzen bin, gerate ich ins Schwanken, doch er hält mich fest.

Er grinst und genießt es sichtlich, wie er mich mit seinen leidenschaftlichen Küssen und schmutzigen Worten um den Verstand bringt. Ich lasse ihn gewähren, denn er scheint entschlossen zu sein, mich nackt zu sehen. Er zieht mir ruckartig den Gürtel aus, schiebt mir mit einer fließenden Bewegung den Rollkragenpullover über den Kopf und hat mir im Nu den BH ausgezogen. Dann lässt er eine Hand an meine Brust gleiten und drückt mich rückwärts in Richtung Bett. Sobald ich mit den Waden dagegen stoße, falle ich mit dem Rücken auf die Matratze, nur um fast wieder herunterzurutschen, als er mir die Stiefel auszieht.

„Du bist ein Meister darin, eine Frau zu entkleiden“, sage ich voller Bewunderung.

Cannon schenkt mir ein verschmitztes Grinsen, während er sich am Reißverschluss meiner Jeans zu schaffen macht und mich meiner Hose entledigt. Schließlich bin ich nur noch mit einem schwarzen Satinhöschen bekleidet, das an den Hüften mit kleinen roten Schleifen verziert ist. Ich bin mir nicht sicher, ob ihm der passende BH aufgefallen ist, doch das ist jetzt ohnehin egal.

Er richtet sich auf und blickt mit einem lüsternen Ausdruck in den Augen auf mich herab. Dann leckt er sich mit der Zunge über die Unterlippe und beißt darauf, während er mich mustert. „Was soll ich wohl zuerst mit dir anstellen?“

„Welche Möglichkeiten stehen denn zur Auswahl?“

Cannon sieht mir in die Augen. „Mein Mund zwischen deinen Schenkeln. Wenn du glaubst, ich bin geschickt darin, dich auszuziehen, dann warte erst, wie schnell ich dich kommen lassen kann.“

Es gefällt mir, wie selbstsicher er ist. Ich presse meine Schenkel zusammen, denn der Druck, den ich eben noch empfunden habe, ist zu einem heftigen Pochen angeschwollen. „Was sind die anderen Möglichkeiten?“

Cannon zieht eine Augenbraue in die Höhe, denn offensichtlich hat er erwartet, dass ich mich für erstere entscheide. Mit einem Funkeln in den Iriden tritt er an den Rand der Matratze und spreizt meine Schenkel. Er beugt sich vor und stützt sich mit einer Hand neben meiner Hüfte ab.

Mir stockt der Atem, als er einen Finger über den Saum meines Höschens gleiten lässt. „Ich wette, dass du schon ganz feucht bist. Vielleicht drehe ich dich um, damit du auf allen vieren vor mir kniest. Dann werde ich deinen Zopf um meine Hand wickeln und dich von hinten ficken.“

Mein Gott, das klingt unglaublich. Doch ich weiß, dass Cannon sicher einige weitere Ideen in seinem umwerfenden Kopf verborgen hat. „Und was schwebt dir sonst noch vor?“

Er lässt seine Hand über meinen Bauch und meine Brüste hinauf bis zu meinen Schultern gleiten, um dann spielerisch an meinem Zopf zu zerren. „Ich habe daran gedacht, dich an den Haaren zu packen und dich vor mir auf die Knie zu zwingen.“

„Ich wähle letztere Option“, platze ich heraus.

Cannon hat ein glühendes Funkeln in den Augen und zögert nicht. Er lässt seine Hand zu meinem Nacken gleiten und zieht mich vom Bett hoch. Sobald ich vor ihm stehe, wickelt er meinen langen Zopf bis zum Anschlag um seine Hand und drückt mich sanft auf den Boden.

Dabei starre ich ihm die ganze Zeit über in die Augen, bis meine Knie den weichen Teppichboden berühren. Cannon stößt den Atem aus und spannt die Kiefermuskeln an, als ich mit beiden Händen den Bund seiner Jeans packe und den Reißverschluss herunterziehe. Ich verhelfe seiner Männlichkeit zur Freiheit, wobei seiner Kehle ein tiefes Grollen entfährt.

Ich umfasse seinen Schwanz, streichle ihn ein paarmal und führe ihn zu meinem Mund. Cannon festigt den Griff um mein Haar, sodass ich innehalte und zu ihm aufsehe.

„Warte einen Moment", sagt er schroff und begegnet meinem Blick.

„Was ist los?", flüstere ich und befürchte plötzlich, dass ich wirklich so furchtbar bin, wie Derek behauptet hat.

„Gar nichts", murmelt er und legt seine andere Hand an meine Wange, um mit dem Daumen über meine Unterlippe zu streichen. „Ich will mir nur diesen Anblick ins Gedächtnis einprägen. Er ist perfekt und wird in all meinen zukünftigen Fantasien die Hauptrolle spielen."

„Der Gedanke gefällt mir", erwidere ich leise.

„Ich bin froh, dass er dir gefällt", sagt er und packt wieder mein Haar. Dann führt er meinen Kopf zu seinen Lenden.

Er stöhnt auf, als ich ihn tief in den Mund nehme, wobei meiner Kehle ein lustvolles Schnurren entfährt. Mit dem Griff um mein Haar erregt er mich mehr, als es je ein Mann vermocht hat, und ich bin getrieben von dem Verlangen, ihm Lust zu bereiten.

Ich genieße das intensive Gefühl seiner Männlichkeit zwischen meinem Gaumen und meiner Zunge und sauge heftig an seinem Schwanz, während ich ihn gleichzeitig mit einer Hand massiere.

„Verdammt“, flucht er leise.

Ich höhle die Wangen aus, als Cannon seinen Griff um mein Haar festigt. Doch im nächsten Moment zieht er meinen Kopf zurück. Ich blicke zu ihm auf und sehe, dass er mich schwer atmend mit einem glühenden Blick betrachtet.

„Das fühlt sich ein bisschen zu gut an“, knurrt er.

Ich umfasse wieder seinen Schwanz mit einer Hand und drücke ihn. Seine Augen brennen förmlich vor Verlangen, als ich versuche, ihn erneut in meinem Mund aufzunehmen. Doch stattdessen schiebt er seine Hände unter meine Arme und zieht mich auf die Füße.

Im nächsten Moment dreht sich alles, als er mich herumwirbelt und mich mit dem Bauch auf die Matratze drückt. Er legt sich auf mich und presst seinen Oberkörper an meinen Rücken, wobei ich seinen harten, feuchten Schwanz an meinem Hintern spüre.

Er rollt sich ein Stück zur Seite, lässt eine Hand zwischen meine Schenkel gleiten und schiebt sie in mein Höschen. Dann dringt er mit einem Finger in mich ein.

Er stöhnt auf. „Mein Gott, Ava, du bist ja völlig durchnässt. Hat es dich so sehr erregt, meinen Schwanz zu lutschen?“

Ich nicke energisch. Es war ein unglaubliches Gefühl, ihn fast bis an den Rand der Ekstase zu bringen, sodass er mir Einhalt gebieten musste, um nicht über den Abgrund zu fallen.

„Nicht bewegen", sagt er und zieht seine Hand zurück.

Plötzlich spüre ich, wie er sich zur Seite rollt. Ich drehe den Kopf, um zu sehen, wie er einen Arm ausstreckt, um die Nachttischschublade zu erreichen. Mit den Fingerspitzen greift er nach dem Knauf, doch statt sich von mir wegzurollen, reißt er die ganze Schublade heraus und legt sie auf dem Kopfkissen ab, um ein Kondom herauszufischen. Ich drehe den Kopf noch weiter und beobachte, wie er die Verpackung zwischen seine perfekten Zähne nimmt und sie aufreißt.

Cannon begegnet meinem Blick und grinst, als er das Kondom aus der Packung zieht. „Tut mir leid, wenn ich nicht lange durchhalte." Er rutscht ein Stück von mir herunter, schiebt sich die Hose über seine Hüften und streift sich das Kondom über. „Aber du hast mich mit deinem Mund so sehr angetörnt."

Ich stoße ein Lachen aus, doch im nächsten Moment wird mir die Luft aus der Lunge gepresst, als er mich vom Bett zieht, sodass meine Füße auf dem Boden landen. Ich rudere mit den Armen und finde schließlich Halt, indem ich mich mit beiden Händen auf der Matratze abstütze. Vor Lust schwirrt mir der Kopf, als Cannon mir das Höschen bis zur Mitte der Oberschenkel hinunterschiebt. Dann wickelt er meinen Zopf erneut um seine Hand, während er mit der anderen seinen Schwanz packt und an mein Geschlecht presst.

Ein erstickter Schrei entfährt meiner Kehle, als er in mich eindringt und langsam die Hüften kreisen lässt.

„Verdammt, Ava", stöhnt er, während er seinen Schaft tief in mir vergräbt und ich mich um ihn herum anspanne. „Du fühlst dich unglaublich an."

„Dasselbe könnte ich von dir behaupten", keuche ich, als er sein Becken vorschiebt und seinen Schwanz bis zum Anschlag in mich gleiten lässt.

„Das wird nicht lange dauern", murmelt er und zieht sich zurück, um dann wieder in mich zu stoßen. Mit zusammengebissenen Zähnen fügt er hinzu: „Aber ich schwöre dir, ich werde dich mit ins Reich der Ekstase nehmen."

Mir entfährt ein Glucksen, das im nächsten Moment jedoch erstirbt, als er seine freie Hand zwischen meine Schenkel gleiten lässt. Ich zucke zusammen.

Cannon stößt ein dunkles Lachen aus und hebt meinen Oberkörper in eine fast aufrechte Position. Er presst seine Finger an meine Klitoris, während er mit der anderen Hand immer noch mein Haar festhält. Dann beginnt er, mit Wucht in mich zu stoßen. Mit seinen starken Armen hält er mich fest, und da ich mich nun nicht mehr auf der Matratze abstützen kann, umklammere ich seine Handgelenke.

In dieser etwas seltsamen, doch unglaublich sinnlichen Position gibt Cannon mir alles.

Er fickt mich kraftvoll, flüstert mir schmutzige, verheißungsvolle Worte ins Ohr und betört all meine Sinne. Innerhalb kürzester Zeit treibt er uns beide an den Rand der Ekstase und ich komme kurz vor ihm zum Höhepunkt. Cannon stößt einen Fluch aus, als er mich auf die Matratze legt und seine Hüften kreisen lässt, während er eine Hand immer noch an mein Geschlecht presst. Mir wird schwindelig, als er meine empfindsame Lustperle weiter massiert, woraufhin ich erneut von einem lustvollen Schauer durchzuckt werde.

„Eines Tages werden wir es langsam angehen", verspricht er lachend, wobei er mein Haar loslässt und mir einen Kuss auf den Hals presst.

„Eines Tages werde ich dich wirklich mit dem Mund befriedigen", erwidere ich.

Cannon drückt mich kurz an sich, bevor er sich von mir löst und aufsteht. Ich drehe mich auf die Seite, um zu sehen, wie er ins Bad geht, und ziehe mein Höschen hoch. Dabei frage ich mich, ob dies der Zeitpunkt ist, an dem ich nach Hause gehen sollte. Er hat mich zwar gebeten, eine Übernachtungstasche mitzubringen, doch plötzlich bin ich mir meiner Sache nicht mehr sicher. Nachdem ich das Bild von seiner Frau im Wohnzimmer gesehen habe, werde ich von Zweifeln geplagt.

Ich stehe ebenfalls auf, um nach meinen Kleidern zu suchen, als Cannon aus dem Badezimmer kommt. Mittlerweile ist er völlig nackt.

„Was tust du da?", will er wissen, als ich nach meinem BH greife.

„Mich anziehen?" Ich formuliere es absichtlich als Frage, weil ich das Gefühl habe, dass er eine bestimmte Antwort erwartet.

„Das kommt gar nicht infrage", entgegnet er und schreitet auf mich zu. Ich kann nicht anders und lasse meinen Blick über seinen Körper schweifen.

Als er mich erreicht, greift er wieder nach meinem Zopf und zieht leicht daran. „Du kannst mir nicht einfach einen unglaublichen Orgasmus bescheren und dann verschwinden", tadelt er mich.

„Ich war mir nicht sicher …" Mir fehlen die Worte, denn es bringt mich in Verlegenheit, dass ich überhaupt Mutmaßungen anstellen muss.

„Was diese Sache zwischen uns zu bedeuten hat?", fragt er. Als ich den Blick senke, neigt er den Kopf, um mir in die Augen zu sehen. „Es ist nicht einfach nur ein Abenteuer, Ava."

„Aber was ist es dann?", will ich wissen, während meine Gedanken unwillkürlich zu dem Bild von ihm und seiner Frau im Wohnzimmer schweifen.

„Es ist nicht einfach nur ein Abenteuer", wiederholt er mit fester Stimme, wobei er meinen Zopf loslässt und seine Hand um meinen Nacken legt. Er hat mir zwar erklärt, was es nicht ist, doch ich weiß immer noch nicht, was diese Sache zwischen uns zu bedeuten hat. „Ich möchte, dass du über Nacht hierbleibst."

Ich bin heillos verwirrt. Bei unserer ersten Verabredung haben wir miteinander geschlafen, weil wir zu viel getrunken hatten. Und nun haben wir uns ein zweites Mal getroffen, um gemeinsam zu Abend zu essen, und wir haben beide damit gerechnet, dass wir wieder im Bett landen würden. Er hat mich sogar gebeten, eine Tasche zu packen, und das habe ich getan.

Doch aus irgendeinem Grund habe ich das Gefühl, dass ich jetzt gehen sollte.

In meinen Augen ist die Aufforderung, eine Übernachtungstasche mitzubringen, nichts anderes als ein Code für: *„Ich habe vor, dich zu ficken. Falls du das nicht willst, lässt du deine Sachen zu Hause."*

„Also schön", sagt Cannon und stößt einen entnervten Seufzer aus. Im nächsten Moment schreie ich vor Schreck auf, als er mich hochhebt und auf die Matratze bettet.

Er reißt mir meinen BH aus der Hand und wirft ihn über seine Schulter. Dann schlägt er die Bettdecke zurück und deckt mich zu, bevor er sich neben mich legt und den Ellbogen aufstützt, um auf mich herabzublicken. „Raus mit der Sprache. Was macht dir zu schaffen?"

„Es ist nichts weiter …"

„Hör auf", unterbricht er mich. Dabei überrascht es mich, den ungestümen Unterton in seiner Stimme zu hören. „Nicht nach allem, was wir gerade gemeinsam erlebt haben."

Obwohl der Sex genauso stürmisch wie beim ersten Mal war, kann ich fühlen, dass eine besondere Spannung zwischen uns herrscht.

„Es ist deine Frau", platze ich heraus, denn ich kann mich nicht länger zurückhalten. Immerhin hat er mir gerade zu verstehen gegeben, dass der Sex auch ihm etwas bedeutet hat.

Ich verkrampfe mich und warte seine Reaktion ab, während ich befürchte, ich könnte ihn so sehr verärgert haben, dass er mich aus seiner Wohnung wirft. Doch stattdessen wird seine Miene weich.

Cannon legt eine Hand an meine Wange und streicht mit dem Daumen darüber. „Ich habe mich schon gefragt, ob du es weißt."

„Ich bin neugierig und habe dich gegoogelt."

Lachend beugt sich Cannon vor und küsst mich. „Was daran macht dir so zu schaffen?"

„Eigentlich macht mir gar nichts zu schaffen", versichere ich ihm eilig und stütze mich ebenfalls auf den Ellbogen, um seinem Blick zu begegnen. „Es ist nur so … dass ich nicht unsensibel sein will. Ich bin noch nie einem Witwer begegnet, und ich weiß nicht, ob in deinem Leben Platz für mehr als nur ein einfaches Abenteuer ist. Außerdem habe ich ein Bild von euch beiden im Wohnzimmer gesehen.“

„Aha“, stößt er hervor, um sein Verständnis und sein Mitgefühl kundzutun. „Ich kann mir vorstellen, wie verwirrend das für dich sein muss. Aber du sollst wissen, dass Melissa vor fast neun Jahren gestorben ist. Sie war meine erste Liebe, und ehrlich gesagt war sie auch meine einzige Liebe. Es ist nicht so, dass ich nie wieder etwas für eine andere Frau empfinden könnte, doch sie ist ein Teil meiner Vergangenheit und ich werde sie immer in Ehren halten.“

„Ich würde nie etwas anderes von dir erwarten und fühle mich dadurch in keiner Weise bedroht. Aber wie schon gesagt, will ich nicht unsensibel sein. Und …“ Für einen Augenblick senke ich den Blick, doch ich muss ihm gegenüber Ehrlichkeit walten lassen. „Ich will auch mich selbst schützen. Meine letzte Beziehung liegt noch nicht lange zurück und hat mein Selbstvertrauen ziemlich erschüttert. Es hilft mir einfach, zu wissen, worauf ich mich einlasse – sowohl um deinetwillen als auch um meiner selbst willen.“

Cannon schenkt mir ein Lächeln und küsst mich erneut. „Das klingt sehr vernünftig. Zugegebenermaßen haben wir das Pferd von hinten aufgezäumt, indem wir zuerst in betrunkenem Zustand im Bett gelandet sind, aber ich mag dich, Ava. Ich würde mich gern weiterhin mit dir treffen. Und wenn wir schon darüber reden, dann kann ich dir auch gleich sagen, dass ich monogam bin. Ich halte nichts von Seitensprüngen und schlafe mich nicht durch fremde Betten."

„Das ist gut zu wissen", erwidere ich leise.

„Aber", fährt er fort und ich versteife mich augenblicklich. „Ich habe nur wenig Zeit, denn mein Job nimmt mich sehr in Anspruch. Die Hälfte der Zeit bin ich unterwegs, und wenn ich hier bin, muss ich hin und wieder bis spät am Abend arbeiten. Ich bin vielen Menschen gegenüber verpflichtet, deshalb sollst du wissen, dass ich mein Bett zwar nur mit dir teilen will, doch es ist möglich, dass wir uns nicht allzu oft sehen können."

Zwar ist die Erkenntnis, dass er mich mag und eine monogame Beziehung bevorzugt, eine Erleichterung, aber ich hätte nicht geglaubt, dass er so unverblümt über seine Grenzen sprechen würde. Dennoch bin ich dankbar, dass er so ehrlich ist. Immerhin weiß ich nun, was mich erwartet, wenn ich mich mit ihm auf ungewohntes Terrain begebe.

„Danke für deine Ehrlichkeit. Offensichtlich weißt du, wie wichtig mir das ist."

„Ich werde immer ehrlich zu dir sein", versichert er mir und beugt sich vor, um zärtlich seine Lippen auf die meinen zu pressen. „Und wenn ich mit dir zusammen bin, werde ich mich ganz und gar einbringen. In Ordnung?"

„In Ordnung", erwidere ich mit einem Lächeln. Mir bleiben gerade einmal drei Sekunden, bevor er mich auf den Rücken drückt und leidenschaftlich küsst.

„Dabei kommt mir ein Gedanke", murmelt er, als er seine Lippen über meinen Hals bis zu meiner Brust gleiten lässt, um einen meiner Nippel mit dem

Mund zu umschließen. Er saugt kräftig daran und lässt mit einem leisen Plopp wieder davon ab, um meinem Blick zu begegnen. „Wir haben uns gerade auf eine monogame Beziehung geeinigt."

Ich bin ganz benommen. Vor ein paar Sekunden haben wir noch ein ernstes Gespräch geführt, und im nächsten Moment hat er meine Brustwarze liebkost, nur um sich nun wieder mit mir zu unterhalten. „Tatsächlich?"

„Tatsächlich", wiederholt er und lächelt verschmitzt, als er seine Lippen über den meinen schweben lässt. „Und da wir beide mit niemandem sonst schlafen wollen, würde ich gern mit dir über Sex ohne Kondome sprechen."

„Oh", hauche ich verblüfft. Derek und ich haben nie darüber gesprochen. Er hat sich jedes Mal ein Kondom übergestreift und ich habe mir nichts weiter dabei gedacht.

Ich habe gelernt, mich auf diese Weise zu schützen.

„Zu Beginn einer jeden Saison lasse ich mich von Kopf bis Fuß durchchecken. Dazu gehört auch ein AIDS-Test. Und wenn ich nicht gerade in einer festen Beziehung war, habe ich immer ein Kondom benutzt."

„Hattest du denn eine feste Beziehung seit …" *Seit dem Tod deiner Frau*, wollte ich den Satz beenden, doch ich kann die Worte nicht aussprechen.

„Zwei", antwortet er. Es versetzt mir einen leichten Stich, zu wissen, dass ich nicht der erste Mensch bin, der ihm genug bedeutet, um diese Unterhaltung zu führen. „Was ist mit dir?"

„Oh … äh … nun, Derek und ich haben immer ein Kondom benutzt. Als ich herausgefunden habe, dass er mich betrügt, habe ich ebenfalls einen Test machen lassen, nur um auf Nummer sicher zu gehen.“

„Und?“, erkundigt er sich.

„Er war negativ.“

„Meiner auch“, erklärt er mit einem Grinsen. „So, und nun lass uns über Verhütung reden.“

„Spirale“, sage ich nur.

„Das heißt im Grunde, dass ich dich jetzt ohne Kondom ficken kann“, folgert er.

„Mit dieser Annahme liegst du richtig“, erwidere ich und lache.

Cannon stößt ein Stöhnen aus, in dem ein enttäuschter Unterton mitschwingt. „Eigentlich hatte ich vor, dich heute Abend nur noch ein weiteres Mal zu vernaschen, aber ich glaube, wir werden kaum ein Auge zutun.“

„Ich kann nicht behaupten, dass mich das sonderlich stört.“

„Braves Mädchen“, murmelt er, bevor er mich wieder leidenschaftlich küsst.

Ich bin mehr als bereit, unser Durchhaltevermögen auf die Probe zu stellen.

Kapitel 10

Cannon

Die Pittsburgh Titans sind heute zwar nicht zum ersten Mal seit dem Flugzeugcrash im vergangenen Februar wieder in Columbus, doch ich bin das erste Mal als ihr Cheftrainer dabei. Obwohl die Spieler durchaus in der Lage sind, ihre Emotionen zu unterdrücken und sich ganz und gar auf das Spiel zu konzentrieren, weiß ich mit Sicherheit, dass alle – mich eingeschlossen – mehr oder weniger über das Unglück nachdenken.

Ich hatte noch nie Angst vorm Fliegen und gehöre zu den Menschen, die die Kontrolle hin und wieder aus der Hand geben können. Mit anderen Worten bin ich nicht der Typ, der sich wohler fühlen würde, wenn ich das Flugzeug selbst fliegen würde. Ein paar Turbulenzen bringen mich nicht gleich aus der Fassung.

Aber ich will ehrlich sein ... während des Fluges heute Morgen war mir ein wenig mulmig zumute. Ich kann mir nicht einmal ansatzweise vorstellen, wie Coen, Hendrix und Camden sich gefühlt haben müssen, schließlich waren sie die drei Spieler, die damals nicht im Flugzeug saßen, als es verunglückte

Der Flug dauert nur fünfundvierzig Minuten, um die rund dreihundert Kilometer zwischen den beiden Städten zu überbrücken. Normalerweise reisen wir zu Auswärtsspielen am Vorabend an, doch bei Kurzstrecken sind wir in der Lage, alles an einem Tag zu erledigen. Die Spieler mit Familie wissen das zu schätzen. Nach dem Spiel heute Abend fliegen wir zurück nach Pittsburgh.

Nach der Landung auf dem Flughafen von Columbus fahren wir mit einem Bus direkt zum Stadion, um eine Runde aufs Eis zu gehen. Danach verfrachten wir die Mannschaft wieder in den Bus und checken im Hotel ein. Wir bleiben zwar nicht über Nacht, aber die Betreuer buchen stets eine Unterkunft, denn die Spieler brauchen einen Ort, an dem sie sich entspannen und ausruhen können, bevor sie gegen fünf Uhr wieder ins Stadion zurückkehren müssen.

Nach dem Mittagsbüfett ziehen sich die meisten Spieler auf ihre Zimmer zurück, um ein Nickerchen zu machen.

Ich habe noch zu tun und setze mich in einen kleinen Konferenzraum, den das Hotel für die Trainer zur Verfügung gestellt hat. Dort wartet mein Team bereits auf mich, bestehend aus meinen drei Assistenztrainern Gage, Sam und Maurice sowie Baden, dem Torwarttrainer. Außerdem ist Jack Hanson, unser leitender Videocoach, vor Ort.

Wir verbringen die nächste Stunde damit, letzte Überlegungen zu Aufstellungen, Special Teams und anderen Themen durchzusprechen, aber im Grunde muss ich all ihre Vorschläge nur absegnen. Sie tun genau das, wofür sie bezahlt werden, und ich habe volles Vertrauen in ihre Fähigkeiten.

Nachdem wir unsere Besprechung beendet haben und die Männer aufgestanden sind, um den Raum zu verlassen, rufe ich Baden über den Tisch hinweg zu: „Würdest du noch einen Moment bleiben?“

„Aber sicher doch. Ich wollte auch etwas mit dir besprechen.“

Ich bin überrascht und habe sofort ein flaues Gefühl im Magen, während ich inständig hoffe, dass er gleich nicht kündigen wird. Um mir Klarheit zu verschaffen, sage ich: „Du zuerst.“

„Es ist im Grunde keine große Sache“, beginnt er und verzieht die Lippen zu einem verlegenen Lächeln. „Ich wollte eigentlich irgendwann im Laufe der Woche mit dir darüber reden, aber ich kann es genauso gut jetzt …“

„Ich werde deine Kündigung nicht akzeptieren“, platze ich heraus, denn ich denke mir, dass ich auch gleich zur Sache kommen kann.

Baden blinzelt überrascht und stößt dann ein leises Lachen aus. „Ich gehe nirgendwo hin. Eigentlich habe ich sogar vor, mich noch stärker an die Gegend zu binden.“

Ich runzle die Stirn. „Wie das?“

„Ich werde Sophie einen Heiratsantrag machen.“

Ein Grinsen breitet sich auf meinem Gesicht aus, und ich greife über den Tisch, um seine Hand zu schütteln. „Gratuliere, Mann. Das ist großartig.“

„Nun, sie muss zuerst Ja sagen.“

„Ich bin mir ziemlich sicher, dass sie das tun wird.“ Ich habe Sophie und Baden schon oft zusammen beobachtet. Zudem kennt jeder Eishockeyfan ihre Geschichte und weiß genau, was sie durchgemacht haben, bevor sie überhaupt ein Paar wurden. Es ist Schicksal, dass sie einander getroffen haben. „Aber was habe ich damit zu tun?“

Baden reibt sich den Nacken und wirft mir einen verschämten Blick zu, dann antwortet er: „Ich will ihr den Antrag während eines Spiels machen.“

„Wie bitte?“, frage ich. Ich habe keine Ahnung, wie das funktionieren soll.

„Ich dachte, ich könnte während der Werbepause eine aufgezeichnete Nachricht auf dem Videowürfel abspielen lassen. Aber ich wollte zuerst mit dir darüber sprechen, weil ich die Spieler nicht aus dem Konzept bringen will."

„Ich denke, es ist eine brillante Idee."

„Wirklich?"

„Ja, das tue ich. Es wird das Team sicher nicht aus dem Konzept bringen, vielmehr werden die Jungs begeistert sein. Und die Fans werden ausrasten. Aber ich will dir einen Rat geben: Falls du glaubst, es besteht die Möglichkeit, dass sie Nein sagen könnte, dann lass es sein. Schließlich willst du dich nicht vor laufender Kamera zum Narren machen."

Baden schnaubt. „Ich bin zuversichtlich, dass sie Ja sagen wird. Aber ich will, dass alle Welt davon erfährt."

„Wie es sich gehört, wenn man jemanden liebt", antworte ich. Ich weiß noch, wie ich mich damals gefühlt habe, selbst wenn es schon verdammt lange her ist. „Wann willst du ihr den Antrag machen?"

„Wann immer es möglich ist. Den Ring habe ich bereits vor einer Weile gekauft."

„Dann solltest du es beim nächsten Heimspiel tun", sage ich, denn ich liebe Spontaneität.

„Wirklich?"

„Auf jeden Fall", versichere ich ihm mit einem energischen Nicken.

„In Ordnung … ich werde es tun." Baden sieht aus, als würde er jeden Moment vor Aufregung platzen, und ich freue mich für ihn. Doch im nächsten Augenblick setzt er wieder eine ernste Miene auf und geht zum Geschäft über. „Worüber wolltest du mit mir reden?"

„Ich wollte dich nur vorwarnen, dass wir an einem Trade arbeiten, um Bain Hillridge zu verpflichten."

„Ist das dein Ernst?", ruft Baden aus. „Wen wollt ihr eintauschen?"

„Nolan und ein Draft Pick der zweiten Runde, zumindest streben wir das an."

„Er wird eine hervorragende Ergänzung für das Team sein, und zwar nicht nur für die Verteidigung. Tatsächlich hat er ein unglaubliches Talent dafür, andere zu motivieren."

„Das habe ich auch schon gehört. Wir haben ihn genau beobachtet. Ich wollte dich nur vorwarnen, da ihr beide zusammengespielt habt."

Baden mag zwar Torwarttrainer sein, aber früher war er ein fester Bestandteil der Arizona Vengeance und wurde dort von allen geliebt. Nachdem er angegriffen worden und vorübergehend gelähmt gewesen war, hat die ganze Mannschaft der Vengeance den Verlust ihres Torwarts betrauert. Nicht nur wegen seiner Verletzung, sondern auch weil er sich nach seiner Genesung entschloss, als Trainer für die Titans zu arbeiten.

„Ich rufe ihn morgen an", sagt Baden, woraufhin wir beide aufstehen. „Wolltest du sonst noch etwas mit mir besprechen?"

„Nein, das war alles." Ich folge ihm aus dem Konferenzraum. „Ich gehe auf mein Zimmer und ruhe mich ein wenig aus."

„Ich auch", verkündet Baden.

Im Grunde brauche ich kein Nickerchen, denn mein Körper ist daran gewöhnt, dass ich nur etwa fünf Stunden pro Nacht schlafe. Aber ich entspanne mich gern, also lese ich für gewöhnlich ein Buch, schalte den Fernseher ein oder surfe im Internet.

Als ich jedoch mein Zimmer betrete und meine Schuhe abstreife, kommt mir eine bessere Idee, wie ich die Zeit totschlagen kann.

Ich rufe Ava an.

Als sie das Gespräch annimmt und mich mit einem sanften Hallo begrüßt, blitzen eine Reihe von Erinnerungen in mir auf.

Erinnerungen an vergangene Nacht.

Mir war nicht bewusst, dass ich meine Libido zuvor gezügelt hatte, doch sobald wir uns darauf geeinigt hatten, kein Kondom zu benutzen, wurde ich von einer unbändigen und unkontrollierbaren Lust durchströmt. Ich hätte eigentlich erschöpft sein sollen, denn wir hatten die Nacht zuvor fast kein Auge zugetan, aber ich war nicht imstande, die Finger von ihr zu lassen.

Ein wenig bin ich deshalb beunruhigt. Nach dem Tod meiner Frau hatte ich zwei weitere monogame Beziehungen, doch es hat Monate gedauert, bis ich mich wohl genug gefühlt habe, um ungeschützten Sex zu haben. Es lag nicht daran, dass es mir schwerfiel, den Frauen zu vertrauen, doch es brauchte einige Zeit, bis wir das notwendige Maß an Intimität erreicht hatten. Man könnte vielleicht behaupten, dass die Erinnerung an Melissa damals noch zu frisch war, aber ich glaube nicht, dass das der Grund war.

Ich kann nur vermuten, dass ich mich zu Ava auf einer tieferen Ebene hingezogen fühle als zu den Frauen aus meinen früheren Beziehungen. Zum Teil könnte es an der körperlichen Anziehungskraft liegen, aber ich denke, es hat auch etwas damit zu tun, dass ich sie über einen längeren Zeitraum kennengelernt und sie fast täglich gesehen habe. Immerhin habe ich wochenlang mit ihr geflirtet und bei diesen flüchtigen Begegnungen jedes Mal etwas mehr über sie in Erfahrung gebracht. Jeden Morgen habe ich mich auf sie gefreut. Obwohl der Kaffee im Grind gut war, habe ich den Laden aufgesucht und immer einen bestimmten Tisch gewählt, weil ich in Avas Nähe sein wollte.

Ich bin klug genug, um zu wissen, dass es auf manche Dinge einfach keine Antworten gibt. Oft kann man sich nur auf sein Bauchgefühl verlassen, und mein Bauchgefühl sagt mir, dass Ava etwas Besonderes ist.

Das beweist allein die Reaktion meines Körpers, als ich jetzt ihre Stimme höre.

„Was tust du gerade?", frage ich sie.

„Ich bin auf Jobsuche", antwortet sie munter und klingt durchaus motiviert.

„Schon etwas Vielversprechendes gefunden?"

„Ich weiß nicht", sinniert sie. „Ich bin auf ein paar Stellen im Personalwesen hier in der Gegend von Pittsburgh gestoßen, aber in Charlotte, North Carolina, wird ein Marketing Manager in einer Referenten-Agentur gesucht. Die Stellenbeschreibung entspricht genau dem, was ich nach meinem Studium im Sinn hatte."

Sobald sie die Worte Charlotte, North Carolina, ausspricht, verspüre ich bei dem Gedanken, dass sie Pittsburgh verlassen könnte, einen Anflug von Enttäuschung. Sie hat mir gestern schon gesagt, dass sie sich nach Jobs in anderen Staaten umsehen wird, aber dass sie es vorziehen würde, in Pittsburgh zu bleiben oder nach North Carolina zurückzukehren.

Die Tatsache, dass es in ihrem Heimatstaat einen Job gibt, der sie reizt, verheißt nichts Gutes, denn es würde bedeuten, dass aus unserer Beziehung nie mehr werden könnte. Dennoch muss ich mich für sie freuen, wenn sie ihre Träume verfolgen möchte. „Das ist großartig. Wie lautet die Stellenbeschreibung?“

Als Ava mir die Einzelheiten vorliest, höre ich an der Aufregung in ihrer Stimme, wie sehr sie den Job will. Ich versuche, mich für sie zu freuen, und bete insgeheim, dass sie ihn bekommt, obwohl ich damit gegen jeden meiner Instinkte verstoße. Ich weiß, dass ich mehr als enttäuscht sein werde, falls sie wirklich zurück nach Hause zieht, aber ich darf nicht vergessen, dass ich momentan nicht unbedingt bereit für eine tiefe Beziehung bin. Leider kann ich nicht die nötige Zeit aufbringen, die jemand wie Ava verdient hätte, und ich weiß aus eigener Erfahrung, wie schädlich eine Karriere im Profisport für eine Beziehung sein kann.

„Wahrscheinlich bleibt es nur ein Traum“, sagt sie wehmütig. „Es gibt sicher besser qualifizierte Bewerber.“

„Du musst nur einen Fuß in die Tür bekommen und ein Vorstellungsgespräch ergattern. Dann kannst du sie sicher davon überzeugen, dass du die Richtige für den Posten bist.“

„Da hast du recht.“ Ihr Lachen zaubert mir ein Lächeln auf die Lippen. „Ich werde mich zu vermarkten wissen, falls sie mir nur fünf Minuten ihrer Zeit schenken.“

„Das ist mein Mädchen“, erwidere ich mit sanfter Stimme, wobei ich innerlich zusammenzucke, als ich feststelle, wie besitzergreifend diese Worte klingen. Aber ich wollte damit nur meine Zuneigung zum Ausdruck bringen.

Für einen Moment herrscht Schweigen. Bevor die Stimmung umschlagen kann, wechsle ich das Thema. „Hattest du Schwierigkeiten, meine Wohnung zu verlassen?"

Es war ein schönes Gefühl, heute Morgen neben Ava aufzuwachen, die Arme um ihren nackten, warmen Körper geschlungen. Ich durfte zwar meinen Flug nicht verpassen, aber ich wollte sie nicht zur Eile antreiben, also habe ich ihr gesagt, sie solle ausschlafen, und ihr den Code gegeben, um die Alarmanlage einzuschalten.

Offensichtlich hat sie keine Probleme gehabt, andernfalls hätte ich eine Benachrichtigung erhalten. Dennoch bin ich neugierig, wie lange sie geblieben ist, obwohl ich die Information auch meiner Alarm-App entnehmen könnte.

„Ich konnte nicht wieder einschlafen, nachdem du die Wohnung verlassen hast, also habe ich mich angezogen und bin gegangen."

Ich muss lächeln, als ich mich daran erinnere, wie ich sei auf die Schläfe geküsst habe und sie mich daraufhin verschlafen angelächelt hat. Am liebsten wäre ich zurück zu ihr ins Bett gekrochen, doch in meinem Job kann ich mir einen derartigen Luxus nicht erlauben.

„Wirst du dir heute Abend das Spiel ansehen?", frage ich. Gestern Abend hat sie scherzhaft gesagt, dass sie sich etwas mehr mit dem Thema Eishockey beschäftigen sollte, da sie nun mit dem Trainer vögelt.

Ich habe erwidert, dass ich ihr liebend gern eine Lektion erteilen würde, was dazu führte, dass wir uns sofort wieder durch die Laken wälzten.

Ava lacht. „Natürlich werde ich es mir ansehen. Ich werde mir eine Pizza machen, meinen flauschigen Pyjama anziehen und sehen, wie oft die Kamera auf dich schwenkt."

Ich muss lachen, denn ich stelle mir bildlich vor, wie sie vor dem Fernseher auf der Couch sitzt. Sie hat nicht gerade viel Ahnung von Eishockey. Aber der Gedanke, dass sie nach mir Ausschau halten wird, gefällt mir.

„Also", sage ich gedehnt, denn ich will unbedingt wissen, wann ich Ava wiedersehen werde. „Heute Abend fliegen wir spät zurück und morgen habe ich einen langen Tag im Stadion vor mir, gefolgt von einem Abendessen mit der Führungsriege. Aber übermorgen haben wir ein Heimspiel. Hättest du Lust, es dir anzusehen? Ich besorge dir eine Karte, und nach dem Spiel könnten wir etwas trinken gehen."

„Das würde mir gefallen", erwidert sie, und ich muss mich zurückhalten, um nicht erleichtert auszuatmen. Bisher bin ich mir noch nicht im Klaren darüber, wie ich die Beziehung zu Ava definieren soll.

„Hör zu … Ava", beginne ich und halte dann inne, weil ich mir nicht sicher bin, ob dies wirklich der richtige Zeitpunkt für ein solches Gespräch ist. Aber wir sollten von Anfang an klare Verhältnisse schaffen. „Ich kann es kaum erwarten, dich wiederzusehen, doch wie du weißt, ist mein Terminkalender ziemlich prall gefüllt. Es ist möglich, dass wir uns nur ein- oder zweimal pro Woche treffen können. Ich weiß, dass diese Sache zwischen uns ziemlich frisch ist und wir immer noch nicht genau wissen, wie wir damit umgehen sollen, aber vielleicht werden wir nie mehr als ein paar gestohlene Momente zusammen haben.“

„Das hast du mir bereits mitgeteilt.“ Ich kann einen Anflug von Tadel in ihrem Tonfall erkennen, doch ich muss sicher sein, dass sie meine Grenzen versteht. „Ich weiß es wirklich zu schätzen, dass du mir gegenüber so offen bist, Cannon. Ich kann verstehen, was du mir sagen willst.“

„Wenn das, was ich dir bieten kann, nicht genug ist, dann musst du es zur Sprache bringen.“ Ich hoffe inständig, dass sie mir nichts verschweigt, denn Melissa hat ihre Bedenken nie zum Ausdruck gebracht. „Ich will dir niemals den Eindruck vermitteln, dass du nicht gut genug bist, das hast du nicht verdient. Das hat dein Ex schon zur Genüge getan.“

„Du bist nicht wie Derek“, versichert sie mir hastig.

„Ich will damit nur sagen, dass ich dich mag. Du bist unglaublich, aber du hast viel mehr verdient, als ich dir geben kann. Meine Karriere nimmt den größten Teil meiner Zeit in Anspruch.“

„Ich weiß“, antwortet sie mit sanfter und verständnisvoller Stimme. „Doch darüber sollten wir uns im Moment keine Gedanken machen. Wir haben nur ein zwangloses Abenteuer, also …“

Ich stoße ein Schnauben aus. „Wir haben nicht nur ein zwangloses Abenteuer. Wenn es so wäre, würden wir nicht ohne Kondom miteinander schlafen.“

Ava lacht. „In Ordnung, es ist mehr als ein zwangloses Abenteuer. Wir können uns einfach nicht so oft sehen.“

„Ich kann dir keine Versprechungen machen, aber ich schwöre, dass ich dich nie absichtlich verletzen werde. Zumindest darauf kannst du dich verlassen.“

„Das ist mir bereits klar geworden“, murmelt sie.

„Gut. Ich muss jetzt auflegen. Ich versuche, dich nach dem Spiel anzurufen, wenn es nicht zu spät wird.“

„Es wird nicht zu spät sein. Falls du jedoch anderweitig beschäftigt bist, mach dir keine Sorgen.“

„In Ordnung“, erwidere ich nur, denn damit bewegt sie sich innerhalb der Grenzen, die ich ihr aufgezeigt habe.

Ich werde ihr geben, so viel ich kann, und hoffen, dass es genug sein wird.

Kapitel 11

Als die Schlusssirene ertönt, brechen die Fans in Jubelgeschrei aus, und ich stimme mit ein. Wir alle sind begeistert von dem überwältigenden Sieg der Titans über die Detroit Cardinals.

„Sind Sie bereit, zu gehen, Miss Cavanaugh?", fragt die Platzanweiserin.

Ich wende mich dem jungen Mädchen zu. Sie trägt ein schwarzes Hemd, eine gleichfarbige Hose und eine Weste in den Farben der Titans. Auf ihrem Namensschild steht Kimberly. Vor etwa fünf Minuten ist sie an meinen Platz gekommen und hat mir mitgeteilt, dass sie angewiesen sei, mich nach dem Spiel in Cannons Büro zu bringen.

Das überraschte mich, denn wir hatten uns eigentlich bei ihm zu Hause verabredet. Gleichermaßen verblüfft hatte mich auch die Eintrittskarte, die Cannon am Abholschalter für mich hinterlegt hat. Der Sitz befand sich in der Mitte des Stadions, nur vier Reihen von der Eisfläche entfernt und direkt hinter der Bank der Titans, sodass ich das Team und die Abläufe während des Spiels aus nächster Nähe beobachten konnte. Im ganzen Stadion herrschte eine elektrisierende Energie, die mir die Haare zu Berge stehen ließ. Ohne viel über den Sport zu wissen oder eine langjährige Verbindung mit dieser Stadt zu haben, wurde ich sofort ein Fan.

Und es war ein unglaubliches Gefühl, nur ein paar Reihen von Cannon entfernt hinter den Spielern zu sitzen. Ich empfand Stolz und auch einen Anflug von Erregung. Er trägt heute einen marineblauen Anzug, der zweifelsohne maßgeschneidert ist. Dessen bin ich mir sicher, weil mein Ex ständig maßgeschneiderte Anzüge getragen hat. Allerdings sah Derek darin nie so gut aus.

Einmal während des Spiels hat sich Cannon umgedreht und mich direkt angesehen. Es geschah nicht, als die Spieler auf dem Eis waren, sondern nachdem Baden Oulett, der Torwarttrainer, seiner Freundin Sophie auf der großen Leinwand einen Heiratsantrag gemacht hatte. Als die Fans im Stadion tobten, wandte sich Cannon um und begegnete meinem Blick. In diesem Moment musste er sich nicht auf das Spiel konzentrieren und entschied sich, den Augenblick mit mir zu teilen. Er schenkte mir ein flüchtiges Lächeln, zwinkerte mir zu und drehte sich dann wieder der Eisfläche zu.

Das Paar zu meiner Linken machte viel Aufhebens darum. „Hat Coach West Ihnen gerade zugezwinkert?"

Ich gab mich ahnungslos. „Das glaube ich nicht. Ich habe nicht darauf geachtet."

Ich bin mir nicht sicher, ob sie mir glaubten, denn sie starrten Cannon weiterhin an, um zu sehen, ob er sich noch einmal umdrehen würde. Er tat es nicht, doch das machte mir nichts aus. Heute Abend bin ich nur ein Fan und er ist bei der Arbeit und tut das, was er am besten kann.

Obwohl ich mir nicht sicher bin, ob er etwas anderes nicht sogar noch besser kann. Es ist geradezu erstaunlich, was er mit mir im Bett anstellt. Eines habe ich während dieser kurzen Affäre zweifellos gelernt – vor Cannon hatte ich keine Ahnung, wie unglaublich Sex sein kann.

Und nun frage ich mich, ob ihm ein anderer Mann je das Wasser reichen können wird.

Ich muss über eine Zukunft ohne Cannon nachdenken, denn er hat mir klar zu verstehen gegeben, dass er keine Zeit für mehr als ein paar „gestohlene Momente" hat.

Im Augenblick komme ich gut damit zurecht. Nach meiner Beziehung mit Derek ist mein Selbstvertrauen immer noch am Boden zerstört, und ich möchte meinen Gefühlen trauen können und nicht einer Illusion von einem Happy End hinterherjagen. Ich habe meine Lektion gelernt.

Ich folge Kimberly die Stufen zur Haupthalle hinauf, während die Fans bereits nach draußen auf den Parkplatz strömen. Kimberly führt mich zu einer Rolltreppe, mit der wir eine Etage hinauffahren, um dann durch einen kurzen Flur zu einem Aufzug zu gelangen. Sie zieht eine Schlüsselkarte hervor, die an einem Rollerclip befestigt ist, und hält sie an ein Bedienfeld, woraufhin sich die Türen öffnen. Wir treten ein und begeben uns ins Untergeschoss.

„Warum mussten wir mit der Rolltreppe hinauffahren, nur um mit dem Aufzug wieder hinunterzufahren?", frage ich sie.

„Es ist der kürzeste Weg."

Das erscheint mir umständlich, aber ich bin schließlich keine Ingenieurin.

Im Untergeschoss treten wir aus der Kabine. Ich kann immer noch die Jubelschreie der Fans hören, und vernehme zudem laute Männerstimmen, von denen ich annehme, dass sie zu den Spielern gehören. Das Kellergeschoss ist ein riesiges Oval, das unter dem Stadion verläuft. Es ist so groß, dass ich niemanden im Korridor sehen kann, da dieser eine Kurve macht.

„Die Umkleidekabinen sind dort hinten“, bemerkt Kimberly, was die lauten Stimmen erklärt. Sie wendet sich in die entgegengesetzte Richtung und teilt mir im Gehen mit, welche Räumlichkeiten sich sonst noch hier unten befinden.

Wir passieren einen Fitnessraum, einen Geräteraum und einen Aufenthaltsraum für die Familien der Spieler. Die Tür steht offen, und ich kann sehen, dass sich mehrere Personen darin aufhalten.

Kimberly wendet sich nach links und geht einen kurzen Flur entlang. Zu beiden Seiten gehen Büros ab, an deren Türen die Namen der anderen Trainer auf Messingschildern eingraviert sind.

Maurice Dupont.

Sam Thatcher.

Gage Heyward.

Baden Oulett.

Jack Hanson.

Das Büro von Cannon befindet sich am Ende des Flurs. Es ist sehr geräumig und mit einem schweren Holzschreibtisch, Bücherregalen und Ledersesseln ausgestattet. In der Ecke stehen ein Großbildfernseher und ein runder Arbeitstisch, der von fünf Stühlen umgeben ist.

„Machen Sie es sich bequem. Coach West muss noch die Pressekonferenz nach dem Spiel geben, aber er wird bald hier sein.“

„Kein Problem“, antworte ich. Wenn ich nicht hier wäre, würde ich in der Tiefgarage seines Wohnhauses in meinem Wagen sitzen.

„Möchten Sie etwas trinken?“, fragt Kimberly.

„Nein, danke. Und vielen Dank für Ihre Hilfe.“

Sie schenkt mir ein Lächeln und verlässt den Raum, wobei sie die Tür hinter sich zuzieht.

Ich wandere durch das Büro, um mir alles genauer anzusehen. Auf dem Arbeitstisch liegen etliche beschriebene Notizblöcke. Auf drei Whiteboards sind Eishockeyspielfelder eingezeichnet, auf denen überall die Buchstaben X und O verteilt sind, während mehrere Pfeile in verschiedene Richtungen zeigen. Ich vermute, es handelt sich dabei um Spielzüge, die Cannon erstellt hat.

Auf seinem Schreibtisch befinden sich lediglich ein Laptop, ein Festnetztelefon und ein Ringordner.

Die Bücherregale sind um einiges interessanter. Sie enthalten zwar nicht viele Bücher, aber eine Menge Gegenstände, die unterschiedliche Meilensteine seiner Eishockeykarriere zeigen. Ich betrachte die Bilder von ihm als Spieler. In einem Anzug ist er bereits umwerfend, doch als ich ihn in seiner Eishockeyausrüstung auf dem Eis sehe … könnte ich dahinschmelzen.

Ich entdecke ein zwanzig mal fünfundzwanzig Zentimeter großes Foto von einem Eishockeyteam, das mitten auf dem Eis mit dem Cup posiert. Selbst mir ist bewusst, dass es sich dabei um die Trophäe handelt, die dem Gewinner einer Meisterschaft überreicht wird. Ich beuge mich vor, um die Männer näher zu betrachten, und kann Cannon unter ihnen ausmachen. Dank Google weiß ich, dass er für die Toronto Blazers gespielt hat und dass sie in jener Saison den Cup gewonnen haben.

Ich entdecke zudem einige Gruppenfotos, auf denen Cannon einen Anzug trägt. Ich vermute, dass darauf die beiden Teams abgebildet sind, die er trainiert hat, bevor er nach Pittsburgh kam. Außerdem sind einige Pucks, weitere Auszeichnungen, ungerahmte Urkunden und anderer Schnickschnack ausgestellt.

Und mehrere gerahmte Fotos mit anderen Trainern und vielleicht einigen seiner Eishockeykameraden außerhalb des Stadions. Darunter ist eines zu sehen, in dem er mit ein paar Jungs an einem Strand steht, während sie alle mit einem Bier in der Hand in die Kamera grinsen.

Dann eines von Cannon und zwei Männern in Golfkleidung auf einem Putting Green.

Die Sammlung scheint nur sein Eishockeyleben auf dem Eis und außerhalb des Stadions widerzuspiegeln. Von seiner Familie kann ich keine Fotos finden.

Keine Bilder von Melissa.

Die Tür wird geöffnet, und ich drehe mich um, als Cannon eintritt. Er lässt seinen Blick zu dem Bücherregal schweifen, vor dem ich gerade stehe. „Siehst du dir meine Karriere an?"

Ich schenke ihm ein Grinsen. „Als Spieler warst du verdammt sexy."

Cannon schnaubt und schließt die Tür hinter sich, bevor er zielstrebig auf mich zukommt. Seine entschlossene Miene beschert mir eine Gänsehaut.

Ich kann sehen, dass er etwas will und gedenkt, es sich zu nehmen.

Ehe ich mich versehe, liege ich in seinen Armen und er küsst mich leidenschaftlich. Als er den Kopf wieder zurückzieht, betrachtet er mich mit einem Grinsen. „Tut mir leid … ich muss gleich zur Pressekonferenz, aber ich wollte dich zuerst küssen."

„Ach du meine Güte“, erwidere ich und versuche, mich aus seinem Griff zu befreien. „Du solltest gehen.“

„Ich wollte dich zuerst küssen“, wiederholt er und festigt seinen Griff um meine Taille.

Damit macht er mir ein Zugeständnis. Er gibt mir zu verstehen, dass er das Eishockey für einen Moment beiseiteschiebt, um Zeit mit mir zu verbringen. Ich kann nicht sagen, warum er das tut. Auf jeden Fall habe ich es nicht erwartet.

„Hat dir das Spiel gefallen?“, fragt er.

„Es war toll!“, rufe ich aus. „Ich habe zwar nicht alles verstanden, aber im Wesentlichen ist mir klar, worum es ging.“

„Ich kann nicht glauben, dass du noch nie bei einem Spiel warst“, sagt Cannon. Genau dasselbe hat er vorhin gesagt, als er mich anrief, um mir zu erklären, wo ich mein Ticket abholen sollte.

Derek hat Eishockey geliebt und die Spiele immer mit seinen Arbeitskollegen besucht. Seine Firma hatte Dauerkarten, die sie an die höheren Angestellten verteilten, doch ich war nie eingeladen.

„Und“, füge ich mit schwärmerischem Tonfall hinzu, „dann war da noch der Antrag.“

Cannon lacht. „Ich dachte mir schon, dass dir das gefallen würde. Das war nicht schlecht, hm?“

Meine Güte, es war umwerfend. Baden hat um die Hand seiner Freundin angehalten, indem er ein zuvor aufgezeichnetes Video auf dem Großbildschirm abspielen ließ. Dann schwenkte die Kamera auf eine der Logen, in der Sophie saß und den Antrag annahm.

„Wie könnte eine Frau dazu Nein sagen?“

„Sophie hätte seinen Antrag niemals abgelehnt, egal wie er um ihre Hand angehalten hätte. Die beiden haben eine unvergleichliche Bindung zueinander. Es ist eine lange Geschichte, die ich dir gern ein andermal erzählen werde, aber jetzt muss ich zu der Pressekonferenz.“

Cannon küsst mich erneut, dann lässt er mich los, um zur Tür zu gehen. „Warte hier auf mich, wenn es dir nichts ausmacht. Ich brauche höchstens zwanzig Minuten. Aber ich werde versuchen, es kürzer zu machen.“

„Das ist nicht nötig.“

Er ignoriert meine Worte und fragt stattdessen: „Was würdest du heute Abend gern tun? Möchtest du irgendwo einen Drink nehmen und dann etwas essen gehen?“

„Nicht wirklich“, antworte ich zögernd. Damit lehne ich wahrscheinlich einen Abend ab, den man als Date bezeichnen könnte.

Cannons Lippen umspielt ein Lächeln. „Würdest du gern mit mir nach Hause kommen?“

„Macht mich das zu einem schamlosen Flittchen?“, frage ich mit einem Grinsen.

„Würde dich das stören?“

„Nein. Unsere Zeit ist begrenzt und ich will das Beste daraus machen.“

Cannon lacht. „Dann kann ich es kaum erwarten, dich mit nach Hause zu nehmen.“

„Mein Wagen …“

„Wir lassen ihn stehen und ich bringe dich morgen früh zurück.“

„Okay“, hauche ich aufgeregt, denn ich bin gespannt, wie der Abend enden wird. Vielleicht bin ich ja doch ein Flittchen.

Cannon tritt über die Türschwelle und hält dann noch einmal inne. Als er zu mir zurückblickt, hat er ein Stirnrunzeln im Gesicht. „Du weißt, dass wir nicht miteinander schlafen müssen, nur weil du mich nach Hause begleitest."

Ich ziehe fragend eine Augenbraue in die Höhe.

Er zuckt mit den Schultern und grinst. „Zugegeben … ich will mit dir schlafen, aber ich erwarte nicht, dass wir sofort ins Bett springen, sobald wir dort ankommen. Wir können uns auch unterhalten und uns einen Film ansehen oder …"

„Cannon", unterbreche ich ihn. „Das weiß ich. Wie wäre es, wenn wir uns erst Gedanken darüber machen, sobald wir bei dir sind?"

Seine Augen funkeln verheißungsvoll. „Wenn es nach mir ginge, würde ich dich wahrscheinlich über die Couch beugen und dich hart und schnell ficken. Es ist das nächstgelegene Möbelstück."

Ein erregender Schauer läuft mir über den Rücken, doch ich zeige nur mit dem Finger auf ihn. „Raus. Geh zu deiner Pressekonferenz."

Cannon grinst, zwinkert mir zu und verlässt dann das Büro.

Es entgeht mir nicht, dass mein Herz bei seinen verheißungsvollen Worten höherschlägt. Mir fällt außerdem auf, dass er sich bemüht, mir mehr zu geben, obwohl er mich ursprünglich hat wissen lassen, dass er nicht dazu fähig sein wird.

Er versucht, winzige Zeitfenster zu schaffen, in denen wir uns sehen können.

Warum ist er vor der Pressekonferenz in sein Büro gekommen, nur um mich zu küssen? Warum sollte er so etwas tun?

„Hör schon auf“, flüstere ich mir selbst zu und presse eine Hand auf meine Brust. „Es hat nichts zu bedeuten.“

Kapitel 12

Cannon

Ich wollte wirklich nicht, dass sich der Abend um Sex dreht, als ich Ava nach dem Spiel zu mir nach Hause eingeladen habe. Das hatte ich ihr sogar in meinem Büro zu verstehen gegeben. Nach der Pressekonferenz überquerte ich mit ihr den Fluss und fuhr in die Innenstadt, während ich verschiedene Filme aufzählte, die wir uns ansehen könnten. Ich bot an, uns eine heiße Schokolade zu kochen und den Gaskamin anzuwerfen, um eine romantische Stimmung zu schaffen.

Ava antwortete mehr oder weniger interessiert und sagte so etwas wie „Das klingt gut" oder „Den Film wollte ich schon immer mal sehen". Also nahm ich an, dass wir direkt die Küche ansteuern würden, sobald wir die Schwelle zu meiner Wohnung überschritten hätten. Doch kaum habe ich die Tür hinter mir geschlossen, da dreht Ava sich zu mir um und legt die Hände an meine Gürtelschnalle, um sie mit einem wollüstigen Funkeln in ihren Augen zu öffnen.

Ich habe keine Ahnung, was das über mich aussagt, aber es kommt mir nicht einmal in den Sinn, ihr Einhalt zu gebieten. Alle Gedanken an Filme, ein romantisch knisterndes Feuer und heiße Schokolade mit Marshmallows sind im Nu wie weggeblasen und ich reiße ihr stattdessen die Kleider vom Leib.

Wir entledigen uns unserer schweren Wintermäntel und Schuhe gleich hier im Eingangsbereich und lassen dann auch den Rest folgen, während wir uns leidenschaftlich küssen und immer wieder aufstöhnen, sobald unsere Fingerspitzen die Haut des anderen berühren.

Ich lege eine Hand an Avas Hinterkopf und schiebe meine andere zwischen ihre Schenkel. „Was soll ich nur mit dir anstellen?", murmle ich und frage mich, ob ich sie tatsächlich wie versprochen über die Couch beugen soll.

Ava stößt ein heiseres Lachen aus und lässt ihre Hüfte an meiner Hand kreisen. Ich gebe ihr, was sie will, und dringe mit dem Mittelfinger tief in sie ein. Sie packt daraufhin sofort meinen Schwanz, um ihn zu massieren. In diesem Moment wird mir klar, dass wir es nicht bis ins Schlafzimmer schaffen werden.

Ich bin nicht so verrückt, sie auf den gefliesten Boden zu ziehen, sondern hebe sie hoch und trage sie zu meiner Couch. Doch statt sie über die Rückenlehne zu beugen, lege ich sie so behutsam wie möglich auf dem Poster ab. Obwohl der Neandertaler in mir sich nichts sehnlicher wünscht, als sich tief in ihr zu vergraben, gehe ich es langsam an und lasse meine Lippen über ihre geschmeidige Haut gleiten. Ich liebkose ihre Brüste, ihre Taille und wandere dann mit dem Mund bis hinunter zwischen ihre Schenkel, die ich weit gespreizt habe.

Ava stützt sich auf den Ellbogen ab und starrt mich an. In ihren Augen liegt ein begieriges Funkeln, während sie sich so fest auf die Unterlippe beißt, dass die Haut um ihre Zähne herum weiß wird. Ich neige meinen Kopf und reibe meine Wange über ihren Venushügel.

Bei dem Gefühl meiner Bartstoppel auf ihrer seidigen Haut entfährt ihr ein Zischen.

Ich blicke zu ihr auf. „Ich kann es kaum erwarten, dich zu schmecken.“

„Mir geht es genauso. Ich will dich in meinen Mund nehmen.“

Stöhnend schüttle ich den Kopf. „Zuerst bist du dran.“ Ich lasse meine Zunge kurz über ihre Klitoris gleiten, woraufhin sie am ganzen Körper zuckt, als hätte ihr jemand einen Stromschlag verpasst.

Ich hebe erneut den Kopf und stelle fest, dass sie völlig verwirrt zu sein scheint.

„Was ist los?“, frage ich leise.

Sie läuft hochrot an und schüttelt den Kopf, wobei sie den Blick abwendet.

„Ava … willst du nicht, dass ich dich auf diese Weise befriedige?“

Sie antwortet so leise, dass ich sie fast nicht gehört hätte: „Ich will es mehr als die Luft zum Atmen.“

„Warum siehst du mich dann so verunsichert an?“

„Weil ich so etwas noch nie erlebt habe. All meine …“ Sie verstummt und ringt nach Worten.

Also rate ich: „Hat dich noch nie ein Mann geleckt?“

„Wahrscheinlich war ich nicht sexy genug, um …“

Mir entfährt ein Knurren, und ich rutsche wieder nach oben, bis mein Gesicht über dem ihren schwebt. Ich schmiege meinen Schwanz an ihr heißes Geschlecht und ignoriere das Zucken, das meine Männlichkeit durchfährt. Stattdessen beuge ich mich vor, um einen Kuss auf ihre Nasenspitze zu drücken, bevor ich den Kopf anhebe, um sie zu betrachten. „Du bist verdammt sexy, doch die Tatsache, dass ich dich mit dem Mund verwöhnen will, hat nichts damit zu tun. Ich habe einfach das Verlangen, dir Lust zu bereiten und dich zu befriedigen.

Wenn keiner der Männer, mit denen du zuvor zusammen warst, dich je auf diese Weise liebkost hat, dann liegt das daran, dass sie egoistische Arschlöcher waren und sich nicht darum geschert haben, was du willst."

In ihren Augen blitzt ein überraschter Ausdruck auf, doch ich kann noch immer den Zweifel darin erkennen.

Ich lasse meine Lippen sanft über ihren Mund gleiten. „Du wirst mir einfach vertrauen müssen."

Statt noch etwas zu sagen, rutsche ich wieder hinunter, spreize ihre Schenkel und verschlinge sie. Sie schmeckt so verdammt gut! Mit jedem Wimmern und jedem Schwung ihrer Hüften wird mein Schwanz härter. Als sie mit einem lauten Schrei zum Höhepunkt kommt, sind meine Eier so angespannt, dass ich selbst fast explodiere.

Während Ava immer noch bebend unter mir liegt, stütze ich mich auf, packe einen ihrer Schenkel und lege ihn über meine Schulter. Ich dringe tief in sie ein und sie schnappt nach Luft. Nichts hat sich je besser angefühlt als ihr Körper, der mit dem meinen verschmilzt.

Ich halte mich nicht zurück und ficke sie hart. Ich stoße immer wieder mit Wucht in sie hinein, und sie spornt mich an, indem sie ihre Fingernägel in meinen Pobacken vergräbt.

„Mehr", keucht sie.

Als sie eine Hand zwischen unsere Körper schiebt, um sich selbst zu berühren, komme ich fast. Sofort verlangsame ich meinen Rhythmus. Offenbar will sie noch einmal auf der Welle der Ekstase reiten, und ich will sicherstellen, dass sie ihr Ziel erreicht.

Also küsse ich sie zärtlich und stoße langsam in sie hinein, wobei ich mein Becken an ihres presse und ihre Hand zwischen uns festhalte. Ich vergrabe mich tief in ihr, und sie lässt die Hüften kreisen, um noch mehr Reibung zu erzeugen. Im nächsten Moment kommt sie zum Höhepunkt und bäumt sich unter mir auf, als sie von einer Woge der Lust durchströmt wird. Ich spüre, wie sie die Muskeln um meinen Schaft herum anspannt, und stoße weitere dreimal fest zu, bevor ich den Kopf nach vorn fallen lasse und einen Schrei der Ekstase ausstoße.

„Scheiße, Ava", presse ich zwischen zusammengebissenen Zähnen hervor, wobei ich heftig atmend auf ihr liege. „Verdammt."

„Ich liebe es, wenn du in mir kommst", murmelt sie mit träger Stimme.

Bei ihren Worten werde ich erneut von einer Woge der Lust durchzuckt, während ich noch immer in sie stoße. Ich lasse meine Lippen über ihren Hals wandern und spüre ihren rasenden Puls.

Ava lässt ihre Finger in mein Haar gleiten und streichelt mich sanft, als wir beide wieder auf die Erde zurückschweben.

***

Es herrscht Stille. Ich habe unsere Positionen getauscht, sodass Ava nun auf mir liegt, und eine Decke über uns ausgebreitet. Ihr Kopf ruht auf meiner Brust, während ich sanft über ihren Rücken streichle. In dieser Position liegen wir schon seit mehreren Minuten. Für einen Moment glaubte ich, Ava wäre eingeschlafen, doch dann stößt sie ein leises zufriedenes Seufzen aus.

„Ein Mann hat also noch nie …“

„Noch nie“, unterbricht mich Ava sofort.

Ich frage mich, ob das normal ist. Da ich mit meinen männlichen Bekannten eigentlich nie über Sex spreche, habe ich keine Ahnung, ob andere Männer Oralverkehr genauso erregend finden wie ich. Allerdings bin ich nicht immer in der Stimmung dafür. Ich glaube, es hängt von der Frau ab und davon, wie viel ich ihr geben will.

In Avas Fall will ich ihr alles und noch mehr geben. Ich denke nicht nur darüber nach, sie wieder mit meinem Mund zu befriedigen, sondern auch darüber, wie oft ich sie hintereinander zum Höhepunkt bringen kann. Zweimal? Dreimal? Ich habe es noch nie versucht, aber ich werde die Herausforderung ganz sicher annehmen.

Allerdings nicht sofort.

Ich bin viel zu träge und glücklich damit, sie auf mir zu spüren.

„Du wolltest mir von Baden und Sophie erzählen“, murmelt Ava.

„Es ist eine schöne Geschichte“, sinniere ich. „Wie wäre es, wenn wir uns dafür ins Bett legen?“

Ich gebe Ava keine Gelegenheit, zu antworten, sondern stehe mit ihr in meinen Armen von der Couch auf. Dabei bin ich selbst erstaunt, dass ich nach diesem Orgasmus noch die Kraft dazu aufbringe. Ich trage sie ins Schlafzimmer und setze sie direkt hinter der Tür ab, um ihr einen Klaps auf den Hintern zu verpassen. „Ich werde ins Gästebad gehen. Nimm du mein Badezimmer.“

Nicht einmal fünf Minuten später schlüpfen wir beide unter die Decke, wobei wir nach wie vor splitternackt sind. Ich schalte die Nachttischlampe aus und ziehe Ava in meine Arme. Durch die Tür dringt genügend Licht aus dem Wohnzimmer, denn ich habe vergessen, die Lampen auszuschalten, doch ich bin zu träge, um noch einmal aufzustehen.

„Wie haben sich Baden und Sophie kennengelernt?", fragt Ava.

Ich weiß, dass sie nie erwarten würde, was ich ihr gleich zu sagen habe. Ich erzähle ihr, wie Sophie zu Besuch in Phoenix war und von drei Männern angegriffen wurde. Baden eilte ihr zu Hilfe, ohne sich über seine eigene Sicherheit Gedanken zu machen, und wurde dabei schwer verletzt.

Als ich Ava berichte, dass er gelähmt war und viel Zeit brauchte, um wieder auf die Beine zu kommen, schnappt sie verblüfft nach Luft

„Er hätte vielleicht die Möglichkeit gehabt, erneut als Torwart zu spielen, doch die Titans boten ihm die Position als Trainer an, also hat er die Gelegenheit ergriffen."

„Und er ist mit Sophie zusammengekommen, als er nach Pittsburgh zog?", will Ava wissen und ich kann ihren Atem an meiner Brust spüren.

Ich habe noch nie wirklich an Schicksal geglaubt, doch die Geschichte der beiden gibt mir zu denken. „Ja, er hat sie kontaktiert, woraufhin sich zwischen den beiden eine Freundschaft entwickelte, aus der schließlich mehr wurde."

„Das ist wahrscheinlich die unglaublichste und romantischste Geschichte, die ich je gehört habe." Sie schmiegt sich noch dichter an mich und festigt ihren Griff um meine Taille. „Das bringt einen dazu, an Schicksal zu glauben."

Ava gähnt, und es fällt mir schwer, mich nicht davon anstecken zu lassen. Es war ein langer Tag voller Adrenalin – nicht nur wegen des Sieges, sondern auch, weil ich in Ava gekommen bin. Plötzlich bin ich völlig erschöpft.

„Ich habe morgen einen wirklich anstrengenden Tag vor mir, dazu kommt noch das Abendessen mit der Führungsriege“, erkläre ich und überlege, wann ich Ava wiedersehen kann. „Aber falls du Lust hast, ins Stadion zu kommen, könnten wir zusammen zu Mittag essen.“

Ich kann den wehmütigen Unterton in ihrer Stimme hören, als sie sagt: „Das wäre schön.“

„Das Abendessen findet nur einmal im Monat statt und ich kann mich nicht davor drücken.“

Ava versteift sich sofort. „Darum würde ich dich nie bitten. Außerdem bist du es mir nicht schuldig, deine Abende mit mir zu verbringen, Cannon.“

Ich lächle, drücke sie an mich und streichle ihren Rücken, um sie zu entspannen. „Ich weiß. Ich will dich nur wissen lassen, wie mein Zeitplan aussieht. Der Rest der Woche ist ebenfalls ziemlich hektisch, da wir ein Auswärtsspiel haben. Aber ich habe mich gefragt, ob du bereit wärst, am Freitag mit mir zu einer Veranstaltung der Titans zu gehen. Wir werden für die Kinder die Kofferräume unserer Autos für Halloween schmücken und Süßigkeiten verteilen.“

„Oh, ich liebe Halloween“, verkündet Ava und hebt den Kopf. „Meine Eltern veranstalten jedes Jahr ein großes Fest für die Immobilienfirma und all ihre Kunden.“

„Nun, ich weiß nicht, was ich tun soll“, gestehe ich. „Man hat mir gesagt, ich solle mich verkleiden und den Kofferraum meines Wagens schmücken, um daraus Süßigkeiten zu verteilen.“

„Ja, es gibt eine Vielzahl von Möglichkeiten. Du kannst ein gruseliges oder ein lustiges Motiv wählen, ganz wie du willst, aber du musst auf jeden Fall eine Menge Süßigkeiten besorgen.“

„Ich glaube, dies wäre ein guter Zeitpunkt, dich um einen Gefallen zu bitten“, sage ich in einem charmanten Tonfall. „Wenn ich dir meine Kreditkarte gebe, wärst du dann bereit, die Dekoration zu besorgen und mir zu helfen, meinen Wagen zu schmücken?“

Ava gluckst und legt ihren Kopf wieder auf meine Brust. „Aber natürlich. Ich würde dir ja anbieten, die Dekoration selbst zu kaufen, aber da ich arbeitslos bin …“

„Falls du Geld brauchst …“

„Ich brauche kein Geld“, fällt Ava mir ins Wort. „Und ich bin mehr als glücklich, dir zu helfen. Lass mich einfach wissen, wie viel du ausgeben willst, und ich werde mich um alles kümmern.“

„Du kannst so viel ausgeben, wie du willst.“

„Wirst du dich verkleiden?“

Hm. Ich weiß, dass die Spieler kostümiert erscheinen werden, aber ich habe nicht wirklich darüber nachgedacht. Wahrscheinlich bin ich einfach zu beschäftigt. Doch falls Ava mir auch dabei helfen würde, wäre es möglich.

„Das sollte ich wohl tun. Hast du eine Idee? Wir könnten uns als Paar verkleiden, aber du müsstest zudem unsere Kostüme besorgen.“

„Kein Problem“, erwidert sie, wobei ihre Begeisterung nicht zu überhören ist.

„Möchtest du danach noch etwas essen und ins Kino gehen?“, frage ich.

Ava lacht verschmitzt. „Du kannst in deinem hektischen Terminkalender tatsächlich Zeit für ein richtiges Date finden. Ich weiß gar nicht, was ich darauf erwidern soll.“

Ich lasse meine Hand tiefer gleiten und gebe ihr einen leichten Klaps auf den Hintern. „Klugscheißerin.“

„Wir können tun, was du willst“, erwidert Ava und gähnt erneut, wobei sie sich noch dichter an mich kuschelt.

„In Ordnung.“ Ich wende mich ihr zu und gebe ihr einen Kuss auf den Kopf. „Das können wir am Freitag entscheiden.“

Kapitel 13

Ava

Ich kann mir jetzt keine Gedanken mehr darüber machen, doch ich hoffe inständig, dass der Toast nicht durchweicht. Für das Mittagessen mit Cannon im Stadion heute bereite ich gerade ein paar BLT-Sandwiches zu. Mit dem Salat und den Tomaten habe ich mein Budget nicht ausgereizt, zudem habe ich mich für eine günstigere Marke Speck entschieden. Aber solange er knusprig gebraten ist, schmeckt jede Art von Speck hervorragend. Zum Nachtisch habe ich noch ein paar Erdbeeren aufgeschnitten, und das ist auch schon das ganze Ausmaß unseres Mittagsmenüs. Doch ich weiß, dass er sich darüber freuen wird, denn er ist leicht zufriedenzustellen.

Cannon hat angeboten, Essen liefern zu lassen, aber ich habe abgelehnt. Meine Mahlzeit schmeckt sicher nicht besser als das, was er bestellt hätte, dennoch wollte ich etwas Besonderes für ihn tun, da er sich extra Zeit für mich nimmt.

Dreißig wertvolle Minuten, in denen er zweifellos Wichtigeres tun könnte.

Ich staple die Sandwiches, wobei ich die Toastscheiben mit ein wenig Mayonnaise bestreiche, dann befestige ich sie mit Zahnstochern, damit sie nicht auseinanderfallen, und schneide sie in Dreiecke.

Gerade will ich die Frischhaltefolie aus dem Schrank holen, als mein Handy klingelt. Ich nehme es von der rissigen, senffarbenen Resopalplatte, nachdem ich mir die Hände an einem Papiertuch abgewischt habe. Mit Freude erkenne ich den Namen meines Bruders auf dem Display und stelle das Gespräch auf Lautsprecher, damit ich weiterarbeiten kann.

„Was gibt es Neues, Bruder?", frage ich fröhlich.

„Ich wollte nur wissen, wie es dir geht", antwortet er, wobei seine Stimme von einem Knistern in der Leitung überlagert wird. Offenbar sitzt er im Wagen und die Bluetooth-Verbindung ist nicht sonderlich gut. Er scheint mich immer nur anzurufen, wenn er unterwegs ist. „Aber deinem Tonfall nach zu urteilen, scheinst du glücklich zu sein."

„Mir geht es ausgezeichnet. Wohin fährst du?"

„Ich bin auf dem Weg nach Wake Forest, um ein paar Klienten ein Haus zu zeigen, und treffe mich dann mit Kristin zum Mittagessen."

„Wird es langsam ernst zwischen euch?", will ich wissen, denn er ist jetzt schon seit fünf Wochen mit Kristin liiert und erwähnt sie jedes Mal, wenn wir uns miteinander unterhalten.

„Ich weiß nicht", antwortet er ausweichend.

Das höre ich ebenfalls jedes Mal, wenn ich ihn nach ihr frage. „Das klingt ja unglaublich begeistert", erwidere ich scherzhaft.

„Es ist, was es ist", sagt er nur und bringt damit seine Resignation darüber zum Ausdruck, dass die Liebe in seinem Leben nicht an erster Stelle steht. „Kommst du zurecht? Wie läuft es mit der Jobsuche?"

„Ich habe meine Bewerbung an mehrere Firmen geschickt und hoffe, dass ich noch diese Woche auf einige meiner E-Mails eine Antwort erhalte." Mehr will ich ihm im Moment eigentlich nicht erzählen. Ich weiß nicht, wie Rob es aufnehmen würde, wenn er wüsste, dass ich mich mit einem Mann treffe.

Allerdings ist Cannon nicht nur ein Lückenbüßer, der mir über die Beziehung mit Derek hinweghilft, denn ich war seit der Trennung vor sechs Monaten mit niemandem aus.

Im Grunde weiß ich, dass mein Bruder mich nicht für meine Beziehung zu Cannon verurteilen würde. Er will nur, dass ich glücklich bin. An Derek hat ihn gestört, dass ich ihm gefolgt bin, ohne ihn wirklich zu kennen.

„Um ehrlich zu sein, bereite ich gerade das Mittagessen für mich und einen Mann vor, mit dem ich ein paarmal aus war.“

„Wirklich?“

„Ich habe ihn im Café kennengelernt.“

„Ist er auch ein Barista?“, will Rob mit einem väterlichen Tonfall wissen. „Du weißt, dass du etwas Besseres verdient hast als jemanden, der Kaffee kocht.“

Ich muss lachen, während ich das nächste Sandwich zusammensetze.

„Was ist denn so lustig?“, drängt Rob.

„Ich würde sagen, der Mann kann etwas mehr als nur Kaffee kochen.“

Am anderen Ende der Leitung herrscht Schweigen. Ich weiß, was Rob jetzt denkt. Derek war ebenfalls erfolgreich, hat eine Menge Geld verdient und hatte eine Führungsposition in der Firma inne. Doch einer der Gründe, warum Rob und meine Eltern ihn nicht mochten, war seine Arroganz.

„Keine Sorge“, versichere ich ihm. „Er ist wirklich nett. Nicht so wie Derek.“

„Womit verdient er seinen Lebensunterhalt?“

Ich würde alles dafür geben, wenn ich jetzt die Videofunktion einschalten und Robs Gesicht sehen könnte. „Er ist der Cheftrainer der Pittsburgh Titans.“

Rob schnaubt. „Und ich bin die Chefcheerleaderin bei den Dallas Cowboys.“

Ich muss lachen, denn er glaubt, ich mache Witze. Er hat wirklich keine Ahnung, dass ich die Wahrheit sage, und ich bin mir nicht sicher, ob ich ihn davon überzeugen kann, mir zu glauben.

„Ich schwöre dir bei allem, was mir heilig ist, dass der Mann Cannon West ist.“

Es herrscht erneut Schweigen, während Rob offensichtlich über meine Worte nachdenkt. Er weiß, dass ich niemals den Namen des Cheftrainers irgendeines Sportteams kennen würde, schon gar nicht von dem der Pittsburgh Titans. Rob interessiert sich für alle möglichen Sportarten und weiß zweifellos genau, wer Cannon ist.

„Du bist ernsthaft mit Cannon West zusammen?“, fragte er zögerlich. Er klingt, als wäre er gerade in den Kaninchenbau gefallen und würde eine Raupe anstarren, die auf einem Pilz sitzt und eine Wasserpfeife raucht.

Ich bin mir nicht sicher, wie ich das beantworten soll. Wir schlafen miteinander und gehen gemeinsam essen. Daher könnte man wohl sagen, dass wir zusammen sind. „Ja. Er hat sich jeden Morgen im Grind einen Kaffee geholt, und da haben wir uns kennengelernt. Schließlich hat er mich gefragt, ob ich mit ihm ausgehen will.“

„Und das war, bevor du gefeuert wurdest?“, fragt Rob.

Ich traue mich nicht, ihm zu beichten, dass Cannon gewissermaßen der Grund für meine Entlassung war, also wechsle ich behutsam das Thema.

„Du musst nur wissen, dass er ein wirklich netter Kerl ist und ich eine Menge Spaß mit ihm habe. Aber die Sache zwischen uns ist ganz zwanglos. Die Arbeit hält ihn ziemlich auf Trab, daher können wir nicht viel Zeit miteinander verbringen.“

„Nun, dadurch fühle ich mich nicht gerade besser“, erklärt Rob. „Ich würde mir wünschen, dass du mit jemandem zusammen bist, der dir alle Zeit der Welt schenken kann.“

Bei den Worten wird mir warm ums Herz. Ich weiß, dass Rob nur das Beste für mich will. „Mir geht es gut. Ich jage nicht irgendeiner Fantasievorstellung hinterher und mein Kopf steckt auch nicht in den Wolken.“

„Also gut“, lenkt er ein. „Könnte daraus etwas Ernstes werden?“

„Das kann ich dir momentan nicht sagen. Aber bis ich es weiß, erzähle bitte Mom und Dad nichts davon. Ich will nicht, dass sie sich in meine Angelegenheiten einmischen.“

Bevor mein Bruder etwas erwidern kann, erhalte ich einen weiteren Anruf. Ich betrachte stirnrunzelnd die unbekannte Nummer auf dem Display. Die Vorwahl beginnt mit den Ziffern 704. Mein Herz macht einen Satz, weil darunter der Name der Stadt steht: Charlotte, North Carolina. Ich habe weder Freunde in Charlotte, noch kenne ich dort sonst irgendjemanden. Meine einzige Verbindung zu der Stadt ist der Job, für den ich mich vor ein paar Tagen beworben habe.

„Ich muss diesen Anruf annehmen, Rob. Wir reden später weiter.“ Ich gebe ihm keine Gelegenheit, sich zu verabschieden, sondern beende das Ge-

spräch, um den Anruf aus Charlotte anzunehmen.
„Hallo?“

„Hi“, ertönt eine junge weibliche Stimme, in der ein fröhlicher Unterton mitschwingt. „Mein Name ist Darcy Calder. Ich rufe von der Shelley Royce Agency an.“

Ich lege das Messer beiseite, kneife die Augen zusammen und atme tief durch, bevor ich antworte: „Hallo, Darcy.“

„Hi“, trällert sie noch einmal. „Miss Royce hat mich gebeten, Sie anzurufen, um Sie zu fragen, ob Sie kurzfristig für ein Zoom-Meeting um halb eins verfügbar wären.“

In meinem Kopf dreht sich alles. Um zwölf Uhr sollte ich eigentlich im Stadion sein, um mit Cannon zu Mittag zu essen, aber diese Gelegenheit lasse ich mir auf keinen Fall entgehen. „Sehr gern, das ist kein Problem.“

„Ausgezeichnet. Ich schicke Ihnen den Link. Miss Royce wird sich dann bei Ihnen melden.“

„In Ordnung, danke.“

Nachdem ich den Anruf beendet habe, hadere ich mit meinen Gefühlen. Ich bin völlig aus dem Häuschen, weil Shelley Royce schon so bald ein Vorstellungsgespräch mit mir führen will. Ich habe ihr meinen Lebenslauf erst vorgestern per E-Mail geschickt. Es ist doch sicher ein gutes Zeichen, dass sie sich so schnell meldet, nicht wahr?

Zugleich empfinde ich einen Anflug von Enttäuschung, weil ich Cannon nicht sehen werde. Heute Mittag war der einzige Zeitpunkt, an dem er sich Zeit für mich nehmen konnte, bevor wir uns am Ende der Woche zu der Halloween-Veranstaltung treffen werden.

Im Grunde meines Herzens weiß ich, dass er Verständnis dafür haben wird, dennoch werde ich die Angst nicht los, dass er vielleicht verärgert sein könnte.

Es hat keinen Sinn, ihn anzurufen, da er gerade mitten im Training ist, also schreibe ich ihm eine Nachricht: *Es tut mir wirklich leid, dass ich so kurzfristig absagen muss. Ich kann unsere Verabredung zum Mittagessen nicht einhalten, da ich um zwölf Uhr dreißig ein Zoom-Interview mit dieser Agentur in Charlotte habe.*

Ich klicke auf Senden und erwarte nicht, dass er mir sofort antwortet. Aber ich weiß, dass er sich melden wird, sobald er die Gelegenheit dazu hat.

Ich meinerseits sollte mich zurechtmachen. Zwar habe ich bereits geduscht, doch ich muss mich noch frisieren und schminken. Ich überlege, ob ich eines der Sandwiches essen soll, um etwas im Magen zu haben, aber ich bin zu nervös. Stattdessen packe ich sie ein und lege sie in den Kühlschrank, bevor ich mich auf den Weg ins Badezimmer mache.

***

Shelley Royce ist ein wahres Energiebündel und zugleich eine vollendete Geschäftsfrau. Sie scheint Anfang vierzig zu sein und hat leicht gestuftes, kurzes blondes Haar, das ihr bis zum Kinn reicht und ihr herzförmiges Gesicht umrahmt. Sie hat einen umwerfend frischen Teint und ein offenes und freundliches Lächeln.

Ich habe noch nie zuvor ein Vorstellungsgespräch via Zoom geführt und komme mir ein wenig albern vor, während ich vor dem Bildschirm sitze und in die Kamera meines Laptops lächle.

„Vielen Dank, dass Sie sich so kurzfristig Zeit genommen haben“, beginnt Shelley überschwänglich, als hätte ich gerade auf den Nachmittagstee mit dem König von England verzichtet. „Ich habe mir eine ganze Reihe von Lebensläufen angesehen, doch Ihrer ist mir besonders ins Auge gestochen.“

Ich kann nichts gegen das Stirnrunzeln tun, das sich auf meinem Gesicht abzeichnet, denn ich habe keinen Schimmer, warum gerade mein Lebenslauf ihre Aufmerksamkeit erregt haben sollte.

„Ich kann an Ihrem Gesichtsausdruck sehen, dass ich Sie verblüfft habe“, bemerkt Shelley mit einem Lachen.

„Es ist nur … ich habe noch nicht viel Erfahrung im Marketing sammeln können“, erkläre ich, obwohl das gar nicht notwendig wäre, schließlich hat sie meine Vita direkt vor Augen.

„Mir ist gerade ihre mangelnde Erfahrung im Marketing aufgefallen. Sie verfügen über den passenden Studienabschluss, der auch für die Arbeit im Personalbereich geeignet ist. Darüber hinaus waren Sie zuvor in der Immobilienbranche tätig. Doch Sie haben ganz und gar keine Marketingerfahrung, und genau danach suche ich.“

Das ist seltsam, aber ich beschließe, zunächst nicht näher darauf einzugehen. „Falls Sie es aufgrund meines Nachnamens noch nicht wissen: Den Immobilienjob habe ich in der Firma meiner Eltern gehabt, bis ich meinen ersten Job im Personalwesen bekam.“

„Nein, diese Verbindung habe ich nicht hergestellt, da Ihr Nachname gar nicht so ungewöhnlich ist. Aber danke, dass Sie es mir gesagt haben.“

„Zugegebenermaßen bin ich etwas unsicher. Ich hätte wirklich nicht gedacht, dass ich mit meinem Lebenslauf auch nur den Hauch einer Chance hätte, Ihre Aufmerksamkeit zu erregen. Er ist bisher ziemlich dürftig und ich bin noch jung.“

„Ganz genau“, erwidert Shelley und zeigt mit dem Finger in die Kamera. „Ihre mangelnde Erfahrung in Verbindung mit Ihrem Anschreiben hat nicht nur meine Aufmerksamkeit erregt, sondern auch meine Fantasie geweckt. Sie verfügen zweifellos über eine Menge Enthusiasmus und Tatkraft. Und ich respektiere die Tatsache, dass Sie sich hohe Ziele stecken. Gleich in Ihrem Anschreiben haben Sie mich wissen lassen, dass Sie sich für mich ins Zeug legen würden, wenn ich Ihnen eine Chance gebe.“

„Und das werde ich“, erkläre ich mit Nachdruck.

Shelley lehnt sich in ihrem Stuhl zurück und scheint mich durch den Computerbildschirm abschätzend zu mustern. „Ich werde auf die üblichen Fragen verzichten, denn ich bin eine Frau, die gern über den Tellerrand hinausschaut. Da mir ihr Lebenslauf vorliegt, kenne ich ihren Werdegang bereits. Sie und ich haben den gleichen Abschluss, ich weiß also genau, was Sie an der Universität gelernt haben. Ich habe nur eine Frage an Sie.“

Ich muss schlucken, denn plötzlich stehe ich unter Druck.

„Nennen Sie mir eine Sache, aus der Sie in beruflicher Sicht in Ihrem jungen Leben bisher am meisten gelernt haben.“

Mir bricht der Schweiß aus, denn von dieser einen Antwort hängt eine Menge ab. Ich könnte ihr wahrscheinlich von der Verantwortung erzählen, die mir meine Eltern in jungen Jahren übertragen haben, weil sie Vertrauen in meine Fähigkeiten hatten. Oder ich erwähne die Tatsache, dass ich während meines Studiums gearbeitet habe, um sie von meiner Arbeitsmoral zu überzeugen.

Stattdessen entscheide ich mich, etwas zuzugeben, was mich in Verlegenheit bringen wird. Doch wenn ich ehrlich bin, ist es bei Weitem die wichtigste Lektion meines Lebens. „Ich bin wegen eines Mannes im Personalwesen gelandet. Mein Freund hat mir den Job besorgt, und als er versetzt wurde, bin ich ihm von Raleigh nach Pittsburgh gefolgt. Es war eine schlechte Entscheidung, wegen der ich plötzlich ohne Job, ohne Freund und ohne Wohnung dastand. Ich hatte alles auf eine Karte gesetzt, und das werde ich nie wieder tun.“

Shelley zieht die Augenbrauen in die Höhe, lehnt sich vor und verschränkt ihre Unterarme auf dem Schreibtisch. Sie hört mir gebannt zu, während ich fortfahre.

„Ich hatte die Möglichkeit, nach Hause zurückzukehren. Meine Familie hätte sich sehr gefreut, wenn ich wieder für ihre Immobilienfirma gearbeitet hätte. Aber ich wollte es auf eigene Faust versuchen. Und durch den Rat eines Freundes, den ich erst kürzlich kennengelernt habe, beschloss ich, mir einen Job in dem Bereich zu suchen, in dem ich wirklich arbeiten möchte.“

„Im Marketing“, vermutet Shelley.

Ich nicke und schenke ihr ein Lächeln. „Ganz genau. Ich wollte schon nach meinem College-Abschluss in diesem Bereich arbeiten, doch ich habe mich davon abbringen lassen, weil ich einem Mann gefolgt bin, der nicht gut für mich war.“

Shelley nickt verständig. „Wahrscheinlich kann jede Frau eine derartige Geschichte erzählen. Haben Sie daraus gelernt?“

„In der Tat.“ Ich werfe einen Blick auf die Packung Frischhaltefolie auf der Anrichte, die mich an meine abgesagte Verabredung zum Mittagessen mit Cannon erinnert, dann wende ich mich wieder Shelley zu. „Ich habe gelernt, wie wichtig eine glänzende Karriere ist. Es ist entscheidend, dass ich meinen eigenen Träumen statt denen eines anderen folge. Ich weiß, dass ich vielleicht nicht alles haben kann, was ich will, doch ich muss dafür sorgen, dass ich bekomme, was ich am meisten brauche. Und ich will diesen Job wirklich, Miss. Royce.“

„Ich bin geneigt, ihn Ihnen zu geben, nur weil Sie mir diese Geschichte erzählt haben“, erwidert Shelley und mein Herz macht einen Satz. „Wären Sie bereit, nach Charlotte umzuziehen?“

Ich versuche, meine Stimme so ruhig wie möglich klingen zu lassen, denn mir war klar, dass sie mir diese Frage stellen würde. „In Ihrer Stellenausschreibung stand, dass die Arbeit auch im Homeoffice ausgeführt werden kann. Ich würde wirklich gern in der Gegend von Pittsburgh bleiben, doch wenn der Job es erfordert, werde ich nach Charlotte ziehen.“

Mein Puls rast, während ich auf ihre Antwort warte. Im Grunde hänge ich nicht an Pittsburgh, sondern an Cannon. Dabei habe ich ihr gerade erst erzählt, dass ich mich auf meine Karriere konzentrieren muss und mich von einem Mann nicht davon abbringen lassen darf.

Shelley macht eine abwinkende Geste. „Es ist durchaus möglich, die Arbeit von einem anderen

Ort aus zu erledigen. Ich führe mein Unternehmen von zu Hause aus, und meine Mitarbeiter arbeiten ebenfalls zu Hause. Hin und wieder treffe ich mich allerdings gern mit meinem Team, deshalb wäre es wichtig, dass Sie mindestens einmal alle drei Monate nach Charlotte kommen."

„Das wäre kein Problem", versichere ich ihr und rechne mir bereits im Geiste aus, wie viel Geld ich für ein Flugticket sparen muss. Ich könnte auch einfach mit dem Auto dorthin fahren. Auf jeden Fall ist es kein Grund zur Sorge.

„Ich muss noch einige andere Bewerber interviewen, aber ich habe vor, bis Ender der Woche eine Entscheidung zu treffen."

Mir rutscht das Herz in die Hose. Ich habe gedacht, ich wäre eine sichere Kandidatin für den Job, da sie diese Zoom-Besprechung so kurzfristig anberaumt hat. Dennoch setze ich ein strahlendes, professionelles Lächeln auf und sage: „Vielen Dank, dass Sie sich die Zeit genommen haben, sich mit mir zu unterhalten. Falls ich sonst noch etwas tun kann, um ihnen zu beweisen, dass ich die richtige Person für den Job bin, lassen Sie es mich bitte wissen."

„Das werde ich. Außerdem muss ich Ihre Referenzen überprüfen. Ich gehe davon aus, dass Ihre Eltern Ihnen ein hervorragendes Zeugnis ausstellen werden. Aber was erwarten Sie von der anderen Firma? Es hat sich nicht so angehört, als wären Sie in gutem Einvernehmen gegangen."

Ich schüttle den Kopf. „Mein Ex-Freund und ich haben nicht in derselben Abteilung gearbeitet, und meine Vorgesetzte war mit meiner Arbeit sehr zufrieden. Alle meine Beurteilungen waren ausgezeichnet, daher bin ich zuversichtlich, dass sie mich weiterempfehlen wird."

Währenddessen hoffe ich inständig, dass Derek mich nicht schlechtgemacht hat, um mich zu sabotieren.

„Hervorragend. Ich werde sie heute noch anrufen. Es war mir ein Vergnügen, mich mit Ihnen zu unterhalten, Ava."

„Nochmals vielen Dank, dass Sie mir eine Chance gegeben haben."

„Ich werde Ihnen bis Ende der Geschäftszeit am Freitag Bescheid geben."

Nachdem wir das Gespräch beendet haben, bin ich so aufgeregt, dass ich nicht weiß, was ich mit mir anfangen soll. Ich könnte meine Eltern oder Rob anrufen, aber im Grunde will ich nichts weiter, als mit Cannon sprechen. Allerdings will ich ihn nicht bei der Arbeit stören oder anhänglich erscheinen.

Ich werde ihm einfach eine weitere Nachricht schicken und mich nochmals dafür entschuldigen, dass ich das Mittagessen abgesagt habe. Was Rob und meine Eltern betrifft, so werde ich abwarten, bis ich weiß, ob ich den Job bekommen habe.

Als ich mein Handy entsperre, fällt mir auf, dass Cannon auf meine letzte Nachricht geantwortet hat: *Es ist zwar sehr schade, dass wir uns nicht sehen werden, aber ich freue mich riesig für dich. Lass mich wissen, wie es gelaufen ist.*

Das ist lieb von ihm. Ich habe nicht mit einer Antwort gerechnet, was mir beweist, dass ich mir Cannons Worte wirklich zu Herzen genommen habe und mir keine großen Hoffnungen mache. Solange ich keine Erwartungen hege, kann ich auch nicht enttäuscht werden.

Ich schreibe ihm zurück: *Ich habe gerade das Vorstellungsgespräch beendet. Es lief ausgesprochen gut. Ende der Woche werde ich mehr wissen.* Ich zögere, bevor ich sie abschicke, und entscheide mich, doch noch etwas hinzuzufügen. *Ich finde es auch sehr schade, dass ich das Mittagessen mit dir verpasst habe, und kann es kaum erwarten, dich am Freitag zu sehen.*

Kapitel 14

Ich werfe einen Blick auf meine Armbanduhr und sehe dann wieder Gage an. „Ich muss jetzt los. In ein paar Minuten treffe ich mich mit Camden."

Gage lehnt sich in seinem Bürostuhl zurück und verschränkt die Arme vor der Brust. „Wirst du ihm von dem Spielertausch erzählen?"

Ich stehe in der Tür zu Gages Büro. Eigentlich hatte ich nur kurz vorbeischauen wollen, doch dann wurden wir abgelenkt und haben uns über eine mögliche Änderung der Lines für das morgige Spiel in Quebec unterhalten. „Ja ... ich werde ihn vorwarnen. Ich will vermeiden, dass er durch Zufall davon erfährt."

Der Tag ist bereits ganz schön anstrengend gewesen, und es war noch nicht einmal Mittag. Heute früh habe ich Videomaterial analysiert und dann das Training mit dem Team absolviert. Am Nachmittag werden wir eine Teambesprechung abhalten, um über das morgige Spiel zu reden. Die Partie wird nicht leicht werden, denn die Royals stehen momentan auf Platz eins in unserer Conference.

„Lass mich wissen, was du in Erfahrung bringen kannst", sagt Gage.

In erster Linie will ich mich mit Camden nicht über den Trade unterhalten, sondern versuchen, herauszufinden, warum er in letzter Zeit nicht bei der Sache ist.

„Und gib mir Bescheid, fall ich etwas tun kann", fügt er hinzu.

„Darauf kannst du wetten." Ich verlasse Gages Büro und gehe die wenigen Meter zu meinem eigenen, wobei ich erneut einen Blick auf meine Armbanduhr werfe. Camden wird bald hier sein und unser Gespräch könnte etwas länger dauern. Ich bin um zwölf Uhr dreißig mit Ava zum Mittagessen verabredet und muss ihr mitteilen, dass ich mich vielleicht ein paar Minuten verspäten werde.

Nachdem ich an meinem Schreibtisch Platz genommen habe, ziehe ich mein Handy aus der Tasche, um ihr eine kurze Nachricht zu schreiben. Dabei sehe ich, dass sie mir bereits eine geschickt hat: *Es tut mir wirklich leid, dass ich so kurzfristig absagen muss. Ich kann unsere Verabredung zum Mittagessen nicht einhalten, da ich um zwölf Uhr dreißig ein Zoom-Interview mit dieser Agentur in Charlotte habe.*

Scheiße.

Das ist ein Jammer.

Ich schreibe ihr schnell zurück, dass ich Verständnis dafür habe, und versuche, meine Enttäuschung beiseitezuschieben. Aber verdammt ... ich habe mich aufrichtig auf sie gefreut. Mir ist zwar bewusst, dass wir ohnehin nicht viel Zeit gehabt und ihr mitgebrachtes Lunch an meinem Schreibtisch verspeist hätten, doch nun muss ich bis Freitag warten, um sie wiederzusehen.

Ich lasse die Daumen über der Tastatur schweben und frage mich, ob ich noch etwas hinzufügen soll. Soll ich ihr sagen, dass ich sie vermisse?

Es scheint mir nicht angebracht, obwohl ich genau das empfinde.

Verdammt, diese ganze Sache mit ihr wird immer verwirrender.

Ein Klopfen an der Tür lässt mich aufschrecken. Ich lege mein Handy beiseite und erblicke Camden.

Mit seinen fünfundzwanzig Jahren ist er ein erfahrener Defenseman in der Second Line. Er spielt in der Liga, seit er achtzehn ist, und war die ganze Zeit über bei den Titans, wobei er in einem Team in der Minor League angefangen hat. Er ist einer der „Glücklichen Drei", die nicht mit in dem Flugzeug saßen, als es verunglückt ist, da er sich damals von einer leichten Knieverletzung erholte.

Als ich neu in Pittsburgh war, habe ich mich ausführlich mit Callum Derringer und den Assistenztrainern unterhalten, um herauszufinden, wie es emotional um die drei Männer bestellt ist. Eishockey ist ein mental ebenso wie körperlich anspruchsvolles Spiel. Jeder wusste, dass Coen Highsmith die Sache nicht gut verkraftete, da er oft wegen seines Fehlverhaltens in den Schlagzeilen war. Camden schien jedoch in der Lage zu sein, besonnener damit umzugehen, denn er sprach davon, dass das Schicksal nicht in seinen Händen liegt. Nach allem, was man hört, zeichnet er sich durch sein heiteres Gemüt aus und ist bei den neuen Spielern sehr beliebt. Wenn er auf dem Eis steht, gibt er sein Bestes.

Doch trotz all seiner Bemühungen ist er einfach … nicht bei der Sache. Er ist jung, geschickt und in bester körperlicher Verfassung, daher weiß ich, dass es nicht an seiner Ausdauer liegt. Ich kann nur vermuten, dass er in Gedanken woanders ist.

„Komm rein, Kumpel. Setz dich."

Camden lässt sich auf einen der Stühle gegenüber von meinem Schreibtisch nieder. Er hat sich seiner Eishockeyausrüstung entledigt, geduscht – wie man an den feuchten Haaren erkennen kann – und seine Alltagskleidung angezogen. Wie die anderen Spieler wird er irgendwo in der Nähe zu Mittag essen oder sich am Büfett im Mannschaftsraum bedienen und um vierzehn Uhr zu unserer Teambesprechung zurück sein.

Ich mustere Camden eindringlich und sehe ihm an, dass er nervös ist. Als Trainer könnte ich dieses Wissen zu meinem Vorteil nutzen, aber ich glaube nicht an einen Führungsstil, der auf Angst und Einschüchterung beruht. Also beruhige ich ihn sofort. „Du musst dir keine Sorgen machen. Ich will nur etwas mit dir besprechen."

Camden zieht die Augenbrauen in die Höhe. „Was gibt es?"

„Wir arbeiten an einem möglichen Spielertausch, um Bain Hillridge ins Team zu holen." Ich verschweige ihm die Details, da diese im Moment noch vertraulich sind.

„Falls der Deal zustande kommt, wer spielt dann in der First Line?", fragt er.

Ich sage es ihm geradeheraus. „Bain."

Ich gebe ihm einen Augenblick Zeit, um die Neuigkeiten zu verarbeiten. Camden käme ebenfalls für die Position infrage, sobald wir Nolan zu den Vengeance geschickt haben. „Du bist ebenso qualifiziert, in der First Line zu spielen, aber seit Beginn der Saison bist du nicht bei der Sache. Deine Statistiken sind im Vergleich zum letzten Jahr schlechter, Bain zeigt eine bessere Leistung. Ich denke, du hast die Fähigkeit, um die Position zu kämpfen, wenn du willst, doch du musst mich wissen lassen, falls ich irgendetwas tun kann, um dir zu helfen."

Camden wendet den Blick ab, und ich nutze die Gelegenheit, um nachzuhaken. „Geht es um den Flugzeugcrash? Brauchst du Hilfe dabei, das Unglück zu verarbeiten?"

Camden schüttelt den Kopf und begegnet wieder meinem Blick. „Nein, das ist es nicht. Aber ich muss mich im Moment um einige familiäre Angelegenheiten kümmern. Mir ist bewusst, dass ich nicht ganz bei der Sache bin."

„Was kann ich tun, um dir zu helfen?", frage ich ihn, denn ich habe ihn vor allem aus diesem Grund in mein Büro bestellt. Ich will versuchen, für ihn da zu sein.

Er verschränkt die Hände und antwortet: „Das ist nicht nötig. Ich kümmere mich darum und werde es in den Griff kriegen."

Mehr sagt er nicht und ich werde ihn nicht drängen. Er ist erwachsen, und ich muss davon ausgehen, dass er alles Nötige tun wird, um seine Situation zu verbessern. Ich habe ihm meine Hilfe angeboten und denke, Camden weiß, dass das Angebot nicht nur heute gilt.

„Also dann." Ich stehe auf, um ihm zu signalisieren, dass unser Gespräch hiermit beendet ist, und reiche ihm die Hand. Camden wirkt erleichtert, möglicherweise weil er befürchtet hat, ich könnte ihn einschüchtern oder so lange stochern, bis ich zum Kern des Problems vorgedrungen bin. „Wir sehen uns bei der Teambesprechung."

Trotz allem werde ich ihn im Auge behalten.

„Danke, Coach."

Nachdem er gegangen ist, lehne ich mich in meinem Stuhl zurück und seufze. Ich frage mich, wie Avas Vorstellungsgespräch läuft. Es wäre möglich, dass sie die Stadt schon bald verlassen wird und ich bin nicht begeistert von dem Gedanken. Seit meiner Zeit mit Melissa habe ich nicht mehr so viel für jemanden empfunden.

Ich habe mich nicht davor gescheut, Ava die Wahrheit über meine Ex-Freundinnen zu erzählen. Immerhin hatte ich zwei monogame Beziehungen, die ich als einigermaßen ernsthaft bezeichnen würde. Zumindest dauerte die eine acht Monate und die andere fast eineinhalb Jahre. Aber letztendlich sind sie gescheitert, da ich mich einfach nicht genug einbringen konnte. Sie wollten Liebe, Heirat und Kinder, und ich war nicht in der Lage, ihnen irgendetwas davon zu bieten. Wenn ich an die Zeit zurückdenke, frage ich mich, was ich getan hätte, falls eine von ihnen einen Job in einem anderen Staat angeboten bekommen hätte.

Ich muss nicht lange darüber nachdenken, um zu wissen, dass ich nichts getan hätte. Ich bin mir nicht einmal sicher, ob ich enttäuscht gewesen wäre. Im Grunde hätte ich einfach mein Leben weitergelebt, so wie immer.

Es behagt mir nicht, dass ich bereits Gefühle für Ava hege und ihr Vorstellungsgespräch mir Magenschmerzen bereitet.

Der einfachste Ausweg wäre, sofort mit ihr Schluss zu machen. Ava hat die Fähigkeit, tiefere Gefühle in mir zu wecken, die ich eigentlich gar nicht wachrufen wollte. Allerdings war ich noch nie daran interessiert, den einfachsten Weg zu beschreiten, und ich bin noch nicht bereit, die Beziehung mit ihr zu beenden. Es wäre denkbar, dass sie den Job nicht bekommt, und bis sie Pittsburgh vielleicht doch irgendwann einmal verlässt, will ich weiterhin so viel Zeit wie möglich mit Ava verbringen.

Ich habe keine Ahnung, ob die Sache genauso enden wird wie meine früheren Beziehungen. Wird Ava mehr wollen, als ich ihr bieten kann, und wenn ja, werde ich bereit sein, mich darauf einzulassen? Meine bisherigen Erfahrungen sagen mir, dass es viel zu kompliziert und viel zu früh ist, um sich über solche Dinge Gedanken zu machen.

Mein Magen knurrt, und mir wird klar, dass ich seit einem Teller Rührei heute Morgen nichts mehr gegessen habe. Ich öffne eine meiner Schreibtischschubladen in der Absicht, einen Eiweißriegel herauszuziehen, denn für den Notfall bewahre ich immer welche in meinem Büro auf. Doch dann klingelt mein Handy.

Ich werfe einen Blick auf das Display in der Hoffnung, es wäre Ava, die mir mitteilen will, dass das Vorstellungsgespräch beendet ist und sie die Stelle nicht bekommen hat. Mir ist klar, dass ich mich für den Gedanken schämen sollte, doch ich zerbreche mir nicht den Kopf darüber, denn der Anrufer ist nicht Ava.

Es ist Connie, Melissas Mutter.

Mein Magen verkrampft sich, als ich den Namen sehe, und ich fühle mich sofort schlecht. Ich hasse mich selbst dafür, dass ich den Anruf am liebsten ignorieren würde, schließlich habe ich als viel beschäftigter Cheftrainer eines professionellen Hockeyteams eine perfekte Ausrede.

Doch ich komme meiner Verpflichtung nach.

„Hallo, Connie", sage ich in sanftem Tonfall zur Begrüßung. Ich weiß, dass ich sie bei jedem Gespräch mit Samthandschuhen anfassen muss.

Sie schnieft am anderen Ende der Leitung und erwidert mit tränenerstickter Stimme: „O Cannon. Wie sollen wir nur die nächste Woche überstehen?"

Ich hasse diese verdammten Anrufe. Ich bin kein unsensibler Mensch und empfinde eine Menge Mitgefühl für Connie. Melissa war ihre einzige Tochter und sie ist nie über deren Tod hinweggekommen. Aber es ist schrecklich, dass sie sich nach wie vor an mich klammert und so tut, als hätte ich den Verlust genauso wenig verarbeitet wie sie.

Manchmal denke ich auch, sie weiß, dass ich die Vergangenheit habe ruhen lassen, doch sie will nicht, dass ich mein Leben weiterlebe. Solange ich ihr in ihrem Kummer Gesellschaft leiste, ist sie zumindest nicht allein damit.

Ich bereite mich darauf vor, einen Drahtseilakt zu vollführen, bei dem ich Connies Gefühle nicht verletze, während ich mir selbst treu bleibe. „Ich glaube nicht, dass der vierte November jemals ein einfacher Tag für uns sein wird", sage ich mitfühlend.

Das ist die Wahrheit. Egal, wie gut ich mit meiner Trauer umgegangen bin und mein Leben wieder in die Hand genommen habe, der vierte November wird immer der schlimmste Tag des Jahres sein, denn an jenem Tag hat Melissa endlich losgelassen und ist in meinen Armen gestorben.

In genau einer Woche jährt sich ihr Todestag, und Connie läuft jetzt schon aus dem Ruder.

„Vor einigen Tagen bin ich am Milner Lake vorbeigefahren und es hat mir das Herz gebrochen", erinnert sich Connie. „Ihr beide wart im Sommer so oft dort. Ich erinnere mich an den Tag, an dem ihr euch verlobt habt … der Ausdruck in Missys Gesicht, als du auf die Knie gegangen bist, war unbezahlbar. Du standest am Ende des Stegs und die Sonne ging hinter ihr unter …“

Ich schließe die Augen, lehne mich in meinem Stuhl zurück und höre zu, wie Connie von ihren Erinnerungen erzählt. Melissa und ich waren schon während der Highschool ein Paar und ich habe viel Zeit bei ihr zu Hause verbracht. Connie und Andrew Waite waren wie Eltern für mich. Ich habe sie zusammen mit meinen eigenen Eltern eingeladen, dabei zu sein, als ich um Melissas Hand anhielt. Ich habe sie geliebt. Mir war klar, dass sie ein Teil meiner Familie sein würden, und ich wollte sie an dem freudigen Moment teilhaben lassen.

„… also bin ich in ihr Zimmer gegangen“, fährt sie fort, während sie immer tiefer in ihrer Trauer versinkt, „und habe eine Weile einfach dort gesessen. Dadurch fühlte ich mich ihr nah.“

Melissa war siebenundzwanzig, als sie starb. Wir waren damals seit sechs Jahren verheiratet und lebten zusammen, doch Connie hat ihr Zimmer nie verändert.

Heute ist es ein Schrein.

„Cannon … Ich weiß, wie schwer diese Zeit für dich ist und wie sehr du versuchst, dein Leben zu leben. Mir ist bewusst, dass es dir genauso schwerfällt wir mir. Du sollst wissen, dass ich für dich da bin, weil du für mich immer noch wie ein Sohn bist.“

Ich atme zittrig die Luft ein. Connie lebt in einer Fantasiewelt. Ich für meinen Teil kann die Vergangenheit hinter mir lassen, und der Jahrestag von Melissas Tod am nächsten Mittwoch wird mich nicht in einen Abgrund der Trauer stürzen.

Das soll nicht heißen, dass ich nach ihrem Tod keine lähmende Trauer empfunden habe. Es gab Wochen, in denen ich überhaupt nicht wusste, wie ich dem Schmerz entkommen sollte, doch irgendwann wurde es besser.

Ich blickte in die Zukunft, weil jeder Mensch, der mich liebte – Freunde, Familie, Mannschaftskameraden – wollte, dass ich mein Leben weiterlebe. Ich entschied mich, nicht in der Dunkelheit zu verharren, und konzentrierte mich auf die schönen Erinnerungen. Das tat ich vor allem deshalb, weil Melissa und ich am Ende keine sonderlich gute Ehe geführt haben.

Ja, ich werde nächste Woche traurig sein und der Tag wird hart werden … aber für mich wird er nicht so lähmend sein wie für Connie.

Sie hält inne, und ich nutze den Moment, um das Thema zu wechseln. „Wie geht es Andrew?“

Connie stößt einen entnervten Seufzer aus. „Ach, du kennst ihn … er reist durch das ganze Land und nimmt Aussagen auf. Ich glaube, es ist eine Ausrede, um dem Schmerz zu entkommen, aber wir gehen wohl alle auf unterschiedliche Weise mit unserer Trauer um.“

Es bricht mir das Herz, zu wissen, dass ihr Mann nicht bei ihr ist, damit sie sich auf ihn stützen kann. Natürlich würde ich das Connie nie sagen, aber ich bin mir ziemlich sicher, dass Andrew so viel reist, um Abstand von seiner Frau zu gewinnen. Wie ich war er in der Lage, seine Trauer auf eine gesunde Art und Weise zu verarbeiten, doch es fällt ihm schwer, mit einer Frau zu leben, die derart in ihrer Trauer verhaftet ist. Um ehrlich zu sein, bin ich überrascht, dass Andrew sich nicht von ihr hat scheiden lassen. Vielleicht halten ihn Schuldgefühle davon ab.

Und ich weiß, wie es ist, eine Ehe nur aufgrund von Schuldgefühlen nicht zu beenden. Ich könnte ein verdammtes Buch darüber schreiben.

„Hör zu, Connie … es tut mir wirklich leid, dass ich mich schon von dir verabschieden muss, aber ich muss zu einer Teambesprechung. Soll ich dich heute Abend anrufen?“

Connie schnieft erneut. „Oh, das musst du nicht. Ich weiß doch, wie beschäftigt du bist.“

„Ich rufe dich heute Abend an“, verspreche ich ihr. Es wird mir zwar keine Freude bereiten, aber ich sehe es als meine andauernde Verpflichtung gegenüber Melissa an, dass ich ihre Eltern nicht im Stich lasse.

„Oh, das wäre wunderbar, Cannon. Ich wollte heute Abend die alten Fotoalben herausholen und sie mir ansehen. Dann können wir gemeinsam über ein paar schöne Erinnerungen reden.“

Ich verziehe die Lippen zu einem Lächeln, denn das klingt tatsächlich nach einer netten Idee. Es macht mir nichts aus, über die guten Erinnerungen an Melissa zu sprechen, und ich hoffe, Connie kann es dabei belassen. Aber tief im Innern weiß ich, dass sie am Ende die Selbstbeherrschung verlieren wird. Und ich werde ihr dann zuhören, denn ich bin wahrscheinlich die einzige Person, die noch ein offenes Ohr für sie hat.

Da ich leider viel zu lange zugelassen habe, dass Connie bei mir ihren Kummer ablädt, war ich nie in der Lage, ihr meine wahren Gefühle zu gestehen. Es würde sie umbringen, wenn sie wüsste, dass ich diesen Teil meines Lebens hinter mir gelassen habe.

Nicht nur Melissa, sondern auch meine Eishockeykarriere und die fast täglichen Streitereien, die wir deshalb ausgetragen haben. Ich habe all die Monate hinter mir gelassen, in denen ich mich um Melissa gekümmert habe, und ich habe ganz sicher den Schrecken hinter mir gelassen, den ich empfunden habe, weil ich einen geliebten Menschen sterben sah.

Connie würde wahrscheinlich einen Herzinfarkt bekommen, wenn sie wüsste, wie schlecht es um unsere Ehe bestellt war, bevor Melissa krank wurde. Auf der anderen Seite würde es ihr vielleicht helfen, die Realität zu akzeptieren. Es ist alles ein einzige Durcheinander. Während ich eine Therapie in Anspruch genommen habe, die mir über den Verlust meiner Frau hinweggeholfen hat, habe ich keine Ahnung, wie ich mit Connies Gefühlen umgehen soll. Also höre ich ihr zu, wenn sie das Bedürfnis hat, mit mir zu reden.

Kapitel 15

Ava

Ein Klopfen an meiner Wohnungstür lässt mich aufschrecken und ich springe sofort auf. Vor Aufregung liegen meine Nerven völlig blank.

Cannon ist hier, und das ruft aus vielerlei Gründen eine ganze Reihe an Emotionen in mir hervor.

Das letzte Mal haben wir uns vor zwei Tagen gesehen, und ich habe eine Menge Zeit damit verbracht, an ihn zu denken. Mit jeder verstreichenden Stunde scheint sich meine Aufregung zu steigern. Ich habe jeden Moment mit ihm genossen und mich nach dem nächsten gesehnt.

Andererseits bin ich entsetzt, weil er darauf bestanden hat, mich abzuholen, um mit mir zu der Halloween-Veranstaltung zu gehen. Das bedeutet, dass er nun sehen wird, wo ich wohne. Aufgrund meines schäbigen Apartments habe ich das Gefühl, nicht gut genug für einen Mann wie ihn zu sein, was wiederum an dem Selbstvertrauen nagt, das ich dank ihm gerade wieder aufgebaut habe. Ich weiß, dass es albern ist, doch ich bin machtlos dagegen.

Vor allem bin ich fast außer mir vor Freude, weil ich ihm die unglaublichen Neuigkeiten mitteilen möchte, die ich selbst vor nicht einmal fünf Minuten erfahren habe. Er ist der Erste, dem ich davon erzählen werde.

Schnell gehe ich zur Tür und öffne sie.

„Heilige Scheiße", ruft Cannon aus und lässt seinen Blick über mein Dorothy-Kostüm schweifen. „Du siehst umwerfend aus."

„Ich habe den Job“, platze ich heraus.

Cannon, der gerade noch meine glitzernden roten Schuhe betrachtet hat, hebt ruckartig den Kopf. „Den in Charlotte?“

Ich nicke und glaube, vor Aufregung fast den Verstand zu verlieren. Zum einen ist es ein guter Job, und zum anderen fühle ich mich nun nicht mehr ganz so unzulänglich, weil ich in einer schäbigen Wohnung wohne. „Und das Beste daran ist, dass ich im Homeoffice arbeiten kann.“

Ein seltsamer Ausdruck huscht über Cannons Gesicht, doch ich habe keine Zeit, mir darüber Gedanken zu machen, denn im nächsten Moment macht er einen Schritt auf mich zu und küsst mich. Er umfasst mit beiden Händen mein Gesicht, presst seinen Mund auf meinen und schiebt mich rückwärts gegen die Wand neben meiner Besenkammer.

„Ich hätte nicht gedacht, dass du wegen des Jobs derart begeistert sein würdest“, sage ich mit einem Lachen, als er seine Lippen über mein Kinn gleiten lässt.

Cannon zieht sich gerade weit genug zurück, um zu murmeln: „Ich freue mich für dich, aber ich denke schon seit Tagen darüber nach, dich zu küssen, und kann keine Sekunde länger warten.“

Dann presst er seine Lippen wieder auf meine und ich gebe mich ihm hin. Als ich spüre, wie er mein Kleid hochschiebt, reiße ich mich jedoch aus meiner lustvollen Benommenheit und ziehe den Kopf zurück.

„Cannon“, keuche ich, als er einfach meinen Hals liebkost. „Uns bleibt keine Zeit. Wir müssen zum Stadion fahren und dein Auto dekorieren.“

Meine Worte scheinen direkt an ihm abzuprallen, denn er lässt seine Hand an meinem Schenkel hinauf unter mein Kleid gleiten und schiebt sie in mein Höschen. Es ist aus weißer Baumwolle und passt zu meinen Söckchen. Ich habe gedacht, er würde dieses sinnlich jungfräuliche Accessoire sicher zu schätzen wissen, wenn er es später zu Gesicht bekäme.

„Dafür ist immer Zeit“, murmelt er, wobei er mit einem langen Finger in mich eindringt.

Ich stöhne auf und schiebe die Hüften vor. Wahrscheinlich werde ich den Verstand verlieren, sobald er seine Hand zurückzieht, aber ich weiß, dass wir wirklich keine Zeit haben. Genau das habe ich vorhin als Argument angeführt, als Cannon darauf bestand, mich abzuholen. Ich wusste, dass wir in Zeitnot geraten würden, wenn er vom Stadion hierherfahren würde, nur um dann wieder dorthin zurückzufahren. Also sagte ich ihm, dass es viel besser wäre, wenn ich ihn dort treffen würde, doch ich beginne zu glauben, dass er das alles geplant hat, nur um mich vernaschen zu können.

„Kinder“, keuche ich, als er seinen Finger herauszieht, um ihn gleich wieder tief in mir zu vergraben. „Die Kinder warten auf uns. Wir haben keine Zeit für Sex.“

„Ich werde dich nicht ficken, Ava.“ Cannon hebt den Kopf und blickt auf mich herab. „Ich werde dich nur mit der Hand befriedigen. Dann können wir gehen.“

„O Gott“, stöhne ich.

Cannon behält recht. Es dauert nicht lange, bis er mich mit seinen geschickten Fingern und schmutzigen Worten zum Orgasmus bringt. Ich lasse den

Kopf an seine Brust fallen, während ich zitternd auf der Welle der Ekstase treibe und Cannon mir sanft den Nacken streichelt.

Er zieht seine Hand aus meinem Höschen und hebt mein Kinn an, um mir einen zärtlichen Kuss auf den Mund zu drücken. „Es ist wohl besser, du zeigst mir mein Kostüm und wir beladen meinen Wagen. Ich bin verdammt erregt und muss mich ablenken."

Ich neige den Kopf zur Seite und schenke ihm ein mitfühlendes Lächeln. „Kommt gar nicht infrage. Ich muss dich zuerst von deinen Schmerzen erlösen."

Mit diesen Worten lege ich meine Hand auf seine Erektion unter dem Stoff seiner Hose. Er trägt seine üblichen Arbeitsklamotten, die aus einer Cargohose und einem langärmeligen lila Polohemd mit dem Logo der Titans besteht. Das Shirt spannt sich über seine muskulösen Arme und seine breite Brust, während seine Hose kaum Platz für seinen harten Schwanz lässt.

Cannon stößt ein Knurren aus, als ich leicht zudrücke. Dann öffne ich den Reißverschluss und verhelfe seiner Männlichkeit zur Freiheit. „Verdammt, ja", murmelt er.

Wir haben definitiv keine Zeit, um uns auszuziehen und miteinander zu schlafen, aber ich stelle mich der Herausforderung und will Cannon genauso schnell zum Höhepunkt bringen wie er mich.

Gerade will ich vor ihm auf die Knie sinken, als er mich am Arm packt. „Warte einen Moment."

Er beugt sich vor, schnappt sich ein Kissen, das ich bei Target gekauft hatte, um die schmuddelige Couch aufzupeppen, und lässt es mit einem Grinsen vor mir auf den Boden fallen. „Ich will nicht, dass du dir die hübschen Knie aufschürfst, schließlich trägst du ein Kleid."

„Das ist wirklich lieb von dir", erwidere ich und sinke vor ihm zu Boden, wobei ich immer noch seinen Schwanz mit einer Hand umfasse. Ich blicke zu ihm auf, als ich die Lippen langsam an seine Eichel führe.

„Verdammt … ich werde nie wieder den *Zauberer von Oz* sehen können, ohne einen Steifen zu bekommen."

Dafür werde ich sorgen.

Ich lecke seinen Schaft vom Ansatz bis zur Spitze und höre zufrieden, wie er sich mit einer Hand an der Wand abstützt. Dann nehme ich ihn in den Mund und … o Gott … er schmeckt himmlisch. Ihm entfährt ein animalisches Stöhnen, bei dem sich mein Unterleib vor Begierde anspannt.

Während ich mit ausgehöhlten Wangen seinen Schwanz lutsche und ihn zugleich mit einer Hand massiere, gibt Cannon Laute von sich, die ich noch nie zuvor gehört habe. Er wickelt einen meiner Zöpfe um seine Hand und zieht spielerisch daran.

Ich blicke zu ihm auf und verliere fast den Verstand, als ich den Ausdruck unbändiger Lust in seinen Augen sehe. Das gibt mir ein Gefühl der Macht, und obwohl ich diesen Mann im übertragenen Sinne in die Knie zwingen will, will ich ihm das ultimative Lustgefühl bescheren.

Ich schließe die Augen und konzentriere mich auf das Zucken seiner Hüften und das Gefühl seiner Männlichkeit in meinem Mund, um einzuschätzen, wann ich meine Bewegungen beschleunigen und wann verlangsamen muss.

„Ava", keucht Cannon, und mir wird klar, dass er mich gleich auffordern wird, von ihm abzulassen.

Doch stattdessen sauge ich kräftig an seinem Schaft und packe seinen Hintern mit einer Hand, um ihn festzuhalten. Dann stoße ich ein leises Knurren aus, um ihm zu verstehen zu geben, dass er sich nicht von der Stelle rühren soll.

Mehr ist nicht nötig, denn im nächsten Moment kommt er mit einem erstickten Stöhnen zum Höhepunkt, währen ich mit geschlossenen Augen und einem anerkennenden Summen den Saft seiner Lust schlucke.

„Mein Gott, du bist perfekt", murmelt Cannon, als er mich auf die Füße zieht und mir einen flüchtigen Kuss gibt. Dann neigt er den Kopf zurück und grinst. „Du solltest dir die Lippen nachschminken, Dorothy."

Lachend trete ich einen Schritt zurück. „Schließe lieber den Reißverschluss deiner Hose, Löwe."

„Löwe?", fragt er und tut wie geheißen.

Ich nehme eine Tüte von meinem Küchentisch, hole sein Kostüm heraus und werfe es ihm zu.

Cannon zieht eine Grimasse, als er es ausschüttelt, während ich mir eine Hand vor den Mund halten muss, um nicht laut zu lachen.

„Ich bin der Ängstliche Löwe?", fragt er und starrt das Kostüm an.

„Im Laden hatten sie nur noch den Ängstlichen Löwen oder einen Geflügelten Affen."

„Ich glaube, der Affe hätte mir besser gefallen", murmelt er. „Mein Gott, Ava … das Ding sieht aus wie ein riesiger Schlafanzug. Wie der rosa Hase in dem Film *Fröhliche Weihnachten*."

Ich lache schallend, denn er hat nicht unrecht. Es ist ein flauschiges Kostüm mit einer dichten Mähne und übergroßen Löwentatzen. Ich habe es gekauft, weil es lustig aussah und ich wusste, dass Cannon es witzig finden würde.

„Es passt perfekt zu dir", stelle ich fest.

Als er mich ansieht, weicht die gespielte Abscheu aus seinem Gesicht. „Du hast recht. Irgendwie ist es cool. Aber ich weiß nicht, ob ich genauso nachsichtig wäre, wenn Dorothy mir nicht gerade den besten Blowjob aller Zeiten beschert hätte."

Cannon steckt das Kostüm zurück in die Tüte. „Ich ziehe es im Stadion an, nachdem wir den Wagen dekoriert haben. Es ist zu massig, um damit Auto zu fahren."

„In Ordnung. Aber jetzt muss ich wirklich meinen Lippenstift nachziehen, und ich will gar nicht wissen, wie meine Frisur aussieht." Ich will ins Bad gehen, halte jedoch inne, als ich bemerke, wie Cannon seinen Blick durch meine Wohnung schweifen lässt. Ich habe mich von dem Mann gerade befriedigen lassen, bevor er in meinem Mund gekommen ist, daher sollte mir meine Behausung nicht peinlich sein. Dennoch ertappe ich mich dabei, wie ich mich dafür entschuldige. „Diese Wohnung ist eine Bruchbude. Es tut mir so leid."

Ich bücke mich, um das Kissen aufzuheben, lege es auf die Couch und klopfe es auf, als würde das Apartment dadurch auf wundersame Weise wie ein Haus auf dem Titelblatt eines Innenarchitekturmagazins wirken.

Cannon packt mein Handgelenk und zieht mich an sich. „Was soll das?"

„Nichts. Ich … meine Wohnung ist ziemlich heruntergekommen, und das ist mir peinlich.“

„Aber warum?“

Ich zucke mit den Schultern und wende den Blick ab. „In gewisser Weise ist sie ein Beweis dafür, wie tief ich gefallen bin, nachdem ich dem falschen Mann hinterhergejagt bin.“

„Hey“, sagt Cannon mit sanfter Stimme und ich begegne seinem Blick. „Diese Wohnung ist kein Beweis dafür, wie tief du gefallen bist. Vielmehr beweist sie, wie unverwüstlich du bist. Du hättest zurück nach Hause laufen können, um am Pool von Mom und Dad Margaritas zu schlürfen, aber du hast dich entschieden, durchzuhalten und allen zu beweisen, dass du eine unglaubliche Frau bist.“

„Wirklich?“, frage ich, wobei ich mich selbst dafür tadle, wie bedürftig meine Stimme klingt.

„Wirklich“, bestätigt er, bevor er seine Lippen auf meine Stirn presst. Dann gibt er mir einen kräftigen Klaps auf den Hintern und schiebt mich in Richtung Badezimmer. „Und jetzt mach dich fertig, damit wir ins Stadion fahren können.“

Kapitel 16

Cannon

Es ist merkwürdig, aber als Ängstlicher Löwe verkleidet fühle ich mich gar nicht so albern wie erwartet. Das Einzige, was man in diesem sackartigen Kostüm von mir sehen kann, ist mein Gesicht. Die vier Pfoten sind unverhältnismäßig groß, und ich muss meine Beine beim Gehen etwas höher anheben, damit ich nicht stolpere. Das Beste daran ist jedoch der Schwanz, der dank eines stabilen Drahtes nach oben gebogen ist und beim Laufen hin und her wackelt, wobei er immer wieder in mein peripheres Blickfeld gerät und ich jedes Mal erschrecke. Ava ist eine meisterliche Visagistin und hat mir im Handumdrehen eine Schnauze und Schnurrhaare gemalt. Am Ende sah ich zugegebenermaßen lächerlich, aber niedlich aus.

Wir haben den Kofferraum meines BMW mit Spinnweben und Spinnen geschmückt und eine riesige Schüssel mit Süßigkeiten im Innenraum platziert. Darüber hinaus sitzt auf der einen Seite meines Wagens eine mechanische Hexe mit ihrem Kessel und auf der anderen Seite stehen Grabsteine aus Pappmaschee. Zudem hat Ava das Äußere mit blinkenden orangefarbenen Lichtern versehen und einen Bluetooth-Lautsprecher angeschlossen, aus dem heulende Wölfe, stöhnende Monster, knarrende Türen und lachende Hexen zu hören sind.

Trotz dieser herrlichen Dekoration hat sie sich entschuldigt, weil sie nicht genügend Zeit hatte, um ausschließlich Figuren aus dem *Zauberer von Oz* zu organisieren, doch ich persönlich bevorzuge die gruselige Halloween-Aufmachung meines Wagens.

Während wir mit dem Dekorieren beschäftigt waren, habe ich Ava mit einigen der Spieler bekannt gemacht, die ebenfalls mit ihren geschmückten Fahrzeugen gekommen sind. Die meisten von ihnen sind alleinstehend, denn die Spieler mit Familie werden sich mit ihren Kindern kostümieren und die Süßigkeiten einsammeln.

Es bereitet mir Freude, Ava dabei zuzusehen, wie sie die anderen kennenlernt. Da ich neu bei den Titans bin, weiß niemand etwas über mein Privatleben, außer dass ich derzeit nicht verheiratet bin. Die überraschten Blicke, die ich ernte, als ich sie den anderen als meine Freundin vorstelle, lassen mein Herz höherschlagen.

Zuerst habe ich sie mit Baden und Sophie bekannt gemacht. Dabei habe ich keine zwei Sekunden überlegen müssen, wie ich sie bezeichnen sollte, denn mir wurde schnell klar, dass es nicht annähernd der Wahrheit entspräche, wenn ich sie lediglich eine Freundin nennen würde.

Falls Ava es unpassend fand, so ließ sie sich nichts anmerken.

Ich stellte ihr zudem Coen und seine Freundin Tillie, Gage und seine Freundin Jenna sowie eine Reihe von Spielern ohne Begleitung vor. Darunter sind auch Hendrix, Boone, Camden und Kirill, die alle als Power Rangers verkleidet sind.

Ava schien nicht ganz so kontaktfreudig wie gewöhnlich zu sein, und ich vermute, dass sie etwas überwältigt war. Ich weiß jedoch, dass sie nicht im Geringsten verlegen ist, denn ich habe sie oft im

Grind beobachtet, wie sie mit Fremden ins Gespräch kam.

Obwohl sie den anderen warmherzig und freundlich gegenübertrat, schien sie doch ein wenig verunsichert zu sein. Auf der anderen Seite hatten wir auch nicht viel Zeit, da alle mit dem Schmücken ihrer Autos beschäftigt waren.

Ich lasse meinen Blick über die Autos schweifen, die auf einem umzäunten Teil des Spielerparkplatzes stehen, der für die Öffentlichkeit nicht zugänglich ist. Sie sind in zwei Reihen geparkt, wobei die Kofferräume einander zugewandt sind. Insgesamt sind es siebzehn Fahrzeuge, die mittlerweile fast alle fertig dekoriert sind.

Ava bringt gerade ein letztes Spinnennetz an, als eine Frau mit einem Klemmbrett in der Hand an uns vorbeikommt und ruft: „Noch zehn Minuten, dann geht es los.“

Die Veranstaltung ist nur für die Kinder von Mitarbeitern der Organisation gedacht. Dabei handelt es sich nicht nur um die Spieler, sondern um sämtliche Angestellte, die für die Titans arbeiten, und das sind Hunderte von Menschen. Von sechzehn bis siebzehn Uhr werden hier eine Menge Kinder von Kofferraum zu Kofferraum ziehen und ihre Taschen mit Süßigkeiten füllen. Abends werden sie dann in ihren eigenen Wohnvierteln unterwegs sein und die Nachbarschaft unsicher machen.

Ava seufzt und nimmt eine Spinne aus einem Netz, um sie an einem anderen Platz zu befestigen. In meinen Augen sieht es nicht besser aus als zuvor.

Ich klopfe ihr mit meiner großen Pfote auf den Rücken. „Geht es dir gut?“

Sie wirft einen Blick über die Schulter. „Warum sollte es mir nicht gut gehen?“

Ich drehe mich um und setzte mich auf die Kante des Kofferraums, um sie anzusehen. Mit den großen Pfoten ist es schwer, die Arme über der Brust zu verschränken oder sie in die Hüfte zu stemmen, also lasse ich sie auf meinen Oberschenkeln ruhen. „Es hat den Anschein, als wärst du etwas überwältigt davon, die anderen kennenzulernen.“

„Ich muss das alles erst einmal verarbeiten“, gesteht sie, als sie sich neben mich setzt. „Du hast mir gerade einige der berühmtesten Einwohner dieser Stadt vorgestellt, die allesamt Lokalhelden sind. Die meisten Menschen lernen in ihrem ganzen Leben nicht einen einzigen Profispieler kennen und ich treffe praktisch das gesamte Team.“

Lachend stoße ich sie mit der Schulter an. „Du weißt doch, dass ich ihr Chef bin, nicht wahr? Wenn ich dich also nicht nervös mache, sollte dich niemand aus der Fassung bringen.“

Sie verdreht die Augen. „Ich will ja nur, dass deine Mannschaft mich mag, gerade weil du der Cheftrainer bist. Solange der Coach glücklich ist, ist auch das Team glücklich. Ich will nur vermeiden, dass die Leute denken, ich würde dich von deinem Job ablenken.“

Ich stoße ein Schnauben aus. „Ich glaube kaum, dass sich die Leute über so etwas Gedanken machen, wenn sie dich treffen.“

Ava wendet sich mir mit ernster Miene zu. „Nein, aber sie sehen in dir einen Witwer. Vielleicht sind sie der Meinung, du bist verletzlich oder nicht imstande, dich auf eine Frau einzulassen. Ich fühle mich dadurch etwas unter Druck gesetzt.“

Ihre Worte lassen mich innehalten, denn sie hat nicht ganz unrecht. Die Leute neigen dazu, in mir hauptsächlich einen Witwer zu sehen, obwohl ich mich selbst nicht als solcher definiere. „Setzt es dich so sehr unter Druck, dass du Reißaus nehmen willst?“

Zum Glück schenkt mir Ava ihr strahlendes Lächeln, das mir mittlerweile so vertraut ist, und schüttelt den Kopf. „Ich bin mir ziemlich sicher, dass ich meine Nervosität überwinden werde. Ich werde nirgendwohin gehen.“

Ich verziehe die Lippen zu einem Grinsen. „Am liebsten würde ich dich jetzt in meine Arme ziehen und dich küssen, aber die großen Pfoten sind mir im Weg.“

„Wie wäre es dann, wenn ich dir entgegenkomme?“, murmelt sie und beugt sich zu mir vor. Sie presst sanft ihre Lippen auf meine, doch sie zieht viel zu schnell den Kopf wieder zurück.

Wie sich herausstellt, sind meine riesigen Pfoten nicht so hinderlich, wie ich gedacht habe, denn es gelingt mir, Ava mit einer Hand auf die Füße zu ziehen, während ich die andere Hand an ihren Hinterkopf lege, um sie leidenschaftlich zu küssen.

Als sie versucht, mich von sich zu schieben, muss ich lachen. „Hast du etwa Angst vor der öffentlichen Zurschaustellung unserer Zuneigung?“

„Ich wollte dich nur nicht in Verlegenheit bringen“, flüstert sie.

Ich kann spüren, wie sie die Lippen an meinem Mund zu einem Lächeln verzieht, bevor ich den Kopf zurückziehe, um sie anzusehen.

„Was dich betrifft, bringt mich nichts in Verlegenheit“, versichere ich ihr und lasse sie los. „Zwischen uns beiden ging es ziemlich schnell ziemlich heiß her. Einige Leute wird es vielleicht überraschen, dass wir zusammen sind. Aber vergiss nicht … wir sind zusammen.“

„Verstanden“, erwidert sie, und zu meiner Überraschung krallt sie sich in mein Kostüm und zieht mich an sich, um mich noch einmal zu küssen.

Als hinter uns ein Räuspern ertönt, schreckt Ava zurück. Ich blicke langsam auf und sehe, dass Brienne Norcross vor uns steht. Für einen Augenblick verschlägt es mir die Sprache.

Sie hat sich als Hela aus dem Film *Thor: Ragnarök* verkleidet. Das Kostüm sieht aus, als käme es geradewegs aus der Kostümabteilung des Filmstudios. Dazu trägt sie eine schwarze Perücke, die mit silberfarbenen Strähnen durchzogen ist, während ihre Augen stark geschminkt sind. Wenn ich es nicht besser wüsste, hätte ich sie für Cate Blanchett gehalten.

„Willst du mich nicht deiner Begleiterin vorstellen?“, fragt sie mit einem Grinsen und wendet sich Ava zu.

„Natürlich, aber ich muss sagen, dein Kostüm wirkt derart authentisch, dass es mich nicht überraschen würde, wenn es das Original aus dem Film wäre.“

Brienne lacht. „Jenna hat es mir besorgt. Ich weiß nicht einmal, wer zum Teufel ich sein soll.“

Wie kann sie nicht wissen, wer Hela ist? Bevor ich sie über das Marvel-Universum aufklären kann, streckt sie Ava die Hand entgegen. „Hi … ich bin Brienne Norcross.“

„Ava Cavanaugh.“ Die Frauen schütteln einander die Hände.

„Ich bin die Eigentümerin der Titans“, fügt Brienne hinzu.

„Und ich bin eine arbeitslose Barista“, scherzt Ava, woraufhin sie beide lachen. Damit ist das Eis gebrochen.

Ich lege einen Arm um Avas Taille und ziehe sie an mich, wobei ich meine große Pfote an ihrer Hüfte ruhen lasse. „Ava hat in dem Café gearbeitet, in dem ich morgens immer meinen Kaffee geholt habe. Aber sie tritt schon bald eine neue Stelle im Marketing an.“

Briennes Blick wandert zwischen uns hin und her, wobei sie die Lippen zu einem Lächeln verzieht, das die harten Linien ihres fachmännisch aufgetragenen Make-ups mildert. „Ihr habt euch in einem Café kennengelernt? Das ist wirklich süß.“

„Ich war fast jeden Tag dort, weil ich sie hübsch fand und sie ansprechen wollte. Obwohl ich versucht habe, mit ihr zu flirten, lassen meine Fähigkeiten als Charmeur zu wünschen übrig. Es hat eine Weile gedauert, bis ich den Mut aufbrachte, sie um ein Date zu bitten.“

„Aber offenbar hat es sich gelohnt“, scherzt Brienne.

„Das hat es“, stimme ich zu.

Dann wendete sie sich Ava zu und sagt: „Es ist mir ein Vergnügen, dich kennenzulernen. Ich würde mich freuen, wenn du mir beim nächsten Heimspiel in der Eigentümerloge Gesellschaft leisten würdest. Ich kann mir vorstellen, dass Cannon dir bereits ein Ticket besorgt hat, aber es wäre schön, wenn du stattdessen bei mir sitzen könntest.“

Ava wirft mir einen unsicheren Blick zu. Ich hatte noch keine Gelegenheit, ihr zu sagen, dass ich ihr tatsächlich eine Karte besorgt habe. Um genau zu sein, habe ich ihr für sämtliche Heimspiele ein Ticket organisiert. „Du solltest dir das Spiel zusammen mit Brienne ansehen. Von dort hast du eine hervorragende Sicht, außerdem gibt es in der Loge ein Büfett und eine Bar.“

„Und wenn du dabei bist, werde ich mich nicht mit den Geschäftsleuten langweilen müssen, die nur dort sind, um mit mir irgendeinen Deal abzuschließen.“

„Äh …“, erwidert Ava zögerlich und wendet sich noch einmal mir zu, bevor sie das Angebot annimmt. „Sehr gern, danke.“

„Großartig. Ich werde einen Ausweis für dich am Abholschalter hinterlegen. Jemand wird dich hinaufbegleiten. Aber jetzt sollte ich zurück zu meinem Tisch gehen. Ich werde den Kindern beim Kürbisschnitzen und Basteln helfen.“

Brienne geht davon und die Frau mit dem Klemmbrett ruft: „Nehmt eure Plätze ein, Leute. Es kann losgehen.“

Ich gebe Ava einen flüchtigen Kuss, und kurz darauf sind wir damit beschäftigt, Süßigkeiten zu verteilen. Viele der Eltern kenne ich noch nicht, da ich mit den administrativen Belangen der Organisation bisher nur wenig zu tun hatte.

Gerade als Ava und ich uns von einem kleinen Mädchen verabschieden, das als Fee verkleidet ist, laufen drei Jungen auf uns zu und rufen: „Süßes oder Saures!“

„Hier kommen die Rabauken“, verkünde ich, als ich Colby, Jake und Tanner erblicke, die Söhne unseres Goalies Drake McGinn. Sie sind in Begleitung seiner Schwester Kiera unterwegs, die als Harley

Quinn verkleidet ist. Ich stelle sie Ava kurz vor, die sich sogleich daranmacht, Süßigkeiten in die Taschen der Jungs zu stecken.

„Wo ist Drake?", frage ich Kiera.

Sie zeigt mit einem Kopfnicken hinüber zum Basteltisch, vor dem Drake sich gerade mit Brienne unterhält.

„Haben die beiden sich abgesprochen?", will ich verblüfft wissen, als ich sehe, dass Drake als Thor verkleidet ist. Sein Kostüm wirkt genauso authentisch wie das von Brienne.

„Nein", antwortet Kiera lachend. „Aber man könnte meinen, sie kämen direkt von einem Filmset."

„Nun, mit seinen langen blonden Haaren und seinem Bart sieht Drake Thor zum Verwechseln ähnlich", bemerke ich.

Dann wende ich mich wieder den Jungs zu. Seit ihrer Ankunft in Pittsburgh vor drei Wochen bin ich ihnen einige Male begegnet. Genau wie ich ist Drake neu im Team, außerdem ist er ein alleinerziehender Vater. Seine Schwester Kiera ist nach Pittsburgh gezogen, um sich um ihre Neffen zu kümmern, wenn er auf Reisen ist.

„Mal sehen", murmle ich, als ich ihre Kostüme in Augenschein nehme. „Wir haben einen wilden Cowboy, einen mutigen Feuerwehrmann und jemanden, der aussieht wie der zukünftige Torwart der Titans."

„Und was bist du?", fragt Colby, dem sein Cowboyhut ein wenig zu groß ist.

„Der Ängstliche Löwe", jammere ich, halte mir die Pfoten vors Gesicht und tue so, als wollte ich mich verstecken. Ich spähe zwischen den Tatzen hervor und sehe, dass Colby nur unbeeindruckt blinzelt.

Ava gibt mir einen Klaps auf die Schulter, bevor sie sich bückt, um mit Colby auf Augenhöhe zu sein. „Weißt du, er wurde ziemlich mutlos geboren und hat Angst vor allen möglichen Dingen. Wahrscheinlich machen die Pistolen in deinem Halfter ihn etwas nervös. Aber wenn du ihm sagst, dass du harmlos bist, wird ihn das vielleicht ein wenig beruhigen.“

Ein verschmitztes Funkeln tritt in Colbys Augen. Er legt die Hände an die Spielzeugpistolen und sagt mit einwandfreiem texanischen Akzent: „Ist schon gut, Löwe … ich werde dich nicht erschießen, es sei denn, du versuchst, jemanden zu fressen.“

„So etwas würde ich nie tun“, versichere ich ihm, obwohl ich vorhabe, Ava nach dieser Veranstaltung zu verschlingen.

Eine Stunde lang dreht sich alles um Kinder und Süßigkeiten. Ava scheint in ihrem Element zu sein, als sie all den Kindern, die noch nie zuvor den *Zauberer von Oz* gesehen habe, erklärt, wer sie ist. Sie stellt den Kleinen Fragen über ihre Kostüme und will wissen, welche Süßigkeiten sie am liebsten essen und welcher Kofferraum ihnen bisher am besten gefallen hat. Die Mädchen haben eindeutig eine Vorliebe für Gage und Jenna, die als Cinderella und ihr Prinz verkleidet sind. Ich habe keine Ahnung, wie Gage es fertiggebracht hat, aber er hat sogar eine Kutsche gemietet, die aussieht, als würde sie Aschenputtel gleich zum Ball bringen. Es sind zwar keine Pferde vorgespannt, doch sie ist so zauberhaft dekoriert, dass die Kinder alle hineinklettern, um ein Foto zu machen.

Die Jungs bevorzugen ausnahmslos die Power Rangers, und ich beobachte, wie Hendrix, Boone, Camden und Kirill mit den Kindern herumalbern.

Bei dem Anblick verspüre ich einen Stich im Herzen. Nicht nur die Kinder haben ihren Spaß, auch die Erwachsenen scheinen sich prächtig zu amüsieren. Ich habe immer geglaubt, dass ich so etwas eines Tages auch mit Melissa erleben würde. Zu Beginn unserer Ehe haben wir oft darüber gesprochen, wann wir uns vorstellen könnten, Kinder zu haben. Als sich die Kluft zwischen uns mit der Zeit vergrößerte, wurden diese Gespräche immer seltener, bis das Thema irgendwann gänzlich vom Tisch war. Manchmal denke ich, es ist ein Segen, dass wir nie Kinder hatten, denn ich hätte nicht gewollt, dass sie den Tod ihrer Mutter miterleben müssen.

„Und das war der Letzte", sagt Ava, während wir beobachten, wie ein etwa dreijähriger Junge in einem Spider-Man-Kostüm von seinem Vater, einem der stellvertretenden Ausrüstungsmanager des Teams, zum Ausgang getragen wird.

„Haben wir noch Süßigkeiten übrig?", frage ich und werfe einen Blick in den Kofferraum.

„Nein, ich habe den Rest Spider-Man gegeben."

„Du hast nichts für uns zur Seite gelegt?", necke ich sie, öffne die Schleife, mit der der Löwenkopf unter meinem Kinn befestigt ist, und schiebe ihn nach hinten. „Mann, ist das Ding warm."

Ava lacht leise. „Gib mir deine Pfoten."

Ich strecke meine Arme aus, woraufhin sie mir die Tatzen von den Händen zieht und sie in den Kofferraum wirft. „Du hast dich hervorragend geschlagen."

„Vielleicht könnte ich mich nächstes Jahr als Khal Drogo und du dich als Daenerys verkleiden." Kaum habe ich die Worte ausgesprochen, würde ich sie am liebsten zurücknehmen. Ich habe kein Recht, anzunehmen, dass wir in einem Jahr noch zusammen sein werden. Ava lacht jedoch nur und macht sich daran, die Dekoration am Kofferraum zu entfernen.

Mir gefällt das Dorothy-Kostüm nach wie vor, und ich kann es kaum erwarten, sie später daraus zu befreien. Uns bleibt nicht mehr viel Zeit, bevor die Mannschaft in der ersten Novemberwoche auf Reisen sein wird, um zwei Auswärtsspiele in Los Angeles und ein weiteres in Houston zu absolvieren.

Ich habe zwar kein Problem damit, enthaltsam zu sein, denn im Gegensatz zu einigen der Spieler bin ich nicht ständig auf der Jagd nach Frauen. Aber der Gedanke, die nächste Woche in einem leeren Bett zu schlafen, gefällt mir nicht.

Vor allem missfällt mir die Vorstellung, die nächste Woche in einem Bett ohne Ava zu verbringen.

Ich stelle mich neben Ava und wickle die LED-Lichterkette auf, während sie die Spinnweben aus dem Kofferraum entfernt. „Was hältst du davon, mich nächste Woche zu den Auswärtsspielen zu begleiten?"

Ava dreht sich langsam zu mir um und runzelt die Stirn. „Warum?"

Ich verdrehe die Augen und schlinge meine Arme um ihre Taille, um sie dicht an mich zu drücken. „Gestohlene Momente, schon vergessen? Wir haben ohnehin nicht viel Zeit zusammen, aber wenn du nächste Woche mitkommst, könnten wir einen gestohlenen Moment in die Länge ziehen. Deinen Job kannst du doch von überall aus erledigen, also könntest du im Hotelzimmer arbeiten, während ich mich um das Team kümmere. Du könntest dir die Spiele ansehen und danach können wir die ganze Nacht lang vögeln."

Ein zaghaftes Lächeln umspielt ihre Lippen und sie tätschelt mir die Brust. „Das klingt nach einem unglaublichen gestohlenen Moment, aber ich kann dich nicht begleiten."

„Warum nicht?" Ich beuge mich vor und liebkose ihren Hals, als die Power Rangers mit einem Grinsen im Gesicht an uns vorbeigehen. Wahrscheinlich sind sie ganz aus dem Häuschen, weil ich nicht nur eine Frau zu einer Teamveranstaltung mitgebracht habe, sondern auch meine Zuneigung zu ihr in der Öffentlichkeit bekunde.

„Weil ich es mir nicht leisten kann. Ich habe kaum genug Geld, um mich bis zu meinem nächsten Gehaltsscheck mit Instant-Nudeln über Wasser zu halten. Ehrlich gesagt hatte ich gehofft, während deiner Abwesenheit etwas Geld sparen zu können, denn selbst die Fahrt in die Stadt kostet mich jedes Mal eine Menge Benzin."

Ich zucke erschrocken zusammen und lasse meine Arme sinken. „Wie bitte?"

Ava seufzt, lässt den Kopf hängen und kneift sich in den Nasenrücken. Sie schließt kurz die Augen und öffnet sie dann wieder, wobei sie ihre Hand zurückzieht und mich mit einem reumütigen Ausdruck im Gesicht betrachtet. „Es tut mir leid. Ich hätte dir das nicht erzählen sollen, aber ich muss in den nächsten Wochen ein bisschen knausern, bis ich meinen ersten Gehaltsscheck bekomme. Die Bezahlung im Café war nicht sonderlich gut und ich habe sozusagen von der Hand in den Mund gelebt. Leider hatte ich in der vergangenen Woche so gut wie nichts auf dem Konto, da ich diesen Monat nur drei Tage gearbeitet habe und Stan mir meinen Lohnscheck noch nicht geschickt hat."

„Mein Gott, Ava", knurre ich. Zum Teil bin ich verärgert, weil sie mir nichts gesagt hat, aber vor allem bin ich wütend auf Stan. „Warum hast du mir nichts davon erzählt? Ich hätte dir das Geld doch …"

Ava bedeckt mit einer Hand meinen Mund, um mich zum Schweigen zu bringen. „Ich war schon einmal von einem Mann abhängig, weil er mir ein Dach über dem Kopf geboten und einen Job besorgt hat. So etwas wird mir nicht noch einmal passieren."

Ich umschließe ihr Handgelenk und ziehe ihre Hand von meinem Mund. „Ich würde dich nie von mir abhängig machen. Doch ich möchte dir meine Hilfe anbieten. Wenn du kein Geld von mir annehmen willst, dann sieh es als Darlehen und zahle es mir mit Zinsen zurück. Ich will nicht, dass du Instant-Nudeln esse musst, bis du bezahlt wirst."

Ein Lächeln umspielt Avas Lippen, und sie beugt sich vor, um mir einen zärtlichen Kuss auf den Mund zu drücken. „Danke. Das ist lieb von dir, aber es geht mir gut. Versprochen."

Sie versucht, ihre Hand wegzuziehen, doch ich festige den Griff um ihr Handgelenk. „Also schön. Du hast alles im Griff. Das bedeutet jedoch nicht, dass du mich nicht zu den Auswärtsspielen begleiten kannst."

Ava zieht eine Augenbraue in die Höhe. „Wenn ich mir nichts weiter als Instant-Nudeln leisten kann, werde ich wohl kaum das Geld für ein Flugticket haben.“

„Das ist richtig … aber hör zu. Wir haben doch nur diese gestohlenen Momente zusammen, nicht wahr?“

Sie nickt.

„Und wir sollten das Beste daraus machen.“

„Stimmt“, sagt sie zögernd.

„Dann solltest du diese Gelegenheit ergreifen …“

„Ich kann es mir nicht leisten …“

Diesmal bedecke ich ihren Mund mit meiner freien Hand. „Du musst dir gar nichts leisten, denn du wirst bei mir im Hotelzimmer übernachten und ich bezahle deine Mahlzeiten und dein Flugticket.“

Ava versucht, etwas zu sagen, und ich kann mir lebhaft vorstellen, wie sie entgegnet: *Das würde trotzdem bedeuten, dass ich Geld von dir annehme, und ich will dir nichts schuldig sein.*

Also komme ich ihr zuvor, indem ich sage: „Du würdest keine Hilfe von mir annehmen. Sieh es einfach als kostspieliges Date. Es wäre auch nichts anderes, wenn dich ein Mann hier in Pittsburgh zum Essen einladen würde.“

Sie dreht den Kopf zur Seite, um ihren Mund zu befreien. „Ein Abendessen ist ein Date, aber ein Flugticket ist etwas anderes.“

„Jetzt bist du einfach nur voreingenommen“, behaupte ich.

Ava steht der Mund offen. „Warum bin ich voreingenommen?“

„Weil ich reich bin. Die meisten Männer würden eine Frau lediglich zum Essen ausführen, aber ich kann mir problemlos ein Flugticket leisten. Also bestrafst du mich, weil ich die Möglichkeit habe, dir mehr zu bieten.“

Ava stößt einen Seufzer aus und lässt niedergeschlagen die Schultern hängen. „Ich will wirklich nicht, dass meine Erfahrungen mit Derek meine Gefühle beeinflussen, aber das tun sie.“

„Und ich bitte dich, dich davon freizumachen. Gib mir eine Chance. Bitte komm nächste Woche mit.“

Sie beißt sich auf die Unterlippe und durchbohrt mich mit einem Blick, bevor sie murmelt: „Also schön, ich begleite dich.“

Ich freue mich so sehr, dass ich allen Anstand über Bord werfe und die Leute um mich herum vergesse. Ich stoße einen Jubelschrei aus und hebe Ava hoch, um sie herumzuwirbeln.

Sie lacht und hält sich an meinen Schultern fest, während mir bewusst wird, dass diese Beziehung zwischen uns verdammt ernst werden könnte.

Kapitel 17

Ava

An meinem ersten offiziellen Arbeitstag für die Shelley Royce Agency sitze ich am Schreibtisch und blicke aus dem Fenster auf die Innenstadt von Los Angeles. Ich bin gestern mit einem Erste-Klasse-Ticket eingeflogen, das Cannon für mich gekauft hat. Ich war verblüfft, dass er so viel Geld ausgegeben hat, und habe ihn wissen lassen, dass ich mit einem Economy-Ticket zufrieden gewesen wäre.

Daraufhin hielt er einen langen Monolog, um das Erste-Klasse-Ticket zu rechtfertigen. Er erklärte mir, wie bedauerlich es sei, dass ich nicht mit dem Team in einem Flieger sitzen konnte, doch das wäre nicht möglich gewesen. Weiter erläuterte er, dass er stattdessen gern mit mir geflogen wäre, aber als Coach musste er sich seiner Mannschaft gegenüber kameradschaftlich zeigen, da dies in einer Führungsrolle von ihm erwartet wird.

Ich wusste das alles.

Er hätte es mir nicht erklären müssen, doch er ließ sich nicht davon abbringen.

Also hörte ich zu und nahm einfach an, Cannon wollte dafür sorgen, dass ich keine zu hohen Erwartungen an ihn stellte. Vielleicht ist es der Tatsache geschuldet, dass ich nicht viel über Eishockey und noch weniger über das Leben eines Eishockeytrainers weiß, aber ich habe den Eindruck, als wollte er mich ständig daran erinnern, dass seine Position als Trainer an erster Stelle steht.

Ich kann ihm nur immer wieder mein Verständnis zusichern, doch um ehrlich zu sein … bin ich manchmal ziemlich verwirrt. Er redet ständig von all den Einschränkungen und von gestohlenen Momenten, aber auf der anderen Seite scheint er ein Freund großer romantischer Gesten zu sein und lässt Bemerkungen fallen, die vermuten lassen, dass er sich eine Zukunft mit mir wünscht.

Cannon hat nicht nur ein Erste-Klasse-Ticket für mich besorgt, sondern auch einen Flug gewählt, der ungefähr zur gleichen Zeit wie der Mannschaftsflieger landete. Er selbst musste gemeinsam mit dem Team zum Hotel fahren, allerdings hatte er einen privaten Fahrer für mich engagiert, damit ich mich nicht mit einem Fahrdienst herumschlagen musste. Er empfing mich in der Hotellobby mit einem zärtlichen Kuss, der für alle zu sehen war, weil die Spieler gerade eincheckten. Dann brachte er mich auf unser Zimmer, in dem wir fast das Bett zerlegt hätten.

Da das Team gestern Abend frei hatte, lud Cannon mich in ein schickes Restaurant ein. Später trafen wir uns mit Baden und Sophie in der Hotelbar auf einen Absacker. Es war schön, sie ein wenig näher kennenzulernen. Ich denke, Cannon hatte das Treffen absichtlich eingefädelt, um mir die Möglichkeit zu geben, langsam Kontakte zu knüpfen. Er weiß, wie überwältigend das alles für mich ist.

Nach dem Absacker gingen wir auf unser Zimmer und hätten fast wieder das Bett ruiniert. Dann zog er mich in seine Arme und wir schliefen zusammen ein. Heute Morgen musste er schon früh zu einer Besprechung mit den anderen Trainern und danach mit dem Team im Stadion trainieren. Er verabschiedete sich von mir, als ich unter der Dusche stand, indem er sich in die Kabine lehnte, mir einen feuchten Kuss gab und mir versprach, gegen Mittag zurück zu sein.

Das Hotelzimmer ist wunderschön. Cannon hat uns ein Upgrade gegönnt und eine Suite mit einem separaten Wohnbereich gebucht, in dem sich dieser elegante Schreibtisch befindet, an dem ich jetzt sitze und arbeite.

Heute Nachmittag werde ich eine Zoom-Besprechung mit Shelley haben, bei der sie mich in meinen Job einführen wird. Bis dahin versuche ich, sämtliche Informationen im Internet zu recherchieren. Heute Morgen habe ich über eine Stunde lang ihre Webseite durchforstet und jeden Blogartikel gelesen, den sie je geschrieben hat. Dabei habe ich ihre Markenführung genauer betrachtet und auf wiederkehrende Kernaussagen geachtet. All das sind Dinge, die ich während meines Studiums gelernt habe.

Danach habe ich auch ihre Beiträge in den sozialen Medien unter die Lupe genommen. Ich habe mir Screenshots von allen Texten gemacht, die ich für besonders gelungen halte, und von denen, die ich vielleicht ein wenig anders gemacht hätte. Ich würde sie später gern darauf ansprechen, um ein Gefühl dafür zu bekommen, was sie wirklich will.

Je mehr ich über Shelley Royce lese, desto mehr verliebe ich mich in diese Agentur. Sowohl Shelley als auch jeder von ihr vertretene Referent sind dynamisch und aufgeschlossen. Die Marketinginhalte sind brillant, energiegeladen und fesselnd. Ich weiß, dass es eine wahre Freude sein wird, für sie zu arbeiten.

Shelley hat mir erklärt, dass ein Großteil meiner Arbeit aus dem Schreiben von Inhalten und der Erstellung von Grafiken bestehen wird. Allerdings werde ich auch einige administrative Aufgaben übernehmen, da ihre Assistentin Darcy eine Ausbildung zur Redner-Agentin absolvieren wird. Offenbar bietet Shelley ihren Mitarbeitern Aufstiegschancen, und obwohl ich mich über den Job im Marketing freue, frage ich mich, ob ich in Zukunft selbst die Karriereleiter emporklettern könnte. Bisher habe ich nie darüber nachgedacht, als Agentin zu arbeiten, doch im Moment bin ich derart aufgeregt, dass alles unglaublich erscheint.

Ich höre, wie die Tür geöffnet wird, und drehe mich um, als Cannon eintritt. Wie jedes Mal, wenn ich ihn erblicke, verschlägt es mir für einen Moment den Atem. Daran ist nicht nur sein gutes Aussehen schuld, sondern auch alle die wunderbaren Dinge, die er mir während der letzten zweieinhalb Wochen zuteilwerden ließ.

Mit einem Grinsen hält er eine weiße Tüte in die Höhe. „Ich habe bis vierzehn Uhr Zeit. Kannst du eine Mittagspause machen? Ich habe Sandwiches mitgebracht.“

Ich erwidere sein Grinsen. „Natürlich kann ich eine Pause machen. Shelley hat gesagt, dass ich mir meine Arbeitszeit selbst einteilen kann, vor allem, solange ich mich diese Woche hier an der Westküste aufhalte.“

In Cannons Augen flackert ein Funkeln auf, als er die Lippen zu einem verführerischen Lächeln verzieht. „Dann könntest du also auch länger als eine Stunde Mittagspause machen?“

Ich mustere ihn argwöhnisch, während sich mein Puls beschleunigt. „Im Grunde schon."

Cannon stellt die Tüte auf dem Schreibtisch ab und zieht mich auf die Füße. Er legt eine Hand an meinen Hinterkopf und vergräbt die Finger in meinem Haar, dann presst er seine Lippen auf die meinen und küsst mich mit einer derartigen Leidenschaft, dass mir vor Lust ganz schwindelig wird.

Im nächsten Moment hebt er mich hoch. Ich schlinge meine Schenkel um seine Taille und meine Arme um seinen Nacken und erwidere den Kuss, während er mich ins Schlafzimmer trägt.

Er lässt seine Zunge über die meine gleiten, und ich schiebe verzweifelt mein Becken vor, um Reibung zu erzeugen, denn ich weiß, dass sein Schwanz bereits beeindruckend hart ist. Jedes Mal, wenn Cannon und ich einander berühren, entflammen unsere Körper lichterloh. Ich frage mich, ob dieses Inferno jemals erlöschen wird.

Mein Gott, ich hoffe nicht.

Er ballt die Faust um mein Haar und zieht meinen Kopf zurück, um mich mit einem verheißungsvollen Glühen in den Augen zu betrachten, das mich erschaudern lässt. „Den ganzen Morgen lang habe ich darüber nachgedacht, dich zu vernaschen."

Ich habe keine Ahnung, ob er seine Worte ernst meint, denn Cannon hält seine Arbeit und sein Privatleben strikt getrennt. Aber vielleicht meint er es trotzdem ernst.

Auf jeden Fall verfüge ich nicht über dieselbe mentale Stärke. „Ich muss gesehen, dass ich während des Tages auch oft an dich denken muss."

Cannon küsst mich sofort wieder mit unbändiger Leidenschaft, bevor er mich aufs Bett wirft.

„Wir sollten das Beste aus unserer Mittagspause machen“, sagte er und zieht den Saum seines Hemds aus der Hose. „Zieh dich aus.“

Im nächsten Moment streifen wir uns in Windeseile die Schuhe ab, reißen uns die Shirts vom Leib und entledigen uns unserer Hosen. Da ich schon barfuß war, habe ich einen Vorsprung und bin bereits splitternackt, als er sich noch die Hose und Boxershorts die Schenkeln hinunter schiebt.

Sobald er sich von dem Stoff befreit hat, richtet er sich auf. Mir läuft das Wasser im Mund zusammen, als ich meinen Blick über seinen durchtrainierten, muskulösen Körper und seinen harten Schwanz gleiten lasse.

„Du bist wunderschön“, platze ich heraus und schäme mich augenblicklich. Noch nie zuvor habe ich einen Mann als schön bezeichnet, doch Cannon scheint es zu gefallen.

Er stürzt sich auf mich und küsst mich voller rasender Leidenschaft. Ich spüre seine Hände überall. Er drückt meine Brüste, beißt mir in die Schulter und liebkost meine Brustwarzen. Innerhalb von Sekunden bin ich nur noch ein sich windendes, wollüstiges Weib, das ohne einen Funken Scham bettelt: „Können wir uns bitte beeilen und einfach ficken?“

Cannon, der gerade seine Zunge um meinen Bauchnabel kreisen lässt, hält inne und hebt den Kopf, um mir ein träges Lächeln zu schenken. Sein Gesichtsausdruck verrät mir, dass er sich umso mehr Zeit lassen wird, je begieriger ich ihn anflehe.

Deshalb erscheint es mir nur fair, ihn an seine eigenen Worte zu erinnern: „Du hast doch gesagt, dass wir das Beste aus unserer gemeinsamen Zeit machen sollten."

Er rutscht noch weiter nach unten und lässt seinen Mund direkt über meinem Geschlecht schweben.

„Willst du mir damit etwa zu verstehen geben, dass du lieber von mir gefickt als geleckt werden willst?"

Ich stöhne auf, denn beides klingt gleichermaßen verlockend. Mit den Fingern entblößt er meine Klitoris, um sie langsam mit der Zunge zu umkreisen, bis ich nur noch unverständliche Laute hervorbringe und die Hüfte aufbäume.

Cannon stößt ein verschmitztes Lachen aus, denn er weiß genau, dass ich ihn nicht von mir stoßen werde. Also bleibe ich liegen und lasse mich von ihm verschlingen, während er an mir leckt, saugt und seine Finger in mich schiebt. Als ich fast verrückt vor Erregung und kurz davor bin, zum Höhepunkt zu kommen, stemmt er sich nach oben, packt seinen Schwanz und dringt mit Wucht in mich ein.

Ich explodiere augenblicklich, schreie auf und schlinge die Arme um seinen Hals, um mich festzuhalten. Cannon erfüllt mir meinen Wunsch und fickt mich hart. Genau darum hatte ich ihn gebeten, doch er wollte mir das Beste aus beiden Welten zuteilwerden lassen.

„Du fühlst dich so verdammt gut an", murmelt er, während er bis zum Anschlag in mich stößt.

Im nächsten Moment kommt er mit einem tiefen Stöhnen zum Höhepunkt und lässt sein Becken kreisen, wobei er mir schmutzige Worte ins Ohr flüstert. Schließlich bricht er auf mir zusammen, streift mit seinen Lippen über die meinen und rollt sich dann auf den Rücken.

Wir sehen einander an und grinsen, obwohl wir atemlos nach Luft schnappen.

„Hat dir das gefallen?", fragt er.

Ich zucke mit den Schultern. „Es war okay. Vielleicht können wir es beim nächsten Mal noch besser machen."

Cannon lacht und rollt sich auf mich zu. „Du bist wirklich ein Luder."

Er beugt sich vor, um mich zu küssen, doch ich lege eine Hand an seine Brust, um ihm Einhalt zu gebieten. „Es war unglaublich. Jedes Mal katapultierst du mich höher in den Himmel."

Wahrscheinlich sind das die tiefgründigsten Worte, dich ich ihm gegenüber je ausgesprochen habe. Ich habe mich so sehr bemüht, ihn auf Distanz zu halten, weil ich zum einen weiß, dass er keine tiefer gehende Beziehung will und ich zum anderen nicht noch einmal verletzt werden will.

Dieser Moment der Wahrheit überrascht mich selbst.

Cannon starrt mich lange an, während ich mich frage, wie er darüber denkt. Dem sanftmütigen und zärtlichen Ausdruck in seinen Ausdruck nach zu urteilen, ist er allerdings nicht verärgert. Ich kann sehen, dass er nach den richtigen Worten sucht, und halte voller Erwartung den Atem an.

Bevor er jedoch etwas erwidern kann, klingelt sein Handy und unterbricht den innigen Moment. Er steht auf. „Tut mir leid. Ich sehe nach, wer es ist."

Ich drehe mich auf die Seite, stütze den Kopf in die Hand und beobachte, wie er seine Hose nach seinem Handy durchsucht. Als er den Namen des Anrufers auf dem Display sieht, runzelt er die Stirn.

Dann stößt er ein Seufzen aus und fährt sich mit der Hand durchs Haar.

Er wendet sich mir zu. „Es tut mir leid … Ich muss den Anruf annehmen."

Er klingt erschöpft, als würde er erwarten, dass die Welt jeden Moment zusammenbricht.

„Willst du, dass ich gehe?", frage ich zögernd.

„Nein", erwidert er, dreht sich um und setzt sich mit dem Rücken zu mir auf die Bettkante. „Hey, Connie", sagt er leise. Dann schweigt er einen Moment, bevor er antwortet: „Ja … ich habe ein paar Minuten."

Am liebsten würde ich ihm mit der Hand über den Rücken streichen, doch mir ist unbehaglich zumute, da ich ganz offensichtlich ein ernstes Gespräch mithöre. Ich habe keine Ahnung, wer Connie ist, aber ich kann an seinem Tonfall erkennen, dass sie ihm am Herzen liegt.

Allerdings höre ich auch, dass er sich nicht sonderlich darüber freut, mit ihr zu sprechen.

Ich steige aus dem Bett, um mich anzuziehen. Gerade hebe ich mein Höschen auf, als er mit schroffem Tonfall sagt: „Natürlich habe ich nicht vergessen, was für ein Tag morgen ist. Wie kannst du so etwas nur behaupten?"

Kapitel 18

Cannon

Connie schnieft kleinlaut, doch dann sagt sie mit anklagendem Tonfall: „Ich habe seit mehreren Tagen nichts von dir gehört. Es hat fast den Anschein, als hättest du sie vergessen."

Ich reibe mir den Nacken, der sich plötzlich verkrampft. Eigentlich sollte das gar nicht möglich sein, da ich erst vor wenigen Minuten einen unglaublich intensiven Orgasmus hatte. Als ich eine Bewegung aus dem Augenwinkel wahrnehme, blicke ich auf und sehe, wie Ava ihre Sachen zusammensucht und sich auf Zehenspitzen ins Bad schleicht. Zwar habe ich ihr gesagt, dass sie das Zimmer nicht verlassen muss, doch auf gewisse Weise bin ich froh, dass sie es tut.

Connie ist ein Teil meines Lebens, von dem ich nicht einmal weiß, wie ich ihn Ava erklären soll.

„Connie …", murmle ich mit versöhnlichem Tonfall.

„Morgen jährt sich Melissas Todestag zum neunten Mal. Ich habe das Gefühl, dass sich niemand außer mir daran erinnert. Andrew hat eine Dienstreise anberaumt und ist nicht da, und du bist der Einzige, der diesen Schmerz verstehen kann. Ich kenne sonst niemanden, dessen Herz genauso zerrissen ist wie meines."

Ihre Worte zerfetzen mich von innen heraus und aus den Wunden sickern Schuldgefühle. Mein Herz ist nicht genauso zerrissen wie ihres und manchmal verabscheue ich mich dafür. Es lastet schwer auf mir, dass ich mir nicht gestatte, auf dieselbe Weise zu leiden wie sie.

Normalerweise würde ich ihr an dieser Stelle versichern, dass ich immer noch trauere, obwohl ich dabei sehr darauf achte, ihr nicht zu verraten, wie tief meine Trauer ist. Denn ich habe im Laufe der Jahre gelernt, damit umzugehen, während sie in ein immer größeres Loch gefallen ist. Neun Jahre sind eine lange Zeit, um an etwas festzuhalten, was nie zurückkehren wird. Ich weiß jedoch nicht, wie ich ihr das sagen soll.

„Es tut mir wirklich leid, Connie. Aber wir haben ein Spiel, und du weißt, dass meine Zeit begrenzt ist. Ich rufe dich morgen an. Ich verspreche es."

„Ich kann nicht glauben, dass du nicht einmal fünf verdammte Minuten für deine Schwiegermutter erübrigen kannst", schreit Connie.

Ich bin derart verblüfft von ihrem Gefühlsausbruch, dass ich zusammenzucke und das Handy ein Stück von meinem Ohr weghalte. Sie hat noch nie zuvor geschrien oder geflucht, und ich habe Angst davor, was sie als Nächstes sagen wird.

Doch plötzlich steigt Wut in mir auf, eine Emotion, die ich ihr bisher nie gezeigt habe, und ich blaffe: „Das ist einfach nicht fair, Connie. Jedes Mal, wenn du mich anrufst, bin ich vorbehaltlos für dich da. Aber wir haben ein Spiel, und ich habe jetzt keine Zeit, darüber zu reden. Es tut mir unendlich leid, dass du leidest, und ich werde dich morgen anrufen. Ich hoffe, du wirst mit mir sprechen, damit wir uns gemeinsam an Melissa erinnern können. In Ordnung?"

Am anderen Ende der Leitung herrscht Schweigen. Mir ist bewusst, wie sehr ich sie schockiert haben muss. Kurz darauf erwidert sie mit einem leisen Murmeln: „In Ordnung."

Dann legt sie auf.

„Scheiße", stoße ich hervor und werfe das Telefon auf den Nachttisch, bevor ich mir mit den Händen über das Gesicht fahre.

Ava kommt aus dem Bad, sie hält ihre Kleidung immer noch schützend vor sich. Mir fällt auf, dass sie die Tür nicht geschlossen hatte.

„Ich nehme an, du willst wissen, wer Connie ist?", frage ich.

Ava wirkt wie ein Reh im Scheinwerferlicht. Ich will mir gar nicht vorstellen, wie ich am Ende dieser Unterhaltung geklungen habe.

„Du musst mir gar nichts erzählen."

Mit einem Seufzer erhebe ich mich und gehe auf sie zu. Sie bleibt wie angewurzelt stehen und umklammert immer noch ihre Kleider, als wären sie eine Rüstung.

Ich lege ihr eine Hand in den Nacken und presse meinen Mund auf ihren. „Wir sollten uns anziehen und etwas zu Mittag essen. Und dann erzähle ich dir von meiner Schwiegermutter."

Bei dem Wort Schwiegermutter zuckt Ava zusammen. Ich festige meinen Griff um ihren Nacken und schenke ihr ein verlegenes Lächeln. „Gilt sie immer noch als Schwiegermutter, obwohl ich genau genommen nicht mehr verheiratet bin, weil ihre Tochter tot ist?"

„Ich weiß es nicht", flüstert Ava.

„Ich auch nicht, aber sie liegt mir immer noch am Herzen, und leider hat sie außer mir niemanden, mit dem sie reden kann."

„Das klang gerade nach einer schwierigen Unterhaltung."

„Es ist nie leicht, wenn ich mit ihr spreche", stimme ich zu und drücke ihr einen weiteren Kuss auf die Stirn, bevor ich sie loslasse.

Zu meiner Überraschung lässt Ava ihre Kleider fallen und ergreift meine Hand. Dann verschränkt sie ihre Finger mit meinen und führt mich zum Bett. Sie zieht die Decke zurück, schlüpft darunter und bedeutet mir mit einer Geste, ihr zu folgen.

Ich zögere einen Moment, denn es erscheint mir leichter, bei einem Sandwich über diesen schmerzhaften und schuldbeladenen Teil meiner Vergangenheit zu sprechen. Wenn ich dabei neben Ava nackt im Bett liege, während sie die Arme um mich schlingt, mutet das nicht nur intim, sondern viel zu tröstlich an. Ich sollte darauf bestehen, dass wir uns etwas anziehen und zusammen essen, doch letztendlich habe ich ihrem warmherzigen Blick nichts entgegenzusetzen. Also lege ich mich zu ihr und schlüpfe unter die kühle Decke.

Da ich mir nun ein Herz gefasst habe, lehne ich mich an das Kopfteil und ziehe Ava an meine Seite.

Sie legt ihren Kopf auf meine Brust und einen Arm auf meinen Bauch. „Du musst mir gar nichts erzählen, wenn du nicht willst, Cannon."

„Ich weiß. Aber Connie ist ein Teil meines Lebens und du wirst sicher noch weitere Gespräche mithören."

Also schildere ich Ava meine Geschichte mit Melissa, die im zweiten Jahr der Highschool begann. Ich verschweige nicht, dass uns eine besondere Beziehung verband, und würde nie leugnen, dass Melissa meine erste große Liebe war. Ich offenbare Ava all die schönen Erinnerungen und bin froh, dass sie nicht zurückweicht, während ich ihr von meiner Liebe zu einer anderen Frau berichte.

„Jeder weiß von meiner tragischen Liebesgeschichte“, erkläre ich mit einem finsteren, aber humorlosen Lachen. „Wie meine Jugendliebe gegen den Krebs kämpfte und wie ich meine Eishockeykarriere aufgab, um sie bis zum Ende zu pflegen.“

Ich rutsche ein Stück nach unten, damit ich Ava in die Augen blicken kann, wenn ich ihr den nächsten Teil der Geschichte anvertraue. „Doch da ist noch etwas, und niemand außer meiner Familie weiß davon. Zu dem Zeitpunkt, als Melissa an Krebs erkrankte, war unsere Ehe so gut wie tot und wir lebten getrennt.“

„Woran ist sie gescheitert?“, will Ava wissen.

„Wahrscheinlich lag es daran, dass wir nicht genügend Zeit zusammen verbrachten und nicht miteinander kommunizierten. Ich war aufgrund meiner Eishockeykarriere viel unterwegs und Melissa nahm mir meine Abwesenheit übel. Im Gegenzug ärgerte ich mich darüber, dass sie mir das übel nahm, weil sie genau wusste, worauf sie sich einließ, als wir heirateten. Ich konnte nichts daran ändern, dass wir so wenig Zeit füreinander hatten, und das war ihr klar. In den letzten Monaten vor unserer Trennung haben wir kaum noch miteinander gesprochen. Wir haben zwar das glückliche Paar gespielt, wenn ihre Eltern zu Besuch kamen oder anriefen, aber im Grunde haben wir getrennte Leben geführt.“

„Mit getrennten Leben meinst du …“

„Wir waren wie zwei Schiffe, die sich in der Nacht begegnen. Melissa war Innenarchitektin und begann, mehr Aufträge außerhalb der Stadt anzunehmen.

Immer wenn ich von einer Reise zurückkam, brach sie auf, um irgendwo einen Kunden zu besuchen. Keinem von uns beiden schien es etwas auszumachen, dass wir uns kaum noch sahen."

„Und deine Familie wusste Bescheid?"

„Ja … sie kannten meine Situation und halfen mir. Ihnen war klar, dass wir auf eine Scheidung zusteuerten, und standen hinter mir."

„Doch dazu kam es nie", bemerkt Ava leise. „Weil Melissa krank wurde."

„Als sie die Diagnose bekam, war all die Wut zwischen uns schlagartig verflogen. Sie hatte schreckliche Angst und ich wurde von Schuldgefühlen geplagt, sodass für unsere Unstimmigkeiten kein Platz mehr in unserem Leben war. Ich zog sofort zurück nach Hause, um ihr zu helfen, die Krankheit zu überstehen. Wir legten beide unsere Differenzen beiseite, um uns auf ihre Genesung zu konzentrieren."

„Damit hast du eine wunderbare Entscheidung getroffen."

Vielleicht, vielleicht auch nicht. „Als uns klar wurde, dass sie sich von der Krankheit nicht erholen würde, gab ich das Eishockey auf, um sie zu pflegen."

„Du hast deine ganze Karriere hinter dir gelassen", murmelt sie. „Melissa konnte sich glücklich schätzen."

Mich überkommt ein Anflug von Selbsthass, doch ich fahre fort und schütte Ava mein Herz aus. „Alle hielten mich für einen Heiligen, weil ich meine Eishockeykarriere geopfert habe. Aber ehrlich gesagt habe ich gezögert, denn hin und wieder hat sich mein Egoismus zu Wort gemeldet. Ich habe oft gedacht, es wäre einfacher für mich, meinen eigenen Weg zu gehen. Letztendlich konnte ich sie damit nicht allein lassen. Ich habe sie vielleicht nicht mehr so geliebt wie früher, aber ich habe sie dennoch geliebt. Und ich musste das Richtige tun.“

„Es war auf jeden Fall das Richtige“, versichert mir Ava.

„Das Problem ist, dass Connie nur gesehen hat, wie ich alles für Melissa aufgab, ohne zu ahnen, dass wir kurz davorgestanden haben, uns scheiden zu lassen. Sie hat diese romantische Vorstellung, dass Melissa mein Ein und Alles war und ich es nicht schaffe, mein Leben weiterzuleben. Sie glaubt, ich wäre genau wie sie immer noch in meiner Trauer gefangen. Jedes Mal, wenn ich mit ihr rede, muss ich sie in ihrer Trauer bestätigen und gleichzeitig versuchen, mir selbst treu zu bleiben. Und danach fühle ich mich schuldig, weil ich nicht denselben Schmerz empfinde wie sie.“

„Tu das nicht“, sagt Ava, setzt sich auf und dreht sich auf die Seite, um mich anzusehen. „Du hast alles in deiner Macht Stehende für Melissa getan. Du hast deine Pflicht als Ehemann erfüllt und ihr in Krankheit und Gesundheit beigestanden. Trauer ist etwas sehr Persönliches, und du kannst nicht erwarten, dass dein Kummer mit dem von Connie vergleichbar ist.“

Ich ergreife Avas Hand und streiche mit dem Daumen über ihre Fingerknöchel. „Ich habe begonnen zu trauern, als wir erfuhren, dass sie nicht mehr gesund werden würde. Sie war so krank, und es dauerte Wochen, bis sie starb. Ich hatte Zeit, mich mit dem Schicksal abzufinden, und war erleichtert, als sie schließlich von uns ging. Nicht, weil ich nun mein Leben wiederhatte, sondern weil sie endlich von ihren Schmerzen erlöst war. Ihre Mutter konnte nicht akzeptieren, dass sie sterben würde. Sie saß an ihrem Bett und flehte sie an, weiterzukämpfen. Ich habe mich immer gefragt, ob Melissa sie hören konnte, aber sie war zu diesem Zeitpunkt schon stark sediert. Nachdem Connie gegangen war, verbrachte ich Stunden damit, Melissa das genaue Gegenteil zuzuflüstern. Ich sagte ihr, dass es in Ordnung sei, loszulassen und das Leiden hinter sich zu lassen. Als sie starb, hatte ich den größten Teil meiner Trauer hinter mir. Doch Connie hat sich immer tiefer hineingestürzt und kann sich einfach nicht davon lösen.“

Ava hebt unsere ineinander verschlungenen Hände und küsst mein Handgelenk, bevor sie sie wieder auf meinem Bauch ablegt. „Melissa war ihre Tochter. Natürlich geht ihre Trauer tiefer, aber es ist falsch von ihr, anzunehmen, dass du genauso empfindest wie sie.“

„Ich weiß. Ich muss irgendwann offen mit ihr reden, doch im Moment ist nicht der richtige Zeitpunkt dafür. Morgen ist Melissas Todestag.“

„Das habe ich dem Artikel entnommen, den ich im Internet gelesen habe.“ Ava sieht zu mir auf und betrachtet mich mit einem sanften und mitfühlenden Ausdruck in den Augen. „Neun Jahre, nicht wahr?“

„Neun Jahre.“ Ich betrachte unsere ineinander verschränkten Hände und wende mich dann wieder ihr zu. „Obwohl mein Kummer weitgehend verebbt ist, hat mich diese Erfahrung verändert. Du weißt, dass ich nicht der Typ für One-Night-Stands bin, aber es fällt mir auch schwer, mich auf eine tiefer gehende Beziehung einzulassen.“

„Ich glaube, das habe ich begriffen“, erwidert sie. Ich höre keine Traurigkeit oder Enttäuschung in ihrer Stimme, und ich bin mir nicht sicher, ob ich deshalb erleichtert bin.

„Nachdem ich wieder bereit war, mich auf eine Frau einzulassen, habe ich niemanden gefunden, der in mir den Wunsch wecken konnte, eine tiefere Beziehung einzugehen. Natürlich kann ich durchaus für jemanden Gefühle hegen und bin absolut monogam, doch ich habe nie mehr Liebe empfunden. Während meiner Beziehungen wollte ich nie dasselbe wie meine Partnerinnen, denn sie wünschten sich eine tiefere Bindung, wobei ich jedoch auf der Stelle zu treten schien. Ich bin mir nicht einmal sicher, warum ich dir das alles erzähle, aber ich will dir gegenüber offen sein.“

Ava schiebt unsere Hände tiefer, doch sie löst ihre Finger nicht von meinen. Vielmehr legt sie den Kopf schief und sieht mich an. „Ich nehme nicht an, dass deine Unfähigkeit, wieder zu lieben, daher rührt, dass Melissa die Einzige für dich war. Aber ich denke, du wirst wissen, sobald du bereit bist, dich von Neuem auf jemanden einzulassen. Oder du wirst herausfinden, dass du nie mehr in der Lage sein wirst, eine tiefere Bindung einzugehen.“

Ich verspüre einen Stich im Herzen, denn ich vermute, dass alle glauben, ich bin Single geblieben, weil ich nicht in der Lage war, über Melissas Tod hinwegzukommen.

Ava ist offenbar nicht dieser Meinung, allerdings habe ich Ava die ganze Wahrheit über meine Ehe erzählt. Bis auf meine Familie weiß niemand davon.

„Am Ende läuft es immer auf meine Karriere hinaus. Ich bin so sehr in meine Arbeit vertieft, dass mir nicht viel Zeit für andere Dinge bleibt. Genau das war das Problem, an dem meine Ehe zerbrochen ist. Zwischenzeitlich habe ich den aktiven Sport zwar an den Nagel gehängt, doch jetzt bin ich zurück und gehe in meiner Aufgabe als Trainer auf. In meinem Leben ist nicht viel Platz, und ich will mich nicht schuldig fühlen, weil ich meine Karriere so sehr liebe.“

„Gestohlene Momente“, murmelt Ava. „Jetzt verstehe ich, warum du immer wieder davon sprichst.“

„Ich will nur ehrlich zu dir sein und sicherstellen, dass wir uns in dieser Hinsicht einig sind.“

Ava zieht ihre Hand zurück und legt sie auf meine Brust. „Du hast dich sehr klar ausgedrückt, Cannon. Ich mache mir keine Illusionen, in Ordnung? Aber … falls du irgendwann denkst, dass ich einen Weg einschlage, der dir nicht behagt, dann musst du es mir sagen.“

„Okay.“

„Versprich es mir“, verlangt sie. „Ich will nicht irgendeinem Hirngespinst hinterherjagen.“

„Ich verspreche es“, erwidere ich. Es ist grausam, aber ich will sie auch nicht verletzen.

Dennoch habe ich Angst, dass genau das passieren wird, egal wie offen wir über alles sprechen.

Kapitel 19

Ava

Auf dem Weg zum Restaurant hält Cannon meine Hand. Wir essen heute in einem Steakhouse, das ein paar Häuserblocks von unserem Hotel in Houston entfernt liegt. Morgen findet das letzte Auswärtsspiel während dieses Trips statt. Die Mannschaft hat heute nur ein leichtes Training absolviert, hatte dann einige Besprechungen und trifft sich nun zu einem gemeinsamen Abendessen, um einfach etwas Zeit miteinander zu verbringen.

Einige der Spieler haben mich während der vergangenen Tage hin und wieder gesehen, wenn ich mit Cannon im Hotelrestaurant beim Frühstück saß oder mich mit ihm nach einem Spiel in der Lobby auf einen Drink traf. Doch bisher bin ich mit ihnen nicht wirklich ins Gespräch gekommen. Das liegt allerdings nicht daran, dass ich nicht mit ihnen reden wollte, sondern ist lediglich der Tatsache geschuldet, dass alle immer furchtbar beschäftigt sind.

Abgesehen von der Halloween-Veranstaltung, bei der ich eine Handvoll Spieler kennengelernt habe, werde ich mich heute zum ersten Mal wirklich mit ihnen unterhalten können. Ich bin froh, dass Sophie Baden auf dieser Reise begleitet, denn somit bin ich nicht die einzige Frau.

Die letzten Tage waren … nun, ich weiß nicht, wie ich es beschreiben soll. Die Titans haben in Los Angeles zwei Spiele hintereinander bestritten, wobei sie zuerst gegen die Demons und dann gegen die Dragons angetreten sind. Cannon war sehr auf seine

Arbeit konzentriert, hatte Besprechungen mit dem Trainerstab und trainierte mit der Mannschaft im Stadion. Ich konnte aus erster Hand sehen, wie viel Herzblut er in seinen Job steckt.

Während des Tages hält er sich nicht oft in unserem Zimmer auf, doch das macht mir nichts aus, da ich ohnehin arbeiten muss. Und wenn er zum Mittagessen vorbeischaut, beantwortet er ständig Anrufe und Nachrichten, konzentriert sich auf sein iPad und delegiert Aufgaben. Jede Nacht wache ich auf und stelle fest, dass er am Schreibtisch sitzt, wobei sein Gesicht von dem Schein seines Tablet-Bildschirms erhellt wird, auf dem er sich Videos ansieht und Notizen macht.

Trotzdem scheint Cannon mit all dem Stress gut zurechtzukommen. Falls er erschöpft ist, lässt er sich nichts anmerken. Dennoch kann ich mir vorstellen, wie anstrengend sein Job sein muss.

Als ich gestern Morgen aufgewacht bin, wappnete ich mich für den vierten November, an dem sich Melissas Todestag zum neunten Mal jährte. Ich wusste nicht, was mich erwarten und wie Cannon sich verhalten würde. Zwar merkte ich ihm den Stress bei der Arbeit nicht an, aber ich befürchtete, dass die Erinnerungen ihn aus der Bahn werfen könnten. Ich war auf alles vorbereitet – Trauer, Verstimmung, Verschlossenheit, Wut – und wollte für ihn da sein.

Zu meiner Überraschung war es jedoch ein ganz normaler Tag. Nun, zumindest normal für einen Cheftrainer eines professionellen Eishockeyteams, das an diesem Abend ein Spiel hatte. Abgesehen von einem vierzigminütigen Telefonat mit Connie während der Mittagspause verhielt sich Cannon so wie immer. Kurz bevor er ins Stadion fuhr, um sich auf das Spiel vorzubereiten, fragte ich ihn ein einziges Mal nach seinem Befinden: „Wie kommst du zurecht?"

Er wusste, dass es bei meiner Frage nicht um Eishockey ging.

Cannon zog mich in seine Arme und drückte mir einen Kuss auf die Stirn, dann antwortete er: „Es geht mir gut. Ich bin ein bisschen traurig, aber ich habe keine Probleme, mich auf den Job zu konzentrieren."

Ich glaubte ihm.

Dann küsste er mich noch einmal innig, bevor er mit seiner Nase über die meine strich. „Danke, dass du gefragt hast. Und danke für dein Verständnis."

Nun betreten wir das Restaurant und werden sogleich in ein Hinterzimmer geführt, das für die Mannschaft reserviert ist. Es sieht so aus, als wären die meisten Spieler, Trainer und Betreuer bereits eingetroffen. Das überrascht mich nicht, denn Cannon und ich sind ein paar Minuten zu spät dran, nachdem er mich zu einem Quickie unter der Dusche überredet hat.

Er stellt mich den anderen vor, doch ich kann mir unmöglich alle Gesichter und Namen merken. Als wir endlich unseren Tisch erreichen, dreht sich mir der Kopf.

Gage gibt einen schrillen Pfiff von sich und fordert die Anwesenden auf, ihre Plätze einzunehmen. Während alle seiner Aufforderung nachkommen, zieht Cannon mir den Stuhl neben Sophie hervor. Ich bin dankbar, neben der einzigen anderen Frau im Raum sitzen zu können. Cannon nimmt jedoch nicht neben mir Platz, sondern geht zur Vorderseite des Saals, wobei die Kellner bereitstehen, um die Getränkebestellungen aufzunehmen.

Alle verstummen, als Cannon sich uns zuwendet. „Ich weiß, dass wir nicht viele Gelegenheiten haben, zu einem Mannschaftsessen zusammenzukommen, daher bin ich froh, dass wir den heutigen Abend möglich machen konnten. Ich hoffe, dass sich alle zurücklehnen und entspannen, sich gut mit ihren Mannschaftskameraden unterhalten, das gute Essen genießen und früh zu Bett gehen, damit wir für das morgige Spiel ausgeruht sind. Brienne übernimmt heute Abend die Rechnung, also bedankt euch bei ihr, wenn ihr sie das nächste Mal seht. Oh, und trinkt nicht so viel.“

Alle lachen, als Cannon zurück an unseren Tisch kommt. Außer Baden und Sophie sitzen noch weitere Spieler bei uns, und Cannon nimmt sich die Zeit, mich allen vorzustellen. Einige von ihnen kenne ich bereits und kann mich nur nicht an ihre Namen erinnern, während ich manchen nie zuvor begegnet bin.

Cannon setzt sich neben mich und zeigt mit einem Nicken auf den Mann zu seiner Linken. „Das ist Hendrix Bateman, einer unserer Defensemen. Du hast ihn bei der Halloween-Veranstaltung kennengelernt.“

Hendrix schenkt mir ein Lächeln und winkt mir zur Begrüßung zu. „Ich war der rote Power Ranger.“

„Ah.“ Darauf wäre ich nie gekommen, denn sowohl sein Kopf als auch Gesicht waren bedeckt. „Schön, dich dieses Mal von Angesicht zu Angesicht zu sehen.“

„Neben Hendrix sitzt Drake McGinn, unser Torwart."

Ich lächle Drake zu, der mir ein flüchtiges Schmunzeln zuwirft, bevor er den Kopf senkt, auf sein Handy starrt und uns alle ignoriert. Zwar kenne ich den Mann nicht, doch ich habe gehört, wie Cannon sich mit einigen der anderen Trainer am Telefon über ihn unterhalten hat. Offenbar machen sie sich Sorgen um ihn, denn er ist verschlossen, launisch und spielt momentan beschissen.

„Und neben ihm sitzt unser Left Winger, Stone Dumelin."

Ich erinnere mich an Stone, da wir uns gerade vor ein paar Minuten kennengelernt haben. „Willkommen in unserem Team, Ava", sagt er.

„Danke. Es ist …"

Ich werde unterbrochen, als Hendrix' Handy auf dem Tisch klingelt. Er hebt es auf, verzieht das Gesicht und leitet den Anruf an die Mailbox weiter. „Entschuldigt."

Ich habe vergessen, was ich sagen wollte, aber es ist auch nicht wichtig. Das Handy klingelt erneut, und Hendrix greift mit einem gequälten Ausdruck im Gesicht danach, bevor er sagt: „Es tut mir leid. Ich muss da rangehen." Er nimmt das Gespräch an, indem er fragt: „Stimmt etwas nicht?"

Es herrscht betretenes Schweigen, als ich einen Blick über den Tisch werfe und sehe, dass Stone ein Grinsen im Gesicht hat, während Drake weiterhin alle ignoriert.

„Ja, natürlich denke ich, dass etwas nicht stimmt, wenn du zweimal hintereinander anrufst."

Hendrix hört einen Moment zu und seufzt dann. „Wir sind gerade bei einem Mannschaftsessen. Ich kann jetzt nicht reden, aber ich rufe dich später an.“ Wieder macht er eine Pause und hört zu. „Ja, ich melde mich in ein paar Stunden, in Ordnung?“

Ich wende mich Cannon zu, doch der zuckt nur mit den Schultern.

Hendrix beendet das Gespräch, schaltet den Klingelton aus und legt das Telefon zurück auf den Tisch. „Entschuldigung, das war meine Freundin“, murmelt er.

„Kumpel“, bemerkt Stone und lehnt sich mit einem überheblichen Ausdruck im Gesicht in seinem Stuhl zurück. „Du musst sie abservieren. Du bist nur einen Anruf davon entfernt, dich von ihr unter Druck setzen zu lassen. Sie ist wie Glenn Close in *Eine verhängnisvolle Affäre*.“

„Hey“, entgegnet Hendrix, klingt jedoch nicht sonderlich gekränkt. „Ich sage dir ja auch nicht, dass du Harlow abservieren sollst, oder?“

Stone sieht ihn stirnrunzelnd an. „Nein“, erwidert er mit einem sarkastischen Unterton in der Stimme. „Warum solltest du auch? Sie ist schließlich perfekt.“

Hendrix schnaubt, als Stone sich Baden zuwendet. „Harlow ist doch perfekt, nicht wahr?“

„Soweit ich das beurteilen kann“, stimmt Baden zu.

Er lässt seinen Blick zu Sophie wandern, die überschwänglich nickt. „Ich kann dir versichern, dass sie in jeder Hinsicht perfekt ist.“

Ihren Worten kann ich entnehmen, dass Sophie sie gut kennt.

Stone lehnt sich zu Drake hinüber, der weiterhin alle um sich herum ignoriert, und versetzt ihm einen

Stoß mit dem Ellbogen. „Harlow ist doch perfekt, stimmt's, Mann?"

Drake sieht nicht einmal von seinem Handy auf, als er antwortet: „Wenn du es sagst."

„Der Punkt ist doch", wendet sich Stone wieder an Hendrix, „dass man mit einem Mädchen zusammen sein will, das alle am Tisch für perfekt halten. Niemand hier kann das von Tracy behaupten."

„So schlimm ist sie nun auch wieder nicht", murmelt Hendrix.

„Allein die Tatsache, dass du sie nicht vehement verteidigst und nicht auf mir herumhackst, weil ich sie Glenn Close genannt habe, verrät mir, dass sie schlimm genug ist."

„Sie klammert ein bisschen", meldet sich Drake zu Wort, woraufhin alle ihn überrascht anstarren. „Ich habe sie vor drei Wochen auf Dillons Party kennengelernt und hatte den Eindruck, dass sie ziemlich anhänglich ist."

„Okay, wie wäre es, wenn ihr Hendrix eine Pause gönnt?", bemerkt Cannon mit einem leisen Lachen. „Ich will nicht, dass Ava denkt, ihr habt eure eigene Seifenoper am Laufen."

Bis auf Drake brechen alle in Gelächter aus und wir legen Hendrix' Frauenprobleme ad acta.

Nachdem ein Kellner unsere Getränke- und Essensbestellungen aufgenommen hat, reden die Jungs sofort über Eishockey, wobei selbst Drake sich in die Unterhaltung einmischt. Die Männer sprechen über die gegnerische Mannschaft, gegen die sie morgen antreten werden, und ich verstehe kein Wort. Dabei fühle ich mich jedoch nicht verloren, sondern weiß nur, dass ich noch einiges über den Sport lernen muss.

Sophie lehnt sich zu mir herüber. „Du weißt gar nicht, wie froh ich bin, dass du hier bist. Das Gerede über Eishockey nimmt manchmal ziemlich überhand.“

Lachend nippe ich an meinem Wasser. „Reist du oft zu den Spielen?“

„Mindestens einmal im Monat“, erklärt sie. „Ich studiere Innenarchitektur und bin daher einigermaßen flexibel. Wie ist es mit dir? Wirst du weiterhin zu den Auswärtsspielen mitkommen? Immerhin kannst du deinen Job von überall aus erledigen.“

„Oh, ich denke nicht“, erwidere ich kopfschüttelnd. „Ich glaube, das hier war eine einmalige Sache.“

„Es war keine einmalige Sache“, wirft Cannon ein. Mir war nicht bewusst, dass er unser Gespräch mit angehört hat, doch als ich mich zu ihm umdrehe, starrt er mich an. „Ich will Ava dazu bringen, mich zu so vielen Auswärtsspielen wie möglich zu begleiten, vor allem, da sie von überall aus arbeiten kann.“

Cannons Worte verblüffen mich, denn er hat mir deutlich zu verstehen gegeben, wie begrenzt seine Zeit ist. Ich habe eher den Eindruck, dass ich auf dieser Reise ein Hindernis und eine Ablenkung für ihn bin, doch darüber müssen wir ein andermal reden. Außerdem ist es mir unangenehm, wenn er meine Flugtickets bezahlt, daher werde ich ihn ganz sicher nicht zu so vielen Spielen wie möglich begleiten.

„Hör auf, uns zu belauschen, und unterhalte dich mit den Jungs über Eishockey“, sage ich und mache eine Geste, als wollte ich ihn davonscheuchen.

Cannon grinst und überrascht mich, indem er eine Hand in meinen Nacken legt und mich an sich zieht, um mich zu küssen. Dann lässt er mich los und wendet sich den Spielern zu, um sich nahtlos in ihre Unterhaltung einzufügen.

Als ich mich wieder zu Sophie umdrehe, grinst sie übers ganze Gesicht. „Ihr beiden seid wirklich niedlich zusammen."

Ich senke die Stimme und beuge mich zu ihr vor, damit Cannon mich nicht hören kann. „Es ist alles noch sehr neu."

„Das ist die schönste Zeit", erklärt sie und zwinkert mir zu. „Wenn man einander kennenlernt und einfach nur Spaß zusammen hat. Es ist ganz offensichtlich, dass er verrückt nach dir ist."

Ich will das sofort verneinen, denn wenn Cannon verrückt nach mir wäre, würden wir nicht so viel Zeit damit verbringen, über seine Grenzen zu sprechen. Vielmehr würden wir uns darüber unterhalten, wie er einige seiner Vorbehalte überwinden kann, die auf seinen früheren Erfahrungen basieren.

Natürlich will ich, dass er verrückt nach mir ist. Wir kennen uns zwar erst seit ein paar Wochen, doch ich habe begonnen, mich in diesen Mann mit einem Hang zur Verbalerotik und einem Herz aus Gold zu verlieben. Bisher war ich aufgrund meiner Vergangenheit selbst ein wenig zurückhaltend, aber wenn Cannon bereit wäre, eine ernsthafte Beziehung mit mir einzugehen, dann würde ich mich ebenfalls ganz und gar einbringen.

Auf der anderen Seite machen die Grenzen, die Cannon gesetzt hat, unsere Beziehung ziemlich einfach. Wenn wir zusammen sind, haben wir Spaß miteinander, lachen viel und unterhalten uns über belanglose Dinge. Ihm ist es egal, dass ich bisher beruflich noch nicht gefestigt bin, und mir ist es egal, dass er ein erfolgreicher Eishockeytrainer ist.

Es ist wohl das Beste, wenn wir einen Tag nach dem anderen angehen und ehrlich sind, was unsere Erwartungen angeht.

Der Rest des Abends ist äußerst erheiternd. Die Unterhaltung dreht sich nicht ausschließlich um Eishockey, und ich habe die Gelegenheit, Stone und Hendrix etwas näher kennenzulernen. Drake schweigt die meiste Zeit über, aber möglicherweise ist er einfach ein zurückhaltender Mensch.

Nachdem die anderen Hendrix noch eine Weile wegen seiner Freundin aufgezogen haben, gewinne ich langsam den Eindruck, dass sie ihn wirklich ziemlich auf Trab hält. Zwar glaube ich, dass er sie mag, doch er fühlt sich auch ein wenig eingeengt. Ich hätte große Lust, ihn damit aufzuziehen, dass die beiden einfach noch nicht trocken hinter den Ohren sind, aber er und ich sind im gleichen Alter. Zumindest kann ich mit Fug und Recht behaupten, dass ich bei Derek nie derart geklammert habe und nie auf die Idee käme, ständig wissen zu wollen, wo Cannon sich aufhält. Es klingt ganz danach, als wäre Tracy genau der Typ Frau, vor dem Cannon zurückschreckt.

Als wir mit Baden und Sophie zurück zum Hotel gehen, schlendere ich neben Sophie her und schmiede mit ihr Pläne, mit ihr in Pittsburgh zusammen zu kommen. Die Jungs folgen uns.

„Du musst mich und die Mädels unbedingt zum Mittagessen begleiten. Wir treffen uns einmal im Monat zum Lunch“, sagt Sophie.

Heute Abend habe ich erfahren, dass zu den „Mädels“ Stones vermeintlich perfekte Freundin Harlow, Gages Freundin Jenna und Coens Freundin Tillie gehören. „Manchmal gesellt sich auch Brienne zu uns. Nun, bisher war sie nur ein Mal dabei, aber sie hat versprochen, öfter zu kommen. Und letzte Woche hat sie uns eingeladen, mit ihr das Spiel anzusehen. Wir saßen mit ihr in der Loge, als Baden mir einen Heiratsantrag gemacht hat. Sie ist wirklich nett."

„Sie hat mich gefragt, ob ich mir das nächste Heimspiel von der Loge aus mit ihr anschauen will. Sie sagte auch, dass ich eine Freundin mitbringen kann. Willst du mich begleiten?"

„Ja, gern. Ich habe zwar eine Dauerkarte, aber ich würde mir das Spiel lieber mit dir und Brienne ansehen. Möglicherweise könnten du, Cannon, ich und Baden danach noch etwas trinken gehen."

„Was heckt ihr beiden da vorn aus?", will Baden wissen.

Sophie wirft einen Blick über ihre Schulter. „Nur ein paar Drinks mit Cannon und Ava nach dem Spiel nächste Woche."

Ich sehe Cannon fragend an, da ich seine Freizeit nicht verplanen will, doch er lächelt nur. „Das wäre nett. Wenn du es auch willst, Ava?"

„Ich bin dabei", erwidere ich.

„Dann sind wir also verabredet", trällert Sophie.

Ich freue mich schon darauf, mehr Zeit mit ihr zu verbringen. Während meiner Beziehung mit Derek hatte ich nie die Möglichkeit, eigene Freundschaften zu schließen. Wir trafen uns immer nur mit Arbeitskollegen, zu denen ich heute, nach unserer Trennung, keinen Kontakt mehr habe.

Im Aufzug des Hotels verabschieden wir uns von Baden und Sophie, da wir noch ein paar Stockwerke nach oben fahren müssen.

Sobald wir in unserem Zimmer ankommen, zieht Cannon sein iPad hervor. „Macht es dir etwas aus, wenn ich mir noch Notizen zu einigen Punkten mache, die wir heute Abend beim Essen besprochen haben?"

„Natürlich nicht", erwidere ich und schiebe ihn spielerisch in Richtung Schreibtisch.

Er beugt sich vor und presst seine Lippen auf meine. Ich liebe diese Momente, in denen er mir mit flüchtigen, aber leidenschaftlichen Küssen seine Zuneigung kundtut. Damit erinnert er mich jedes Mal daran, wie sehr er mich mag.

Und ich liebe ihn dafür.

Ich schminke mich ab, putze mir die Zähne und ziehe mir ein Trägerhemd an, um dann unter die Bettdecke zu schlüpfen. Während Cannon noch im Wohnbereich arbeitet, lese ich ein Buch auf meinem iPhone, denn ich weiß jetzt schon, dass er mich verwöhnen wird, wenn er später ins Schlafzimmer kommt.

✳✳✳

Ich öffne die Augen und sehe, dass Cannon mit seinem iPad auf dem Schoß neben mir im Bett sitzt. Sein Oberkörper ist nackt, während er die Decke bis zur Hüfte hochgezogen hat. Mit konzentrierter Miene sieht er sich gerade ein Video von einem Spiel an.

„Wie viel Uhr ist es?", frage ich verschlafen.

Cannon zuckt zusammen und dreht das Gerät zur Seite, um mich nicht zu blenden. Der Raum wird von seiner Nachttischlampe erhellt, die ein warmes, gedimmtes Licht verströmt. „Ich wollte dich nicht wecken."

„Das hättest du aber tun sollen", erwidere ich, stütze mich auf einem Ellbogen ab und werfe einen Blick auf die Uhr, die auf seinem Nachttisch steht. Es ist kurz nach Mitternacht. Ich beäuge das iPad und sehe dann wieder zu ihm auf. „Fällt es dir schwer, abzuschalten?"

Er lächelt und legt das iPad beiseite. Daraufhin rutscht er tiefer, dreht sich auf die Seite und stützt seinen Kopf in die Hand. „Wenn ich derart in die Arbeit vertieft bin, vergeht die Zeit wie im Flug. Danke, dass du mir Einhalt gebietest."

Sofort rudere ich zurück. „Ich wollte damit nicht sagen, dass du aufhören sollst, zu arbeiten. Wenn du noch zu tun hast, dann …"

Cannon legt mir einen Finger an die Lippen. „Entspann dich, Ava. Ich weiß genau, was du gemeint hast."

Meine Güte, ich hoffe, er meint es ernst. Insgeheim vergleiche ich mich nun stets mit seiner verstorbenen Frau, und ich will nicht, dass er je glaubt, ich würde es ihm verübeln, dass er so viel Zeit in seine Arbeit steckt. Vielmehr bewundere ich ihn dafür.

„Ich habe mir gerade eine neue Spielstrategie angesehen, die Houston benutzt hat. Willst du sie sehen?"

Da ich es liebe, wenn er mir etwas über Eishockey beibringt, nicke ich eifrig.

„Leg dich auf den Rücken“, befiehlt er, woraufhin ich ihn mit einem Stirnrunzeln betrachte.

Als ich nicht sofort reagiere, legt er eine Hand an meine Brust und schiebt mich in die gewünschte Position. Mit funkelnden Augen zieht er die Bettdecke ein Stück hinunter und packt den Saum meines Trägerhemds, um meinen Bauch zu entblößen.

„In Ordnung, das ist die Eisfläche“, erklärt er leise und streicht mit einer Hand sanft über meinen Bauch. Ich bekomme eine Gänsehaut, als er seine Finger an den Bund meines Höschens wandern lässt. „Und das ist das Tor.“

Ich grinse ihn an und er zwinkert mir zu.

„Während eines Powerplays positioniert Houston den Left Winger und den Center hier oben, während der Right Wing hier unten bleibt.“ Mit dem Finger zeichnet er an den Stellen, an denen sich die Spieler befinden, ein unsichtbares X auf meine Haut. „Der Left Winger und der Center werden sich einige Pässe zuspielen, um unsere Defensemen rauszulocken.“ Dabei lässt Cannon einen Finger über meinen Bauch bis hin zu meinem Brustbein gleiten. Es kitzelt und ich winde mich. „Sobald sie eine Lücke sehen, spielen sie den Puck zu dem Right Winger, der sich daraufhin nach unten bewegt.“ Er lässt seinen Finger wieder zurück über meinen Bauch gleiten, bis er einige Zentimeter über meinem Hüftknochen innehält.

Zitternd stoße ich den Atem aus, denn mit jeder Bewegung wird Cannons Stimme tiefer und sinnlicher. Ich sehe ihn an, doch er hat seinen Blick auf die Stelle geheftet, auf der sein Finger ruht.

„Der Torwart wird sich hoffentlich ein Stück aus dem Tor bewegen, sodass eine Lücke entsteht. Der

Right Winger macht sich bereit für einen Schlagschuss. Sobald die anderen ihm den Puck zuspielen, zieht er ab und …“

Cannon schiebt seine Hand in mein Höschen und lässt seinen Finger durch meine feuchte Spalte gleiten. Ich stöhne auf und zucke zusammen, als er in mich eindringt.

„Tor“, flüstert Cannon.

Er beugt sich vor, um mich zu küssen, und will gerade seine Hand zurückziehen, als ich sein Handgelenk packe. „Wir sollten den Puck erst einmal im Netz lassen.“

Cannon stößt ein dröhnendes Lachen aus, bevor er seine Lippen wieder auf meine presst.

Kapitel 20

Ava

„Erscheint dir das nicht manchmal wie ein Traum?", frage ich Sophie, als wir zur Eigentümerloge begleitet werden. „Wahrscheinlich ist das alles für dich nichts Neues mehr, aber ich fühle mich, als wäre ich im falschen Film."

Sophie lacht und hakt sich bei mir ein. „Du wirst dich daran gewöhnen. Auf gewisse Weise. Aber heute ist ein wichtiger Abend, denn wir spielen gegen die Vengeance."

Oh, ich weiß sehr wohl, wie wichtig dieses Spiel ist. Cannon hat sich in den letzten Tagen ganz besonders in die Arbeit gestürzt, nachdem wir aus Houston zurückgekehrt sind, wo wir eine deutliche Niederlage einstecken mussten. Bedauerlicherweise war ich nicht in der Lage, mir das Spiel vor Ort anzusehen, da ich an jenem Tag nach Pittsburgh zurückflog, aber ich war rechtzeitig zu Hause, um es mir im Fernsehen anzuschauen.

Ich war überrascht, als Cannon mich etwa eine Stunde nach Spielende anrief. Da ich keine Ahnung hatte, wie er die Niederlage verarbeiten würde, wusste ich nicht, was mich erwartete, als ich das Gespräch annahm.

Leider hatte ich keine Gelegenheit, es herauszufinden, da er nur anrief, um sich zu vergewissern, dass ich gut nach Hause gekommen war, und um mir eine Gute Nacht zu wünschen. Ich war so verblüfft, weil er an mich gedacht hatte, dass ich nicht recht wusste, was ich sagen sollte. Aber uns blieb ohnehin keine Zeit, denn die Mannschaft war gerade dabei, zum Flughafen aufzubrechen.

Bevor er auflegte, fragte er noch: „Hast du Lust, mich morgen zum Frühstück zu treffen, ehe ich ins Stadion fahre? Ich hole dich ab."

Ich sagte ohne zu zögern zu, denn ich vermisste ihn bereits nach einem Tag und freute mich auf einen weiteren gestohlenen Moment mit ihm. Allerdings fühlte ich mich schuldig, weil er den weiten Weg zu mir zurücklegen würde, nur um mich zu sehen. Andererseits hätte er es mir nicht angeboten, wenn er es nicht gewollt hätte.

Beim Frühstück habe ich ihn gefragt, wie er über die Niederlage dachte, woraufhin er ganz pragmatisch antwortete: „Als Trainer gehört es zu meinem Job, auch zu verlieren, doch ich kann nur daraus lernen."

Das bedeutete nicht, dass er nicht verärgert war.

Und es bedeutete auch nicht, dass er sich nicht vorgenommen hatte, es im nächsten Spiel besser zu machen.

Es bedeutete nur, dass er seine Emotionen im Griff hatte und wusste, wie er mit einer Niederlage umgehen muss.

Wahrscheinlich ist Cannon West der bodenständigste Mensch, dem ich je begegnet bin, und ich bewundere ihn dafür.

Zudem wird mir langsam klar, dass er einer der nettesten Männer ist, die ich je kennenlernen durfte. Heute Morgen bin ich in seinem Bett aufgewacht und habe ein Trikot der Pittsburgh Titans auf mir gefunden. Cannon lag zwar nicht neben mir, denn er bereitete uns gerade ein Frühstück zu, aber ich war gerührt, dass er mir ein Teamshirt gekauft hatte.

Ich war erstaunt, als ich erfuhr, dass er es von der Werbeabteilung eigens für mich hatte anfertigen lassen, denn sein Name war auf dem Rücken aufgedruckt. Es ist ein Unikat, doch er gestand mir, dass er seiner Mutter und Schwester wahrscheinlich auch eines zu Weihnachten schenken wird.

Es versteht sich von selbst, dass ich es heute Abend voller Stolz trage, während ich hoffe, dass ich nicht zu leger gekleidet bin. Als Brienne mich durch Cannon kontaktierte, um sich zu vergewissern, dass ich ihre Einladung annehme, teilte sie ihm mit, dass einige Führungskräfte zweier hier ansässiger Firmen anwesend sein würden, die eine geringe Beteiligung an der Arena innehaben.

Der Platzanweiser, der Sophie und mich am Abholschalter getroffen hat, führt uns zu einer Doppeltür aus Mahagoni, neben der eine Messingplakette mit dem Namen „Norcross" angebracht ist. Er öffnet die linke der beiden Türen und bittet uns herein.

Ich bin verblüfft, als ich sehe, wie viele Leute sich in der Loge aufhalten. Zwar nehme ich mir nicht die Zeit, sie alle zu zählen, doch ich schätze, dass sich etwa vierzig oder fünfzig Männer und Frauen versammelt haben. Die meisten von ihnen tragen Anzüge oder Businesskleider, während nur eine Handvoll von ihnen in einem Trikot gekommen sind.

„Ach herrje", sagt Sophie leise und festigt ihren Griff um meinen Arm. „Beim letzten Mal waren nicht so viele Leute da."

Damit meint sie ihren Besuch vor zwei Wochen, als Baden ihr einen Heiratsantrag machte und sie hier oben in der Loge saß. Mittlerweile weiß ich, dass Brienne maßgeblich daran beteiligt war, wodurch sie in meinen Augen noch cooler ist.

„Da seid ihr beiden ja." Brienne schlängelt sich durch die Menge und kommt mit einem breiten Lächeln auf uns zu. Sie trägt einen kamelbraunen Rock und mit passendem Blazer, braungraue hochhackige Stiefel, die vermutlich ein Vermögen gekostet haben, und einen wunderschönen lila-grauen Schal in den Farben der Titans.

Als sie Sophie und mich erreicht, umarmt sie uns kurz und flüstert: „Gott sei Dank seid ihr hier. Hier drin sind eindeutig zu viele testosterongesteuerte Geschäftsleute, die sich alle mit mir über Firmenfusionen und dergleichen unterhalten wollen. Ich will nur das verdammte Spiel sehen."

Mit einem Kichern folge ich Brienne, die mein Handgelenk ergreift und mich und Sophie durch die Menge führt, bis wir eine Bar erreichen. „Was wollt ihr beide trinken?"

Sophie und ich nehmen ein Bier, während Brienne ein Glas Rotwein bestellt, bevor sie mit uns in die erste Reihe geht, in der drei Plätze für uns reserviert sind. Wir lassen uns in den gemütlichen Ledersesseln nieder, wobei Brienne sich zwischen uns setzt. Die Spieler wärmen sich gerade auf dem Eis auf, doch die Trainer sind noch nicht auf der Bank, daher bin ich noch nicht in der Lage, Cannon schamlos anzustarren.

„Tut mir leid, dass ich euch beide als Schutzschilde benutze", entschuldigt Brienne sich mit einem verschwörerischen Flüstern. „Aber so kann ich mich zumindest vor den Leuten schützen, die während des Spiels übers Geschäft reden wollen."

Sophie lacht und wirft einen Blick über ihre Schulter auf die Menge hinter uns. Ich selbst drehe mich nicht um, doch ich kann mir vorstellen, wie sie Brienne alle wie die Aasgeier beäugen und hoffen, dass sie mit ihnen Augenkontakt aufnimmt, sodass sie sich auf sie stürzen können.

„Was wollen die alle?", frage ich.

„Hauptsächlich etwas von meiner Zeit. Kontakte knüpfen. Mir ihre Karte geben. Hoffen, dass sie eines Tages mit mir ins Geschäft kommen oder mich um einen Gefallen bitten können. Die meisten von ihnen würden mir sogar gern einen Gefallen erweisen, damit ich dann in ihrer Schuld stehe. Aber so läuft das Geschäft nun einmal."

„Sind sie alle deiner Einladung gefolgt?"

„Meine Güte, nein", ruft sie aus und senkt dann die Stimme. „Die meisten von ihnen sind von anderen Führungskräften ihrer Firma eingeladen worden. Dennoch würden sie jede Chance ergreifen, um mir das Ohr abzukauen, also ziehe ich es vor, mich hier bei euch Mädels zu verkriechen. In der ersten Drittelpause können wir etwas essen."

Wir plaudern über das Spiel und darüber, wie aufregend es wäre, die Vengeance zu besiegen. Immerhin hat das Team zweimal in Folge die Trophäe gewonnen. Von Cannon weiß ich, dass die Öffentlichkeit bereits ganz aus dem Häuschen ist, weil die Titans in dieser Saison so gut spielen. Zumal sie sich nach dem Flugzeugabsturz immer noch in einer Phase befinden, in der sie das Team wieder aufbauen müssen.

„Was sagt Baden über Drakes Leistung in der vergangenen Woche?", will Brienne von Sophie wissen.

„Interessiert es dich wirklich, wie frustriert Baden deshalb ist?“, fragt diese im Gegenzug.

Ich löse meinen Blick von der Eisfläche und wende mich den beiden Frauen zu, denn diese Art von Klatsch und Tratsch weckt mein Interesse. Die Eigentümerin des Teams und die Verlobte des Torwarttrainers unterhalten sich über einen Spieler. Und nun ja, ich bin die Freundin des Cheftrainers. Mir war nicht klar, dass solche Gespräche tatsächlich stattfinden, aber ich kenne mich mit dem Sport nicht gut genug aus, um mich daran beteiligen zu können. Ich weiß, dass Drake während der Auswärtsspiele nicht bei der Sache war, doch Cannon schien nicht allzu besorgt deswegen zu sein. Seiner Meinung nach macht der Goalie nur eine schlechte Phase durch.

„Er spielt definitiv nicht sein volles Potenzial aus“, erklärt Sophie weiter. „Baden sagte, er wollte mit ihm reden.“

„Und hat er das?“, will Brienne wissen. „Was hat er gesagt?“

Ich habe keine Ahnung, ob Sophie es ebenfalls bemerkt, doch Brienne ist in Bezug auf Drake übermäßig wissbegierig. Dabei scheint sie weniger ein geschäftliches Interesse an seiner Leistung zu hegen, sondern sich eher um sein persönliches Wohlergehen zu sorgen.

Sophie zuckt allerdings nur mit den Schultern. „Ich habe keine Ahnung, da Baden nicht mit mir über solche Dinge spricht.“

Brienne stößt einen Seufzer aus, mit dem sie ihre Frustration zum Ausdruck zu bringen scheint. Aber vielleicht interpretiere ich viel zu viel in die Sache hinein.

Wir beobachten die Spieler weiterhin beim Aufwärmen, während Brienne mich ausfragt.

Woher kommst du?

Wo arbeitest du?

Was machst du in deiner Freizeit?

Sie ist jedoch nicht aufdringlich und will mich einfach nur besser kennenlernen. Ihre Fragen sind nicht allzu persönlich, aber ich glaube nicht, dass sie sich aus Höflichkeit zurückhält, sondern weil das Spiel beginnt.

Im ersten Drittel haben wir ohnehin keine Zeit, um uns über unser Privatleben zu unterhalten, denn wir verfolgen gespannt das Geschehen auf dem Eis. Die Fans jubeln so lautstark, dass man meinen könnte, das Stadion würde jeden Moment explodieren. Als die Titans dann mit 2:0 in Führung gehen, bleiben die meisten Fans wie gebannt stehen, wobei Brienne, Sophie und ich praktisch über dem Geländer der Loge hängen.

Nur eine Minute vor Ende des ersten Drittels fangen die Vengeance einen Pass ab, während die Titans gerade ein Powerplay haben. Zwei der gegnerischen Spieler stürmen auf das Tor zu, und unser Defenseman Camden Poe nimmt die Verfolgung auf. Drake geht tief in die Hocke, als die Angreifer näher kommen. Er ist ein Biest von einem Mann und füllt das Netz komplett aus, sodass es nicht leicht ist, den Puck ins Tor zu befördern.

Die Gegner spielen sich die Scheibe abwechselnd zu, während Drake ihren Bewegungen folgt und sich in voller Breite vor dem Tor positioniert. Camden will sie aufhalten, indem er nach vorn stürzt und versucht, ihnen mit dem Schläger den Puck abzujagen, doch er verfehlt ihn um einige

Zentimeter. Der Gegner setzt daraufhin zum Schlagschuss an und lässt die Scheibe wie ein Geschoss in Richtung Netz fliegen. Drake fängt den Puck wundersamerweise mit dem Handschuh, und die Fans brechen in Jubel aus.

„Ja!“, schreit Brienne, springt von ihrem Sitz auf und reißt beide Arme in die Höhe.

Sophie und ich folgen ihrem Beispiel, bevor wir einander abklatschen.

„Was auch immer Baden zu Drake gesagt hat, muss gewirkt haben“, lacht Sophie, als wir uns wieder setzen.

„Ja“, murmelt Brienne mehr zu sich selbst als zu uns und wirft einen Blick auf den Videowürfel, auf dem gezeigt wird, wie die Spieler wieder in Position gehen. „Es hat den Anschein, dass er seine schlechte Phase überwunden hat.“

Ich runzle die Stirn. Obwohl ich sehen kann, dass Brienne sich über den gehaltenen Torschuss freut, schwingt in ihrer Stimme ein trauriger Unterton mit. Doch ich wische den Gedanken beiseite, da ich sicher nur etwas falsch interpretiere. Und als das Spiel weitergeht, ist Brienne wieder voll konzentriert.

Als die Sirene das Ende des ersten Drittels verkündet, erhebt Brienne sich. „Ich werde jetzt die Erwartungen erfüllen und mich unters Volk mischen, werde aber zu Beginn des zweiten Drittels zurück sein. Bitte bedient euch am Büfett und besorgt euch noch etwas zu trinken. Falls ihr etwas wollt, was nicht auf der Karte steht, fragt einfach danach und die Barkeeper werden euch euren Wunsch erfüllen.“

Ich sehe Brienne hinterher, als sie mit durchgedrücktem Rücken in einer Wolke aus zartem Parfüm die Treppe zum Hauptbereich der Loge hinaufsteigt, in dem die Geschäftsleute bereits auf sie lauern.

„Willst du noch ein Bier und etwas zu essen?“, fragt Sophie.

„Gute Idee. Ich bin am Verhungern. Ich habe seit dem Mittagessen nichts mehr gegessen.“

Wir gehen die Treppe hinauf und wenden uns dem Büfett zu. Die meisten Gäste umringen gerade Brienne, um mit ihr zu reden, und interessieren sich gar nicht für die Speisen. Praktisch für uns.

Sophie und ich beladen unsere Teller mit Tranchen von dem Prime Rib und Nudelsalat. Mein Blick fällt auf den Käsekuchen, von dem ich später sicher noch ein Stück zum Nachtisch essen werde. Das ganze Büfett ist simpel, aber elegant.

„Das ist alles so schick“, murmle ich Sophie zu, als ich nach dem Silberbesteck greife, das in eine kostspielig aussehende Stoffserviette gewickelt ist. „Ich frage mich, ob wir besser Wein statt Bier hätten bestellen sollen.“

Sophie lacht. „Nicht doch … wir sind, wie wir sind.“

„Verdammt richtig“, stimme ich zu. „Wollen wir uns an einen der Tische hier oben setzen?“

„Gern“, erwidert Sophie.

Ich bin mir nicht sicher, ob die Tische alle unbesetzt wären, wenn Brienne nicht wie ein Magnet auf all diese Leute wirken würde.

Ich stelle meinen Teller ab und zücke gerade Messer und Gabel, als eine männliche Stimme hinter mir ertönt. „Ava?“

Ich versteife mich augenblicklich und drehe mich langsam um, um Derek zu erblicken. Er sieht noch genauso aus wie an jenem Tag, an dem ich ihn mit seiner Untreue konfrontiert habe. Er trägt einen teuren Anzug, sein blondes Haar ist perfekt frisiert und er strahlt einen Hauch von Überlegenheit aus.

Was ich damals nicht gesehen habe, war der hinterhältige Charakter, der sich hinter der Fassade verbirgt, denn er hatte tatsächlich für meine Entlassung gesorgt, weil ich ihn beim Fremdgehen erwischt habe.

„Was tust du denn hier?“, fragt er mit einem Tonfall, in dem sowohl Herablassung als auch Ungläubigkeit mitschwingen.

Ich nehme mir einen Moment Zeit, um meine Emotionen abzuwägen, und stelle überrascht fest, dass ich längst nicht mehr so verletzt bin wie früher. Zwar empfinde ich noch einen Anflug von Wut, doch dieser reicht nicht aus, um ihm zu sagen, dass der Grund für meine Anwesenheit ihn nichts angeht.

Allerdings denke ich zu lange darüber nach, denn im nächsten Moment steht Brienne neben mir und legt einen Arm um meine Schulter, wobei sie sich an Derek wendet. „Ava ist eine gute Freundin von mir, die meiner Einladung gefolgt ist. Und Sie sind?“

Derek reißt die Augen auf, als er die innige Geste sieht.

Und … Brienne und ich sind *gute* Freunde?

„Äh … äh …“, stammelt er nur.

Um ehrlich zu sein ist es eine Genugtuung, ihn derart verlegen zu sehen. Als ich ihn damals mit seiner Untreue konfrontiert habe, hat er nicht einmal geschwitzt.

„Das ist Derek Burrows“, stelle ich ihn Brienne vor. „Mein Ex-Freund.“

Brienne kennt unsere Vorgeschichte zwar nicht, doch sie hat ohne Zweifel Dereks herablassenden Tonfall gehört, als er mich angesprochen hat. Sie wird sicher daraus schließen können, dass wir nicht die besten Freunde sind.

Ich kann nur vermuten, dass das der Grund ist, warum sie sich genötigt fühlt, mich mit einem verschmitzten Grinsen anzusehen und zu sagen: „Dann ist es in diesem Fall wohl etwas unangenehm, dass wir einander ausgerechnet von deinem jetzigen Freund vorgestellt wurden, nicht wahr?"

Sophie verschluckt sich fast an ihrem Drink.

„Dein jetziger Freund?", fragt Derek knapp.

Ich habe erneut keine Gelegenheit, zu antworten, denn Brienne scheint ihren Auftritt sehr zu genießen. Sie legt ihre Hände an meine Schultern und dreht mich um, damit Derek die Rückseite meines Trikots sehen kann. „Sie ist mit Cannon West zusammen."

Ich werfe einen Blick über die Schulter, um Dereks Reaktion zu beobachten. All der Kummer, der Schmerz und die Angst vor dem Unbekannten, die ich seinetwegen empfunden habe, waren es tatsächlich wert, um diesen Moment zu erleben.

Seine Kinnlade fällt herunter, während er den Blick zwischen mir und Brienne hin und her wandern lässt. Schließlich fixiert er mich und bemüht sich um einen fröhlichen Tonfall. „Nun, das ist großartig. Schön für dich."

„Es ist sogar ganz wunderbar", erwidere ich mit einem Lächeln. „Die Tatsache, dass du mich betrogen und dann für meine Entlassung gesorgt hast, ist mit das Beste, was mir je passiert ist."

Derek läuft vor Wut hochrot an. „Ich glaube nicht, dass es angebracht ist, mich in Gegenwart von Miss Norcross zu verleumden.“

„Es ist doch keine Verleumdung, wenn die Anschuldigungen der Wahrheit entsprechen, nicht wahr?“, fragt Brienne mit sanfter Stimme. „Aber grämen Sie sich nicht. Wie kann man wütend sein, solange Ava mit einem der nettesten und ohne Frage erfolgreichsten Männer dieser Stadt liiert ist?“

Derek hat offensichtlich genug davon, dass wir uns auf seine Kosten amüsieren, denn er ringt sich ein Lächeln ab und sagt: „Es hat mich gefreut, Sie kennenzulernen, Miss Norcross.“ Dann wendet er sich mir zu und wagt es tatsächlich, gekränkt zu wirken. „Es war schön, dich zu sehen, Ava.“

Ich schenke ihm ein höfliches Lächeln.

Derek geht zurück durch die Menge, um sich mit zwei Männern in Anzügen zu unterhalten. Ich erkenne sie nicht, aber ich vermute, sie sind Führungskräfte in Dereks Firma und haben ihn eingeladen.

Brienne schnaubt und ich wende mich ihr zu. Ich versuche vergeblich, ein Lachen zu unterdrücken, und pruste los. Sophie bricht ebenfalls in schallendes Gelächter aus und schnappt nach Luft. „Das war die beste Abreibung, die ich je mitansehen durfte.“

„Das hat unglaublich viel Spaß gemacht“, erklärt Brienne, dann legte sie mir eine Hand auf die Schulter und betrachtet mich mit ernster Miene. „Geht es dir gut?“

„Mir geht es hervorragend“, versichere ich ihr. „Ich hätte die Begegnung auch verkraftet, wenn du nicht hier gewesen wärst und ihn zur Schnecke ge-

macht hättest, aber das war das Tüpfelchen auf dem
i.“

„Armer Kerl“, bemerkt Sophie und sieht ihm
nach. „Er wurde durch Cannon West ersetzt.“

„Auf gewisse Weise habe ich ein schlechtes Gewissen“, lache ich.

„Ich nicht“, erklärt Brienne mit säuerlicher Miene.
„Er hat es verdient, immerhin hat er dich betrogen
und dann für deine Entlassung gesorgt. Die Krönung wäre es gewesen, wenn du seine Fähigkeiten
als Liebhaber mit denen von Cannon verglichen
hättest.“

Ich breche in schallendes Gelächter aus und
schüttle den Kopf. „Er wäre am Boden zerstört
gewesen, da Cannon ihn in jeder Hinsicht in den
Schatten stellt. Ich denke, seine Würde ist schon zur
Genüge angekratzt.“

„Apropos Cannon“, wirft Brienne ein, während sie
mir ein Brötchen vom Teller stibitzt. Doch ich habe
nichts dagegen, schließlich sind wir gute Freunde.
„Er hat nächsten Dienstag Geburtstag. Hast du dir
schon etwas für ihn überlegt?“

„Nicht wirklich“, gestehe ich niedergeschlagen.
„An seinem Geburtstag hat das Team ein Auswärtsspiel, außerdem bin ich mir nicht sicher, wie ich bei
seinem hektischen Zeitplan etwas dazwischenschieben könnte. Er ist immer so beschäftigt.“

„Was hältst du von einer Überraschungsparty für
ihn? Ich kann dafür sorgen, dass er erscheint, und
du kannst bei der Planung helfen.“

„Das wäre großartig!“, rufe ich aus. „Alleine würde
ich das nie zustande bringen, denn ich kenne die
meisten Teammitglieder nicht sonderlich gut. Außerdem weiß ich nie, wann er Zeit hat.“

Brienne zieht ihr Handy aus der Tasche ihres Blazers und öffnet ihren Kalender. „An seinem Geburtstag sind wir in DC, aber wir fliegen an einem Tag hin und wieder zurück. Am Tag zuvor steht jedoch nur ein Training auf dem Plan und wir könnten eine Überraschungsparty am Abend einbauen.“

„Er ist immer so beschäftigt. Es wird nicht ganz einfach sein, ihn davon zu überzeugen, die Arbeit niederzulegen und auszugehen.“

Brienne winkt ab. „Wir lassen die Party bei mir zu Hause steigen. Ich lade ihn unter dem Vorwand ein, dass ich ein Abendessen mit dem Trainerstab abhalten will. Meine Assistentin wird sich mit dir in Verbindung setzen. Du kannst mit ihr zusammenarbeiten, um alles zu organisieren, und ich bezahle die Rechnung.“

„Das ist sehr großzügig, Brienne“, sage ich leise. Ich wäre nie imstande, mir ein so wunderbares Geschenk für ihn zu leisten.

„Es macht sicher eine Menge Spaß und …“ Als sie fortfährt, schwingt in ihrer Stimme ein wehmütiger Unterton mit, den sie jedoch mit einem Lächeln überspielt. „Ich sehe es gern, wenn zwei Menschen glücklich miteinander sind.“

„Danke.“ Da ich nicht das Gefühl habe, dass dieses eine Wort auch nur annähernd ausreicht, füge ich hinzu: „Es bedeutet mir sehr viel, die Möglichkeit zu haben, etwas so Tolles für ihn zu organisieren.“

„Ihr müsst allerdings getrennt erscheinen, da er glauben wird, das Abendessen wäre dienstlich.“

„Das kriege ich hin.“ Ich hätte es nie für möglich gehalten, ihn mit einer Party zu überraschen, und das liegt nicht nur daran, dass ich hier nicht viele

Leute kenne. Vor allem hätte ich nicht erwartet, ihn dazu bringen zu können, sich von der Arbeit loszueisen, nicht einmal für seine eigene Geburtstagsparty. Und selbst wenn ich eine Feier hätte organisieren und die Gäste hätte einladen können, hätte ich Bedenken, dass ich ihn damit verärgern könnte.

Vielleicht würde er sich auch unglaublich darüber freuen.

Es ist schwer zu sagen. Ich dachte, wir hätten klare Grenzen gezogen, doch sie scheinen immer mehr zu verwischen.

„Entschuldigen Sie bitte, Brienne“, ertönt eine weibliche Stimme hinter uns. Wir drehen uns alle zu der Frau um, die ein Poloshirt der Titans trägt und ein iPad in der Hand hält. „Ich würde gern ein Foto für Instagram schießen.“

Brienne, die zwischen Sophie und mir steht, zieht uns beide an sich. Wir lächeln in die Kamera, doch zuvor sehe ich noch, wie Derek uns mit verwirrtem Blick beobachtet. Armer Kerl … Ich habe keine Ahnung, ob er je verstehen wird, wie ich hier gelandet bin.

„Darf ich Sie taggen?“, will die Frau von mir wissen, bevor sie sich mit einem Grinsen an Sophie wendet. „Sie habe ich bereits als zukünftige Mrs. Baden Oulett markiert.“

Ich nehme an, dass sie für die sozialen Medien des Teams verantwortlich ist. Mir kommt der Gedanke, dass Derek mir immer noch auf Instagram folgt, obwohl ich nie etwas poste.

„Sicher“, erwidere ich mit einem Lächeln und nenne ihr meinen Benutzernamen.

Kapitel 21

Cannon

Ich öffne die Tür zum Mario's, und Baden geht voraus. Der Laden ist brechend voll, was einzig und allein an unserem 4:0-Sieg liegt, den wir gerade über die Arizona Vengeance erzielt haben. Wir schlängeln uns durch die Menge zu dem Teil der Kneipe, der stets für die Mitglieder der Titans reserviert ist. Für gewöhnlich feiern die Trainer nicht zusammen mit den Spielern, doch das heutige Spiel ist so bedeutend, dass wir eine Ausnahme machen. Sophie und Ava sind direkt nach dem Spiel hierhergekommen und sollten bereits einen Tisch für uns ergattert haben.

Obwohl wir nicht so bekannt sind wie einige der Starspieler, klopfen uns mehrere Leute im Vorbeigehen auf die Schulter und jubeln uns zu. Die Fans sind völlig aus dem Häuschen, weil wir zum einen den Titelverteidiger geschlagen haben und zum anderen nicht einmal ein Gegentor kassiert haben.

Dabei war Drakes Leistung im Tor nicht das interessanteste Ereignis des Abends. Vielmehr war es die Tatsache, dass er Brienne küsste, als er vom Eis kam. Damit hat er die gesamte Eishockeywelt in Aufruhr versetzt. Ich habe den Kuss zwar nicht gesehen, doch ich habe davon gehört, denn die Neuigkeit hat sich in der Umkleidekabine wie ein Lauffeuer verbreitet. Als Drake schließlich eintrat, haben all seine Mannschaftskameraden ihn so sehr aufgezogen, dass er nicht einmal etwas erwidern konnte. Irgendwann hob er die Hand, um die anderen zum Schweigen zu bringen, und sagte: „Brienne und ich sind zusammen. Wir haben schon eine Weile etwas miteinander. Findet euch damit ab."

Bei den Worten hatte er ein Grinsen im Gesicht, doch dann kehrte sein stoischer Gesichtsausdruck zurück. Nachdem er geduscht hatte, machte er sich sofort aus dem Staub, und ich gehe stark davon aus, dass wir ihn heute Abend hier nicht mehr antreffen werden.

„Da drüben sind sie", ruft Baden.

Mein Herz macht einen freudigen Satz, als ich Ava an einem hohen Tisch erblicke und sehe, dass sie das Trikot trägt, das ich ihr geschenkt habe. Sie winkt uns zu und Sophie dreht sich zu uns um.

Als wir uns dem Tisch nähern, steigt Ava von ihrem Barhocker und kommt auf mich zu, um ihre Arme um meinen Hals zu schlingen. Ich packe ihre Taille und hebe sie hoch.

Sie neigt den Kopf zurück, um mir in die Augen zu sehen, während ihre Füße in der Luft baumeln. „Tolles Spiel. Ich gratuliere, Coach!"

„Ich denke, zur Feier des Tages steht mir ein Kuss zu", erwidere ich, doch ich warte nicht, bis sie etwas erwidert, sondern küsse sie einfach.

Ich bin mir vage bewusst, dass die Leute uns zujubeln. Als ich meinen Kopf zurückziehe und Ava wieder auf dem Boden absetze, klatschen einige Fans sogar.

Avas Wangen laufen rot an und der Anblick ist bezaubernd. Ich lege eine Hand auf ihren Rücken, um sie zum Tisch zurückzuführen, und stelle mich dann neben sie. Als eine Kellnerin zu uns kommt, bestellen Baden und ich ein Bier, um uns Sophie und Ava anzuschließen.

„Das Spiel war phänomenal", ruft Sophie und versetzt Baden einen spielerischen Stoß gegen die Schulter. „Und dein Schützling Drake hat alle Register gezogen."

Baden schnaubt und sieht mich über den Tisch hinweg an, woraufhin ich in Gelächter ausbreche. Die Mädchen tauschen verwirrte Blicke aus.

„Was haben wir verpasst?", fragt Ava.

Baden schüttelt amüsiert den Kopf, während ich sie aufkläre. „Ich habe es zwar nicht mit eigenen Augen gesehen, doch als Drake vom Eis gekommen ist, hat er ein Interview gegeben. Er erklärte vor laufender Kamera, dass er in Brienne verliebt sei, und hat sie geküsst."

Ava und Sophie blinzeln mich völlig verblüfft an, bevor sie einen Blick austauschen und sich dann wieder mir zuwenden.

„Nein", sagt Ava und winkt ab. „Wir haben das gesamte Spiel mit Brienne angesehen und sie hat nicht einmal …" Sie verstummt und hat plötzlich ein verständiges Funkeln in den Augen, als ginge ihr gerade ein Licht auf. Offenbar hat sie etwas bemerkt, doch sie will es mir nicht verraten. Ich dränge sie jedoch nicht, denn Frauen haben ein Recht auf ihre Geheimnisse.

„Oh, seht mal", ruft Sophie aus und deutet auf einen der Fernseher an der Wand.

In den Lokalnachrichten ist gerade der Beitrag über Drake und Brienne zu sehen. Heilige Scheiße… das ist wirklich ein fordernder und besitzergreifender Kuss. Da der Ton ausgeschaltet ist, kann ich nicht hören, was der Reporter sagt, doch ich werde mir den Clip später sicher im Internet ansehen.

„Nun, das ist nicht das einzig Verblüffende, was Brienne heute Abend getan hat“, bemerkt Sophie gedehnt, woraufhin Ava den Kopf einzieht, um ein Lächeln zu verbergen.

„Was meinst du?“, fragt Baden.

Sophie begegnet Avas Blick, wobei sie ein belustigtes Funkeln in den Augen hat, dann wendet sie sich mir zu. „Avas Ex-Freund war heute Abend auch in der Eigentümerloge zu Gast. Er hat Ava angesprochen und sie gefragt, was sie dort zu suchen habe.“

Ich werde sofort von Wut gepackt, weil dieses Arschloch es gewagt hat, mit Ava zu sprechen. „Was ist passiert?“, will ich mit einem Knurren wissen.

Ava runzelt die Stirn, als sie den wütenden Tonfall in meiner Stimme hört, doch Sophie verzieht die Lippen zu einem Grinsen. Sie weiß, dass ich Ava nur beschützen will. „Reg dich nicht auf. Brienne hat ihm gehörig die Leviten gelesen. Sie hat ihm klar zu verstehen gegeben, dass Ava ohne ihn viel besser dran ist.“

Ich wende mich sofort Ava zu.

„Brienne hat ihm erzählt, dass sie mit mir befreundet ist und dass wir uns durch dich kennengelernt haben. Er weiß also, dass wir zusammen sind. Es wäre untertrieben, zu behaupten, dass er schockiert war.“

„Der Anblick seiner verblüfften Miene war unbezahlbar“, erklärt Sophie.

„Und dir geht es gut?“, frage ich Ava.

Sie schenkt mir ein aufrichtiges Lächeln. „Ja, es geht mir sehr gut. Wir haben nur kurz ein paar Worte miteinander gewechselt, wobei ich kaum etwas gesagt habe. Er ist mit eingekniffenem Schwanz davongegangen.“

Eigentlich sollte ich zufrieden sein, weil der Mistkerl nun weiß, dass Ava sich nicht hat unterkriegen lassen. Und doch bin ich missmutig, weil ich gern derjenige gewesen wäre, der diesem Trottel vor Augen hält, was für ein Versager er ist und was er sich hat entgehen lassen.

Sein Verlust ist mein Gewinn … auf eine völlig monogame, ungezwungene Art.

Ich stelle fest, dass ich mir selbst gegenüber immer wieder betone, wie wenig ich bereit bin, mit Ava eine tiefere Beziehung einzugehen. Allein aus diesem Grund sollte ich mich nicht weiter um den Kerl scheren. Dennoch fühle ich mich genötigt, zu sagen: „Vielleicht wäre es gut, wenn ich mich noch einmal mit ihm unterhalte.“

Badens Lippen umspielt ein Lächeln und Sophie nimmt einen Schluck Bier, um ihr Grinsen zu verbergen, während Ava die Stirn in Falten legt. „Das ist wirklich lieb von dir, doch das wird nicht nötig sein. Brienne hat ihn in seine Schranken gewiesen.“

Verdammt. Ich wäre gern derjenige, der ihn in seine Schranken verweist, aber ich spreche die Worte nicht laut aus. Baden würde mich damit nur aufziehen, zudem würde ich es nicht ertragen, wenn Sophie und Ava mir verträumte Blicke zuwerfen.

Stattdessen werde ich unseren Sieg über die Vengeance genießen und dann mit Ava zu mir nach Hause gehen, um dort weiterzufeiern.

***

Mein Gott, ich komme mit solcher Wucht zum Orgasmus, dass ich fast ohnmächtig werde. Ich zucke mit den Hüften und packe Ava mit festem Griff, damit sie nicht von mir herunterfliegt.

Ava und ich haben gefeiert, indem sie mich zuerst mit ihrem heißen, feuchten Mund verwöhnte und dann meinen Schwanz ritt, bis ich sie anflehte, mich über den Abgrund der Ekstase zu stoßen. Sie bot einen unglaublichen Anblick, als sie auf mir explodierte und vornüber auf meine Brust fiel, wobei sie zitternd um Atem rang. Ich wollte sie auf den Rücken drehen, doch sie keuchte: „Nicht. Lass mich das tun."

Sie atmete tief durch und machte sich wieder an die Arbeit. Wie ich schon sagte … es war unglaublich.

„Das war …", beginnt sie, als sie nun erneut auf meiner Brust liegt.

Ich kann das wilde Hämmern ihres Herzens spüren, das im Takt mit meinem eigenen schlägt. „Ja, das war es", stimme ich mit einem Lächeln zu.

„Ich bin viel zu erledigt, um mich zu bewegen", murmelt sie. „Falls du aufstehen willst, musst du mich schon von dir schieben."

Lachend lege ich einen Arm um ihren Rücken und halte sie fest. Ich liebe das Gefühl ihres warmen Körpers auf meinem. „Ich fühle mich pudelwohl."

„Ich mich auch", murmelt sie.

Ich kann hören, dass sie gleich einschlafen wird, also beschließe ich, zu warten, bevor ich sie behutsam auf die Matratze legen und zudecken werde.

Ich streichle ihren Hinterkopf und starre an die Decke. Heute war ein großartiger Tag. Die Mannschaft hat wirklich alles gegeben und meine Anweisungen genau befolgt. Die Spieler haben sich noch mehr als erwartet ins Zeug gelegt und auf eine Art und Weise als Einheit agiert, die mich nicht nur stolz macht. Ich habe auch großen Respekt vor ihren Fähigkeiten.

Das Sahnehäubchen ist natürlich Ava, die in meinem Bett liegt. Vielleicht ist es sogar andersherum und der heutige Sieg ist das Sahnehäubchen, während Ava der Hauptgewinn ist.

Genau kann ich es nicht sagen.

„Wie sehen deine Pläne für morgen aus?", frage ich sie und gehe in Gedanken meinen Terminkalender durch. Wie an jedem anderen gewöhnlichen Tag werden wir trainieren, bevor wir übermorgen ein weiteres Heimspiel haben. Außerdem wird Bain Hillridge morgen zu uns stoßen. Es ist wirklich eine Ironie des Schicksals, dass er ausgerechnet einen Tag nach der Niederlage gegen sein früheres Team das Trikot der Vengeance gegen das der Titans tauschen wird.

Ava streicht mir mit den Fingern über die Brust und antwortet mit trägem Tonfall: „Eigentlich sollte ich nicht derart aufgeregt wegen meines Jobs sein, aber morgen ist der erste Tag nach meiner Einarbeitungsphase. Ich werde damit beschäftigt sein, Shelleys Newsletter neu zu konfigurieren. Ich habe mit ihr darüber gesprochen und sie hat mir grünes Licht gegeben."

Mit einem Glucksen drücke ich sie an mich. „Es gefällt mir, dass du dich auch über die kleinen Dinge im Leben freuen kannst, die für andere vielleicht nichts Besonderes sind."

„Shelley hat mir eine Chance gegeben, und das bedeutet mir viel.“

„Warum bleibst du nicht und arbeitest hier, statt zurück in deine Wohnung zu fahren?“ Meine Güte, die Worte kommen mir über die Lippen, ohne dass ich zuvor darüber nachgedacht habe, aber nun kann ich sie nicht zurücknehmen. Doch ich habe sie nicht gebeten, bei mir einzuziehen, ich habe ihr lediglich angeboten, den Tag über hierzubleiben, da ich am Abend zurück sein werde.

„Bist du sicher?“, fragt sie zögernd.

„Absolut“, antworte ich, während ich mir über meine Emotionen klar werde. Ja … Ich bin mir sicher. „Es wäre einfacher für dich.“

„Also gut. Das ist lieb von dir.“ Ihre Stimme ist kaum mehr als ein Flüstern. Mittlerweile kenne ich sie gut genug, um zu wissen, dass sie gleich im Reich der Träume sein wird. Sie lässt ihre Hand von meiner Brust hinunter zu meiner Taille wandern und drückt diese. „Sei vorsichtig, Cannon. Wenn du so weitermachst, werde ich mich in dich verlieben, und dann haben wir beide ein Problem.“

Ich halte inne und lasse meine Hand wie erstarrt an ihrem Hinterkopf liegen, während ich darauf warte, dass sie noch etwas hinzufügt. Sogleich stelle ich wieder einmal alles infrage. Habe ich meine Grenzen nicht deutlich genug gezogen? Sollte ich etwas an meinem Verhalten ändern, damit sie nicht mehr von mir erwartet?

Oder ist es möglich, dass ich einfach viel zu viel in ihre Worte hineininterpretiere? Wahrscheinlich war es nur ein Scherz, zumal wir immer offen über unsere Wünsche und Sehnsüchte sprechen. Ava würde mir ohne Umschweife sagen, falls sie sich mehr von mir wünscht.

Dessen bin ich mir sicher.

Denn ich vertraue ihr.

Schließlich höre ich nur noch ihre tiefen Atemzüge und ich streiche mit den Lippen über ihren Kopf. Ich könnte sie von mir schieben und sie auf die Matratze betten, ohne sie aufzuwecken.

Doch ich tue es nicht.

Stattdessen überlege ich, wie ich diese Sache zwischen uns definieren soll. Seit meiner Ehe mit Melissa hatte ich keine derart innige Beziehung mehr. Das überrascht mich nicht, denn Ava unterscheidet sich völlig von den Frauen, mit denen ich in der Vergangenheit zusammen war.

Ich denke ernsthaft darüber nach, warum der Gedanke, sie könnte tiefere Gefühle für mich entwickeln, ein derartiges Unbehagen in mir hervorruft. Es würde bedeuten, dass ich mich entweder darauf einlassen … oder mich von ihr trennen muss.

Ich kann es mir nur damit erklären, dass ich nicht über das Scheitern meiner Ehe hinwegkommen bin. Wir haben uns getrennt, weil ich nicht in der Lage war, Melissa zu geben, was sie wollte. Mit Ava ist im Moment alles eitel Sonnenschein, doch auch meine Beziehung zu Melissa hat so begonnen.

Am Ende waren wir jedoch verbittert und hatten nur den Wunsch, den Gemeinheiten zu entkommen, die wir uns immer wieder gegenseitig an den Kopf warfen. Ich möchte das nicht noch einmal durchmachen. Außerdem möchte ich nicht, dass Ava verletzt wird, denn sie wurde bereits von einem Mann enttäuscht.

Vorsichtig schiebe ich sie von mir und stehe auf.

Da ich keine Antworten auf all meine Fragen zu finden scheine, beschließe ich, mir eine mentale Pause von meinem Liebesleben zu gönnen und mir eine Spielaufzeichnung anzusehen.

Kapitel 22

Cannon

Ich klopfe an die angelehnte Tür zu Briennes Büro und trete ein, bevor sie antworten kann. Sie erwartet mich, da wir gemeinsam Bain Hillridge im Team willkommen heißen werden. Callum ist gerade dabei, ihm das Stadion zu zeigen.

Die Eigentümerin der Pittsburgh Titans sitzt hinter ihrem Schreibtisch vor ihrem Laptop und wirkt verändert. Möglicherweise ist das der Tatsache geschuldet, dass sie gestern Abend dank Drake zum Star der Lokalnachrichten geworden ist – wobei der Clip mittlerweile landesweit ausgestrahlt wurde. Sie wirkt trotzdem entspannt.

Sie hebt den Kopf und schenkt mir ein Lächeln. „Komm rein.“

Ich lasse mich in einen Stuhl gegenüber von ihrem Schreibtisch sinken. „Ich bin mir nicht sicher, ob Glückwünsche angebracht sind. Was genau soll ich sagen, wenn einer meiner Spieler die Teambesitzerin vor laufender Kamera küsst?“

Brienne ist nicht gerade schüchtern und ich kann nicht einmal einen Anflug von Verlegenheit in ihrem Gesicht erkennen. Tatsächlich verzieht sie die Lippen zu einem verschmitzten Grinsen. „Wie wäre es mit ‚Gut gemacht‘?“

„Gut gemacht“, wiederhole ich, woraufhin wir beide lachen.

Sie greift nach einer Zeitung auf ihrem Schreibtisch und streckt sie mir entgegen. „Hast du es schon gelesen?“

Kopfschüttelnd nehme ich die Zeitung und blättere um, wobei mein Blick auf die Schlagzeile fällt: *Titans-Torwart schockiert Teambesitzerin mit Kuss.*

Ich sehe zu ihr auf, woraufhin sie mir mit belustigter Miene zunickt. Dann widme ich mich wieder dem Artikel und lese ihn laut vor.

„Der Torwart der Pittsburgh Titans, Drake McGinn, macht nicht zum ersten Mal Schlagzeilen. Nachdem er im vergangenen Jahr mit dem Vorwurf zu kämpfen hatte, Eishockeywetten abgeschlossen und Spiele absichtlich verloren zu haben, und anschließend eine schmutzige Scheidung hinter sich gebracht hatte, stand er schon einmal im Licht der Öffentlichkeit. Nach seinem Ausscheiden aus der Liga infolge der Anschuldigungen, die sich letztlich als falsch erwiesen, hat McGinn es in den letzten Monaten geschafft, sein Privatleben vor den Medien geheim zu halten.

Doch gestern Abend versetzte Drake McGinn die Eishockeywelt erneut in Aufruhr, als er seine Beziehung mit der Eigentümerin der Titans, Brienne Norcross, bekanntgab. Als er der Presse nach dem Spiel ein Interview gab, erklärte McGinn öffentlich, er sei „bis über beide Ohren verliebt" in Norcross, bevor er sie vor laufender Kamera küsste. Norcross wirkte einen Augenblick lang fassungslos, bevor sie McGinns Kuss … und seine Liebeserklärung erwiderte.

Ein umstrittener Eishockeystar und die milliardenschwere Eigentümerin, die das Team nach einem verheerenden Flugzeugcrash übernommen hat? Hollywood kann dieser Liebesgeschichte aus Pittsburgh nicht das Wasser reichen. „

Ich lege die Zeitung zurück auf ihren Schreibtisch und sage: „Wow. Das ist, äh … wirklich …" Ich halte inne, während ich nach den richtigen Worten suche. Schließlich frage ich geradeheraus: „Hat er tatsächlich gesagt, dass er bis über beide Ohren in dich verliebt ist?"

Brienne verdreht die Augen. „Ja, das hat er. Er ist ein Romantiker. Du solltest dir Notizen machen, denn du kannst noch etwas lernen."

Damit spielt sie auf meine Beziehung auf Ava an. Ich nutze die Gelegenheit, um das Gespräch auf ein anderes Thema zu lenken. „Wie ich höre, bin ich dir zu Dank verpflichtet, weil du Avas Ex-Freund in seine Schranken verwiesen hast."

Ihre blauen Augen glitzern, als wären sie aus Eis. „Abgesehen von unserem Sieg gestern Abend war das der Höhepunkt des Tages."

„Ich kann mir vorstellen, dass Drakes Liebeserklärung der Höhepunkt des Tages war", necke ich sie, woraufhin Brienne errötet. Lachend trommle ich mit den Fingern auf meinem Oberschenkel herum und versuche, so lässig wie möglich zu klingen. „Hast du irgendeine Ahnung, warum Derek dort war?"

„Sein Chef, Kenneth Heborn, ist der Vorsitzende von *America Life*, einer der größten Lebensversicherungsgesellschaften des Landes. Vor Kurzem hat er den Posten des Geschäftsführers übernommen und er sitzt mit mir in einem Wohltätigkeitsausschuss. Ich habe ihn eingeladen, und er hat ein paar Nachwuchsführungskräfte mitgebracht, die bei verschiedenen gemeinnützigen Aktionen mit unserer Organisation zusammenarbeiten werden."

„Wie zum Beispiel?"

„Benefizläufe, Lebensmittelsammelaktionen … all solche Dinge, bei denen wir die Community mit einbeziehen können."

„Interessant."

„Ich wette, du wärst gern dabei gewesen, um selbst ein paar Takte mit ihm zu reden", stichelt Brienne.

„Ich hätte wohl nicht nur mit ihm geredet."

Sie lacht leise, denn sie weiß genau, wie sie meine Worte interpretieren muss. Dennoch ermahnt sie mich: „Ich kann körperliche Gewalt nicht gutheißen."

„Ich weiß. Aber für das, was er Ava angetan hat, hätte er eine Tracht Prügel verdient."

„Sie hat keine Einzelheiten erzählt, doch sie hat ihm vorgeworfen, sie betrogen zu haben."

„Und er hat dafür gesorgt, dass sie gefeuert wurde, bevor er sie aus seinem Haus geworfen hat." Als Ava mir zum ersten Mal davon erzählt hat, habe ich eine unbändige Wut empfunden, die nun erneut in mir hochkocht. „Er hat sie arbeitslos und obdachlos sich selbst überlassen."

„Mit einem gebrochenen Herzen?", fragt Brienne.

Ihre Frage lässt mich einen Moment innehalten. Hat er ihr das Herz gebrochen? Darüber haben wir nie gesprochen. Es ist Monate her, dass sie sich getrennt haben, und soweit ich das beurteilen kann, hat Ava die Vergangenheit längst hinter sich gelassen.

„Ich weiß nicht, ob er ihr das Herz gebrochen hat", gebe ich zu. „Wie dem auch sei, er hat zumindest eine gebrochene Nase verdient."

„Es ist wirklich niedlich, wie du Ava als ihr Held zur Seite stehst", neckt sie mich.

Ich verziehe den Mund. Noch nie hat mich jemand niedlich genannt. Aber wahrscheinlich haben Sophie und Ava gestern Abend auch gedacht, dass mein Ausbruch testosterongeschwängerten Beschützerinstinkts niedlich war.

„Fall du je handgreiflich werden würdest, müsste ich dich zwar feuern“, erklärt Brienne mit einem verschmitzten Lächeln, „aber ich kann dir immerhin erzählen, dass bald ein Empfang stattfindet, bei dem Kenneth Heborn als neuer Geschäftsführer begrüßt wird. Ich werde daran teilnehmen und könnte noch zwei Karten besorgen, falls du dort mit Ava auftauchen willst, um Derek zur Rede zu stellen.“

Ich schüttle den Kopf. „Das will ich ihr nicht antun.“

„Dann komm eben allein. Du hättest die Gelegenheit, ihn auf seinen Platz zu verweisen – verbal, versteht sich.“

Der Gedanke ist verlockend. Ich könnte ihn vor seinem Chef so richtig blamieren. Vielleicht würde er sogar gefeuert für das, was er ihr angetan hat. Oder ich könnte mit ihm unter vier Augen reden und ihm zu verstehen geben, wie unzulänglich er als Liebhaber ist.

Doch obwohl es mir in den Fingern kribbelt, dem Kerl eine Lektion zu erteilen, sagt mir mein Verstand, dass ich mich zurückhalten sollte. Die Geste wäre viel zu besitzergreifend und würde ein Maß an Engagement und Hingabe implizieren, auf das ich mich eigentlich nie wieder einlassen wollte. Falls ich wirklich auf diese Weise für Ava in die Bresche springe, hebe ich sie auf dasselbe Podest, auf dem auch Melissa einst gestanden hat. Und für sie wurde es irgendwann ziemlich einsam da oben.

Es wäre besser, es einfach dabei bewenden zu lassen und zu lernen, mit meiner Wut zu leben.

„Danke für das Angebot“, sage ich zu Brienne, als ein Klopfen an der Tür ertönt. „Aber ich verzichte.

Mir scheint, du hast dem Kerl zur Genüge die Leviten gelesen.“

„Dein Pech“, erwidert sie scherzhaft und steht auf. Bevor sie jedoch um ihren Schreibtisch herumgeht, um Bain und Callum zu begrüßen, fügt sie hinzu: „Aber ich möchte, dass du am nächsten Montag an einem geschäftlichen Abendessen bei mir zu Hause teilnimmst. Ich würde mich gern vierteljährlich mit Callum und den Trainern treffen, um auf dem Laufenden zu bleiben.“

Ich stehe ebenfalls auf und gehe im Geiste meinen Terminkalender durch. Am Montag haben wir kein Spiel, was bedeutet, dass ich den Abend eigentlich mit Ava verbringen wollte. Es ist zwar schade, dass wir auf einen unserer gestohlenen Momente verzichten müssen, doch ich kann die Einladung der Chefin schlecht ablehnen.

„In Ordnung“, sage ich. Dann wenden wir uns beide der Tür zu, durch die Callum mit Bain Hillridge eintritt.

Unser neuer Defenseman ist ein Ungetüm von einem Mann, der selbst ohne Schlittschuhe über zwei Meter misst. Trotz seiner Größe ist er jedoch äußerst flink und verfügt über schnelle Reflexe. Außerdem ist seine Rechte nicht zu verachten, und er wird jeden bestrafen, der es wagt, unsere Stürmer anzugreifen. Ich weiß, dass es nicht leicht für ihn war, ein Team zu verlassen, das gerade zweimal in Folge die Meisterschaft gewonnen hat. Und ich kann mir vorstellen, dass es sogar noch schwerer war, einem Team beizutreten, welches sich noch in der Aufbauphase befindet. Es könnte Jahre dauern, bis wir an der Spitze der Liga stehen.

Doch ich habe bereits einige Male mit ihm telefoniert, und er schien es kaum erwarten zu können, sich der Mannschaft anzuschließen und sich zu beweisen. Er freute sich sehr darauf, wieder mit Baden in einem Team zu sein, denn die beiden waren eng miteinander befreundet, als sie zusammen in Arizona spielten.

Callum stellt uns offiziell vor, da weder Brienne noch ich Bain jemals persönlich begegnet sind. Sämtliche Verhandlungen wurden von Callum mit Bains Spieleragenten geführt und dann von der Liga genehmigt.

„Ich bin so froh, dich in unserem Team begrüßen zu dürfen“, sagt Brienne mit warmherziger Stimme. „Und für dich gilt das Gleiche wie auch für die anderen Spieler: Ich bin für dich da, falls du mich brauchst. Meine Tür steht immer offen.“

„Das weiß ich wirklich zu schätzen“, erwidert Bain mit einer solch sonoren Baritonstimme, wie man sie von einem so großen Mann erwarten würde. „Ich freue mich, Mitglied dieses Teams zu sein, und denke, dass diese Organisation beim Wiederaufbau der Mannschaft unglaubliche Arbeit geleistet hat.“ Dann wendet sich Bain an mich. „Es wird gemunkelt, dass du der beste Trainer der Liga bist, daher bin ich gespannt, zu sehen, wie du meine Leistung noch verbessern wirst.“

Wie immer, wenn man mir ein Kompliment macht, tue ich es mit einem Schulterzucken ab. „Nun, dieses Lob gebührt nicht nur mir, sondern dem gesamten Trainerstab. Wie dem auch sei, du bist eine unglaubliche Bereicherung für unser Team, und ich kann mir nur schwer vorstellen, dass ich dir noch etwas Neues beibringen kann.“

Callum wirft einen Blick auf seine Armbanduhr. „Also schön, genug geplaudert. Die Presse wartet auf uns."

Wir begeben uns in den Presseraum des Stadions. Darin sind mehrere Stuhlreihen aufgebaut, die einem kleinen Podium mit einem langen Tisch zugewandt sind, an dem bis zu fünf Personen Platz finden. An der Vorderseite der Tischabdeckung prangt das Logo der Titans, welches auch als wiederkehrendes Muster auf der dunkelgrauen Wand dahinter abgebildet ist. Auf dem Tisch stehen drei Mikrofone bereit.

Hier gebe ich nach jedem Spiel eine Pressekonferenz und hier werden wir den Trade von Nolan Carrier und einem Zweitrunden-Draft-Pick gegen Bain Hillridge bekannt geben. Heute werden nur ich, Callum und Bain am Tisch sitzen und die Fragen der Sportreporter beantworten. Brienne wird nicht dabei sein. Wahrscheinlich ist es besser so, denn ich nehme an, die meisten Journalisten würden sie ohnehin nur mit Fragen zu dem Kuss und dem Zeitungsartikel von heute Morgen bombardieren. Wir haben fünfzehn Minuten für die Konferenz eingeplant, danach wird die Mannschaft zum Training aufs Eis gehen.

***

Für einen Außenstehenden mag es scheinen, dass ich sowohl während der Spiele als auch beim Training lediglich zuschaue und die Stirn runzle. Ich stehe mit einem kleinen Block und einem Stift in der Hand hinter der Spielerbank und mache mir

Notizen, um sie später mit den Assistenztrainern durchzugehen.

Vor den Spielen und den Trainingseinheiten treffe ich mich jedoch mit den anderen Trainern, um mit ihnen sämtliche Ziele zu besprechen, die wir erreichen wollen. Dann überlasse ich ihnen die Führung, notiere wichtige Dinge und gebe bei Bedarf Hilfestellung.

Mir ist bewusst, dass es den Anschein hat, als würde ich mich als Coach nicht sonderlich einbringen, aber das Gegenteil ist der Fall. Alles, was auf und außerhalb der Eisfläche geschieht, geschieht letztlich auf meine Anweisung hin und unter Anwendung meiner Strategien, doch ich delegiere alles an die Assistenztrainer.

Ich beobachte, wie Bain gemeinsam mit den anderen Spielern der ersten Line Gruppierungs- und Passübungen absolviert. Bevor wir uns entschlossen haben, ein Angebot abzugeben, um ihn zu verpflichten, habe ich mir jede Menge Videos von ihm angesehen. Ich bin allerdings immer noch erstaunt, wie geschmeidig er sich trotz seiner Größe auf dem Eis bewegt – sowohl vorwärts als auch rückwärts. Meinen Notizblock muss ich gar nicht aufschlagen, denn ich sehe nichts, was einen Verbesserungsvorschlag rechtfertigen würde.

Es war ein gutes erstes Training, und wenn er so spielt wie bei den Vengeance, wird er die Position in der ersten Line behalten. Das wird Camden unter Druck setzen, wenn er hochrücken will, doch dieser muss ohnehin zuerst einen Weg finden, um seinen Platz in der zweiten Line zu sichern. Ich beobachte, wie er mit Hendrix das Eis betritt und ebenfalls das Zusammenspiel mit ihm übt. Camdens Pass landet ein klein wenig außerhalb von Hendrix' Reichweite, sodass dieser sich strecken muss, um den Puck zu erreichen.

Ich ziehe meinen Block heraus und mache mir Notizen, wobei ich die Informationen nur aufschreibe, um sie im Gedächtnis zu behalten. Sie wird eines der Themen unserer Nachbesprechung nach dem Training sein.

Wir bleiben nur eine Stunde auf dem Eis, da wir morgen ein Spiel haben, allerdings werden einige der Jungs noch ein leichtes Work-out im Fitnessraum machen. Ich will vor allem, dass sie sich heute entspannen, denn gut ausgeruhte Spieler sind starke Spieler.

Nach dem Training treffe ich mich mit Baden, Gage, Maurice und Sam in meinem Büro. Wir sprechen über unsere Beobachtungen, während wir die Sandwiches verzehren, die meine Assistentin geliefert hat.

Als wir die Besprechung abschließen, muss ich einfach fragen: „Wusste sonst noch jemand von Drake und Brienne?"

Maurice und Sam schütteln den Kopf, doch Baden und Gage tauschen einen Blick aus, bevor Baden das Wort ergreift. „Ich habe es gestern vor dem Spiel erfahren, als ich ihn ermahnte, sich zusammenzureißen."

Ich zähle eins und eins zusammen. „Dann hatten sie also Schwierigkeiten, unter denen seine Leistung während der Auswärtsspiele letzte Woche gelitten hat?", vermute ich.

„Ja", stimmt Baden mit einem Grinsen zu. „Allerdings hätte ich nicht gedacht, dass er seine Beziehung auf diese Weise in die Welt herausschreien würde."

„Ich habe schon vor einer Weile davon erfahren", sagt Gage. „Offenbar wusste Jenna es, und Drake nahm an, dass sie es mir erzählt hätte – was sie übrigens nicht getan hat. Aber er ist damit herausgeplatzt."

„Das ist nur ein weiteres Beispiel dafür, wie die Liebe die Karriere ruinieren kann", murmelt Maurice. Mit seinen sechsundfünfzig Jahren ist er ein eingefleischter Junggeselle und beteuert, dass er sich niemals binden will. Er ist mürrisch und unterkühlt und außerhalb des Stadions nur schwer zu ertragen, aber er ist ein verdammt guter Trainer. Und er hat nicht unrecht, wenn er behauptet, dass die Liebe eine Karriere ruinieren kann. In meinem Fall hat meine Karriere allerdings meine Ehe zunichte gemacht.

„Ich kann mir vorstellen, dass wir dich bald auf der Titelseite der *Times* sehen werden", bemerkt Baden mit einem verschmitzten Grinsen.

„Wie kommst du darauf?", frage ich lachend.

„Nun, immerhin hast du Ava gestern Abend im Mario's praktisch öffentlich verschlungen. Auf jeden Fall zierst du heute die Fotoroll vieler Fan-Handys."

Glucksend zerknülle ich die Reste meines Sandwichpapiers. „Wenn die Leute das für eine Schlagzeile halten, dann ist ihr Leben wohl ziemlich langweilig. Außerdem ist es nichts Ernstes."

Ich wische die Krümel vom Tisch und bemerke, wie still es plötzlich geworden ist. Als den Kopf hebe, blicke ich in vier Gesichter, die mich ungläubig anstarren.

„Es ist nichts Ernstes", wiederhole ich, während ich das Sandwichpapier nehme und aufstehe. „Ava und ich haben in unserer Beziehung klare Grenzen gesetzt. Sie weiß, dass meine Karriere an erster Stelle steht."

„Was haben deine Karriere und deine Beziehung miteinander zu tun?", will Gage wissen. Er wechselt einen Blick mit Baden und sieht dann wieder mich an. „Wir haben beide eine ernsthafte Beziehung und geben trotzdem hundertzehn Prozent bei der Arbeit."

Darauf habe ich keine Antwort. Ein abgestumpfter Teil von mir würde ihnen liebend gern sagen, dass ihr Glück nicht von Dauer sein wird, weil Sophie und Jenna es ihnen irgendwann übel nehmen werden, dass sie so wenig zu Hause sind. Aber es gibt auch einen Teil von mir, der seinen Glauben noch nicht verloren hat, und dieser fragt sich, ob es mit Ava anders sein könnte.

Ich weiß bereits, dass sie einzigartig ist. Sie unterscheidet sich von den beiden anderen Frauen, mit denen ich eine mehr oder minder ernste Beziehung hatte, allein durch die Tatsache, dass ich damals mein Privatleben strikt von meiner Arbeit getrennt habe. Sie waren nie Teil meines öffentlichen Lebens, was auch der Grund ist, warum die Beziehungen letztendlich gescheitert sind. Sie wollten nach Spielen und bei Mannschaftsveranstaltungen an meiner Seite sein, wollten im Blitzlichtgewitter der Reporter meine Hand halten und ihre Zuneigung öffentlich zur Schau stellen. Doch darauf wollte ich mich nicht einlassen, denn hätte ich ihnen Zutritt zur beruflichen Seite meines Lebens gewährt, hätte ich ihnen stillschweigend erlaubt, meine Karriere gegen mich zu verwenden.

Doch für Ava … habe ich eine Tür geöffnet und sie ohne zu zögern eintreten lassen. Begonnen habe ich damit, als ich sie das erste Mal zu einem der Spiele einlud. Und indem ich sie vergangene Woche zu den Auswärtsspielen mitnahm, machte ich deutlich, dass wir mehr als nur eine ungezwungene Affäre miteinander haben.

Als ich sie dann im Mario's küsste, musste ich mir eingestehen, dass ich alle meine Regeln gebrochen habe, die ich in den letzten neun Jahren befolgt hatte. Ich stellte sie damit öffentlich als meine Freundin vor. All diejenigen, die sich gefragt haben, ob ich nach dem Tod meiner Frau noch einmal jemanden in mein Herz lassen würde, denken jetzt sicher, dass Ava bereits darin Einzug gehalten hat.

Ich werfe das Sandwichpapier in den Mülleimer , ignoriere Gages Frage und sage: „Lasst uns für eine halbe Stunde eine Pause einlegen, damit ich meine Notizen durchgehen kann. Danach treffen wir uns mit Jack im Videoraum."

Auch diese Aufgabe müssen wir als Trainer am Ende des Tages erledigen. Da wir morgen gegen die Minnesota Raiders antreten werden, gehen wir noch die Clips durch, die unser Videocoach und sein Team über die gegnerische Mannschaft zusammengestellt haben.

Sobald die anderen mein Büro verlassen haben, rufe ich Ava an. Dabei habe ich nicht einmal ein schlechtes Gewissen, denn schließlich mache ich eine Pause.

Lügner.

Ich habe hundert Dinge zu erledigen, und normalerweise würde ich diese „Pause" nutzen, um zumindest ein paar davon abzuhaken. Trotzdem habe ich keine Schuldgefühle, denn ich kann mir die Zeit einteilen und will wissen, wie es ihr geht. Als ich heute Morgen meine Wohnung verlassen habe, saß sie gut gelaunt mit einer Tasse Kaffee an meinem Küchentisch und arbeitete an ihrem Laptop. Zuvor war ich aufgewacht, um festzustellen, dass Ava nicht neben mir lag. Ich habe sie in der Küche vorgefunden, wo sie uns gerade Frühstück machte. Und das hat dazu geführt, dass ich mich mit meinen Gefühlen auseinandersetzen musste, denn es hat mir gefallen, sie dort zu sehen.

Es war schön, aufzuwachen und jemanden bei mir zu haben.

„Hey, Coach", begrüßt sie mich, als sie das Gespräch annimmt.

„Wie läuft es bei der Arbeit?", frage ich, wobei ich mich in meinen Stuhl zurücklehne und meine Füße auf den Schreibtisch lege.

„Großartig", schwärmt sie. „Ich hatte gerade eine Besprechung mit Shelley. Sie ist so energiegeladen und ganz begeistert von meinen Vorschlägen für den Newsletter. Ich hatte noch nie eine Chefin, die mir die Chance gab, etwas zu bewegen oder ein Risiko einzugehen. Und sie lässt mich gewähren, obwohl ich erst seit einer Woche für sie arbeite."

„Ich freue mich wirklich für dich." Tatsächlich bin ich überglücklich, dass sie endlich das bekommt, was sie verdient. „Vielleicht war es Schicksal, dass Derek dich hat feuern lassen, denn das hat dich zu Shelley geführt."

„Und zu dir“, sagt sie lachend, woraufhin ich einen freudigen Stich im Herzen verspüre. „Oh, und sie kommt in ein paar Wochen nach Pittsburgh, um sich mit einem ihrer Referenten zu treffen. Sie will mich zum Essen einladen. Ich weiß, dass du wahrscheinlich zu beschäftigt sein wirst, aber sie hat gesagt, ich könne ‚meine bessere Hälfte‘ mitbringen, und … das bist du.“

„Wann will sie dich ausführen?“, frage ich, stelle sie auf Lautsprecher und rufe meinen Kalender auf.

„Am zweiundzwanzigsten. Ihr habt am darauffolgenden Tag ein Heimspiel, daher …“

„Ich werde mitkommen“, sage ich ohne zu zögern. Da ich in der Stadt sein werde und das nächste Spiel hier in Pittsburgh stattfinden wird, kann ich sie begleiten.

„Wirklich?“, haucht sie, als hätte ich ihr gerade das wertvollste Geschenk aller Zeiten gemacht.

„Wirklich“, bestätige ich.

„Du bist der Beste“, sagt sie. „Ich weiß, dass es nicht einfach für dich …“

„Es ist kein Problem, Ava. Ich kann mir die Zeit nehmen und würde Shelley sehr gern kennenlernen.“

„Du bist toll“, murmelt sie. Einen Augenblick später fügt sie mit verlegener Stimme hinzu: „Ich habe deine Speisekammer und deinen Kühlschrank geplündert und mir ein Erdnussbutter-Marmeladen-Sandwich gemacht – du hast übrigens fast keine Erdnussbutter mehr. Dabei habe ich alle Zutaten gefunden, um heute Abend Pasta zu kochen.“

„Das musst du nicht tun.“ Bevor ich heute Morgen die Wohnung verlassen habe, haben wir uns noch ein wenig in der Küche vergnügt. Als wir wieder zu Atem kamen, lud ich sie zum Abendessen ein und bat sie erneut, bei mir zu übernachten. „Ich wollte dich eigentlich in ein schickes Restaurant ausführen.“

„Wer braucht schon ein ausgefallenes Abendessen, wenn ich Spaghetti mit einem Glas Tomatensoße kochen kann?“, entgegnet sie lachend.

In der Tat, wer braucht das schon? Ava legt keinen Wert auf das Rampenlicht und die Vorteile, die die Beziehung mit einem wohlhabenden, berühmten Mann mit sich bringt. Auch das unterscheidet sie von den Frauen, mit denen ich in der Vergangenheit zusammen war.

„Wie wäre es, wenn wir einen Kompromiss eingehen? Wir bleiben zu Hause, sehen uns einen Film an und lassen uns etwas vom Italiener liefern“, schlage ich vor.

„Abgemacht“, erwidert sie. „Stört es dich, wenn ich deine Waschmaschine benutze? Ich hatte nicht geplant, heute über Nacht zu bleiben, und ich würde morgen gern ein sauberes Höschen anziehen.“

Mir kommt ein Gedanke, obwohl mir bewusst ist, dass er gegen die Grenzen verstößt, die wir festgelegt haben.

„Warum fährst du nicht nach Hause und holst dir ein paar Sachen, um bei mir zu bleiben, bis ich am Donnerstag zu dem Auswärtsspiel fahre?“ Ich habe Ava nicht darum gebeten, mich zu begleiten, daher hätte ich nichts dagegen, sie wenigstens für die nächsten drei Nächte in meinem Bett zu haben.

Sie zögert mit ihrer Antwort, und ich kann praktisch hören, wie sich die Rädchen in ihrem Kopf drehen, während sie im Geiste all die Gründe aufzählt, warum sie mein Angebot ablehnen sollte.

Daran bin ich schuld, denn ich habe die Dinge etwas ins Stocken gebracht, als ich Ava offen und ehrlich erzählte, wie meine Frau die Begleitumstände meiner Karriere hasste, die letztlich unsere Beziehung zerstörten.

Ich fahre mir mit der Hand durchs Haar und wünsche mir, ich hätte gar nicht erst mit ihr darüber gesprochen.

Im nächsten Moment sagt Ava zögerlich: „Ich denke, das wäre möglich, wenn du dir wirklich sicher bist …“

„Ich hätte nicht gefragt, wenn ich mir nicht sicher wäre“, erwidere ich und ärgere mich über mich selbst, weil ich sie beschwichtigen muss.

„In Ordnung, dann hole ich meine Sachen.“

Ich beuge mich vor und werfe einen Blick auf mein iPad, um meine Termine zu überprüfen. „Ich kann heute Abend gegen neunzehn Uhr zu Hause sein. Ich lasse das Essen gegen acht liefern, wenn das für dich okay ist.“

„Das klingt wunderbar. Und sobald ich meinen ersten Gehaltsscheck habe, werde ich die Zutaten für meine berühmten gefüllten Muschelnudeln mit Huhn und Spinat besorgen.“

Ich zucke innerlich zusammen, weil sie es sich nicht einmal leisten kann, im Supermarkt einzukaufen, um für mich zu kochen, und muss mir praktisch auf die Zunge beißen, um ihr nicht etwas Geld oder meine Kreditkarte anzubieten. Sie würde es nicht annehmen, und obendrein würde ich sie damit wahrscheinlich verärgern. Also erwidere ich nur: „Das klingt wirklich gut. Ich kann es kaum erwarten.“

„Es ist hervorragend. Du wirst es lieben.“

„Ich muss jetzt Schluss machen", sage ich, nehme die Beine vom Schreibtisch und senke die Stimme. „Wenn du mich nackt an der Tür empfängst, würde es mir nichts ausmachen, das Essen vom Italiener kalt zu verspeisen. Es wird nämlich draußen im Flur stehen, weil wir zu beschäftigt sein werden, um aufs Klopfen zu reagieren."

Ava stößt ein leises und sinnliches Lachen aus, das meinen Schwanz zucken lässt. „Wir werden sehen. Bis heute Abend."

Dann legt sie auf. Am liebsten würde ich mir eine Ausrede einfallen lassen, um sofort nach Hause zu fahren und sie zu ficken. Dafür müsste ich ein paar Besprechungen absagen, doch ich könnte mich dazu überwinden. Schließlich schnappe ich mir jedoch meinen Laptop und verlasse mein Büro in der Absicht, mich etwas früher als geplant mit unserem Videocoach zu treffen, und sei es nur, um mich von Ava abzulenken.

Kapitel 23

Ava

Ich trinke auf Cannon", sagt Jenna und hebt ihre Champagnerflöte. „Darauf, dass er der beste Trainer für die Titans ist und dass er uns eine Limousine organisiert hat, damit wir heute Abend nicht selbst fahren müssen."

„Prost", stimme ich zu und stoße mit ihr und Sophie an.

Ich nehme einen Schluck und lehne mich in der Nische zurück. Jenna und Sophie sitzen mir gegenüber, ihre Wangen sind gerötet und ihre Augen glänzen. Ich bin mir sicher, dass ich genauso aussehe, aber ich bin nicht nur vom Champagner berauscht.

Cannon ist für ein paar Tage unterwegs; gestern haben die Titans in Florida gespielt und morgen ist ein weiteres Spiel in Atlanta. Ich habe mich entschieden, hierzubleiben, sodass ich mich voll auf die Arbeit konzentrieren kann. Außerdem will ich nicht, dass er mir ständig Flugtickets kauft, damit ich mit ihm durchs ganze Land fliegen kann. Nach dem Debakel mit Derek brauche ich meine Unabhängigkeit.

Ich stehe zwar zu meiner Entscheidung, Cannon nicht zu begleiten, doch das bedeutet nicht, dass ich ihn nicht vermisse. Abgesehen von den Auswärtsspielen ist seit dem Beginn unserer Beziehung kein Tag vergangen, an dem wir uns nicht gesehen haben. Zugegeben, wir haben oft nur diese „gestohlenen Momente", wie er sie nennt, und zwar vorwiegend in Form von einem späten gemeinsamen

Abendessen, atemberaubendem Sex und Kuscheln in seinem Bett. Ehrlich gesagt kann ich damit leben. Er hat zwar viel zu tun, doch er achtet darauf, sich Zeit für mich zu nehmen. Und seit ich den neuen Job habe, bin ich ebenfalls beschäftigt, und meine Arbeit erfüllt mich wirklich. Falls mein Leben in der Zukunft genauso verlaufen würde, hätte ich nichts dagegen. Und falls die Beziehung zu Cannon obendrein noch inniger werden würde, umso besser.

Aber heute Abend werde ich mich an der Tatsache erfreuen, dass ich einen fantastischen Freund habe.

Ja, er ist mein Freund. Mein Lebensgefährte. Mein Partner.

Das alles klingt, als hätte ich meinen Platz im Leben gefunden.

Heute verbringe ich einen Mädelsabend mit Sophie und Jenna. Normalerweise sind bei den Treffen außerdem Stones Freundin Harlow und Coen Highsmiths Freundin Tillie dabei, aber Harlow ist zu den Auswärtsspielen mitgefahren und Tillie ist in ihrer Heimat in Coudersport. Ich werde die beiden jedoch bei Cannons Überraschungsgeburtstagsparty kennenlernen. Bisher weiß ich von Tillie, dass sie eine Künstlerin ist, die in Coudersport ein Atelier hat und mit Coen eine Fernbeziehung führt. Das lässt mich hoffen, dass auch Cannon und ich eine tiefer gehende Beziehung haben können, selbst wenn wir nicht die Möglichkeit haben, viel Zeit miteinander zu verbringen.

Unser Abend hat mit einer großen Überraschung begonnen: Cannon hatte eine Limousine gemietet, die mich, Sophie und Jenna durch Pittsburgh kutschieren würde. Zuerst gönnten wir uns ein schickes Abendessen. Ich war deshalb ein wenig besorgt, da ich kaum noch etwas auf meinem Bankkonto habe. Doch ich werde meinen ersten Gehaltsscheck in drei Tagen erhalten, daher beschloss ich, meine Kreditkarte zu belasten. Als wir allerdings mit dem Essen fertig waren, erfuhren wir, dass Cannon die Rechnung bereits beglichen hatte.

Anfangs waren wir schockiert, denn wir hatten keine Ahnung, wie Cannon wissen konnte, in welchem Restaurant wir uns befanden. Einen Moment später ging uns jedoch ein Licht auf. Sophie hatte Baden eine Nachricht geschickt und Letzterer hatte wohl Cannon davon erzählt. Die beiden sind gerade in Atlanta und mit Gott weiß was beschäftigt.

Danach ließen wir uns von dem Fahrer zu einer neu eröffneten Champagner-Bar chauffieren und seit unserer Ankunft arbeiten wir an unserer ersten Flasche.

Nach einer Weile kommt ein Kellner mit einer frischen Flasche in der einen und drei weiteren Flöten in der anderen Hand an unseren Tisch. Er stellt die Gläser ab und hält uns den Champagner zur Begutachtung entgegen. „Ein 1995er Krug Clos d'Ambonnay, mit den besten Grüßen von Cannon West."

Mir steht vor Staunen der Mund offen, denn er weiß schon wieder, wo wir uns befinden. Ich sehe Sophie und Jenna an, doch sie schütteln beide den Kopf, um mir zu verstehen zu geben, dass sie keine weiteren Nachrichten geschrieben haben.

Plötzlich fällt es mir wie Schuppen von den Augen. Cannon hat die Limousine gemietet, also wird der Fahrer ihm berichtet haben, wo er uns abgesetzt hat.

Mir erscheint das in keiner Weise aufdringlich. Vielmehr finde ich es charmant.

„Das ist eine unglaublich teure Flasche Champagner“, bemerkt Jenna, als der Kellner den Korken knallen lässt.

„Wie teuer?“, frage ich, als er uns einschenkt.

„Wir verkaufen diese Flasche für dreitausendvierhundert Dollar“, erklärt der Kellner.

Ich verschlucke mich fast, während Sophie nach Luft schnappt.

„Dieser Mann ist bemerkenswert“, stellt Jenna voller Bewunderung fest.

Der Kellner platziert die Flasche in einem Eiskübel und verlässt unseren Tisch, woraufhin wir unsere Gläser anheben und erneut auf Cannon anstoßen. „Auf den aufmerksamsten und romantischsten Freund“, verkündet Sophie kichernd. „Baden wird sich nach diesem Abend ein wenig ins Zeug legen müssen.“

Mir ist das Lachen vergangen. Ich bin immer noch fassungslos, dass er so viel Geld ausgegeben hat, um uns eine Flasche Champagner zu spendieren. Ich nippe vorsichtig daran, denn ich will den Geschmack genießen, um Cannon davon erzählen zu können.

Als ich mein Glas abstelle, werde ich von dem Bedürfnis übermannt, ihn anzurufen. Normalerweise melde ich mich nie während der Arbeitszeit bei ihm, doch ich habe mir genügend Mut angetrunken. Außerdem ist es fast dreiundzwanzig Uhr, und falls er noch arbeitet, werde ich ihn sicher nicht stören.

Ich entscheide mich dafür, ihn über FaceTime anzurufen, und er nimmt das Gespräch nach dem zweiten Klingeln an. Sobald die Verbindung hergestellt ist und sein Gesicht den gesamten Bildschirm meines Handys ausfüllt, werde ich sogleich wieder von einem Anflug von Sehnsucht gepackt. Er sieht umwerfend aus, vor allem da sich ein Dreitagebart auf seinem markanten Kinn abzeichnet. Ich kann erkennen, dass er in seinem Hotelzimmer auf dem Bett sitzt. Der Kragen seines weißen T-Shirts am unteren Rand des Bildschirms ist kaum zu sehen.

Er grinst mich an. „Bist du betrunken?“

„Ich bin unglaublich beschwipst, nur deshalb rufe ich dich an. Aber ich will dich nicht bei der Arbeit stören.“

Cannons Lächeln wird weicher. „Du störst mich nie, Ava. Und es ist schön, dein Gesicht zu sehen.“

„Wir wollten uns bei dir für das Abendessen, den teuren Champagner und die Limousine bedanken.“

„Ganz genau“, ruft Jenna von der anderen Seite des Tisches. Ich drehe mein Handy, damit Cannon sie sehen kann. Sophie lehnt sich zu ihr hinüber und die beiden Frauen heben ihre Gläser. „Danke, Cannon. Und richte unseren Jungs bitte aus, dass sie sich etwas mehr ins Zeug legen müssen.“

Ich ziehe das Handy zurück, als Cannon gerade lacht.

„Ich vermisse dich“, platze ich heraus und widerstehe dem Drang, mir die Hand vor den Mund zu schlagen. Noch nie zuvor habe ich Cannon so etwas gesagt, und ich habe Angst, ich könnte ihn damit verschrecken. Als ich neulich abends angedeutet habe, dass ich mich in ihn verlieben könnte, verriet mir sein darauffolgendes Schweigen alles, was ich wissen musste.

Ich sollte vorsichtiger sein und meine Worte besser bedenken.

Zu meiner Überraschung lächelt Cannon und sagt: „Ich vermisse dich auch.“

Sofort werde ich von einer Woge der Freude durchströmt. Ich sehe Sophie und Jenna an, die mich mit gerührtem Gesichtsausdruck beobachten, dann senke ich den Blick wieder auf den Bildschirm. „Ich werde jetzt Schluss machen. Schlaf gut, und verpasst dem Gegner morgen eine Abreibung.“

„Ganz bestimmt. Passt auf euch auf und genießt den Abend.“

„Bis bald.“ Ich tippe auf den Bildschirm, um den Anruf zu beenden.

„Also schön“, ergreift Jenna das Wort und lehnt sich vor, wobei sie die Unterarme auf den Tisch stützt und die Hände verschränkt. „Du musst mir mehr über Cannon und dich erzählen. Ich meine, jeder im Team weiß, dass er ein toller Kerl ist. Allerdings ist er nicht gerade für seine Beziehungen bekannt.“

„Er hatte zuvor schon Beziehungen“, erwidere ich.

„Aber er hat sie nicht öffentlich gemacht“, wirft Sophie ein. „Er hat nie eine Frau zu einer Veranstaltung mitgenommen.“

„Woher weißt du das?“ Ich für meinen Teil weiß es, weil Cannon und ich darüber gesprochen haben.

Sophie macht eine abwinkende Geste. „So wie alle anderen habe ich ihn natürlich gegoogelt, als wir erfuhren, dass er unser Trainer werden würde.“

„Es sieht ganz so aus, als würde es zwischen euch beiden ernst werden“, sinniert Jenna.

Ich zucke nur mit der Schulter. „Ich weiß wirklich nicht, wie ich es definieren soll. Es ist kompliziert.“

„Weil er verwitwet ist?“

„Eigentlich nicht“, antworte ich. Obwohl ich nie Einzelheiten über Cannons Beziehung zu Melissa preisgeben würde, denke ich, den beiden erklären zu können, wie er mit seiner Trauer umgegangen ist. „Seine Frau ist vor neun Jahren gestorben. Cannon hat nach Melissas Tod zwar sehr gelitten, aber er hat seine Trauer gut verarbeitet. Hin und wieder ist er noch etwas schwermütig, aber er hat die Vergangenheit hinter sich gelassen.“

„Richtig so“, erwidert Sophie. „Die Leute haben sich schon gefragt, ob er ihren Tod wirklich überwunden hat, da er nie eine ernsthafte Beziehung hatte. Aber nun stellt er seine Zuneigung zu dir öffentlich zur Schau und verwöhnt dich mit Reisen und edlem Champagner.“

„Ich genieße die Zeit, die wir miteinander verbringen. Allerdings nimmt Cannons Karriere ihn sehr in Anspruch, und ich versuche gerade, herauszufinden, wie ich da hineinpasse.“

„Also schön“, wirft Jenna ein und lehnt sich vor. Sophie tut es ihr gleich, damit sie hören kann, was sie zu sagen hat. „Wie ist der Sex? Es tut mir leid, aber ich muss es wissen. Er sieht so aus, als wäre er wirklich gut im Bett.“

Ich stoße ein lachendes Schnauben aus und nippe kurz an meinem Champagner, bevor ich gestehe: „Sagen wir einfach, ich dachte, ich wüsste, was guter Sex ist. Doch Cannon hat mich eines Besseren belehrt.“

Jenna nickt und wirft mir einen wissenden Blick zu. „Er stellt dich an erste Stelle, nicht wahr? Und noch nie hat dich ein Mann im Bett so verwöhnt wie er.“

„Woher weißt du das?“

„Weil es mir genauso geht und ich kann es dir an der Nasenspitze ansehen. Ich wette, Sophie kann ebenfalls ein Lied davon singen."

„Ich werde doch mein Sexleben mit Baden hier nicht ausbreiten", erklärt Sophie ernst, aber im nächsten Moment beginnt sie zu lachen. „Ach, wem mache ich etwas vor. Natürlich werde ich darüber reden."

Vom Champagner beflügelt, unterhalten wir uns während der nächsten zwanzig Minuten über die Highlights unserer Beziehungen und tauschen Erfahrungen aus, wobei die Unterhaltung nicht ganz jugendfrei ist. Ohne den Alkohol hätten wir sicher nicht derart anzügliche Details zum Besten gegeben.

Mein Handy klingelt und ich greife in der Annahme danach, es wäre Cannon. Ich bin fassungslos, als Dereks Name auf dem Display erscheint. Bisher habe ich ihn noch nicht aus den Kontakten gelöscht.

Ich drehe das Handy, damit Sophie und Jenna einen Blick darauf werfen können. „Es ist mein Ex-Freund."

„Der, dem Brienne während des Spiels eine Abreibung verpasst hat?", fragt Sophie. Als ich nicke, ermutigt sie mich: „Nimm ab. Mal sehen, was er will."

Seit meiner Begegnung mit Derek in der Eigentümerloge sind mittlerweile fünf Tage vergangen. Nachdem Brienne ihm deutlich zu verstehen gegeben hat, dass ich nicht nur mit der Vergangenheit abgeschlossen habe, sondern auch glücklich bin, hätte ich nie geglaubt, noch einmal von ihm zu hören.

Doch ich bin neugierig und nehme das Gespräch an. „Hallo?“

„Hey … Ava, hier ist Derek.“

Was du nicht sagst. „Warum rufst du an?“

Einen Moment lang herrscht Stille am anderen Ende der Leitung, doch dann sagt er: „Ich habe viel nachgedacht, seit ich dich bei dem Spiel gesehen habe. Ich glaube, das war eine Art Weckruf für mich.“

„Weckruf?“, frage ich und runzle verwirrt die Stirn.

„Mir ist klar geworden, dass ich Mist gebaut habe. Wahrscheinlich war es der schlimmste Fehler meines Lebens, dich zu betrügen. Ich vermisse dich.“

Mir steht der Mund offen, doch ich finde sofort meine Fassung wieder. „Es war ein Fehler, mich zu betrügen? Was ist damit, dass du für meine Entlassung gesorgt und mich aus dem Haus geworfen hast? Ich war mittellos und hatte kein Dach über dem Kopf.“

„Ich weiß. Aber ich war einfach so wütend, weil du mich zur Rede gestellt hast …“

„Du warst wütend? Du Arschloch. Ich hatte jedes Recht, dich mit deiner Untreue zu konfrontieren. Damit war unsere Beziehung zwar beendet, doch du hättest mich nicht gleich in die Arbeitslosigkeit stürzen müssen. Immerhin habe ich in einer anderen Abteilung in der Firma gearbeitet und du hättest mich nie wiedersehen müssen. Außerdem hättest du mir ein paar Tage Zeit geben können, um eine neue Bleibe zu finden. Du hättest so vieles anders machen können, um mir den Übergang zu erleichtern, doch du hast nichts dergleichen getan. Du bist das größte Arschloch, dem ich je begegnet bin, und ich verstehe beim besten Willen nicht, warum du überhaupt anrufst."

„Um mich zu entschuldigen", erwidert er. „Ich hatte gehofft, wir könnten uns auf einen Drink treffen, damit ich dir von Angesicht zu Angesicht sagen kann, wie leid es mir tut."

Mit Erstaunen drücke ich die Stummtaste und sehe meine Freundinnen an. „Er ruft an, um sich zu entschuldigen, und will sich mit mir auf einen Drink treffen, damit er mir persönlich sagen kann, wie leid es ihm tut."

Jenna verdreht dramatisch die Augen und reißt mir das Handy aus der Hand. Ich beobachte, wie sie den Ton wieder anschaltet und das Gerät an ihr Ohr führt: „Hör zu, du Trottel … du rufst Ava nur an, weil du weißt, dass sie im Moment einen Höhenflug hat. Sie ist mit Brienne Norcross befreundet und geht mit Cannon West aus. Entweder willst du das ausnutzen, oder du willst die beiden auseinanderbringen, um dich wie ein richtiger Mann zu fühlen. Aber ich verrate dir, dass du damit keinen Erfolg haben wirst. Ava und Cannon sind bis über beide Ohren ineinander verliebt, daher wird sie dich keines Blickes mehr würdigen. Du kannst dir deine Entschuldigung in den Arsch schieben."
Dann beendet sie das Gespräch.
Ich starre sie mit großen Augen an, während mir der Mund offen steht. „Ich kann nicht glauben, dass du das gerade getan hast."
„Das war …", beginnt Sophie, hält aber dann inne, weil ihr die Worte fehlen.
„Das Beste und Erstaunlichste, was ich je in meinem Leben gesehen habe", schwärme ich und breche in schallendes Gelächter aus.

Jenna und Sophie stimmen mit ein. Den Rest des Abends verbringen wir damit, den Champagner zu genießen, uns über Derek lustig zu machen und unser Glas auf Cannon zu heben, weil er uns einen so fantastischen Abend beschert.

Kapitel 24

Cannon

Ich steige aus meinem Wagen und verriegle die Tür, dann stecke ich den Schlüssel in die Tasche und zücke mein Handy. Während ich die Einfahrt zu Briennes Haus hinaufgehe, um an dem Abendessen mit den Trainern teilzunehmen, möchte ich noch kurz mit Ava sprechen.

Nachdem ich es viermal habe klingeln lassen, will ich schon auflegen, doch dann nimmt sie ab. „Hey … was gibt's?"

„Ich bin auf dem Weg zu Brienne und dachte, ich melde mich. Was tust du gerade?"

Es ist wirklich bedauerlich, dass ich sie heute Abend nicht sehen werde. Da ich nicht weiß, wie lange dieses Abendessen dauern wird, übernachtet sie heute in ihrer Wohnung.

„Oh, ich habe es mir gerade auf meiner Couch gemütlich gemacht, um zu arbeiten."

„Ich wünschte, ich wäre bei dir", gestehe ich.

Das ist die Wahrheit. Manche Aspekte meines Jobs bereiten mir weniger Freude als andere. Ein Geschäftsessen ist zwar nicht unbedingt eine Tortur, aber die Tatsache, dass ich deshalb von Ava getrennt bin, hinterlässt einen bitteren Geschmack in meinem Mund.

Dazu kommt noch, dass ich morgen zu einem Auswärtsspiel nach Washington aufbreche, sodass ich Ava erst übermorgen wiedersehen werde.

„Ich rufe dich heute Abend an, wenn ich auf dem Heimweg bin, falls es nicht zu spät ist."

„Es wird nicht zu spät sein", versichert sie mir. „Bis später."

Ich gehe die Verandastufen hinauf und läute an der Tür. „Bis später", erwidere ich.

Kaum habe ich mein Handy in der Tasche verstaut, geht die Tür auf und gefühlt Hunderte von Menschen rufen: „Überraschung!"

Im ersten Moment begreife ich gar nicht, was vor sich geht. Dann sehe ich, wie Brienne und - zu meiner Verblüffung - Ava mit einem breiten Grinsen vor mir stehen.

Nach und nach erkenne ich auch die anderen Gesichter. Die ganze Mannschaft, meine Assistenztrainer und deren Lebensgefährtinnen, die Betreuer und sogar einige Mitarbeiter aus der Geschäftsstelle haben sich hier versammelt.

Ich wende mich wieder Ava zu und trete über die Schwelle. Sie kommt mir entgegen, legt ihre Hände auf meine Schultern und stellt sich auf die Zehenspitzen, um mir einen Kuss auf die Wange zu geben. „Herzlichen verfrühten Glückwunsch zum Geburtstag, Cannon. Ich hoffe, du bist nicht zu schockiert."

Ich reiße mich aus meiner Benommenheit und schlinge einen Arm um ihre Taille, um sie an mich zu ziehen, dann flüstere ich ihr ins Ohr: „Bist du für all das verantwortlich?"

Sie zieht den Kopf zurück und begegnet meinem Blick. „Das meiste haben wir Brienne zu verdanken, da sie ihr Haus zur Verfügung stellt und alles bezahlt, doch ich habe die Planung übernommen. Allerdings mussten wir dich schon heute Abend überraschen, da du morgen, an deinem Geburtstag, in Washington sein wirst."

Ich löse mich von Ava und wende mich Brienne zu. Drake steht neben ihr und hat einen Arm um ihre Schulter gelegt. Ich gehe auf sie zu und drücke ihr einen Kuss auf die Wange. „Danke. Sie haben mich wirklich eiskalt erwischt."

Mit einem Lachen ruft sie in die Menge: „In Ordnung, Leute … die Party geht weiter. Genießt Essen und Trinken. Später gibt es auch noch Geburtstagskuchen."

Brienne und Drake gehen davon, damit die anderen mir zum Geburtstag gratulieren können.

Dann ergreife ich Avas Hand und mische mich mit ihr unters Volk. Viele der Anwesenden hat Ava bereits kennengelernt, doch alle anderen stelle ich ihr vor. Jemand bringt mir und Ava ein Bier, woraufhin wir einen Raum betreten, in dem ein großes Büfett aufgebaut ist. Auf einem der Tische steht ein riesiger Blechkuchen, auf den mit Zuckerguss ein großer Puck aufgemalt ist. Darüber wurde in Lila „Herzlichen Glückwunsch, Coach" geschrieben, darunter prangt das Logo der Titans.

Ava und ich beladen uns je einen Teller mit Speisen und wandern durch die Villa, bis wir einen Platz finden, an dem wir uns ungestört unterhalten können.

„Ich kann immer noch nicht glauben, dass du das auf die Beine gestellt und es mir die ganze Zeit über verschwiegen hast."

„Ich bin sehr gut darin, ein Geheimnis zu bewahren", scherzt sie grinsend. „Nur für den Fall, dass du mir in Zukunft etwas anvertrauen musst."

„Verstanden", erwidere ich. „Ich habe mich schon so darüber geärgert, dass ich dich heute Abend nicht sehen werde."

„Oh, ich habe später noch ein schönes Geburtstagsgeschenk für dich“, verspricht sie mit verheißungsvollem Tonfall.

Wenn ich könnte, würde ich sie am liebsten auf der Stelle entführen und mit ihr nach Hause fahren. Aber es wäre unhöflich, von meiner eigenen Party Reißaus zu nehmen. Nachdem wir gegessen haben, mischen wir uns wieder unter die Gäste und irgendwann bleibt Ava stehen, um sich mit Sophie, Harlow, Jenna und Tillie zu unterhalten. Ich nutze die Gelegenheit, um nach Bain zu sehen, der gerade in ein Gespräch mit einigen seiner Mannschaftskameraden vertieft ist. Ich klopfe ihm auf die Schulter, woraufhin er sich zu mir umdreht, mir die Hand entgegenstreckt und sagt: „Herzlichen Glückwunsch zum Geburtstag, Coach. Wie alt wirst du? Zweiundzwanzig?“

Ich muss lachen, denn alle machen sich einen Spaß daraus, dass ich der jüngste Trainer in der Liga bin. „Hast du dich gut eingelebt?“

„Ja, alles läuft bestens. Ich freue mich sehr darüber, jetzt für die Titans zu spielen, und füge mich gut in meine Line ein.“

Ich nicke und klopfe ihm erneut auf die Schulter. „Nur weiter so.“

Ich setze mich wieder in Bewegung und habe dabei immer ein Auge auf Ava. Am liebsten hätte ich sie an meiner Seite, doch ich genieße es, sie zu beobachten, wie sie sich mit den anderen Mitgliedern der Organisation unterhält. Die meisten von ihnen sind die Lebensgefährtinnen von Spielern und ein paar Trainer, aber es macht mich glücklich, dass sie sich so gut einfügt. Obwohl ich nur ungern Vergleiche anstelle, muss ich unwillkürlich an Melissa denken, denn sie hat nie an irgendwelchen Teampartys teilgenommen. Natürlich hat sie mich als Spieler unterstützt und ist zu den offiziellen Veranstaltungen erschienen, doch sie hat nie mit irgendjemandem Freundschaft geschlossen. Im Nachhinein betrachtet, war sie wahrscheinlich gerade deshalb so einsam, wenn ich auf Reisen war. Sie hatte niemanden, an den sie sich wenden konnte.

Ich verlasse die Bibliothek und biege um die Ecke, um den Wohnbereich anzusteuern, in dem eine Bar aufgebaut ist. Kaum habe ich den Raum betreten, werde ich Zeuge eines heftigen Streits zwischen Hendrix und seiner Freundin Tracy. Ich bin ihr vorhin zum ersten Mal begegnet und war nicht sonderlich angetan. Sie klammerte sich mit gelangweilter Miene fest an Hendrix' Arm, während dieser sich mit mir, Ava und ein paar der anderen Gäste unterhielt. Dabei versuchte sie immer wieder, seine Aufmerksamkeit auf sich zu lenken, und ich konnte sehen, dass ihm das peinlich war.

Ich beginne gerade zu verstehen, warum die anderen Spieler der Meinung sind, sie sei nicht gut für ihn, als ich sie sagen höre: „Wir sind schon viel zu lange hier und sollten jetzt gehen."

„Das ist mein Team, Tracy. Mein Trainer hat Geburtstag und ich würde gern mit den anderen feiern."

„Du verbringst viel zu viel Zeit mit diesen Leuten. Für mich hast du nie Zeit."

Ich mache auf dem Absatz kehrt und verlasse den Raum. Die Unterhaltung der beiden erinnert mich viel zu sehr an die, die ich im Laufe der Jahre mit Melissa geführt habe. Am liebsten würde ich Hendrix zur Seite ziehen und ihm sagen, dass er sie abservieren soll. Sie versucht, seine Aufmerksamkeit von seiner Mannschaft abzulenken, und das wird kein gutes Ende nehmen. Ich halte mich jedoch zurück und schweige, denn er hat mich nicht um meinen Rat gebeten, und ich will mich nicht in seine Angelegenheiten einmischen.

Ich spüre, wie jemand meine Hand ergreift, und drehe mich um. Ava steht vor mir und sieht mit einem Lächeln zu mir auf. „Alles Gute zum Geburtstag.“

Ich beuge mich vor, um sie zu küssen. „Du hast mir schon zum Geburtstag gratuliert.“

„Und ich werde es heute noch einige Male tun“, erklärt sie. „Also gewöhne dich daran.“

„Amüsierst du dich gut?“

Ava strahlt mich an. „Du arbeitest mit wunderbaren Menschen zusammen. Die Spieler sind alle unglaublich nett und die Frauen sind fast wie Schwestern für mich.“

Ich drücke ihre Hand. „Das freut mich. Ich sehe dich gern in meiner Welt.“

Sie neigt den Kopf zurück und ist bereit, sich von mir küssen zu lassen. Ich beuge mich vor, doch dann ruft Brienne: „Versammelt euch bitte alle im Speisesaal. Es ist Zeit, den Geburtstagskuchen anzuschneiden.“

Die Gäste drängen sich durch die beiden Eingänge und versammeln sich um den Kuchen. Brienne winkt Ava und mich zu sich, als Drake gerade die letzte Kerze anzündet. „Lasst uns schnell etwas für Cannon singen, bevor die siebenundddreißig Kerzen die Torte in Brand stecken.“

Die Leute lachen, doch dann stimmen sie ein Geburtstagslied an. Ava singt hell und klar, während sie den Arm um meinen Rücken geschlungen und die andere Hand an meinen Bauch gelegt hat.

Als der Gesang verebbt, sagt Ava: „Wünsch dir etwas."

Ich beuge mich vor, um die Kerzen auszupusten, und der erste Gedanke, der mir in den Sinn kommt, ist der Wunsch, dass meine Beziehung mit Ava genauso wunderbar bleibt, während wir gemeinsam in die Zukunft blicken. Ich hole so tief Luft, wie ich kann, und puste sämtliche Kerzen mit einem Mal aus.

Die Gäste jubeln, und ich ziehe Ava an mich, um sie leidenschaftlich zu küssen. Als ich mich wieder von ihr löse, sehe ich, dass jemand aus der Marketingabteilung Fotos von uns schießt. Ich habe keinen Zweifel daran, dass die Bilder auf der Instagram-Seite des Teams auftauchen werden. Erstaunlicherweise lasse ich mich davon nicht aus der Ruhe bringen.

Ich bin viel zu glücklich, als dass mich heute Abend irgendetwas aus der Ruhe bringen könnte.

***

Nachdem wir gerade beide heftig zum Höhepunkt gekommen sind, neigt sich meine Geburtstagsfeier langsam dem Ende zu.

„Ich weiß, dass du eigentlich erst morgen Geburtstag hast, aber ..." Ava rollt sich auf die Seite und beugt sich vor, um unter das Bett zu greifen. Überrascht stelle ich fest, dass sie etwas darunter verstaut hat, denn als sie wieder auftaucht, hält sie eine kleine blaue Geschenktüte mit weißem Seidenpapier in der Hand. „Ich habe meinen ersten Gehaltsscheck bekommen, und das Erste, was ich gekauft habe, war dein Geburtstagsgeschenk.“

Ich setze mich auf und lehne mich gegen das Kopfteil, dann ziehe ich sie an mich und nehme die Tüte entgegen. „Du hast mich doch schon mit einem unglaublichen Orgasmus beschenkt.“

„Das zählt nicht, weil du mir ebenfalls einen Orgasmus beschert hast“, erwidert sie und versetzt mir mit dem Ellbogen einen leichten Stoß in die Rippen. „Mach es auf.“

Lachend greife ich in die Tüte und ziehe ein ledergebundenes Notizbuch heraus. Es ist klein genug, um bequem in meine Handfläche zu passen, und in einem Lederfach am Buchrücken steckt ein Tintenschreiber.

„Ich dachte, du könntest es gebrauchen, um während der Spiele Notizen zu machen. Es ist handlicher als dein Spiralblock.“

Ich bin mehr als ergriffen, denn sie hat sich Mühe bei der Auswahl dieses Geschenks gegeben. „Es ist perfekt. Ich werde es auf jeden Fall benutzen.“

„Ich habe mir überlegt, dass du deine Notizen aufbewahren solltest. Es wäre sicher interessant, sie eines Tages noch einmal zu lesen.“

Ihre Worte durchströmen mich wie Wärme. Es rührt mich, dass sie sich um meine Zukunft Gedanken macht und mich darauf hinweist, dass ich mit diesen Aufzeichnungen Erinnerungen schaffe, die ich möglicherweise als selbstverständlich ansehe. Dennoch könnten sie mir irgendwann wichtig sein.

Ich stelle das Notizbuch und die Tüte auf meinem Nachttisch ab und wende mich ihr zu. Wir sehen einander an und ich lege einen Arm um ihre Taille.

„Es bedeutet mir wirklich viel, dass du dabei geholfen hast, meine Geburtstagsparty auszurichten."

„Es war mir ein Vergnügen."

„Du bedeutest mir von Tag zu Tag mehr", murmle ich mit rauer Stimme, doch die Worte kommen mir ungehindert über die Lippen.

Ava zuckt leicht zusammen. Mit diesem Geständnis habe ich sie offenbar schockiert. „Dito", erwidert sie nur.

Aber mehr muss ich nicht hören.

„Ich wollte mit dir über die kommenden Wochen sprechen", sage ich, woraufhin Ava meinem Blick begegnet und mich neugierig ansieht. „Nach dem morgigen Auswärtsspiel werde ich in Pittsburgh sein bis Thanksgiving, abgesehen von dem einen Spiel am Tag davor. Ich habe mich gefragt, ob du die ganze Zeit über hierbleiben möchtest, auch wenn ich unterwegs bin. Wir könnten Thanksgiving gemeinsam feiern, es sei denn, du willst über die Feiertage nach Hause fahren. Doch bisher hast du nichts dergleichen erwähnt."

„Ich habe mich noch nicht entschieden. Ich hatte angenommen, du würdest deine Familie besuchen."

Ich schüttle den Kopf. Natürlich würde ich sie gern besuchen, doch ich müsste nach Denver fliegen und schon am nächsten Tag die Rückreise antreten. Dadurch wäre ich ziemlich lange unterwegs, nur um ein paar Stunden mit meiner Familie zu verbringen.

„Du willst also wirklich, dass ich bis dahin hierbleibe?"

„Es würde vieles erleichtern. Ich wohne in der Nähe des Stadions und du wohnst außerhalb der Stadt." Ich rede mir ein, dass ich sie nicht wirklich bitte, bei mir einzuziehen, doch es würde mir gefallen, wenn sie häufiger hier wäre. „Du könntest einfach ein paar deiner Kleider hier verstauen und dir einen Satz Toilettenartikel für meine Wohnung besorgen. Auf diese Weise musst du deine Sachen nicht ständig hin und her schleppen.“

Definitiv keine Einladung, bei mir einzuziehen! Ich gebe ihr nur zu verstehen, dass ihr meine Tür offen steht, damit wir uns öfter sehen können.

Rein aus Bequemlichkeit.

„In Ordnung“, sagt Ava, woraufhin ich erleichtert ausatme. „Ich werde ein paar meiner Kleider holen und mindestens bis Thanksgiving bleiben. Da du am Tag zuvor unterwegs sein wirst, werde ich die Zubereitung des Festessens übernehmen.“

„Wunderbar“, erwidere ich und beuge mich vor, um sie zu küssen. Als ich den Kopf zurückziehe, gähnt sie leise. „Und jetzt lass uns schlafen.“

Ich greife nach meinem Handy auf dem Nachttisch, um den Wecker zu stellen, und entdecke eine Benachrichtigung, dass ich auf der Instagram-Seite der Titans markiert wurde. Ich tippe auf den Bildschirm, um den Beitrag aufzurufen. Auf dem Foto ist nicht zu sehen, wie wir uns küssen, doch es ist der Moment darauf eingefangen, in dem wir uns gerade wieder voneinander lösen. Wir strahlen einander an und blicken einander tief in die Augen.

Ich drehe Ava das Handy zu. „Es sieht so aus, als wäre unsere Beziehung nun öffentlich.“

Sie beugt sich vor und gibt kaum hörbar einen Laut von sich. „Oh, das ist so ein gutes Bild von uns.“ Sie blickt zu mir auf. „Ist das ein seltsames Gefühl für dich?“

„Ein wenig“, gestehe ich, als ich mir das Foto noch einmal ansehe. „Aber vor allem fühlt es sich erstaunlich an.“

„Da hast du recht“, stimmt sie zu und kuschelt sich an mich. „Es ist ziemlich erstaunlich.“

Kapitel 25

Ava

Ich wache auf, als Cannon das Schlafzimmer betritt. Für gewöhnlich schlafe ich tief und fest, aber ich wusste, dass er heute Nacht noch aus Washington zurückkehren würde. Die Aufregung hat dafür gesorgt, dass ich nur in einen leichten Schlaf gefallen bin.

Ich habe die Nachttischlampe für ihn angelassen, damit er sich nicht durch die Dunkelheit tasten muss. „Hallo", murmle ich und stütze mich auf einen Ellbogen.

„Ich wollte dich nicht wecken", sagt er entschuldigend und beginnt, sich auszuziehen.

„Aber ich wollte, dass du mich weckst", erwidere ich, während ich ihn dabei beobachtete, wie er sich seiner Kleidung entledigt und seinen Körper Stück für Stück entblößt. „Alles Gute zum Geburtstag."

Er schenkt mir ein Lächeln, als er seine Hose und Boxershorts auszieht. „Mein Geburtstag war gestern."

„Das stimmt", antworte ich und werfe einen Blick auf die Uhr auf dem Nachttisch. Es ist kurz nach eins, was bedeutet, dass sein Geburtstag seit einer Stunde vorbei ist. „Aber da du nicht hier warst, muss ich dir noch einen Geburtstagskuss geben."

Cannon grinst, als er sich ins Bett legt und die Arme ausbreitet. Ich kuschle mich an ihn, woraufhin er mich innig und zärtlich küsst.

„Herzlichen Glückwunsch", flüstere ich und drehe ihm dann den Rücken zu, woraufhin er mich mit seinen starken Armen an sich zieht.

Plötzlich werde ich von einem unbändigen Verlangen übermannt, doch zugleich fühle ich mich ruhig und ganz und gar zufrieden. Allein die Tatsache, dass Cannon solch gegensätzliche Gefühle in mir hervorrufen kann, beweist mir, was für ein besonderer Mann er ist.

„Mm, du fühlst dich gut an“, murmelt er, während er mich nur im Arm hält. Ich weiß jedoch, dass er sich nicht nur mit Kuscheln zufriedengeben wird, denn ich spüre seine Erektion an meinem Hintern. Aber er scheint es nicht eilig zu haben.

Ich schlinge meine Arme um die seinen und wackle mit dem Hintern.

Cannon atmet hörbar durch die Zähne ein und knurrt mir ins Ohr: „Wenn du so weitermachst, wird es nicht lange dauern, bis ich dich ficke.“

Meine Güte, seine schmutzigen Worte sind erregend, also schmiege ich mich noch fester an ihn und presse meinen Hintern an seinen Schwanz.

Er stößt ein Brummen aus, mit dem er mir zu verstehen gibt, dass ich ihn in den Wahnsinn treibe. Ich liebe es, wenn Cannon von stürmischer Leidenschaft getrieben wird und es kaum erwarten kann, mich zu nehmen. Doch jetzt dreht er mich nur auf den Rücken und beugt sich vor, um mich innig zu küssen.

Der Kuss ist eine sinnliche Vermählung unserer Lippen, während er mit der Zunge träge die meine liebkost. Er legt eine Hand an meine Wange und knabbert an meiner Unterlippe, woraufhin ich es ihm gleichtue und ebenfalls mit einer Hand seine Wange umfasse.

Ich weiß nicht, wie lange wir uns küssen, aber Cannon hat es nicht eilig. Er lässt seine Lippen an meinem Kinn und Hals entlang bis zu meinem Schlüsselbein gleiten, bevor er sich auf mich legt und seine Lenden an mein Becken schmiegt. Er schiebt fordernd seine Zunge in meinen Mund, während ich meine Hüften kreisen lasse und nach mehr verlange, denn ich weiß, dass er es auch will.

Mit einer Hand packe ich seinen Hintern und vergrabe meine Fingernägel in seiner Pobacke. Cannon stößt ein Zischen aus und beißt mir auf die Unterlippe, bevor er darüber leckt. „Weißt du eigentlich, wie sehr du mich in den Wahnsinn treibst?"

„Und das aus dem Mund des Mannes, der mir gesagt hat, dass es nicht lange dauern würde, bis er mich fickt. Offenbar begnügst du dich jedoch damit, mich zu küssen", murmle ich, als er seine Lippen wieder an meinen Hals wandern lässt.

„Ich werde dich schon ins Reich der Ekstase befördern und dich noch früh genug zum Schreien bringen, Baby." Cannon gleitet weiter nach unten, wobei er mit seiner stoppeligen Wange über meine Brust kratzt. Mit dem Mund umschließt er eine meiner Brustwarzen und saugt kräftig daran. „Aber zuerst will ich noch ein bisschen spielen."

„Cannon", stöhne ich, während er mit den Lippen weiter an meinem Körper hinunterwandert und mich dabei abwechselnd küsst und zärtlich beißt.

Als er meine Schenkel spreizt, hebt er den Kopf und begegnet meinem Blick. „Das ist für mich mittlerweile der beste Teil des Tages."

„Was meinst du?", frage ich im Flüsterton.

„Wenn ich dich kommen lassen kann."

Mein Herz macht einen Satz, und ich habe das Gefühl, explodieren zu müssen. Er senkt den Kopf, während er mich die ganze Zeit über ansieht. Ich erbebe, als sein Atem mein Geschlecht streift.

Im nächsten Moment presst er seinen Mund auf meine Muschi und lässt seine Zunge entweder kreisen oder wie einen Schmetterling über meine Klitoris flattern. Er hält Wort und bringt mich im Handumdrehen zum Höhepunkt. Ich werde von einer so heftigen Welle der Ekstase mitgerissen, dass ich Sternchen vor Augen habe.

„Du kannst jetzt loslassen, Ava", dringt Cannons Stimme in mein Bewusstsein.

„Hm?", murmle ich. Ich hebe den Kopf und sehe, dass ich meine Finger in seinem Haar zu einer festen Faust geballt habe. „Tut mir leid", stoße ich hervor und lasse ihn sofort los.

Cannon grinst und schiebt sich wieder nach oben, um seinen Mund erneut auf meinen zu pressen. Ich verliere mich in seinem Kuss, während er einen meiner Schenkel anhebt und ihn um seine Hüfte schlingt, bevor er in mich eindringt.

Er neigt den Kopf und blickt zwischen unseren Körpern nach unten. „Sieh nur, Ava", flüstert er. „Sieh dir an, wie tief ich mich in dir vergrabe."

„Ich sehe es", erwidere ich mit heiserer Stimme, die kaum mehr als ein Flüstern ist.

„Es fühlt sich so gut an, nicht wahr?", fragt er, fast so, als würde er mit sich selbst sprechen.

Er gibt mir keine Gelegenheit, zu antworten, denn er beginnt, in einem heftigen Rhythmus immer wieder in mich hineinzustoßen, sodass ich keinen zusammenhängenden Gedanken mehr fassen kann. Er begegnet meinem Blick, wobei ein animalisches Feuer in seinen Augen brennt. Cannon sieht aus, als wollte er mich verschlingen … aber nicht nur meinen Körper, sondern auch meine Seele.

Ich höre nichts weiter als sein Fluchen und sein Knurren, während er mich immer schneller und härter fickt. Ich schlinge mein anderes Bein um ihn und lasse mich mitreißen.

„Verdammt, Ava … ich komme gleich, aber ich will mich noch zurückhalten."

„Lass dich gehen", keuche ich, während er immer wieder mit Wucht in mich eindringt. Ich lasse meine Hand an seinem Hals hinauf über sein Kinn und seine Schläfe gleiten, und er starrt mich an. „Ich will, dass du kommst, Cannon. Ich will, dass du genauso explodierst wie ich."

„Scheiße", stößt er hervor. Er dringt noch einmal tief in mich ein und schlingt seine Arme um mich, als er über den Abgrund der Ekstase fällt. Dann sackt er auf mir zusammen, und ich streiche ihm über den Rücken, wobei ich spüre, wie er die Muskeln anspannt. Er stöhnt vor Lust auf, während er seine Hüften kreisen lässt und sein Gesicht an meinem Nacken vergräbt. „Verdammt, das fühlt sich so gut an."

Plötzlich werde ich von einer Woge der Zuneigung für ihn durchströmt. Obwohl unsere Körper immer noch vor Lust vibrieren, würde ich ihn am liebsten umarmen und fest an mich drücken.

Cannon rollt sich auf die Seite, um mich nicht zu erdrücken. Ich ziehe den Kopf zurück und sehe, wie er mich angrinst.

„Ich glaube, ich bin kaputt", scherzt er und küsst mich zärtlich.

Lachend streiche ich mit meiner Hand über seinen Arm. „Ich auch. Aber es fühlt sich gut an."

„Ja, es fühlt sich gut an", stimmt er zu und stößt den Atem aus, bevor er mich mit einem ernsten Blick bedenkt. „Eigentlich gibt es keinen guten Grund, warum wir das nicht jeden Tag und sonntags sogar zweimal tun sollten."

Lachend streiche ich mit dem Fuß über sein Bein. „Leider sind wir nicht jeden Tag zusammen."

„Das bedeutet, dass du mich öfter zu Auswärtsspielen begleiten solltest", stellt er fest, wobei er mir ein verschmitztes Lächeln schenkt, das unglaublich charmant ist.

„Ich werde hin und wieder mitkommen", versichere ich ihm, aber ich will mich nicht festlegen. Mir ist immer noch unbehaglich zumute, wenn er für meine Reisekosten aufkommt.

„Begleite mich nächste Woche zu dem Auswärtsspiel", sagt er.

„Nein", erwidere ich mit einem mahnenden Unterton, denn diese Unterhaltung haben wir bereits geführt. „Es ist einen Tag vor Thanksgiving, und ich habe viel zu viel zu tun. Schließlich will ich dich mit einem Festmahl von den Socken hauen."

„Das will ich auch hoffen", scherzt er. „Dann komm zum nächsten Auswärtsspiel."

„Okay", lenke ich ein. Als ich das glückliche Strahlen in seinen Augen sehe, verschlägt es mir fast den Atem. Mit nur einem Wort habe ich ihm das schönste Lächeln aller Zeiten aufs Gesicht gezaubert.

„Hat Melissa dich auch zu Auswärtsspielen begleitet?", frage ich.

„Nicht wirklich", antwortet er, während er mit einer Strähne meines Haars spielt. „Sie hat sich nicht übermäßig für meine Karriere interessiert. Sie kam zwar zu den Heimspielen, aber sie war nicht wie die Ehefrauen der anderen Spieler mit Begeisterung dabei.“

Ich denke über seine Worte nach und frage mich, ob sie nur egoistisch war oder ihn vielleicht dafür bestrafen wollte, dass er so oft nicht zu Hause war. „Ich wette, das hat deine Gefühle verletzt.“

Cannon zuckt mit den Schultern. „Um ehrlich zu sein, bin ich nicht einmal sicher. Ich habe mich so sehr auf das Spielen konzentriert, dass ich es wahrscheinlich gar nicht bemerkt habe. Es ist ein gutes Beispiel dafür, warum unsere Ehe gescheitert ist. Sie war nicht da, und ich weiß nicht, ob es mich überhaupt interessiert hat.“

„Du weißt aber, dass ich mich für deine Spiele interessiere, nicht wahr?“, frage ich leise. „Wenn ich nicht bei jedem Auswärtsspiel dabei sein kann, dann liegt das zum großen Teil daran, dass es mir unangenehm ist, weil du alles bezahlst.“

„Ich weiß“, versichert er mir. „Aber ich werde nicht aufhören, dich einzuladen.“

„Und ich werde zu so vielen Spielen kommen, wie ich kann. Versprochen.“

„Stört es dich, wenn wir über Melissa reden?“, will Cannon wissen, woraufhin ich ihn überrascht anblinzle. „Gerade eben hast du zwar nach ihr gefragt, aber …“

„Nein, ganz und gar nicht.“ Ich stütze mich auf einem Ellbogen ab, um ihm direkt in die Augen zu blicken. „Sie war ein wichtiger Teil deines Lebens, sowohl in den guten als auch in den schlechten Zeiten, und ich interessiere mich zufällig sehr für dich. Du sollst wissen, dass du immer über sie reden und mir vor allem von den guten Zeiten erzählen kannst, denn ich bin sicher, dass du viele schöne Erinnerungen mit ihr gesammelt hast. Schließlich muss sie eine ganz besondere Frau gewesen sein, wenn du sie geliebt hast.“

In Cannons Augen flackern unzählige Emotionen auf. Als er ein leises „Danke“ murmelt, denke ich jedoch, dass er vor allem dankbar ist, dass er diesen Teil seines Lebens nicht vor mir verschließen muss.

Kapitel 26

Cannon

Heute haben wir ein Heimspiel, und ich habe endlich das Gefühl, dass ich eine gute Routine entwickelt habe. Zwar konnte ich Erfahrungen als Trainer im Ausland und in der Minor League sammeln, doch bei den Titans spiele ich eine völlig andere Rolle. Augen aus dem ganzen Land sind auf uns gerichtet, und da ich das Aushängeschild dieses Teams bin, ist es wichtig, dass ich mich in der Öffentlichkeit zeige. Ich bin der Erste, der im Stadion ist, und der Letzte, der es verlässt, und es ist mir nicht entgangen, dass ich für all die Spieler ein Vorbild bin.

Wir haben heute Morgen ein leichtes Training absolviert, anschließend traf ich mich mit den Assistenztrainern zu einer Nachbesprechung. Das heutige Spiel ist von großer Bedeutung, denn wir treten gegen die Toronto Blazers an, für die ich früher gespielt habe. Gage war ebenfalls bei ihnen verpflichtet, aber er stieß erst kurz bevor Melissa krank wurde zur Mannschaft, daher hatte ich nie Gelegenheit, ihn näher kennenzulernen. Heute schwelgen wir jedoch beide in Nostalgie.

Ich habe etwa eine Stunde Zeit, um zu Mittag zu essen und ein paar meiner E-Mails zu bearbeiten. Danach werde ich mit dem Team noch einmal einige Videosequenzen durchgehen, bevor die Jungs ihre Ausrüstung anlegen.

Als ich mich nach dem Meeting mit den Assistenztrainern vom Konferenztisch an meinen Schreibtisch begebe, sehe ich, dass meine Mutter angerufen hat. Ich beschließe, sie zurückzurufen, während ich zum Aufenthaltsraum gehe, in dem für die Spieler ein reichhaltiges Büfett bereitsteht.

Heute ist Donnerstag, und ich weiß, dass meine Mutter bei der Arbeit ist. Doch da sie der Chef ist, muss ich mir keine Sorgen darüber machen, sie zu stören. Es klingelt nur kurz, bevor sie das Gespräch annimmt. „Wie geht es meinem süßen Jungen?“

„Ich bin kein Junge mehr“, sage ich lachend, als ich mein Büro verlasse und auf den Flur hinaustrete. „Ich habe gesehen, dass du angerufen hast.“

„Ich wollte nur deine Stimme hören und dir viel Glück für das heutige Spiel wünschen.“

„Danke, das ist lieb. Wie geht es allen zu Hause?“ Ich lausche meiner Mutter, die von sämtlichen Familienmitgliedern, einschließlich ihrer Enkelkinder, etwas Neues zu berichten hat. Als ich den Aufenthaltsraum erreiche, trete ich nicht ein, sondern gehe daran vorbei und lehne mich an die Wand, um ungestört telefonieren zu können.

„Bist du sicher, dass du an Thanksgiving nicht nach Hause kommen kannst?“, will meine Mutter wissen.

Gestern habe ich ihr eine Nachricht geschrieben und ihr mitgeteilt, dass ich in Pittsburgh bleiben werde, ohne ihr einen Grund zu nennen. Ich habe ihr verschwiegen, dass ich den Feiertag mit Ava verbringen will, doch ich denke, ich sollte meiner Mutter davon erzählen. Immerhin wird es langsam ernst zwischen uns. Meine Mutter würde es sicher genauso sehen, schließlich will ich das Fest mit Ava statt mit meiner eigenen Familie feiern.

„Vielleicht können wir auch alle nach Pittsburgh kommen“, schlägt meine Mutter vor.

„Nein“, rufe ich aus und ziehe eine Grimasse. Ich habe nicht unfreundlich klingen wollen, also senke ich die Stimme und sage: „Ich werde Thanksgiving mit einer Frau verbringen.“

Meine Mutter schnappt überrascht nach Luft und lacht dann fröhlich. „Oh, ich will alles über sie wissen, Cannon. Wie heißt sie? Wie hast du sie kennengelernt? Werdet ihr zusammen kochen oder werdet ihr ausgehen?“

Glucksend gehe ich ein Stück weiter den Flur entlang, als einige Spieler den Aufenthaltsraum betreten und andere ihn verlassen. Ich fahre mir mit der Hand durch das Haar, atme tief durch und erzähle meiner Mutter alles über Ava Cavanaugh.

Als ich fertig bin, jauchzt meine Mutter vor Freude. „Weißt du, ich habe lange darauf gehofft, dass du mich eines Tages anrufst und mir sagst, dass du jemanden kennengelernt hast.“

„Ich hatte vorher schon Beziehungen“, erwidere ich.

„Aber keine, von der du mir je berichtet hast“, schimpft sie. Im Geiste sehe ich förmlich ihren mütterlichen Blick vor mir. „Und es macht mich glücklich, dass du nun eine Frau gefunden hast, die dir so viel bedeutet, dass du mir von ihr erzählst.“

Es besteht kein Zweifel, Ava bedeutet mir wirklich viel. „Du würdest sie mögen, Mom. Wenn ihr das nächste Mal hier seid, werde ich euch einander vorstellen.“

„Darf ich dir einen mütterlichen Rat geben?“

„Natürlich.“

„Denk an die Fehler, die du in deiner Ehe mit Melissa gemacht hast, und sieh zu, dass du sie nicht wiederholst.“

Bei den Worten wird mir warm ums Herz, denn meine Mutter will damit nur mein Gewissen beruhigen. Als Melissa krank wurde, hatte ich unglaubliche Schuldgefühle, weil meine Ehe in die Brüche gegangen war. Meine Mutter wusste, dass ich mich hinsichtlich meiner Rolle als Ehemann als Versager gefühlt habe. Doch ihr war auch bewusst, dass Melissa ebenso zum Scheitern unserer Ehe beigetragen hat. Uns traf beide Schuld.

Vor allem will meine Mutter damit sagen, dass ich meine Bedürfnisse immer klar und ehrlich äußern soll. Das versteht sich von selbst, aber ich muss sicher sein, dass Ava es ebenfalls tut. Doch es könnte auch etwas anderes bedeuten. Wahrscheinlich hätte ich Melissa mehr Aufmerksamkeit schenken können. Ich hätte auf zusätzliche Trainingseinheiten und Laufübungen mit den Jungs verzichten können, ich hätte meine Freizeit nicht mit den anderen Spielern verbringen müssen, um unsere Kameradschaft zu festigen, und ich hätte nicht ständig mit meinen Kumpels im Fitnessraum Gewichte heben müssen. Tatsächlich hätte ich ihr mehr Zeit widmen können, aber wäre das genug gewesen?

Vermutlich nicht. Doch meine Mutter redet schließlich nicht davon, dass ich meine Ehe retten soll. Sie erinnert mich nur daran, dass ich aus meinen Fehlern lernen muss.

„Danke, Mom. Du weißt, ich vertraue auf deine Weisheit.“

„Das musst du gar nicht. Du bist ein kluger und intuitiver Mann, und ich bin mir sicher, dass du das Kind schon schaukeln wirst.“ Sie hält kurz inne, bevor sie fragt: „Hast du in letzter Zeit mit Connie gesprochen?“

„Ein paarmal." Meine Mutter weiß von dem schrecklichen Anruf am Tag vor Melissas Todestag und auch von dem gestelzten Telefonat am nächsten Tag. „Es ist immer das Gleiche."

„Du musst es ihr sagen, Cannon." Damit meint sie, ich muss Connie irgendwie beibringen, dass ich mich in Bezug auf Melissa nicht in derselben Position befinde wie sie. „Es ist nicht fair, dass sie dich so vereinnahmt."

„Sie hat sonst niemanden. Andrew hat sich so gut wie aus der Ehe zurückgezogen."

Meine Mutter seufzt. „Du bist so ein guter Mann."

„Das liegt nur an deiner Erziehung. Du bist die beste Mutter der Welt und hast immer einen guten Rat für mich." Das bringt mich auf einen Gedanken. „Mom … ich muss jetzt Schluss machen."

„In Ordnung, mein Junge. Viel Glück heute Abend. Wir haben dich lieb."

„Ich habe euch auch lieb."

Ich verstaue mein Handy in der Tasche und gehe zurück in mein Büro, um meinen Autoschlüssel zu holen. Auf dem Weg nach draußen sehe ich Gage in seinem Büro sitzen und stecke den Kopf durch die Tür. „Ich werde das Stadion für eine Stunde verlassen … vielleicht auch eineinhalb Stunden. Es kann sein, dass ich zu spät zur Videobesprechung komme, also wartet nicht auf mich."

Gage blinzelt überrascht. „Klar doch. Wir haben alles im Griff."

„Das weiß ich."

***

Mit einer Schachtel Pralinen und einem üppigen Blumenstrauß bewaffnet, schließe ich die Tür zu meiner Wohnung auf. Mein Blick fällt sofort auf Ava, die an meinem Küchentisch sitzt und an ihrem Laptop arbeitet. Sie hebt den Kopf und reißt die Augen auf, als sie sieht, was ich in der Hand halte.

Ich schließe die Tür hinter mir mit einem Tritt und gehe auf Ava zu.

Sie legt den Kopf schief. „Was tust du hier?“

Ich reiche ihr die Blumen und lege die Pralinen neben ihrem Laptop auf den Tisch. Dann beuge ich mich zu ihr vor und presse meine Lippen zärtlich auf die ihren. „Es ist Mittag, und ich habe beschlossen, eine Pause einzulegen und etwas mit dir zu essen.“

Ava bleibt der Mund offen stehen, und ich lege einen Finger unter ihr Kinn, um ihn zu schließen. „Worauf hast du Lust?“

„Ich glaube, wir haben nur Erdnussbutter und Marmelade, denn du hast daran gedacht, Erdnussbutter zu kaufen.“

Ich lache und ziehe sie auf die Füße, um sie innig zu küssen. Mein Körper reagiert augenblicklich auf ihren Duft und ihren Geschmack, doch ich weiche zurück, denn ich bin hier, um mit meiner Freundin zu Mittag zu essen. Und im Anschluss muss ich mich sofort wieder an die Arbeit machen.

„Komm schon.“ Ich ergreife ihre Hand und führe sie zur Tür. „Wir holen uns schnell etwas im Deli.“

„Okay“, willigt sie ein, wobei sie immer noch verwirrt klingt. „Hast du überhaupt Zeit dafür?“

Ich halte mit der Hand am Türknauf inne und wende mich ihr zu. „Ich nehme mir die Zeit.“

In Avas Augen spiegelt sich ein Ausdruck der Zuneigung wider. Ich nehme an, dass sie mir gleich sagt, das sei nicht nötig, und bin bereit, meine Hand auf ihren Mund zu legen, um sie zum Schweigen zu bringen.

Stattdessen lächelt sie und schnappt sich ihre Jacke. „Dann sollten wir uns beeilen, denn ich weiß, dass du bald wieder zur Arbeit musst."

Ich öffne die Tür, doch sie hält mich fest, woraufhin ich fragend eine Augenbraue in die Höhe ziehe.

Sie tritt auf mich zu und neigt ihren Kopf zurück. Ich folge der Einladung und küsse sie.

„Danke für die Blumen und die Schokolade. So etwas hat noch nie jemand für mich getan."

„Nun, für mich ist es auch das erste Mal", versichere ich ihr, und als ich ihren erstaunten und erfreuten Gesichtsausdruck sehe, weiß ich, dass es nicht das letzte Mal sein wird.

Kapitel 27

Cannon

„Ich verstehe das nicht", murmle ich und zeige auf den Fernseher. „Auf der Tür ist doch genug Platz."

„Psst." Ava drückt meinen Arm hinunter.

Ich wende mich ihr zu und sehe im Schein des Fernsehers, dass sie feuchte Augen hat. Mit dem anderen Arm, der um ihre Schulter liegt, ziehe ich sie an mich. Aber ich verstehe immer noch nicht, warum Jack nicht zu Rose auf die Tür klettert.

Wir sehen uns *Titanic* an, einen von Avas Lieblingsfilmen. Ich habe ihn vor langer Zeit schon einmal gesehen, doch ich kann mich nicht mehr wirklich daran erinnern. Zumindest weiß ich nicht mehr, dass Jack zu dämlich ist, sich aus dem Wasser auf diese verdammte Tür zu ziehen. Ich sage jedoch nichts, bis Jack erfroren ist und Rose ihn ins eiskalte Meer gleiten lässt.

„So tragisch", flüstert Ava und blinzelt ein paar Tränen weg.

Ich kann kaum glauben, dass sie tatsächlich kurz davorsteht, in Tränen auszubrechen, daher schnappe ich mir die Fernbedienung und drücke auf Pause.

Sie dreht den Kopf und sieht mich an. „Es hat nichts damit zu tun, dass auf der Tür nicht genügend Platz ist. Jack wollte nicht riskieren, dass sie kentern, denn dann würde er Rose in Gefahr bringen. Für ihn war nur wichtig, dass sie in Sicherheit war. Nachdem das Schiff den Eisberg gerammt hatte, bestand seine ganze Mission darin, sie zu retten, und das hat er vollbracht."

„Oh“, murmle ich und werfe einen Blick auf den Bildschirm, auf dem eine Nahaufnahme von Rose zu sehen ist, während sie weinend ins Wasser starrt. „Das ergibt Sinn.“

Ava lacht und ich wende mich ihr zu. Ihre Augen sind immer noch feucht, doch sie scheint sich über mich zu amüsieren.

„Was ist denn so lustig?“, frage ich und lege meine Hand an ihren Bauch, um sie zu kitzeln.

Sie jault auf und windet sich, wobei sie mich von sich schiebt und meine Hand festhält. „Es ist nur … du hast die Handlung mit dem Blick eines Trainers analysiert und bis zum Schluss versucht, herauszufinden, wie du das Spiel gewinnen kannst.“

„Ich sage nur, dass sie mehr als einmal hätten versuchen sollen, ihn auf die Tür zu ziehen.“

Sie schüttelt den Kopf, kichert und kuschelt sich dann wieder an mich. „Wir sollten wirklich an deiner Einstellung zur Romantik arbeiten.“

„Hey“, erwidere ich mit gespielter Entrüstung, als ich nach der Fernbedienung greife, um den Film wieder zu starten. „Ich habe dir erst gestern Blumen und Schokolade mitgebracht. Und jetzt sehe ich mir mit dir einen Frauenfilm an.“

„Ich weiß“, sagt sie gedehnt und tätschelt mir den Bauch. „Und ich werde dich später dafür belohnen.“

Es klingelt an der Tür, und ich lege die Fernbedienung auf den Couchtisch. „Das chinesische Essen ist da.“

„Das ging aber schnell“, bemerkt Ava. Wir stehen beide von der Couch auf und sie knipst die Lampe an.

„Geh du an die Tür, ich hole die Teller", sage ich. „Was willst du trinken?"

„Nur ein Wasser, bitte", antwortet sie, woraufhin wir in entgegengesetzte Richtungen davongehen.

Ich überlege, ob ich einfach Pappteller schnappen soll oder ob wir mit den Stäbchen direkt aus dem Karton essen sollen. Schließlich entscheide ich mich jedoch für Porzellanteller und krame in der Besteckschublade nach zwei Gabeln.

Als ich mich umdrehe, um alles auf der Kücheninsel zu platzieren, kommt Ava mit beklommener Miene herein.

„Cannon", sagt sie mit sanfter Stimme. „Du hast Besuch."

Ihr Tonfall lässt mir die Haare zu Berge stehen. Ich lehne mich zur Seite, um über ihre Schulter zu spähen, und erblicke Connie in der Eingangshalle.

Sofort gehe ich um die Kücheninsel herum und reiche Ava die Teller und das Besteck. „Connie … was machst du denn hier?", frage ich besorgt, während ich sie mustere.

Sie trägt einen Wintermantel, hat ihre Handtasche über die Schulter gehängt und die Hände vor ihrem Körper gefaltet. Doch ihrem Gesichtsausdruck entnehme ich, dass sie aufgebracht ist. Da sie in Michigan lebt, aber hier in meiner Wohnung in Pittsburgh steht, nehme ich an, dass es sich um etwas Ernstes handelt. „Ist alles in Ordnung?"

Sie lässt ihren Blick zur Küche schweifen. Ich vermute, dass sie Ava mustert, bevor sie sich wieder mir zuwendet. „Ich wollte dich und deine Freundin sicher nicht stören."

Ihr Tonfall gefällt mir nicht. Er ist anklagend und verbittert, doch ich lasse mich davon nicht einschüchtern. Es hat den Anschein, als wäre sie auf einen Streit aus, aber den werde ich ihr nicht liefern.

Ich strecke meine Hand nach Ava aus. „Das ist Ava Cavanaugh. Ava, das ist Melissas Mutter, Connie Waite.“

Die arme Ava sieht aus, als hätte sie einen Geist gesehen, doch setzt ein freundliches Lächeln auf. „Guten Tag, Connie. Es freut mich sehr, Sie kennenzulernen.“

Connie antwortet nicht und verzieht nur voller Abscheu den Mund, als sie sich mir zuwendet. „Wie konntest du nur, Cannon?“

„Wie konnte ich was?“, frage ich, obwohl ich genau weiß, was sie damit andeuten will. Allerdings werde ich dieses passiv-aggressive Verhalten nicht dulden.

„Du trittst Melissas Andenken mit Füßen.“

Ich spanne den Nacken an. „Inwiefern trete ich Melissas Andenken mit Füßen?“

„Ich rede von ihr.“ Connie deutet auf Ava, und ich werfe einen Blick über die Schulter, um zu sehen, wie Ava mit schmerzverzerrtem Gesicht einen Schritt zurücktritt.

Langsam werde ich wütend. Ich richte meinen Blick wieder auf Connie, doch bevor ich etwas erwidern kann, lässt sie eine Schimpftirade auf mich niederprasseln. „Ich habe Bilder von dir und dieser Frau auf der Instagram-Seite des Teams gesehen. Ich kann nicht glauben, dass du aller Welt zeigst, wie glücklich du mit deinem Leben bist, nachdem Melissa kein Teil mehr davon ist.“

Mittlerweile koche ich vor Wut. „Einen Moment mal, Connie. Das ist nicht fair. Melissa ist vor neun

Jahren gestorben, und ich habe das Recht, mein Leben weiterzuleben."

„Du hast Melissa lange vor ihrem Tod verlassen", schreit Connie mit wutverzerrtem Gesicht. „Dich hat doch immer nur deine Karriere interessiert. Ich wette, du hattest keine Ahnung, dass ich darüber Bescheid weiß, aber Melissa hat mir alles erzählt. Du hast deine Bedürfnisse stets über ihre gestellt." Connie lehnt sich zur Seite, um einen Blick auf Ava zu werfen. „Wenn Sie schlau sind, sollten Sie Reißaus nehmen. Sie werden für ihn nie an erster Stelle stehen. Er ist nicht fähig, sich einem anderen Menschen zu verschreiben, und wird auch Sie verletzen."

Sie wirft mir einen hasserfüllten Blick zu. „Du warst ein furchtbarer Ehemann, Cannon. Für dich war einzig deine Karriere von Bedeutung." Im nächsten Moment bricht ihre Stimme und sie stammelt: „Du hast Melissa alleingelassen. Du hast in der Ehe und in deiner Pflicht als Ehemann versagt. Du warst egoistisch. Du hast dich nur um dich selbst gekümmert."

Diese Vorwürfe kann ich keine Sekunde länger ertragen. „Ich habe meine Karriere aufgegeben, um mich um Melissa zu kümmern", brülle ich. „Ich war ihr bis zum Schluss treu ergeben."

Connie schenkt mir ein Lächeln, und mir wird klar, dass sie mich zu dieser Reaktion verleiten wollte. Mit ihren Anschuldigungen hat sie mich geködert. „Du hast dich nur um sie gekümmert, weil du dich schuldig gefühlt und sie in jeglicher Hinsicht enttäuscht hast. Allein aus diesem Grund bist du bei ihr geblieben und hast sie gepflegt."

„Möglicherweise“, murmle ich. Es ist ein schmerzhaftes Geständnis, das jedoch wahr ist.

Connie schnappt nach Luft.

Mir graut bei der Vorstellung, was Ava jetzt von mir denkt. „Aber Tatsache ist, dass ich alles für sie aufgegeben habe. Ich habe mich monatelang um sie gekümmert, und sie ist in meinen Armen gestorben. Am Ende habe ich das getan, was ich für richtig hielt, und deshalb kann ich nachts ruhig schlafen. Es tut mir leid, dass du nicht in der Lage bist, über ihren Tod hinwegzukommen, aber du musst aufhören, mir deswegen ein schlechtes Gewissen einzureden.“

„Es ist nicht fair“, schreit sie. Tränen treten ihr in die Augen und kullern über ihre Wangen. „Ich will nicht mehr die Einzige sein, die leidet. Du hast dein Leben weitergelebt, genau wie Andrew. Und all ihre Freunde haben die Vergangenheit ebenfalls ruhen lassen.“

Ich trete einen Schritt auf sie zu und ziehe sie in meine Arme. „Aber wir haben sie nie vergessen, Connie. Ich denke jeden Tag an Melissa und konzentriere mich auf die guten Zeiten. Wir haben gemeinsam viele wunderbare Erinnerungen geschaffen, bevor alles in die Brüche ging.“

„Schön für dich, Cannon.“ Sie löst sich ruckartig aus meiner Umarmung und starrt mich an. „Du hast Glück. Du hast etwas geschafft, wozu ich nicht in der Lage bin.“

Seufzend stecke ich die Hände in die Hosentaschen. „Connie … was soll das? Warum bist du hier?“

Sie tritt einen Schritt zurück und schnieft, wobei sie sich mit den Händen über die Wangen und die

Augen wischt. Dann hebt sie trotzig das Kinn. „Ich bin nur gekommen, um dir zu sagen, dass ich dich nicht mehr anrufen werde."

„Connie", erwidere ich mit sanfter Stimme, in der auch ein mahnender Unterton mitschwingt. „Sag das nicht. Komm herein, damit wir uns setzen und darüber reden können."

„Nein." Sie wendet sich wieder Ava zu und bedenkt sie mit einem unnachgiebigen und verächtlichen Blick. „Du hast jetzt dein Leben. Ich hoffe, du bist glücklich und hast aus deinen Fehlern gelernt."

Als sie sich umdreht und eine Hand auf den Türknauf legt, unternehme ich noch einen letzten Versuch, sie aufzuhalten. „Bitte lass uns darüber reden, Connie."

Sie stößt ein freudloses und kaltes Lachen aus. „Es gibt nichts zu bereden. Rein gar nichts."

Im nächsten Moment reißt sie die Tür auf, während ich meine Gefühle abwäge. Doch ich verspüre nicht das Bedürfnis, noch irgendwelche Anstrengungen zu unternehmen. Ich habe ihr nichts mehr zu geben. Also sehe ich zu, wie sie meine Wohnung verlässt, und starre auf die Tür, nachdem sie sie hinter sich geschlossen hat.

Ich schrecke auf, als ich Avas Hand an meinem Rücken spüre. „Es tut mir so leid."

„Es muss dir nicht leidtun", erwidere ich, während ich immer noch die Tür anstarre. „Sie hat nur ihre Gefühle zum Ausdruck gebracht."

„Aber sie irrt sich, Cannon. Sie will nicht anerkennen, was du durchgemacht und für ihre Tochter getan hast."

Ich wende mich Ava zu, woraufhin sie ihre Hand senkt. „Ich habe als Ehemann versagt, denn meine

Karriere hatte stets Priorität. Damit hat sie nicht unrecht.“

Ava schüttelt den Kopf. „Zu einer Ehe gehören immer zwei. Du warst nicht allein schuld daran, dass sie gescheitert ist. Du hast nicht versagt. Und als es wirklich darauf ankam, hast du deine Karriere aufgegeben. Lass dir von ihr kein schlechtes Gewissen einreden.“ Sie tritt einen Schritt auf mich zu und lässt ihre Hände von meiner Brust bis zu meinen Schultern hinaufgleiten. „Wie kann ich dir helfen?“

„Es geht mir gut“, beteure ich und starre sie an. Mir zieht sich der Magen zusammen, als ich ihren besorgten Gesichtsausdruck sehe. Hat sie Mitleid mit mir, oder fragt sie sich vielleicht, ob sie Connies Rat befolgen und Reißaus nehmen soll?

Connie hat gesagt, sie hoffe, ich hätte aus meinen Fehlern mit Melissa gelernt. Habe ich das denn?

„Ich habe nichts anderes getan, als dir Grenzen aufzuzeigen, Ava.“ Ich ziehe ihre Hände von meinen Schultern und drücke sie. „Connie hat recht, meine Karriere und ich haben Priorität für mich.“

„Das ist in Ordnung“, versichert sie mir. „Denn ich setze mich selbst auch an erste Stelle. Bisher hast du nichts getan, was daran etwas ändern würde. Unsere Beziehung funktioniert, wie sie im Moment ist.“

„Doch vielleicht wird sie nicht immer funktionieren.“

„Dann stellen wir uns dem Problem, wenn es so weit ist.“ Sie drückt meine Hände, um ihren Worten Nachdruck zu verleihen. „Aber lass dir nicht von ihr einreden, dass du mir nichts zu bieten hättest.“

Ich habe Ava sehr wohl etwas zu bieten.

Zum Beispiel atemberaubende Orgasmen.

Vielleicht kann ich mich nicht immer voll und ganz einbringen, doch wenn wir zusammen sind, kann ich durchaus hingebungsvoll sein.

Ich entziehe meine Hände ihrem Griff, umfasse ihr Gesicht und beuge mich vor, um sie zu küssen. Dann packe ich ihre Schultern und schiebe sie gegen die Tür, ohne den Kuss zu unterbrechen. Sobald ihr Rücken auf das Holz trifft, gehe ich in die Knie und zerre an ihrer Jogginghose.

„Was tust du da?“, keucht Ava.

„Ich gebe dir einen Teil von mir selbst“, murmle ich und befreie eines ihrer Beine aus der Hose. Ich lege ihren Schenkel über meine Schulter, packe mit der anderen Hand ihren Hintern und ziehe sie an mich.

Als ich meine Zunge über ihre Klitoris gleiten lasse, schreit sie auf und vergräbt ihre Finger in meinem Haar. Statt mich von sich zu stoßen, lässt sie die Hüften kreisen und hält mich fest.

Ich verschlinge begierig ihre Muschi und lausche dabei den lustvollen Lauten, die ihrer Kehle entfahren, während ich ihr beweise, dass ich ihr etwas zu geben habe.

Es klingelt an der Tür, und Ava versucht, mich von sich zu schieben. „Hör auf. Das Essen ist da.“

Ich lecke sie begierig und sie stöhnt lautstark auf. Wer auch immer auf der anderen Seite der Tür steht, hat es sicher gehört.

Ava gelingt es, mit erstickter und heiserer Stimme zu rufen: „Stellen Sie das Essen einfach vor der Tür ab. Wir holen es dann ...“

Ich sauge an ihrer Klitoris, woraufhin sie heftig mit den Hüften zuckt und aufschreit, bevor sie explodiert. Im nächsten Moment lässt sie ihren Kopf schlaff gegen die Tür fallen.

Als ich zu ihr aufblicke, sehe ich, dass ihre Miene vor Ekstase verzerrt ist. Ich stehe auf, hebe sie hoch und trage sie in Richtung meines Schlafzimmers.

„Das Essen", murmelt sie kaum hörbar.

„Wir holen es später", erwidere ich und drücke ihr einen Kuss auf die Schläfe. „Viel später."

Kapitel 28

Ava

Der Oberkellner führt mich durch das Restaurant zu dem Tisch, an dem Shelley Royce bereits auf mich wartet. Als sie uns kommen sieht, steht sie auf, um mich zu begrüßen.

Wir schütteln einander die Hände und sie sagt: „Ich freue mich riesig, Sie persönlich kennenzulernen. Unsere Zoom-Besprechungen sind zwar persönlicher, als es ein einfacher Anruf wäre, doch es ist wichtig, dass wir uns auch einmal von Angesicht zu Angesicht treffen."

„Da haben Sie recht", stimme ich lachend zu. „Ich bin so froh, dass Sie sich Zeit für ein gemeinsames Abendessen nehmen konnten."

Shelley wirft einen Blick über meine Schulter und sieht dann wieder mich an. „Wo ist Ihr Freund? Ich dachte, er würde uns heute Abend Gesellschaft leisten?"

Mein Magen verkrampft sich, als ich versuche, meine Enttäuschung beiseitezuschieben und mich um ein strahlendes Lächeln bemühe. „Cannon muss leider länger arbeiten."

„Oh, das tut mir leid", bemerkt sie und deutet auf unsere Stühle. „Nun ja … dann werde ich ihn ein andermal kennenlernen. Auf diese Weise können wir Frauen uns einen schönen Abend machen. Heute geht es nicht ums Geschäft, heute wollen wir uns einfach nur amüsieren."

Ich setze mich an den Tisch und breite die Serviette auf meinem Schoß aus. „Das klingt gut", erwidere ich mit einem gezwungenen Lächeln. „Da haben wir ja Glück, dass Cannon einen so vollen Terminkalender hat.“

Das ist natürlich wahr, doch er hat mir zuvor versprochen, mich heute Abend zu begleiten. Ich habe ihn rechtzeitig informiert, er hat in seinem Kalender nachgesehen und zugesagt. Er wollte sich die Zeit für mich nehmen.

Doch dann ließ er heute Morgen die Bombe platzen, kurz bevor er sich auf den Weg ins Stadion machte.

„Hey, hör mal“, begann er, während er seine Tasse ausspülte.

Ich saß am Küchentisch, an dem ich in seiner Wohnung immer arbeitete, und verfasste einen neuen Text für die Webseite. Als ich den angespannten Tonfall in seiner Stimme hörte, drehte ich mich zu ihm um.

Er stand mit dem Rücken zu mir, als er sagte: „Ich werde es heute Abend nicht zu dem Essen mit Shelley schaffen.“

Ich fragte ihn gar nicht erst nach dem Grund, denn ich wusste bereits, warum er nicht würde kommen können. Es hat nichts damit zu tun, dass er Überstunden machen muss.

Dennoch war das seine offizielle Erklärung.

In Wirklichkeit war er seit Connies Besuch vor zwei Tagen distanziert. Ihre Worte haben ihn ziemlich durcheinandergebracht. Nachdem er mich gegen die Tür gepresst und mich zum Höhepunkt gebracht hatte, hat er mich ins Schlafzimmer getragen, um mich zu ficken. Ich wollte das Thema später noch einmal ansprechen, doch er brachte mich schnell zum Schweigen.

Seitdem ist er ein wenig abwesend.

Distanziert.

Schweigsam.

Wir unterhalten uns zwar nach wie vor miteinander, doch wir sprechen über nichts Neues. Außerdem lachen wir nicht mehr miteinander. Ich habe keine Ahnung, was ich dem Aufruhr entgegensetzen kann, den Connie in ihm hervorgerufen hat. Er will sich mir gegenüber nicht öffnen, also hoffe ich, dass er irgendwann von selbst zur Vernunft kommt und wir wieder zur Normalität zurückkehren können.

Allerdings bin ich mir nicht sicher, ob ich ihm verzeihen kann, dass er heute nicht erschienen ist. Der Termin stand schon seit Tagen fest, und ich weiß mittlerweile genau, wie sein Zeitplan vor einem Spieltag aussieht. Er hätte ohne Weiteres an diesem Essen teilnehmen können, doch er ist nicht gekommen, weil er sich selbst beweisen will, dass seine Karriere nach wie vor an erster Stelle steht. Es hat fast den Anschein, als hätten Connies Vorwürfe ihn darin bestärkt, sein Leben zu führen, wie er es für richtig hält, nur um ihr zu beweisen, dass er damit glücklich ist.

Dabei versteht er jedoch nicht, dass ich nichts dagegen einzuwenden habe, ihn mit seiner Karriere zu teilen. Ich habe es immer wieder beteuert und weiß nicht, wie ich es ihm sonst begreiflich machen kann. Statt die gestohlenen Momente mit mir zu genießen, zieht er sich mehr und mehr zurück, und das bereitet mir Bauchschmerzen.

„Ava?", fragt Shelley.

Ich blinzle sie an und reiße mich aus meinen Gedanken. „Entschuldigung", sagte ich und lache nervös. Obwohl Shelley einen unterhaltsamen und zwanglosen Abend mit mir verbringen will, bin ich mir bewusst, dass dies ein Geschäftsessen ist. Also sollte ich mich besser konzentrieren. „Wie war die Frage?“

„Ich wollte wissen, was Cannon beruflich macht.“

„Oh.“ Ich überlege mir, wie ich es ihr am besten erklären soll. Bisher ist das Thema nicht zur Sprache gekommen, was vermutlich daran liegt, dass wir meistens via E-Mail kommunizieren. Solange jeder im Homeoffice tätig ist, ist ein Plausch in der Kaffeeküche nicht möglich. „Cannon ist der Cheftrainer der Pittsburgh Titans. Sie haben morgen ein Spiel, daher muss er noch ein paar Vorbereitungen treffen und konnte heute Abend nicht kommen.“

Shelley steht der Mund offen. „Sie sind mit dem Cheftrainer eines professionellen Eishockeyteams zusammen? Und Sie haben nie daran gedacht, das zu erwähnen?“

Ich lächle und schüttle den Kopf. „Ich weiß, es ist eine große Sache, aber es ist auch noch frisch und … kompliziert. Außerdem ist das nichts, was man einfach beiläufig während eines Gesprächs erwähnt.“

„Kompliziert?“, fragt sie, doch im nächsten Moment erscheint der Kellner, um unsere Getränkebestellung aufzunehmen. Shelley greift nach der Weinkarte, ohne mich eines Blickes zu würdigen. „Mögen Sie Rotwein?“

„Ja.“

Nachdem sie die Karte studiert hat, bestellt sie eine Flasche, woraufhin der Kellner anerkennend die Augenbrauen in die Höhe zieht. Ich nehme an, dass es sich um einen kostspieligen Wein handelt.

„Dann ist Cannon also ein komplizierter Mann, hm?", hakt sie nach, sobald der Kellner gegangen ist.

Andere würden ihre Frage vielleicht als neugierig empfinden, doch mich stört sie nicht. Ich habe das Gefühl, mich Shelley gegenüber öffnen zu können. Außerdem hat sie mir eine Chance gegeben, daher sollte ich ihr auch eine geben.

„Hin und wieder *kann* er kompliziert sein", erkläre ich, wobei wir in den vergangenen Wochen vor allem viel Spaß miteinander hatten. „Aber er ist ein wunderbarer Mann."

Sie lächelt. „Ich kann mir vorstellen, dass sein Job ihn ziemlich auf Trab hält."

Ich nicke, während ich mit den Fingern über den Griff des Buttermessers streiche. „Wir halten unsere Beziehung am Laufen. Wir verbringen zwar immer nur gestohlene Momente zusammen, aber es funktioniert."

Heute Abend hat es jedoch nicht funktioniert. Allerdings liegt das nicht an seinem vollen Terminplan, sondern an der Tatsache, dass er seine Grenzen aufs Neue fest verankern wollte.

Der Kellner kommt mit der Flasche Wein an unseren Tisch und schenkt Shelley einen Schluck ein. Sie probiert ihn, befindet ihn für ausgezeichnet und bedeutet dem Kellner, unsere Gläser zu füllen.

Sobald er sich wieder entfernt, erschrecke ich über mich selbst, als ich sage: „Ich bin verärgert, dass er nicht erschienen ist. Er hat fest zugesagt und mir erst heute Morgen Bescheid gegeben, dass er es nicht schaffen wird."

Shelley betrachtet mich mit einem verständigen Ausdruck im Gesicht. Sie erhebt ihr Glas, und ich tue es ihr gleich, um mit ihr anzustoßen. „Auf die Gefühle", sagt sie.

„Meine sind im Moment nicht gerade wohlwollend", murmle ich und trinke einen Schluck. Ich warte einen Moment, bis der Wein seinen Geschmack entfaltet, und lasse ihn dann meine Kehle hinuntergleiten. „O wow … er schmeckt hervorragend."

„In der Tat", pflichtet sie mir bei und stellt ihr Glas ab. „Warum ärgern Sie sich so sehr, dass er nicht hier ist? Ist es denn nicht denkbar, dass er arbeiten muss?"

Ich zucke mit den Schultern. „Möglicherweise. Aber tief im Inneren glaube ich nicht daran."

Shelley reißt die Augen auf. „Sie wollen damit doch nicht etwa sagen, dass er Sie betrügt?"

„Meine Güte, nein", rufe ich aus und muss lachen. „Nein, Cannon ist eine durch und durch ehrliche Haut. Er ist wirklich ein guter Mann, und obwohl ich im Moment verärgert bin, hat er mir noch nie zuvor einen Grund gegeben, wütend auf ihn zu sein."

„Dennoch sind Sie aufgebracht", bemerkt sie.

„Es ist nur …" Ich halte einen Moment inne, um meine Worte abzuwägen. Es ist eine Sache, mir in Gegenwart meiner Chefin Luft zu machen, die mich mit ihrer Frage praktisch dazu ermutigt hat. Doch ich habe nicht vor, ihr gegenüber persönliche Einzelheiten über Cannon preiszugeben. „Sagen wir einfach, dass er in der Vergangenheit Erfahrungen gemacht hat, die seine Vorstellung davon, inwieweit er sich in eine Beziehung einbringen kann, irgendwie verzerrt."

„Und indem er die Einladung zu dem heutigen Abendessen angenommen hat, hatte er vielleicht den Eindruck, mehr von sich zu geben, als er zu geben bereit war. Aus irgendeinem Grund hat er daraufhin beschlossen, einen Rückzieher zu machen.“

„So ungefähr“, stimme ich zu, wobei ich den Grund allerdings kenne. Schuld daran sind Connies Besuch und die Schuldgefühle, die sie ihm eingeredet hat.

„Nun, ich kann Ihnen sagen, dass die Liebe nicht einfach ist. Sie erfordert Arbeit, Kommunikation und Nachsicht. Falls man auch nur einen dieser Aspekte vernachlässigt, steuert man auf eine Katastrophe zu.“

„Sind Sie deshalb schon seit so vielen Jahren glücklich verheiratet?“ Während Darcy mich eingelernt hat, hat sie mir erzählt, dass Shelley seit zweiundzwanzig Jahren verheiratet ist und zwei Kinder im Alter von fünfzehn und elf Jahren hat. Daher hat sie sicherlich einige weise Ratschläge für mich. Ich kann sie gebrauchen, denn meine Gefühle für Cannon gehen tief.

Shelley schnaubt. „Es ist definitiv der Grund, warum ich so lange verheiratet bin. Ob meine Ehe immer glücklich war, ist eine andere Frage. Aber Bill und ich haben unsere Probleme aus dem Weg geräumt.“

„Das klingt ganz danach, als sollte ich mit Cannon darüber reden. Zumindest muss ich meine Gedanken zur Sprache bringen.“

Sie erhebt ihr Glas und lächelt. „Genau das sollten Sie tun.“

Ich nehme noch einen Schluck Wein und sage dann: „Aber ich möchte Ihre Zeit nicht vergeuden, indem ich Sie mit meinen persönlichen Problemen belaste."

Shelley lacht und tippt mit einem Finger auf den Tisch. „Zum einen sind mir die persönlichen Probleme meiner Mitarbeiter wichtig, denn ich will, dass meine Angestellten glücklich und zufrieden sind. Diese Unterhaltung ist also keine Zeitverschwendung. Zum anderen wollte ich mit Ihnen noch über etwas Bestimmtes sprechen. Würden Sie einen Umzug nach Charlotte in Betracht ziehen?"

Ich habe das Gefühl, als würde mir die Luft aus der Lunge gepresst. Mein erster Gedanke ist, ihr zu sagen, dass das für mich nicht infrage kommt. Auf der anderen Seite weiß ich natürlich, dass ich darüber nachdenken sollte, denn ich liebe dieses Job und will mich weiterentwickeln. „Werde ich den Job nur behalten, wenn ich nach Charlotte ziehe?"

Shelley schüttelt den Kopf. „Ganz und gar nicht. Ich habe Ihnen bei Ihrer Einstellung das Versprechen gegeben, dass Sie im Homeoffice arbeiten können, solange Sie einmal im Quartal nach Charlotte reisen. Ich will damit nur sagen, dass ich Sie gern bei uns hätte, da Sie dann mehr und schneller lernen würden."

„Oh." Ich bin sprachlos. Ein Umzug nach Charlotte würde mir vielleicht ermöglichen, die Karriereleiter hinaufzusteigen, doch ich würde Pittsburgh verlassen müssen. Möglicherweise habe ich sogar einen Grund, zu gehen, oder vielmehr: keinen Grund zu bleiben. „Ich muss das Angebot erst einmal abwägen."

„Mehr verlange ich auch gar nicht", versichert sie mir. „Denken Sie darüber nach."

***

Als ich an dem Abend mein Apartment betrete, ist es fast dreiundzwanzig Uhr. Cannon hat mich eigentlich in seiner Wohnung erwartet, da ich versprochen hatte, bis Thanksgiving bei ihm zu bleiben, doch selbst dieses Angebot klingt, als würde er alle Regeln aufstellen, um die Grenzen nicht zu überschreiten.

Vielleicht bin ich auch einfach zu sensibel und darf nicht zu hart mit ihm ins Gericht gehen. Ich bin müde und es war ein langer Abend. Nichtsdestotrotz habe ich ihm eine Nachricht geschrieben, bevor ich das Restaurant verließ, und ihm mitgeteilt, dass ich die Nacht bei mir zu Hause verbringen würde.

Bisher habe ich noch keine Antwort erhalten.

Ich schminke mich in Windeseile ab, trage meine Feuchtigkeitscreme auf und putze mir gründlich die Zähne. Dann ziehe ich mir einen flauschigen Flanellpyjama an, der natürlich nicht mit dem Gefühl von Cannons nacktem Körper an meiner Haut zu vergleichen ist, und gehe ins Bett.

Ich stelle mir gerade den Wecker auf sieben Uhr, als mein Handy klingelt.

Es ist Cannon.

Am liebsten würde ich es einfach klingeln lassen, denn es juckt mich in den Fingern, ihm die Leviten zu lesen. Wahrscheinlich ist er ebenfalls wütend, da ich ihm zwar mitgeteilt habe, dass ich heute nicht bei ihm übernachten würde, ihm jedoch keine Erklärung geliefert habe.

Aber Shelley hatte recht ... wir müssen darüber reden.

„Hey", sage ich zur Begrüßung, als ich das Gespräch annehme.

„Warum bist du in deiner Wohnung?", will er wissen. In seiner Stimme schwingt keinerlei Wut mit, doch Cannon ist ein ausgeglichener Typ und verbirgt seine Emotionen vielleicht nur.

„Ich bin müde und ..."

„Im Gegensatz zu deinem Apartment liegt meine Wohnung in der Nähe des Restaurants", unterbricht er mich. „Wenn du wirklich zu müde wärst, wäre es einfacher gewesen, hierherzukommen."

Ich atme tief durch, bevor ich ihm ehrlich sage, was ich fühle. „Ich bin verärgert, weil du mich nicht zu dem Abendessen begleitet hast. Ich brauchte ein wenig Abstand."

„Ich wusste, dass so etwas passieren würde", seufzt er. In seiner Stimme schwingt ein vorwurfsvoller Unterton mit, der mein Blut zum Kochen bringt.

„Nein", blaffe ich ihn an. „Du hast kein Recht, das Opfer zu spielen und so zu tun, als würde ich deine Grenzen übertreten. Ich habe dir rechtzeitig Bescheid gesagt und weiß, dass du an einem Tag wie diesem die Möglichkeit hast, das Stadion schon früh zu verlassen. Du hast in deinem Terminplan nachgesehen und zugesagt. Es gab keinen Grund, warum du hättest absagen sollen, bis auf die Tatsache, dass du Zweifel hegst."

„Ich musste arbeiten", behauptet er beharrlich. „Ich habe deutlich gemacht, dass meine Karriere an erster Stelle steht, und das hast du akzeptiert."

„Ja, das hast du mir immer wieder zu verstehen gegeben, Cannon. Du hast die Grenzen gesetzt und ich habe mich darauf eingelassen. Doch dann hast du begonnen, diese Grenzen immer wieder zu verwischen. Du hast mich zu den Auswärtsspielen mitgenommen, mir angeboten, ein paar meiner Sachen bei dir zu lassen, und du hast in der Mittagspause das Stadion verlassen, um mir Blumen und Pralinen zu bringen. Damit hast du mir das Gefühl gegeben, für dich ein besonderer Mensch zu sein, dem du ein wenig mehr Aufmerksamkeit schenken willst. Ich hatte jedes Recht, anzunehmen, dass du mir mehr bieten kannst, weil du mir tatsächlich mehr geboten hast.“

„Du hättest nicht annehmen sollen, dass …“

Ich stoße ein fast wahnsinniges Lachen aus, während ich Angst habe, die Kontrolle zu verlieren. Ständig warte ich darauf, dass er sich entschuldigt und mir sagt, dass ich recht habe und er nur vor seinen Emotionen zurückschreckt. Aber er sagt nichts dergleichen. „Es sollte dich nicht überraschen, dass ich mich in dich verliebt habe, denn du hast dich wie ein Mann verhalten, dessen Freundin ihm wirklich etwas bedeutet.“

Ich halte inne, um die Worte auf ihn wirken zu lassen, während ich vergeblich hoffe, dass er mir bestätigt, wie viel ich ihm tatsächlich bedeute. Am anderen Ende der Leitung herrscht jedoch Schweigen.

Mir steigen Tränen in die Augen. „Vor einiger Zeit hast du mir versprochen, dass du es mir sagen würdest, falls ich einmal einen Weg einschlage, der dir nicht behagt. Weißt du noch?“

„Ja, ich erinnere mich.“

Ich schwinge meine Beine über die Bettkante, lege einen Arm an meinen Bauch und beuge mich vor. Es fällt mir schwer, die Worte auszusprechen. „Du hast mir versprochen, mich nicht irgendeinem Hirngespinst hinterherjagen zu lassen. Ich will, dass du dieses Versprechen einhältst.“

Ich halte den Atem an, während ich auf seine Antwort warte. Entweder er wird mich beruhigen oder mir das Herz brechen.

„Ich denke, wir sollten uns eine Weile nicht sehen und eine Pause einlegen“, sagt er schließlich. „Ich werde über Thanksgiving nach Hause fahren, denn ich muss mir über einiges klar werden. Wir können darüber reden, wenn ich zurück bin.“

Es zerreißt mir fast das Herz, und ich kneife die Augen zusammen, als ich den Atem ausstoße. Ich kann zwar den Schmerz nicht vertreiben, doch als ich Luft hole, bin ich schon etwas ruhiger.

Ich öffne die Augen und sage: „Ich brauche keine Pause, um mir über alles klar zu werden, Cannon. Ich weiß, was ich will, und ich weiß ohne jeden Zweifel, dass ich nicht bereit bin, einen Rückschritt zu machen. Ich habe Besseres verdient.“

Ich gebe Cannon keine Gelegenheit, zu antworten. Trotz der Enttäuschung, die ich momentan empfinde, weiß ich, dass er nur das Beste für mich will. Daher muss ich die Worte nicht von ihm hören.

„Mach's gut, Cannon.“

Kapitel 29

Cannon

Ich gehe in meinem Hotelzimmer auf und ab und werfe dabei immer wieder einen Blick auf meinen Laptop. Ich sollte arbeiten, denn wir haben heute Abend ein Spiel. Momentan entspannen die Spieler sich nach einem Mittagessen, doch in drei Stunden wird die Mannschaft ins Stadion der New Jersey Wildcats fahren.

Für gewöhnlich würde ich die Zeit nutzen, um meine Notizen durchzugehen, letzte Korrekturen vorzunehmen und mir noch einmal Videoclips unserer Gegner anzusehen, um sicherzustellen, dass ich nichts verpasst habe. Normalerweise säße ich jetzt konzentriert vor meinem Laptop.

Aber ich kann mich einfach nicht konzentrieren und mache mir ernsthaft Sorgen um meine Fähigkeiten als Trainer. Eishockey war schon immer das Wichtigste in meinem Leben. Es hat mich sogar meine Ehe gekostet. Dennoch kann ich an nichts anderes als an Ava denken und sehe wieder und wieder vor mir, wie ich sie von mir gestoßen habe. Im Grunde bin ich nicht besser als ihr Ex-Freund Derek, denn ich war genauso egoistisch wie er und habe mich an erste Stelle gesetzt.

Und doch war ich nicht in der Lage, dagegen anzukämpfen. Es wäre untertrieben, zu behaupten, dass ich völlig durcheinander bin. Ich habe keine Ahnung, wann genau ich es vermasselt habe, aber ich weiß, dass nach Connies Besuch alles den Bach runterging.

Sie beförderte all die Schuldgefühle, dass ich als Ehemann versagt hatte, wieder zutage und schürte in mir erneut die Wut, weil ich meine Eishockeykarriere an den Nagel gehängt hatte, um Melissa zu pflegen. Aber ich empfand mehr als bloße Wut … Dass Connie nicht einmal in der Lage war, mir auch nur einen Funken Anerkennung zu schenken, brachte etwas in mir zum Brodeln.

Ich fühlte mich in meiner Entscheidung bestätigt, dass es klüger war, einer ernsten Beziehung aus dem Weg zu gehen. Darüber hinaus hasste ich mich selbst, weil ich in Bezug auf Ava schwach geworden war. Sie hatte nicht unrecht damit, dass meine Taten nicht mit meinen Worten übereinstimmten. Ich hatte ihr Grenzen gesetzt, die ich jedoch nach und nach verwischt habe.

Als Connie in meiner Wohnung auftauchte, hatte ich bereits ziemlich tiefe Gefühle für Ava entwickelt. Ich hatte ihr eine Tür zu meiner Welt geöffnet und ihr Einlass gewährt. Obendrein gefiel es mir, welche Richtung unsere Beziehung eingeschlagen hatte. Sie war mir wichtig, und ich hatte ihr jeden Grund gegeben, zu glauben, dass wir eine Zukunft zusammen haben würden.

Ich schäme mich, es zuzugeben, aber ich habe das Abendessen abgesagt, weil ich auf Distanz gehen wollte und wusste, dass ich so ein Zeichen setzen würde. Womit ich nicht gerechnet habe, war, dass sie mir dafür die Leviten lesen würde. Ich habe fälschlicherweise geglaubt, dass sie sich einfach damit zufriedengeben würde, wenn ich die Grenzen von Neuem zöge.

Das war dumm von mir, denn Ava würde sich nie auf so einen Mist einlassen. Sie hat viel zu viel durchgemacht und sich allein durch Willenskraft ein neues Leben aufgebaut.

Ich weiß, was ich will, und ich weiß ohne jeden Zweifel, dass ich nicht bereit bin, einen Rückschritt zu machen. Ich habe Besseres verdient.

Ihre Worte haben mich mitten ins Herz getroffen, denn sie hat so viel mehr verdient als das, was ich ihr gegeben habe.

Ein Klopfen reißt mich aus meinen Gedanken, und ich atme erleichtert aus. Ich brauche eine Pause von dem Wirrwarr in meinem Kopf.

Als ich zur Tür gehe und sie öffne, sehe ich Baden vor mir stehen. „Was gibt's?“, frage ich und trete einen Schritt zurück, um ihn einzulassen.

„Ich wollte nur kurz vorbeischauen“, sagt er.

Ich schließe die Tür und folge ihm in den Wohnbereich der Suite. Während ich mir mit der Hand über den Nacken reibe, deute ich auf den Laptop. „Ich wollte noch ein paar Videoclips durchgehen.“

„Warum?“, fragt er und wendet sich mir zu.

„Du weißt schon … für den Fall, dass ich etwas übersehen habe.“

„Du hast nichts verpasst, Cannon. Du hast dieses Team besser im Griff als jeder andere Trainer, mit dem je zusammengearbeitet habe.“

„Ja, aber als Cheftrainer bin ich für alles verantwortlich. Ich fühle mich besser, wenn ich alles doppelt und dreifach überprüfe.“

„Fühlst du dich besser, weil du als Trainer dein Bestes gibst, oder weil die Arbeit dich davon abhält, dich mit anderen Dingen zu beschäftigen?“

Seine herausfordernde Stimme lässt mir die Nackenhaare zu Berge stehen, doch er lächelt mich nur

an, während er die Hände lässig in die Hosentaschen gesteckt hat.

„Wovon redest du?", frage ich zögernd.

„Oh, ich glaube, du weißt genau, wovon ich rede."
Baden geht zu dem kleinen Sofa, setzt sich und legt
einen Fußknöchel auf das andere Knie.

Ich spanne die Kiefermuskeln an. „Warum erzählst
du es mir nicht?"

„Mir ist nicht klar, ob du begriffsstutzig bist oder
einfach nur ignorant", entgegnet er gedehnt.

„Du weißt sicher, dass ich dich feuern kann?", stoße ich zwischen zusammengebissenen Zähnen hervor.

Baden zuckt mit den Schultern. „Vielleicht, aber
ich bezweifle, dass du es tun würdest. Du bist ein
aufrechter Kerl und wirst mich nicht dafür bestrafen, dass ich dir ein paar Dinge vor Augen führe, die
du offenbar selbst nicht sehen willst."

„Ich komme mir vor wie im falschen Film",
murmle ich, ziehe den Schreibtischstuhl hervor und
setze mich. „Offensichtlich bist du hier, um über
Ava zu sprechen."

„Ich war schockiert, als du mir erzählt hast, dass
ihr euch getrennt habt."

„Nun", erwidere ich und breite die Arme aus, „solche Dinge passieren eben."

„Kumpel, tu das nicht."

„Was soll ich nicht tun?"

„Tu nicht so, als wäre es dir egal." Er bedenkt
mich mit einem durchdringenden Blick. „Ich weiß,
dass sie dir etwas bedeutet."

„Das ist nicht das Problem." Ich sage nichts weiter. Er wartet, dass ich fortfahre, doch ich will nicht
darüber reden.

„Also gut, sie bedeutet dir also etwas. Trotzdem habt ihr Schluss gemacht. Das heißt wohl, dass du ihr nichts bedeutet hast."

„Doch, ich habe ihr etwas bedeutet." Mir dreht sich der Magen um. Ich habe ihr viel mehr bedeutet, als ich es verdiene.

„Verstehe … dann hast du dich also nicht mehr zu ihr hingezogen gefühlt."

„Im Gegenteil, ich war …" Ich halte inne, denn mir wird klar, worauf er hinauswill.

„Aha", erwidert er gedehnt und schmunzelt. „Dann hatte sie genug von dir und hat dich abserviert und deine Gefühle verletzt."

„Nein", knurre ich frustriert. „Ich wollte eine Pause einlegen, doch sie wollte das nicht. Also haben wir uns getrennt."

„Warum zum Teufel solltest du eine Pause einlegen wollen?", fragt er erstaunt. „Soweit ich das sehen konnte, hat Ava dich glücklich gemacht. Das war für jedermann offensichtlich. Oder liege ich etwa falsch?"

„Nein, du liegst nicht falsch."

„Nun, wenn du dich immer noch zu ihr hingezogen fühlst, sie dir etwas bedeutet und dich glücklich gemacht hat, was zum Teufel übersehe ich dann?"

Verdammt, mir ist wirklich unbehaglich zumute. Ich springe auf und gehe wieder im Zimmer auf und ab. Baden beobachtet mich, während ich den Raum zweimal komplett durchquere.

Ich will eigentlich zu einer dritten Runde ansetzen, doch dann gehe ich auf ihn zu. „Hör zu, die Sache ist die: Ich hatte Ava Grenzen gesetzt, und das hat gut funktioniert. Irgendwann haben wir beide begonnen, diese Grenzen zu verwischen, und alles geriet durcheinander."

„Ich verstehe nur Bahnhof", sagt Baden und zeigt mit einem Nicken auf meinen Stuhl. „Vielleicht solltest du besser ganz von vorn anfangen."

Eigentlich will ich mich nicht setzen und meinen Kummer bei Baden abladen. In ein paar Stunden beginnt das Spiel und ich muss mich darauf konzentrieren. Allerdings scheine ich das nicht aus eigener Kraft zu schaffen. Vielleicht sollte ich ihm einfach mein Herz ausschütten, um all die unangenehmen Emotionen loszuwerden und alles in die richtigen Bahnen zu lenken.

Mit einem Seufzen setze ich mich wieder. „In Ordnung, ich werde mich kurzfassen, also gib dein Bestes, um mir zu folgen."

„Ich bin ganz Ohr." Er lehnt sich auf dem Sofa zurück und legt lässig einen Arm über die Rückenlehne.

„Bevor Melissa an Krebs erkrankt ist, standen wir kurz vor der Scheidung. Unsere Ehe war zerrüttet, wir sprachen kaum noch miteinander und ich war ausgezogen."

Ich halte inne, um zu sehen, ob ich Baden damit schockiere, aber er nickt nur.

„Doch dann ist sie krank geworden und ich habe mich schuldig gefühlt, weil ich als Ehemann versagt hatte. Als wir erfuhren, dass sie nicht wieder genesen würde, habe ich meine Karriere an den Nagel gehängt, um mich um sie zu kümmern."

„Das war verdammt mutig", wirft Baden ein.

Das kann ich weder bejahen noch verneinen. Ich habe nur getan, was getan werden musste. „Melissa ist gestorben und ich habe getrauert, doch ich lebte mein Leben weiter. Das ist jetzt neun Jahre her und ich habe mir eine neue Karriere aufgebaut. Bisher hatte ich nie eine Frau gefunden, mit der ich eine tiefere Bindung eingehen wollte. Ich hatte zwar einige längerfristige Beziehungen, aber keine hat je in mir den Wunsch geweckt, über den Tellerrand meines neuen Lebens hinauszublicken.“

Baden zieht eine Augenbraue in die Höhe. „Ich nehme an, dieses Leben ist in genau festgelegten Bahnen verlaufen.“

„Ich wollte nicht, dass mir jemand zu nahekommt.“

„Weil du nicht über Melissas Tod und dein Versagen als Ehemann hinwegkommen konntest?“

„Nein. Ich habe mich damit abgefunden, dass meine Ehe gescheitert ist. Es war zwar furchtbar, doch Melissa und ich hatten unterschiedliche Erwartungen. Sie wollte, dass ich mehr zu Hause bin, und hat mir deshalb meine Karriere verübelt. Und ich will nie wieder in eine derartige Position geraten, denn ich liebe meine Arbeit. Also habe ich in der Beziehung mit Ava dahingehend Grenzen gesetzt. Sie wusste, dass ich nicht viel Zeit habe und hatte kein Problem damit.“

„Und dann?“, drängt er.

„Und dann habe ich begonnen, diese Grenzen zu verwischen. Ich habe ihr mehr gegeben, als sie je erwartet hatte, und ließ sie glauben, dass ich eine tiefere Beziehung mit ihr eingehen könnte. Plötzlich tauchte meine ehemalige Schwiegermutter auf und hat die alten Schuldgefühle in mir wachgerufen. Ich bekam es mit der Angst zu tun und ging auf Distanz. Ich brauchte eine Pause, um über alles nachzudenken.“

„In meinen Augen macht dich das zu einem Weichei“, erklärt Baden.

Ich blinzle ihn verblüfft an. „Wie bitte?“

„Du hast mich schon verstanden. Du bist einer der stärksten und besonnensten Menschen, die ich kenne. Dass du deine Zukunft von Dingen abhängig machst, die in der Vergangenheit geschehen sind, das ist kurzsichtig und, offen gesagt, enttäuschend. Du bist außerdem ein unglaublich vorausschauender Mensch. Du bist ein fantastischer Coach, weil du Wert auf gefestigte Bindungen legst und anderen immer eine zweite Chance gibst. Du verfügst über all diese Fähigkeiten und hast nicht eine einzige davon zum Einsatz gebracht, um Ava an dich zu binden.“

Mir steht der Mund offen und ich starre ihn nur an. Ich will etwas erwidern, doch ich bringe keinen Ton heraus. Er hat mir gerade die Wahrheit um die Ohren gehauen und mich damit so verunsichert, dass mein Kopf völlig leer ist.

Baden steht auf. „Hör zu, ich würde gern noch bleiben und über deine Gefühle plaudern, aber wie ich sehe, habe ich dich ziemlich durcheinandergebracht. Ich hoffe, du kannst klar genug denken, um mir jetzt zuzuhören.“

Ich blinzle nur, doch ich schaffe es, zu nicken.

„Ava zieht nach Charlotte“, murmelt Baden.

„Wie bitte?“, rufe ich aus und springe panikartig von meinem Stuhl auf.

Baden nickt. „Sie hat es Sophie gestern Abend gesagt, kurz nachdem sie sich entschieden hatte. Eigentlich bin ich gekommen, um dir das zu sagen.“

„Mein Gott“, murmle ich und blicke mich um, wobei ich keinen Schimmer habe, was ich zu sehen hoffe. Ich wende mich wieder Baden zu. „Wann?“

Er zuckt mit den Schultern. „Ich habe keine Ahnung. Aber ich weiß, dass sie im Moment zu Hause in Raleigh ist, um mit ihrer Familie Thanksgiving zu feiern. Ich nehme an, dass sie danach umziehen wird.“

„Scheiße“, murmle ich und ziehe mein Handy aus der Tasche. „Ich muss sie aufhalten.“

Baden reißt es mir aus der Hand. „Nicht so! Du kannst sie nicht einfach anrufen und von ihr verlangen, in Pittsburgh zu bleiben – ich sehe dir an, dass du genau das vorhast. Du solltest Ava von Angesicht zu Angesicht gegenübertreten, um dich bei ihr zu entschuldigen. Außerdem musst du dich jetzt auf ein Spiel vorbereiten. Also sage ich dir dasselbe, was ich auch Drake vor ein paar Wochen gesagt habe. Reiß dich zusammen und konzentriere dich auf das Spiel. Danach kannst du dich um dein Privatleben kümmern.“

Ich lasse die Schultern hängen. Natürlich hat er recht, doch es ist mir zuwider, dass ich momentan nichts unternehmen kann. Am liebsten würde ich in ein Flugzeug nach Raleigh steigen und auf das Spiel heute Abend scheißen.

Doch das ist nicht möglich. Außerdem würde Ava nie wollen, dass ich das Team im Stich lasse, ganz gleich wie verletzt oder enttäuscht sie von mir sein mag.

Dennoch kann ich zumindest einige Dinge in Bewegung setzen. Ich reiße Baden mein Handy aus der Hand. „Ich werde meinen Flug an Thanksgiving von Denver nach Raleigh umbuchen.“

„Viel Glück“, sagt Baden lachend, als er zur Tür
geht. „Am Tag vor Thanksgiving? Ich bezweifle,
dass das möglich ist.“

„Drück mir die Daumen“, sage ich nur und öffne
die App von Delta Airlines.

Baden öffnet die Tür, doch bevor er mein Zimmer
verlassen kann, rufe ich ihm nach: „Hey!“

Er wirft einen Blick über die Schulter und zieht die
Augenbrauen in die Höhe.

„Danke, dass du mich zur Vernunft gebracht
hast.“

Baden grinst. „War mir ein Vergnügen.“

Kapitel 30

Ava

„Wer hat Lust auf Kuchen?", fragt meine Mutter, als sie vom Tisch aufsteht, und wir stöhnen alle auf.

Mein Vater tätschelt sich den Bauch. „Ich brauche noch ein bisschen Zeit zum Verdauen."

„Ich werde erst morgen wieder etwas essen", murmle ich und bin dankbar, dass ich eine schwarze Leggings unter einem weinroten Pullover angezogen habe. Beide Kleidungsstücke sind dehnbar und schnüren mir zumindest nicht den Bauch ab, den ich mir vollgestopft habe. Dennoch esse ich an jedem Thanksgiving-Fest so viel.

„Ihr seid alle Weicheier", erklärt Rob und schenkt unserer Mutter ein Lächeln. „Ich hätte gern ein Stück Kürbiskuchen."

Ich habe keine Ahnung, warum mir die Worte über die Lippen kommen, aber ich sage: „Und ich nehme ein Stück Pekannuss-Kuchen."

Dad lacht und sagt: „Ich nehme ein kleines Stück von beiden."

Ich stehe auf und räume die Teller ab. Als ich sehe, dass Rob einfach sitzen bleibt, verpasse ich ihm einen Tritt. „Du könntest ruhig mithelfen."

„Das ist Frauenarbeit", erwidert er nur. Doch dann wirft Mom ihm einen Blick zu, mit dem sie erwachsene Männer zum Weinen bringen könnte, und er springt auf.

Lachend versetze ich ihm einen Stoß mit dem Ellbogen. „Wenn du weiter so einen frauenfeindlichen Mist erzählst, kriegst du es mit Mom zu tun."

„So wird er nie eine gute Frau finden", bemerkt meine Mutter, während sie den Kuchen verteilt.

Ich koche koffeinfreien Kaffee für alle, und wir setzen uns wieder, um unseren Nachtisch zu essen. Ich gehe davon aus, dass jeder von uns in etwa fünfzehn Minuten in Ohnmacht fallen wird, als wir uns im Fernsehen ein Footballspiel ansehen.

„Ich bin so froh, dass du über die Feiertage nach Hause kommen konntest", sagt meine Mutter, wobei sie mit der Gabel in der Schlagsahne rührt.

„Ja, ich auch", murmle ich, woraufhin sich mir der Magen zusammenkrampft, denn ich habe ihr gerade ins Gesicht gelogen. Ich schiebe meinen Teller von mir. Ich weiß, dass ich mich übergeben muss, wenn ich noch einen einzigen Bissen esse. Doch das liegt nicht daran, dass ich satt bin.

Ich stehe vom Tisch auf. „Ich werde einen Spaziergang machen. Mal sehen, ob ich ein paar Kalorien verbrennen kann."

Meine Mutter lächelt und ahnt nichts von meinem Kummer. „Nimm eine Jacke mit, es ist kühl draußen."

„In Ordnung", erwidere ich nur.

Ich schnappe mir meine Jacke von dem Kleiderständer im Eingangsbereich und trete hinaus in die kühle Herbstluft. Meine Eltern wohnen in einem älteren Viertel mit großen Grundstücken, vielen Bäumen und sanften Hügeln. Gerade erreiche ich das Ende der Einfahrt, als eine Stimme hinter mir ertönt. „Hey … warte."

Ich werfe einen Blick zurück und sehe, dass Rob auf mich zuläuft. „Du wolltest wohl nicht bei Mom bleiben, damit sie dich nicht darüber ausquetschen kann, warum Kristin und du euch getrennt habt“, scherze ich, als wir hinaus auf die Straße treten.

„So in etwa“, sagt er lachend und geht neben mir her. „Wenn sie mir noch einmal erzählt, wie sehr sie sich Enkelkinder wünscht, wird mir schlecht.“

„Zumindest hast du dich nicht mit einem untreuen Scheißkerl eingelassen, der für deine Entlassung gesorgt und dich aus seinem Haus geworfen hat.“

„Das ist wahr“, stimmt er zu. „Aber ich frage mich, warum du gar nichts von deinem neuen Verehrer erzählst.“

„Er ist nicht mehr mein Verehrer.“

„Wie bitte?“ Rob packt mich am Arm und bleibt stehen. „Warum nicht?“

Ich entziehe mich seinem Griff und setze mich wieder in Bewegung. „Es hat einfach nicht funktioniert.“

Rob holt mich ein und ergreift erneut meinen Arm, sodass ich keine Wahl habe, als mich ihm zuzuwenden. „Hat er dir wehgetan?“

„Ja“, antworte ich und begegne seinem Blick. „Aber nicht so wie Derek. Wir haben unterschiedliche Erwartungen an eine Beziehung, und ich dachte, es könnte sich mehr daraus entwickeln.“

„Denkt er etwa, du wärst nicht gut genug für ihn?“, knurrt Rob.

„Nein, nichts dergleichen. Um die Wahrheit zu sagen, hat er seine Grenzen von Anfang an klar kommuniziert. Und am Ende war er ebenfalls ehrlich.“

„Aber du bist trotzdem verletzt“, stellt Rob fest und hakt sich bei mir ein.

„Ja, ich bin trotzdem verletzt. Aber ich werde dir ein Geheimnis verraten, von dem ich Mom und

Dad erst später erzählen werde. Ich will nur vermeiden, dass sie keine große Sache daraus machen, während ich über die Feiertage hier bin.“

„Und was ist dein Geheimnis?“

„Ich werde nach Charlotte ziehen. Es war meine Entscheidung, von Pittsburgh aus zu arbeiten, aber da es mit Cannon nicht geklappt hat, ist es das Beste, wenn ich umziehe.“

„Mom und Dad werden vor Freude ausflippen, denn dann wirst du ganz in der Nähe sein“, sinniert Rob.

„Außerdem werden sie von mir erwarten, dass ich sie öfter besuche, deshalb dachte ich, ich weihe sie erst kurz vor meiner Abreise ein. Ich will nicht, dass Mom ihren Kalender zückt und monatliche Besuche anberaumt.“

„Oh, so schlimm sind wir nun auch wieder nicht“, stichelt Rob.

„Natürlich seid ihr das nicht“, erwidere ich grinsend. „Aber ich will mich wirklich ins Zeug legen, was diesen Job angeht. Shelley bietet ihren Mitarbeitern die Chance, innerhalb der Firma aufzusteigen, und ich hätte vielleicht eines Tages die Möglichkeit, als Agentin zu arbeiten.“

„Mom und Dad werden begeistert sein.“ Rob drückt meinen Arm. „Du wirst zwar nicht für sie als Immobilienmaklerin arbeiten, aber du hast eine steile Karriere vor dir.“

Ich lache. „Genug von mir. Jetzt verrate mir, warum du dich von Kristin getrennt hast.“

Ich lausche meinem Bruder, während er mir dieselben Gründe nennt, die er jedes Mal aufzählt, wenn er mit einer Frau Schluss macht. Sie wollte eine tiefer gehende Beziehung, und er ist noch nicht bereit, sesshaft zu werden.

Darin unterscheiden seine Grenzen sich nicht einmal so sehr von Cannons, wobei ihn jedoch andere Beweggründe antreiben. Rob will sich einfach noch nicht festlegen, während Cannon zwar eine zwanglose, monogame Beziehung bevorzugt, aus emotionaler Sicht jedoch vor einer tieferen Bindung zurückschreckt.

Aber auf gewisse Weise kommt es auf das Gleiche heraus. Sie wollen sich beide nicht darauf einlassen, wenn die Frau die nächste Phase in der Beziehung einleiten will, also beenden sie sie.

Nachdem wir etwa einen Kilometer weit gelaufen sind, kehren wir um. Wir sprechen darüber, dass Rob nach Pittsburgh kommen wird, um mir beim Packen zu helfen und meine Sachen mit einem kleinen gemieteten Lieferwagen abzutransportieren. Ich traue mir nicht zu, so ein Ding zu fahren. Ich bin kaum in der Lage, gerade einzuparken.

Als wir das Haus unserer Eltern erreichen, fällt mein Blick auf einen Wagen in der Einfahrt. „Erwarten wir noch Gäste?"

„Die Gentrys wollten heute irgendwann vorbeischauen", antwortet er, doch das Fahrzeug könnte auch irgendeinem anderen der vielen Freunde meiner Eltern gehören. Die beiden lieben Gesellschaft.

Wir betreten das Haus durch die Diele und hängen unsere Jacken an die Garderobe. Aus der Küche höre ich Stimmen, und ich gehe darauf zu, als mir ein Schauer über den Rücken läuft. Ich habe keine Ahnung, woran das liegt … vielleicht ist es nur ein Gefühl.

Als ich um die Ecke biege, erblicke ich Cannon, der mit einer Flasche Wasser und einem leeren Kuchenteller, auf dem noch ein paar Krümel zu sehen sind, an der Ducheninsel sitzt. Meine Eltern haben ihm gegenüber Platz genommen, ihre Unterarme auf die Arbeitsplatte gelehnt, und mein Vater erzählt Cannon von seiner Arbeit als Immobilienmakler.

In dem Moment, in dem ich den Raum betrete, blickt Cannon zu mir auf, und ich bleibe abrupt stehen, sodass Rob gegen meinen Rücken prallt. Mein Bruder legt die Hände auf meine Schultern und drückt reflexartig zu, als ich Cannon frage: „Was hast du hier zu suchen?"

Ich bin überrascht, und in meiner Stimme schwingt auch ein argwöhnischer Unterton mit. Vor allem bin ich verwirrt, denn mein Herz pocht zwar vor Freude, ihn zu sehen, doch zugleich muss ich immer wieder daran denken, wie er sich von mir distanziert hat.

Ohne Zweifel sind meine Worte unhöflich, und meine Mutter, die geborene Gastgeberin, versäumt es nicht, mich darauf hinzuweisen. „Ava … also wirklich, wo sind denn deine Manieren?"

„Die habe ich in Pittsburgh gelassen, als Cannon mir gesagt hat, er brauche eine Pause", erwidere ich, ohne den Blick von ihm abzuwenden.

In seinen haselnussbraunen Augen blitzt ein herausforderndes Funkeln auf. „Ich hatte eine Pause und weiß jetzt, was ich will."

„Und du glaubst, du kannst einfach hier hereinspazieren und mich mit deinem Charme verzaubern?"

„Ich habe dich schon einmal mit meinem Charme verzaubert", erwidert er selbstsicher. „Warum sollte ich es nicht noch einmal tun?"

„Ava“, wirft meine Mutter mit vorwurfsvoller Miene ein. Trotz der kurzen Zeit, die sie erst mit Cannon verbracht hat, scheint sie ihn bereits sehr zu mögen. „Er ist die ganze Nacht von New Jersey hierhergefahren, weil alle Flüge ausgebucht waren.“

Zugegebenermaßen ist das rührend, doch ich kämpfe gegen die Emotionen an. Wahrscheinlich hat Cannon noch einmal über alles nachgedacht und will einen Versuch mit mir wagen, denn es gibt keinen anderen Grund, warum er sonst hier sein sollte. Aber ich werde es ihm nicht so leicht machen. Zuerst muss ich absolut sicher sein, dass er nicht wieder einen Rückzieher macht.

Ich runzle die Stirn, als mir ein Gedanke kommt. „Woher wusstest du überhaupt, wo du mich finden kannst?“

„Sophie hat es Baden erzählt, Er hat mir gestern verraten, dass du über die Feiertage nach Hause gefahren bist. Nach dem Spiel habe ich Brienne angerufen. Ich habe sie gebeten, ihre Verbindungen spielen zu lassen, um Dereks Chef zu erreichen, der wiederum Derek angerufen und mir die Adresse deiner Eltern gegeben hat.“

Wow … ich wette, das hat Derek gefallen.

„Ich konnte keinen Flug bekommen“, fährt Cannon fort, „also habe ich ein Auto gemietet und bin nach dem Spiel losgefahren.“

Meiner Mutter entfährt ein verträumtes Seufzen, das mir verrät, wie romantisch sie das alles findet. Sie scheint Cannon bereits in ihr Herz geschlossen zu haben.

Zugegeben, er hat sich alle Mühe gegeben, um hierherzukommen, und ich stoße innerlich ebenfalls einen Seufzer aus. Aber ich bin mir nicht sicher, ob das daran liegt, dass ich erfreut oder frustriert bin.

„Wer ist Brienne?", meldet sich mein Dad endlich zu Wort. „Und warum hat sie eine Verbindung zu Derek?"

„Brienne ist die Besitzerin der Pittsburgh Titans", erklärt Cannon. „Sie hat überallhin Verbindungen."

Meinem Vater fallen fast die Augen aus dem Kopf. „Sie kennen die Besitzerin eines professionellen Eishockeyteams? Und zwar so gut, dass Sie spät nachts eine Adresse ausfindig machen können?"

Meine Eltern gehen oft zu den Spielen der Carolina Cold Fury, daher kennen sie die Namen der anderen Teams, doch ihre Kenntnisse reichen nicht weit genug, um zu wissen, dass Cannon der Cheftrainer oder Brienne die Eigentümerin der Titans ist.

Ich wende mich an Cannon. „Du hast ihnen nicht gesagt, wer du bist?"

„Ich habe ihnen meinen Namen genannt", antwortet er nur. „Ich nahm an, du hättest es ihnen erzählt."

„Wer sind Sie?", will mein Vater voller Neugierde wissen, denn er hat zumindest verstanden, dass Cannon eine große Nummer ist.

„Ich bin der Cheftrainer der Titans."

„O mein Gott", haucht meine Mutter.

Mein Dad dreht sich zu mir um und presst hervor: „Warum hast du uns das verschwiegen?"

Ich zeige mit dem Daumen über meine Schulter, wo mein Bruder steht. „Ich habe es Rob erzählt und dachte, er würde euch davon berichten."

Das ist zwar gelogen, da ich ihn ausdrücklich darum gebeten habe, den Mund zu halten, doch damit bin ich fürs Erste vom Haken.

Meine Eltern bedenken Rob mit einem vorwurfs-
vollen Blick, woraufhin dieser murmelt: „Vielen
Dank, Schwesterherz. Das ist Verrat." Dann geht er
zu unseren Eltern und schiebt sie aus der Küche.
„Lassen wir ihnen ihre Privatsphäre."

Das Haus meiner Eltern ist riesig, also führt er sie
in das Arbeitszimmer auf der gegenüberliegenden
Seite. Sobald ich mit Cannon allein bin, trete ich an
die Kücheninsel, an der meine Eltern gerade eben
noch gestanden haben. Im Moment fühle ich mich
wohler, solange sich ein Möbelstück zwischen uns
befindet.

Ich stütze mich mit den Händen auf der Arbeitsplatte ab und frage: „Ganz im Ernst ... was tust du
hier?"

„Du weißt, warum ich hier bin", erwidert er, steht
auf und geht um den Tresen herum auf mich zu, um
die Distanz zwischen uns zu überwinden. „Es gibt
nur einen Grund, warum ich meinen Flug nach
Denver zu Thanksgiving verpasst und ein Auto
gemietet habe, um achteinhalb Stunden durch die
Nacht zu fahren."

Sobald er bei mir ist, drehe ich mich zu ihm um,
doch ich muss den Kopf zurückneigen, um ihm in
die Augen sehen zu können. „Du hast mir versprochen, mich nie absichtlich zu verletzen, aber du hast
es trotzdem getan."

„Ich weiß", erwidert er leise mit reumütiger Stimme. „Und ich verabscheue mich selbst dafür, es
widert mich an, wie schwach ich war. Ich könnte
verstehen, falls du mir nicht verzeihen kannst. Du
hast etwas sehr viel Besseres verdient als das, was
ich dir gegeben habe."

Sein Eingeständnis lässt mein Herz höherschlagen.

„Ich habe einen schrecklichen Fehler begangen, indem ich mich zurückgezogen habe, Ava. Vielmehr hätte ich mich mit Leib und Seele in diese Beziehung stürzen sollen, denn du rufst all diese Gefühle in mir hervor.“

„Und welche genau sind das?“, flüstere ich.

„Ich fühle mich lebendig, glücklich, vollständig“, erklärt er, wobei er eine Hand an meinen Hals legt und mit dem Daumen über mein Kinn streicht. „Wenn ich mit dir zusammen bin, habe ich das Gefühl, vollkommen zu sein, und das will ich nicht mehr missen. Ich bin es leid, mir ständig Sorgen darüber zu machen, dass ich meine früheren Fehler wiederholen könnte. Erst kürzlich hat mich jemand darauf hingewiesen, wie enttäuschend es ist, dass ich über all diese erstaunlichen Fähigkeiten und Weisheiten verfüge, mit denen ich gefestigte Bindungen innerhalb der Mannschaft aufbauen kann. Offenbar war ich jedoch nicht in der Lage, in meinem Privatleben zum Einsatz zu bringen, um mich deiner als würdig zu erweisen.“

Mir schwirrt der Kopf, als ich der tieferen Bedeutung hinter diesen Worten gewahr werde.

„Ava“, murmelt Cannon und beugt sich vor, um mir direkt in die Augen zu blicken. „Ich möchte mich deiner als würdig erweisen. Nein, das stimmt nicht ganz. Ich bin bereit, mich deiner als würdig zu erweisen, wenn du mir noch eine Chance gibst.“

„O wow“, bringe ich keuchend hervor. Das alles klingt zwar ganz wunderbar, aber ich bin trotzdem skeptisch. Denn zuvor war es zwischen uns auch ganz wunderbar, doch dann hat er es mit der Angst zu tun bekommen. „Bist du dir sicher?“

„Ich bin mir sicher, dass ich dich liebe“, verkündet er und meine Knie werden weich. „Noch nie im Leben war ich mir einer Sache so sicher.“

Ich trete einen Schritt zurück, um etwas Abstand zwischen uns zu bringen. Andernfalls laufe ich Gefahr, ihm um den Hals zu fallen.

„Ich muss darüber nachdenken“, murmle ich und reibe mir mit den Fingerknöcheln über die Brust, während sich mein Herz vor Beklommenheit verkrampft. Ich bin völlig überfordert, denn ich hätte nie erwartet, diese Worte aus Cannons Mund zu hören.

„Beantworte mir zuerst eine Frage“, erwidert er und ich lasse die Hand sinken. „Liebst du mich?“

Darüber muss ich nicht erst nachdenken. „Ich wusste, dass ich mich in dich verliebt habe, als du mir gesagt hast, dass du eine Pause brauchst. Andernfalls wäre mein Herz nicht in tausend Stücke zersprungen.“

„Dann gib mir eine Chance, es zu heilen, Ava“, erwidert Cannon und ergreift meine Hände. „Ich verspreche dir, dass ich keinen Rückzieher machen werde. Ich will mit dir nach Pittsburgh zurückfahren und ein gemeinsames Leben mit dir beginnen. Komm mit und ziehe bei mir ein …“

„Moment mal“, unterbreche ich ihn, wobei ich meine Hände zurückziehe. „Genau das hat Derek auch zu mir gesagt, und wir wissen beide, was dann passiert ist. Ich will denselben Fehler nicht noch einmal machen.“

„Ich bin nicht Derek“, erklärt Cannon, wobei ein unnachgiebiger Ausdruck in seine Augen tritt. „Der Fehler wäre, zu glauben, dass ich so bin wie er.“

„Natürlich bist du nicht wie er", blaffe ich verärgert.

„Ich würde auch bei dir einziehen, wenn du dich dann besser fühlst. Na los … frag mich, ob ich bei dir wohnen will."

Mit einem Schnauben verdrehe ich die Augen. „Du kannst nicht bei mir einziehen. Meine Wohnung ist eine Bruchbude, die für uns beide viel zu klein ist. Du bist Besseres gewohnt."

„Aber ich brauche dich", beteuert er und ergreift wieder meine Hände, um mich an sich zu ziehen. „Es ist mir egal, ob wir in einer kleinen Einzimmerwohnung leben, in der die Farbe von den Wänden blättert und die Decke mit Wasserflecken übersät ist. Ich will nur mit dir zusammen sein."

„Cannon", flüstere ich gerührt. „Die ganze Zeit über hast du mir zu verstehen gegeben, dass du deine Grenzen …"

„Hör zu, Ava … Ich kann meine Karriere nicht aufgeben. Wenn ich könnte, würde ich es tun – für dich. Ich habe es für Melissa getan, und wenn ich könnte, würde ich es auch für dich tun."

„Das würde ich nie von dir verlangen", knurre ich.

Cannon nickt und verzieht die Lippen zu einem Lächeln. „Ja, das weiß ich. Aber wenn ich alles hinter mir lassen könnte, würde ich es tun. Doch das ist nicht möglich. Immerhin würde ich nicht nur eine Karriere als Spieler aufgeben, und du bist auch nicht an Krebs erkrankt. In meiner Position als Trainer kann ich dem Sport nicht einfach den Rücken kehren, denn zu viele Menschen verlassen sich auf mich. Aber ich will nicht, dass meine Karriere zwischen uns steht. Vielmehr will ich dich in mein Leben mit einbeziehen."

„Was genau willst du damit sagen?"

„Damit will ich sagen, dass ich dir meine Welt öffnen will und hoffe, alles mit dir teilen zu können. Ich wünsche mir, dass du mich zu den Auswärtsspielen begleitest, wenn du kannst, und ich möchte mehr zu Hause arbeiten, denn so kann ich dabei zumindest neben dir auf der Couch sitzen. Vielleicht werde ich einen Teil der Arbeit sogar an andere delegieren, damit ich etwas mehr Zeit mit dir verbringen kann. Ich möchte, dass du mit mir zu den Teamveranstaltungen gehst, und ich möchte, dass die Reporter von der Klatschpresse sich über uns das Maul zerreißen. Ich hatte noch keine Zeit, alles gründlich zu durchdenken, aber alles, was ich gerade vorgeschlagen habe, klingt, als wäre es genau das Richtige."

Ich bin sprachlos, denn ich hätte nie geglaubt, dass Cannon je in der Lage sein würde, diese Worte auszusprechen.

„Ich habe es mit der Angst zu tun bekommen, Ava", fährt er fort und umfasst mit beiden Händen mein Gesicht. „Und es tut mir so leid, dass ich dich verletzt habe. Doch mir ist im Handumdrehen klar geworden, dass ich Mist gebaut habe, deshalb bin ich auf direktem Weg hierhergefahren, um mich zu entschuldigen. Und wenn du willst, dass ich mich noch mehr ins Zeug lege, dann werde ich es tun. Ich werde jede freie Sekunde daran arbeiten, dir zu zeigen, dass …"

Ich schlinge meine Hände um Cannons Nacken und springe ihm in die Arme, um meine Lippen auf die seinen zu pressen. Er packt meinen Hintern und hält mich fest.

Im nächsten Moment ziehe ich den Kopf zurück und flüstere an seinen Lippen: „Genug geredet. Ich vergebe dir und bin bereit, mein Leben mit dir zu teilen.“

Gerade als ich ihn erneut küssen will, fragt er: „Und du liebst mich?“

Ich habe es ihm zwar schon einmal gesagt, doch ich habe in der Vergangenheit gesprochen. Er meint jedoch die Gegenwart. „Ja … ich liebe dich.“

„Und du kommst nach Pittsburgh zurück?“, drängt er mit einem sorgenvollen Ausdruck im Gesicht.

„Ich werde mit Shelley darüber sprechen müssen, denn ich habe ihr gesagt, dass ich nach Charlotte ziehen werde.“

Cannon seufzt, schließt die Augen und presst seine Stirn an meine. „In Ordnung … wenn du nach Charlotte ziehen musst, werden wir das Kind schon irgendwie schaukeln.“ Er hebt den Kopf an und sieht mir direkt in die Augen. „Wir können während der Off-Season zusammen sein. Vielleicht lässt Shelley dich zum Teil im Homeoffice arbeiten, damit du mich zu einigen der Auswärtsspiele begleiten kannst. Und ich kann dich an Weihnachten besuchen. Wir schaffen das schon irgendwie.“

Ich schüttle den Kopf. „Nein, wir werden es nicht irgendwie schaffen. Ich rede mit Shelley und werde sie bitten, mich von Pittsburgh aus arbeiten zu lassen. Ich muss nicht nach Charlotte ziehen. Es wäre zwar eine großartige Gelegenheit gewesen, aber ich habe nur zugesagt, weil wir uns getrennt haben.“

„Ich habe nur eine Pause gebraucht, nicht mit dir Schluss gemacht“, stellt er fest.

„Also schön", erwidere ich mit einem Lachen. „Wenn du darauf bestehst. Aber ich werde mit dir zurück nach Pittsburgh kommen."

„Und dann ziehen wir bei dir ein", erklärt er.

Ich verziehe den Mund und neige den Kopf, als würde ich darüber nachdenken, doch dann schenke ich ihm ein breites Grinsen. „Nicht doch … wir sollten in deiner Wohnung leben."

„O Gott sei Dank", murmelt er und presst seine Lippen erneut auf die meinen.

Er küsst mich so innig und zärtlich, dass mein Herz sich fast schmerzhaft zusammenzieht, da es jetzt ihm gehört.

„Könnte ich noch ein Stück Kuchen haben?", fragt er, als er den Kopf wieder zurückzieht. „Und vielleicht eine Scheibe Truthahn? Ich bin am Verhungern. Ich werde dich auch für immer lieben."

Lachend befreie ich mich aus seinem Griff und springe zu Boden. „Aber sicher. Ich richte dir einen Teller. Und ich werde dich auch für immer lieben."

Kapitel 31

Cannon

Ich sitze auf der Armlehne meines Sofas und spiele abwesend mit Avas Haar, während sie und meine Schwester Belle sich über eine neue Sendung unterhalten, die sie auf Netflix gesehen haben. Mein Bruder Connor spielt Pferd für unsere Nichten. Alle anderen sind in der Küche und plaudern bei einem Glas Wein miteinander. Ich lasse meinen Blick durch das Apartment schweifen, das von weihnachtlicher Musik und dem Duft von Fichtenholz erfüllt ist. Wir haben es erst heute Morgen geschafft, den Baum zu schmücken. Seit Ava beschlossen hat, mir meine Dummheit zu verzeihen, scheinen wir keine ruhige Minute mehr gehabt zu haben.

Sie fuhr tatsächlich mit mir nach Pittsburgh zurück, zog bei mir ein und arbeitet nun in dem Büro, das wir für sie im Gästezimmer eingerichtet haben. Sie begleitet mich hin und wieder zu den Auswärtsspielen, wenn wir länger unterwegs sind, und sie besucht jedes einzelne Heimspiel und sitzt auf ihrem Platz zwei Reihen hinter der Bank der Titans. Ich weiß, dass ich mich schuldig fühlen sollte, weil ich ihr zuweilen einen Blick über die Schulter zuwerfe, doch sie schenkt mir jedes Mal ein aufmunterndes Lächeln, hält den Daumen in die Höhe oder wirft mir einen Luftkuss zu.

Gestern Abend war unser letztes Heimspiel vor der Weihnachtspause, die im Wesentlichen den heutigen Heiligabend und den ersten Weihnachtstag umfasst. Ich habe Ava während des dritten Drittels überrascht, indem ich mich in einer Werbepause umdrehte, eine Rose aus meinem Jackett zog und sie ihr über die Plexiglasbande zuwarf. Die Besitzer der Dauerkarten, die die Plätze in der Nähe innehaben, wissen inzwischen, wer Ava ist und was sie mir bedeutet. Wir haben sogar Schlagzeilen gemacht, sind jedoch bei Weitem nicht so interessant wie Drake und Brienne.

Als Ava die Rose auffing, jubelten die Fans um sie herum und sie lief hochrot an. Dann sah sie mir in die Augen und ich formte mit den Lippen die Worte: „Ich liebe dich."

Sie erwiderte die Geste.

Heute Morgen sind wir früh aufgestanden, da wir noch eine Menge zu tun hatten. Ich stellte den Wecker eine halbe Stunde früher als nötig, um Ava vernaschen zu können, bevor wir mit einem Lächeln im Gesicht unseren Weihnachtsbaum schmückten. Wir haben ihn bereits vor zwei Wochen aufgestellt, doch bis heute Morgen hatten wir noch keine Zeit, die Dekoration anzubringen.

Hätten wir nicht unsere Familien zu Besuch erwartet, hätten wir den Baum wahrscheinlich nackt gelassen. Avas und meine Familie sind sich heute zum ersten Mal begegnet und haben gemeinsam ein Festmahl genossen. Ava hat Rinderfilet und Kartoffelgratin serviert und dazu dunkel gerösteten Spargelbrokkoli zubereitet. Zuerst dachte ich, sie hätte ihn aus Versehen angebrannt, doch sie versicherte mir, dass sie nur das Rezept befolgt hat. Und er schmeckte hervorragend.

Während ich unsere beiden Familien miteinander betrachte, muss ich unwillkürlich denken, wie glücklich ich mich schätzen kann. Ihre Familie war schon einmal hier zu Besuch und hat mich in ihr Herz geschlossen. Meine Familie liebt Ava gleichermaßen. Obwohl sie sich bisher nur via Videochat miteinander unterhalten hatten, haben sie Ava sofort in die Arme gezogen, als sie heute durch die Tür traten.

Ava und Belle mochten sich auf Anhieb, und unsere Eltern erzählen sich gegenseitig Geschichten von uns, um uns in Verlegenheit zu bringen.

Ich werfe einen Blick auf meine Armbanduhr und beuge mich vor, um Ava ins Ohr zu flüstern: „Bin gleich wieder da.“

Sie sieht mit einem Lächeln zu mir auf und nickt. „Viel Glück.“

Ich kann mich nicht zurückhalten und küsse sie, wobei ich das Kichern meiner Schwester ignoriere.

Dann gehe ich in unser Schlafzimmer und schließe die Tür hinter mir, um all die Beweise für mein neues Leben für einen Moment auszusperren – die Musik, das Lachen, das Glück.

Ich ziehe mein Handy aus der Tasche und rufe Connie an.

„Hallo“, sagt sie, als sie das Gespräch annimmt.

„Fröhliche Weihnachten.“

„Fröhliche Weihnachten.“ Sie hält kurz inne, dann fragt sie: „Wie geht es dir?“

„Mir geht es gut. Ich hatte viel um die Ohren und bin froh, zwei Tage Urlaub zu haben. Wie geht es dir? Haben du und Andrew etwas Besonderes geplant?“

„Seine Schwester und ihr Mann verbringen die Feiertage bei uns. Und du weißt ja, wie verrückt sie ist.“ Connie berichtet mir das Neueste von Sybil, die wirklich ein wenig ausgeflippt ist, und ich lehne mich auf meinem Bett zurück und höre zu.

Meine Beziehung zu Connie hat sich, wie ich gehofft habe, zum Besseren verändert. Nach unserem Streit vor einem Monat, bei dem ich vorübergehend den Verstand und als Konsequenz beinahe Ava verloren hätte, wurde mir klar, dass ich mich mit ihr aussprechen musste. Leider konnte ich das nicht von Angesicht zu Angesicht tun, sondern musste mich mit einem Telefonat begnügen – ich rief sie eine Woche nach Thanksgiving an. Da Ava nun meine Zukunft ist, wusste ich, dass ich mit der Vergangenheit aufräumen musste.

Und damit meine ich nicht, dass ich Melissa und ihre Familie vergessen will.

Nein, aber ich konnte nicht länger zulassen, dass Connie sich auf mich stützt, um in ihrer Trauer zu verharren. Genau das habe ich ihr gesagt und sie zugleich gebeten, den Kontakt zwischen uns aufrechtzuerhalten, wobei wir jedoch gesunde Grenzen setzen müssten. Ich hatte erwartet, dass sie sofort auflegen würde, doch zu meiner Überraschung hörte sie mir zu.

Seit diesem Telefonat hat sich unsere Beziehung stetig gebessert. Sie ruft mich nicht mehr an, wenn sie in Melancholie versinkt, sondern wenn sie sich an etwas Schönes erinnert, das sie mit mir teilen möchte. Und ich melde mich einmal die Woche bei ihr, um mich nach ihr zu erkundigen.

Wir sprechen nicht über Ava oder darüber, was die Zukunft für mich bereithält. Ich gebe mich damit zufrieden, dass Connie eingesehen hat, dass ich mein Leben weiterleben will, und ihr genügt es, dass wir weiterhin Freunde sind.

Ich verbringe etwa fünfzehn Minuten am Telefon, bis sie das Gespräch beendet. Im Hintergrund kann ich Sybil rufen hören, dass sie den Eierpunsch versehentlich mit Gin versetzt hat. Bei dem Gedanken läuft mir ein Schauer über den Rücken.

Wir verabschieden uns voneinander, und ich stehe auf, als Ava das Zimmer betritt. In ihrer schwarzen Hose, den hochhackigen Schuhen und einer dunkelgrünen Wickelbluse sieht sie wunderschön aus. Obwohl das Oberteil tief ausgeschnitten ist, ist es dennoch sehr geschmackvoll. Ich kann es kaum erwarten, sie heute Abend daraus zu befreien.

„Wie ist es gelaufen?", fragt sie, schließt die Tür und kommt auf mich zu. Sie stellt sich vor mich, lässt ihre Finger über meine Brust gleiten und schlingt die Hand um meinen Nacken.

„Gut."

„Das freut mich", erwidert Ava und stellt sich auf die Zehenspitzen, um mich zärtlich zu küssen.

„Und wie läuft es da draußen?"

„Sehr gut. Belle und ich wollen diesen Sommer einen Ausflug nach Charleston machen."

Grinsend schlinge ich meine Arme um ihren Rücken und ziehe sie näher an mich. „Wirklich?"

„Ja. Und soweit ich weiß, wollen meine Eltern im Januar deine Eltern in Denver besuchen, um gemeinsam mit ihnen Ski zu fahren."

Lachend beuge ich mich vor und liebkose ihren Nacken. „Haben noch weitere Familienmitglieder Freundschaft miteinander geschlossen?"

„Ja, offenbar wird mein Bruder mit deinem Bruder in Wyoming auf die Jagd gehen."

Ich ziehe den Kopf zurück und blicke auf sie herab. „Nur gut, dass wir uns versöhnt haben. Nicht auszumalen, wie viele Freundschaften andernfalls nicht zustande gekommen wären."

„Das wäre wirklich ein Jammer gewesen", sagt sie, entzieht sich meiner Umarmung und ergreift meine Hand. „Jetzt komm … wir müssen unsere Gäste noch eine Weile bewirten. Und falls wir zu lange hier im Schlafzimmer bleiben, werden sie sicher über uns tuscheln."

Lass sie doch, hätte ich liebend gern gesagt, aber ich lasse mich von ihr in Richtung Wohnzimmer ziehen. Im Flur flüstere ich ihr jedoch zu: „Wann können wir sie alle hinauswerfen?"

„Nicht doch", zischt sie und stößt mich mit dem Ellbogen in die Rippen.

„Ich meine ja nur … Ich möchte dir noch ein paar Orgasmen zu Weihnachten bescheren."

„In einer Stunde werde ich Kopfschmerzen vortäuschen", erwidert sie mit einem verschmitzten Funkeln in den Augen. „Aber du musst sie alle aus der Wohnung befördern."

„Mein Gott, ich liebe dich", sage ich ehrfürchtig, da sie sich tatsächlich darauf einlässt, nur damit wir etwas Zeit für uns haben können. Wir werden die anderen ohnehin morgen wiedersehen.

„Ich liebe dich", erwidert sie, als wir das Wohnzimmer betreten. Sie lässt meine Hand los, um in die Küche zu gehen, in der sich unsere Mütter gerade miteinander unterhalten.

Ich sehe ihr nach und genieße unverhohlen den Anblick ihres wohlgeformten Hinterns. Dann lasse ich meinen Blick durch meine einst leere Wohnung schweifen, in der sich nun unsere Familien versammelt haben. Meine Zukunft ist hier, an diesem Ort, mit den Menschen, die mir am meisten bedeuteten. Und ich bin unendlich dankbar, dass ich noch einmal die Chance hatte, die große Liebe zu finden.

Autorin

Seit ihrem Debütroman im Jahr 2013 hat Sawyer Bennett zahlreiche Bücher von New Adult bis Erotic Romance veröffentlicht und es wiederholt auf die Bestsellerlisten der New York Times und USA Today geschafft.

Sawyer nutzt ihre Erfahrungen als ehemalige Strafverteidigerin in North Carolina, um mitreißende und sexy Geschichten zu schreiben.

Sie mag ihre Helden stark und mit Ecken und Kanten. Wenn sie nicht gerade die Figuren ihrer Romane zum Leben erweckt, ist Sawyer Chauffeurin, Stylistin, Köchin, Putzfrau und die persönliche Assistentin ihres lebhaften Kindes sowie Vollzeitbetreuerin zweier niedlicher, aber ungezogener Hunde. Sie glaubt an das Gute im Menschen und auch daran, dass ein schlechter Tag durch ein Work-out oder ein Stück Kuchen – gern auch durch beides – besser wird.

www.sawyerbennett.com

www.sawyerbennett.com/bookshop/german